mtb

Zum Buch:

Als Mallory Sullivan in einer New Yorker Bar den geheimnisvollen Oz trifft, ist sie eigentlich nicht bereit für eine Beziehung. Sie hat gerade ihren Traumjob ergattert und will sich auf ihre Karriere konzentrieren. Doch Oz versteht es, mit seinem umwerfenden Sex-Appeal all ihre Bedenken zu zerstreuen. Schon bald gibt sich Mallory ihm ganz hin. Aber nach der ersten Nacht erkennt sie, dass nicht das Schicksal sie und Oz zusammengeführt hat, sondern dass jemand im Hintergrund die Fäden zieht …

»Riley schreibt eine düstere Geschichte über Besessenheit und Kontrolle, der es tatsächlich gelingt, gleichzeitig süß zu sein.«

Romantic Times Book Reviews

Zur Autorin:

Hinter dem Pseudonym Alexa Riley verbergen sich zwei freche Freundinnen, die zusammen heiße Romances schreiben. Beide sind verheiratete Mütter mit einer Vorliebe für Fußball, Donuts und leidenschaftliche Romanhelden. Sie sind Spezialistinnen für Liebe auf den ersten Blick und garantieren immer ein Happy End.

Alexa Riley

Du bist mein Verlangen

Roman

Aus dem Amerikanischen von
Ivonne Senn

MIRA® TASCHENBUCH
Band 26139

FSC
MIX
Papier
FSC® C014496

1. Auflage: Mai 2018
Deutsche Erstausgabe

Originaltitel: »Everything for Her«
erschienen bei: Carina Press, Toronto

Umschlaggestaltung: zero-media.net, München
Umschlagabbildung: FinePic / München
Redaktion: Sonia Savic
Satz: GGP Media GmbH, Pößneck
Printed in Germany
Dieses Buch wurde auf FSC®-zertifiziertem Papier gedruckt.
ISBN 978-3-95649-814-5

www.mira-taschenbuch.de

Anmerkung der Autorinnen

Du bist mein Verlangen beinhaltet all das, was wir an Liebesgeschichten am meisten mögen. Leidenschaft, Verführung, Liebe und viel Knistern. Wir hoffen, dass Sie unseren ersten Roman genießen und sich in der Geschichte von Mallory und Oz verlieren. Hoch die Tassen!

Dieses Buch ist heißen Büchern
und der Freundschaft gewidmet.
Wir könnten uns unser Leben
oder eine Welt ohne beides nicht vorstellen.

Prolog

Miles

Ich habe sie von Anfang an beobachtet.

Es ist seltsam, doch ich kann mich an kaum etwas vor ihr erinnern. Als könnte ich mein Leben in zwei Hälften teilen: vor ihr und nach ihr. Ich erinnere mich an mein Leben mit meinen Eltern und daran, aufs College gegangen zu sein, aber vor ihr ist alles grau. Bis zu dem Tag, an dem ich sie sah, gab es keine Farbe. Doch dann erblickte ich sie, und es war wie bei Dorothy, als sie in Oz ankam und die Tür öffnete. Die Welt wurde bunt und sie war meine ganz persönliche Glinda die gute Hexe.

Als ich sie das erste Mal sah, war ich zweiundzwanzig Jahre alt. Sie war siebzehn und nahm an einem landesweiten Mathematikwettbewerb der Highschools teil.

Die Yale-Universität hatte mich gebeten, dort als studentischer Schiedsrichter zu fungieren, und beinahe hätte ich abgelehnt. Der Staat Connecticut ist klein, beherbergt allerdings eines der besten Ivy-League-Colleges des Landes. Eines, das es einem fast unmöglich macht, zur Spitze zu gehören. Ich studierte Statistik im Hauptfach und gehörte zu dem obersten ein Prozent meines Jahrgangs in Yale.

Die Einladung hatte ich letztlich nur aus einem einzigen Grund angenommen: um mitzuspielen. Viele erwarteten von mir, in die Fußstapfen meines Vaters zu treten, und ich wollte sie das gerne glauben lassen. Mein eigentliches Ziel unterschied sich jedoch leicht von dem, was alle zu kennen glaubten. Ich war auf einem Rachefeldzug und mitzuspielen wäre mir hierbei nützlich. Mit den gleichen Männern Zeit zu verbringen wie mein Vater, auch wenn das einen bitteren Beigeschmack hatte.

Den Job als Juror anzunehmen, veränderte mein Leben. An dem Tag verschwand der bittere Beigeschmack. Stattdessen machte sich eine ungekannte Süße breit und ich wollte sie. Brauchte sie.

Nie werde ich vergessen, wie sie aussah – so selbstbewusst und selbstsicher. Ich beobachtete sie aus der Ferne, wie man eine Löwin in der Wildnis beobachten würde. Ich näherte mich ihr nicht und ich störte sie nicht, wandte allerdings nicht ein einziges Mal den Blick von ihr ab.

Später fand ich heraus, dass sie von ihrer Highschool unterstützt worden war, um an dem Turnier teilnehmen zu können. Sie hatte keine Familie und war in einem Pflegeheim aufgewachsen, also hatte die Schule ihr die Reise ermöglicht. Sie war klug und sie wollten, dass sie Erfolg hatte – was auch gelang.

Während sie sich den Aufgaben stellte, sah ich so viel in ihr. Sie wusste alle Antworten und war sich jedes Mal absolut sicher. Sie vertraute ihren Instinkten und diese ließen sie nicht im Stich. Sie hatte so viel Potenzial, das nur darauf wartete, sich zu entfalten. Ich wollte mich mit ihr hinsetzen und mir alles von ihr erzählen lassen, egal was, solange sie nur mit mir redete.

Sie fegte durch den Wettbewerb und gewann in ihrer Gruppe den ersten Platz. Ich war seltsam stolz auf sie.

Als sie nach dem Wettbewerb aus dem Ballsaal des Hotels spazierte, ließ ich sie gehen. Es war das Schwerste, was ich je hatte tun müssen. Aber ich wusste, wenn ich mich ihr zu früh oder zu schnell näherte, würde sie weglaufen. Sie war nicht nur zu jung für mich, sondern irgendetwas an ihr verriet mir, dass sie eine dieser Frauen war, die es nur einmal alle zehntausend Jahre gab.

Das hier durfte nicht überstürzt werden. Es musste genossen werden.

Ich mag meinen Vater hassen, allerdings habe ich aus seinen Fehlern gelernt. Diese Fehler werde ich zu meinem Vorteil nutzen. Er ist klug, aber manchmal nachlässig und das merkt man. Doch, wenn man etwas will, muss man hart dafür arbeiten und alles bis ins letzte Detail durchplanen, um es zu bekommen.

Von Anfang an wusste ich, dass sie meine größte Errungenschaft werden würde, und so bereitete ich an dem Tag, an dem ich sie gehen ließ, den Weg für sie.

Den Weg zu mir.

Niemand weiß, dass ich hinter den Kulissen die Fäden ziehe. Ich habe alles in unseren Leben so geplant, dass ich sie im perfekten Moment haben würde.

Dieser Zeitpunkt ist jetzt gekommen.

1. Kapitel

Mallory

»Mein Gott, das Ding ist grauenhaft.« Angeekelt verzieht Paige ihr Gesicht, während sie auf dem Laufband weiterrennt. Es war das Erste, was sie nach unserem Einzug im Wohnzimmer aufgebaut hat. Ihr langer brauner Pferdeschwanz hüpft bei jedem Schritt an ihrem Hinterkopf auf und ab. Seit dreißig Minuten ist sie schon dabei und hat bisher noch nicht einmal angefangen zu schwitzen.

Als wir uns noch im Studentenwohnheim ein Zimmer geteilt haben, hat sie immer das Fitnessstudio auf dem Campus genutzt und es gehasst. Ich schätze, das lag daran, dass die Jungs sie ständig angemacht haben. Wenn es auch nur ansatzweise so war, wie es ist, wenn wir heute zusammen ausgehen, bin ich sicher, dass einige versucht haben, sie anzusprechen. Allerdings ist das nur eine Vermutung. Ich bin nie mit ihr im Fitnessstudio gewesen und man würde mich auch niemals auf diesem Laufband sehen. Ich laufe nicht, außer, wenn ich spät dran bin, was niemals passiert.

»Was denn? Die ist doch süß«, protestiere ich und reibe meine Wange an der pinken flauschigen Decke. »Und so weich.«

Sie schüttelt den Kopf und ich werfe die Decke über die Rückenlehne des Ledersofas.

»Diesem Apartment fehlt Farbe. Hier ist alles grau, schwarz oder weiß.« Ich lege die Decke anders hin, um ihr zu zeigen, wie hübsch sie ist. Mir ist klar, nichts wird Paige dazu bringen, die pinke Überdecke zu mögen, doch ich weiß auch, dass sie mir erlauben wird, sie zu behalten.

Paige interessiert sich nicht wirklich für Mode oder Design. Sie mag es schlicht, sauber und wenn alles seinen Platz hat. Dieser Charakterzug an ihr gefiel mir sehr, als wir in Yale ein gemeinsames Zimmer zugeteilt bekommen haben. Mit jemandem auf beengten Raum zusammenzuwohnen, ist schwer, wird allerdings wesentlich leichter, wenn der andere ordentlich ist. Das lernte ich während meiner Kindheit in Pflegeheimen zu schätzen, wo man sich oft mit drei oder vier anderen Mädchen ein Zimmer teilen muss.

»Lass doch endlich die blöde pinke Decke in Ruhe. Was kommt als Nächstes? Vasen mit Plastikblumen und Couchkissen?« Dieses Mal lächelt sie, als sie das sagt.

»Nein, keine Plastikblumen, das ist billig.« Ich drehe mich um und nehme einen weiteren Karton hoch, den wir noch auspacken müssen. Wir sind schon einige Tage hier, bisher habe ich jedoch nicht mehr getan, als sämtliche Finanz- und Investmentberichte über Osbourne Corp zu lesen, die ich in die Finger kriegen konnte. »Aber ein paar Dekokissen wären nett. Vielleicht auch einige Bilder an den Wänden«, schlage ich vor und bringe sie damit zum Lachen. Ich will, dass sich diese Wohnung gemütlich anfühlt. Ich starte in ein neues Abenteuer. Das hier ist der erste Teil davon.

Paige und ich sind seit dem ersten Semester auf der Yale befreundet. Außerhalb der Vorlesungen waren wir praktisch an den Hüften zusammengewachsen. Auf seltsame Weise verstehen wir uns, obwohl wir so verschieden sind. Ich denke, deshalb funktioniert das mit uns so gut. Wir gleichen uns gegenseitig aus. Sie ist laut, offen und scheint allen anderen immer zwei Schritte voraus zu sein. Sie ist zierlich, aber ich habe einmal erlebt, wie sie einen Zweihundert-Kilo-Kerl aufs Kreuz gelegt hat, nachdem er mich in einer Bar etwas zu sehr bedrängt hatte.

Meistens ist sie für mich wie eine große Schwester. Sie ist der Mensch, der mir auf der Welt am nächsten steht, und die Einzige, die ich als Familie betrachte.

»Du kannst machen, was immer du willst, Mal. Nur bitte streich die Wände nicht rosa.« Sie hält das Laufband an und springt herunter. »Bitte.«

»Das würde ich nie tun«, erwidere ich entrüstet, während sie sich eine Flasche Wasser aus dem Kühlschrank in der Küche holt. Das Apartment hat einen offenen Grundriss. Wohnzimmer, Esszimmer und Küche gehen ineinander über und am Ende des einzigen Flurs gibt es noch zwei Schlafzimmer mit jeweils eigenem Bad.

Es ist mehr, als ich mir je hätte erträumen können, und nur Paige ist es zu verdanken, dass ich überhaupt hier stehe. Die Wohnung gehört ihr. Sie hat sie gekauft, nachdem ich ihr erzählt hatte, dass man mir einen Praktikumsplatz bei *Osbourne Corporation* angeboten hatte, und darauf bestanden, hierherzuziehen.

Ich wollte mir die Gelegenheit auf keinen Fall entgehen lassen, denn ich wusste, dass ich es niemals alleine in New York schaffen würde. Mir fehlten die finanziellen Mittel, außerdem hätte ich mir vor Angst in die Hose gemacht. Bis dahin hatte ich in meinem Leben noch nie versagt und ich war nicht bereit, jetzt damit anzufangen. Ich bin nicht eingebildet, nur entschlossen. Osbourne Corp ist nicht irgendeine Firma. Sie bieten pro Jahr nur drei Praktikumsplätze an und einen davon hatte ich ergattert. Womöglich hatte ich einen gewissen Vorteil gehabt, weil ich auch noch eines ihrer Stipendien erhalten hatte und sie wussten, was ich leisten konnte. Das Stipendium hat mir das College finanziert: Studiengebühren, Unterkunft, Lebensmittel, Bücher … alles, was dazugehört. Ich gehörte zu den Besten meines Jahrgangs und in meinem Hauptfach habe ich als Beste abgeschlossen. Osbourne Corp hat mir meine Ausbildung ermöglicht und das Praktikum würde mir die Gelegenheit bieten, ihnen zu zeigen, was dank ihnen aus mir geworden ist.

Ich wollte mich beweisen, aber zu versuchen, es in New York zu schaffen, jagte mir eine Heidenangst ein. Zum Glück war Paige da, bot mir dieses Apartment an und half mir, ein neues Kapitel in meinem Leben zu beginnen.

Anfangs war ich enttäuscht, dass ich nach meinem Abschluss keine weiteren Angebote erhalten habe, doch der Arbeitsmarkt ist hart. Wahrscheinlich war ich einfach überrascht, dass ich ein Osbourne-Stipendium und dann einen Praktikumsplatz erhalten habe, allerdings nie andere Unternehmen an mir interessiert gewesen sind.

»Du siehst aus, als würdest du sehr schwer nachdenken«, meint Paige und trinkt noch einen großen Schluck Wasser, bevor sie ihre Flasche auf den Tresen stellt.

»Wahrscheinlich bin ich wegen Montag etwas nervös.«

»Ist das dein Ernst?« Paige kommt herüber und baut sich vor mir auf. Sie nimmt mir den Umzugskarton aus den Händen und stellt ihn auf den Boden. Ich weiß, was jetzt kommt, und lächle. Was folgt, ist etwas, das sie immer wieder mal für mich tut. »Wer hat sich den Hintern in der Highschool aufgerissen und sich ein Vollstipendium für Yale gesichert?«

»Ich.«

»Wer hat zu den Besten ihres Jahrgangs gehört?«

»Ich.«

»Wer hat diesen arroganten Arsch von Professor Sitten korrigiert, als er versucht hat, dir zu sagen, dass deine Antwort falsch war, und es ihm dann erläutert wie einem Zweitklässler, bis er geweint hat?«

»Er hat nicht geweint.«

»Oh doch, innerlich schon. Glaub mir. Ich kenne den Gesichtsausdruck eines Mannes, der gerade innerlich weint.«

Ich kann nicht anders und muss lachen, denn es stimmt.

»Also, wer?«, hakt Paige nach.

»Ich.«

»Und wer hat eines der besten Praktika des Landes ergattert?«

»Ich.«

»Verdammt richtig. Du. Du wirst diese Buchhaltungsabteilung rocken. Du wirst dir diese Zahlen zu eigen machen oder was auch immer du mit ihnen tust«, sagt sie, als wäre Zahlen zu lesen vergleichbar mit dem Entziffern eines außerirdischen Codes.

»Ich liebe dich.« Ich ziehe sie an mich und umarme sie. Ich weiß, dass ich klug bin und alles schaffe, was ich mir in den Kopf setze. Es ist leicht, ehrgeizig zu sein, wenn man sich sein Leben lang nur auf sich selbst verlassen konnte. Man kann sich nur selbst auffangen. So ist es immer gewesen, bis Paige sich in mein Leben gedrängt hat. Manchmal brauche ich einen kleinen Schubs und sie hat genug Selbstbewusstsein, um ihn mir zu geben.

»Es ist schwer, mich nicht zu lieben.« Sie kräuselt ihre sommersprossige Nase und schaut mich selbstgefällig an.

»Außer, wenn du Männer dazu bringst, innerlich zu weinen«, füge ich hinzu.

Sie zuckt mit den Schultern, hebt den Karton hoch, trägt ihn hinüber zum Wohnzimmertisch und reißt das Paketband ab.

»Wir hätten dieses Zeug verbrennen sollen, statt es mitzunehmen. Ich glaube, ich rieche immer noch Instantnudeln. Ich schwöre, die gesamte Etage unseres Wohnheimes hat danach gerochen.«

Sie wedelt mit den Händen über dem Karton, als versuche sie, ihn zu lüften.

Ich lasse mich auf die Couch fallen und beobachte, wie sie wahllos Dinge aus der Kiste holt. In dieser befinden sich hauptsächlich Bilderrahmen. Ich liebe es, zu fotografieren und unsere Erinnerungen festzuhalten. Paige hasste es, fotografiert zu werden, aber nach vier Jahren habe ich sie mürbe gemacht. Jetzt lächelt sie, wenn ich es ihr sage. Ich hatte nie viel, worüber ich hätte glücklich sein können, und vor dem College nichts, woran ich festhalten wollte, also übertrieb ich es am Anfang ziemlich.

»Welche davon gehören mir?«, fragt sie, als sie die Bilder durchgeht.

»Ach, jetzt willst du auf einmal eines?« Lächelnd verdrehe ich die Augen.

Sie holt ein Foto aus unserem ersten Studienjahr heraus. Ich habe sie zu einem Footballspiel mitgeschleift und ihr erzählt, dass wir so viele Collegeerfahrungen mitnehmen müssten, wie nur irgend möglich. Ich war begierig darauf, in meinem ersten Jahr alles in mich aufzusaugen. So sehr ich auf Paige abgefärbt hatte, so sehr hatte sie auch auf mich abgefärbt, denn im zweiten Jahr war ich schon viel lässiger, was das Collegeleben betraf.

»Gott, muss ich dich geliebt haben. Ich kann nicht glauben, dass ich mit dir da hingegangen bin.«

Sie reicht mir das Foto und ich lache laut los. Ich habe genau in dem Moment abgedrückt, als sie einem Kerl ihren Becher mit Limo über den Kopf kippte. Die Hälfte des Spiels hatte er damit verbracht, darüber zu reden, wie sehr er frische Studentinnenpussys liebte, und irgendwann hatte es Paige gereicht.

»Das gehört mir.« Sie nimmt es mir wieder aus den Händen.

»Oh, ich habe noch weitere Abzüge«, entgegne ich. An jenem Tag erkannte ich, dass Paige keine normale Studentin an der Yale war. Der Kerl, dem sie ihr Getränk über den Kopf geschüttet hatte, versuchte, sie vom College verweisen zu lassen, doch letztlich war er derjenige, der Schwierigkeiten bekam.

Paiges Dad hatte Geld und Macht, aber darüber sprachen wir nicht oft. Sie schnitt das Thema nie an und ich bedrängte sie nicht. Ich hatte eigene Sachen, über die ich nicht reden wollte.

»Ich bin fertig.« Sie steht auf, lässt sich auf das andere Sofa fallen und legt die Füße auf den Couchtisch. Ich zucke zusammen. Dieser Tisch kostet vermutlich mehr, als ich in zwei Monaten verdiene, so wie die übrigen Möbel auch. Fast alles war schon bei unserem Einzug da. Paige tat so, als sei das keine große Sache.

»Du hast genau einen Bilderrahmen ausgepackt.«

»Du musst mich füttern, sonst trete ich in den Streik.«

»Ehrlich gesagt, habe ich auch Hunger. Du kennst dich doch hier aus … Was wollen wir bestellen?« Ich hole mein Handy aus der Hosentasche und suche nach Lieferdiensten in der Nähe.

»Vergiss das. Wir gehen aus. Es ist Freitag und unser erster Abend in der Stadt.«

»Wir müssen noch so viel auspacken und ich muss auch noch lernen.« Ich greife nach einem der Bücher vom Tisch, um sie daran zu erinnern. Die für mein Praktikum verantwortliche Abteilung hat mir einen Stapel Bücher und Prospekte geschickt, die ich gründlich durchgegangen bin. Das alles habe ich bestimmt schon dreimal gelesen, doch ich möchte es trotzdem noch einmal tun. Mir vielleicht ein paar Spickzettel machen. Ich möchte keine Frage gestellt bekommen, die ich nicht sofort beantworten kann.

»Keine Chance. Wir haben noch das ganze Wochenende. Ich habe entschieden. Dinner und dann ein paar Drinks. Wir können Samstag und Sonntag auspacken und du kannst deinen neuen Job zu Tode analysieren. Heute Abend trinken wir etwas und schwingen die Hüften.«

Sie schnappt mir das Buch aus der Hand, wirft es auf den Couchtisch zurück und stößt den Stapel Bücher um, als sie vom Sofa aufspringt und mich mit sich zieht.

»Wir haben weder unsere Klamotten noch unsere Schminksachen ausgepackt!«, entgegne ich, während ich schon darüber nachdenke, was ich anziehen soll. Das ist New York. Sollte ich hier nicht einen Scheich oder so kennenlernen? Ich besitze fast nur Jeans und schlichte Oberteile. Und ein paar förmliche Kleidungsstücke fürs Büro, die ich mir für das Praktikum gekauft habe.

»Wir können ja von beidem etwas auspacken, während wir uns fertig machen.«

»Ich bin mir nicht sicher, ob ich überhaupt etwas Geeignetes habe für das, was dir vorschwebt.« Ich folge ihr zu unseren Zimmern und umgehe dabei mehrere Kartons im Flur.

»Schlicht und sexy. Schlüpf in deine schwarze enge Hose und ich leihe dir dazu meine schwarzen Stiefel. Dann musst du nur noch ein süßes Oberteil finden.«

»Und das reicht für da, wo wir hingehen?« Ich bin erst zweimal in New York gewesen und habe mich beide Male total verloren gefühlt. Die Stadt überwältigt mich immer ein wenig, sie liegt etwas außerhalb meiner Komfortzone. Selbst in Yale bin ich mir manchmal fehl am Platz vorgekommen, als gehörte ich nicht wirklich dazu.

»Mal, ich gehe mit dir nicht in irgendeinen verrückten Laden. Wir gehen einfach hier um die Ecke ein Steak essen und nehmen dann irgendwo ein paar Drinks zu uns. Ein ganz normaler Mädelsabend.«

Mir ist klar, dass sie den letzten Satz nur gesagt hat, weil sie weiß, dass ich dem nicht widerstehen kann.

»Darf ich dir die Haare machen?«, frage ich, weil ich mit ihren langen braunen Locken spielen will.

»Wirst du essen, was immer ich bestelle?«, entgegnet sie. Paige hat die Angewohnheit, die Rechnung zu übernehmen, isst aber auch gerne in den teuersten Restaurants. Niemand kann ein Steak so schnell verdrücken wie sie. Ich musste irgendwann aufhören, mich wegen der Rechnung mit ihr zu streiten, doch ich versuche immer, nichts allzu Teures zu bestellen. Heute Abend will sie davon aber offenbar nichts hören.

»Abgemacht.«

»Kein Haarspray«, fügt sie noch schnell hinzu.

»Keine Vorspeise.«

»Na gut, Haarspray«, grummelt sie, bevor sie in ihr Zimmer geht und ich laut loslache. Vielleicht kann ich sie zu etwas Mascara überreden.

»Kein Make-up!«, höre ich sie aus ihrem Zimmer rufen, was mich nur noch mehr zum Lachen bringt.

2. Kapitel

Mallory

»Jameson. Pur«, rufe ich über die Musik im Club hinweg, als ich meinen Whiskey bestelle.

Nach dem Essen sind Paige und ich mit dem Taxi zur Upper East Side gefahren, die näher an unserer Wohnung liegt. Sie hat gesagt, wir würden ein paar Drinks zu uns nehmen und dann wieder nach Hause fahren, und ich dachte, sie hätte eine weniger aufregende Location im Sinn. Heute Nacht wollte ich nicht zu lange aufbleiben. Ich musste früh aufstehen und fit sein. Es waren nur noch wenige Tage, bis ich meinen neuen Job antreten würde. Ich hätte es jedoch besser wissen müssen, als wir vor einer Bar anhielten und ich die Schlange an der Tür sah. Paige wackelte mit den Augenbrauen, als sie aus dem Taxi sprang, und ging direkt nach vorne zum Türsteher.

Ich stieg hinter ihr aus dem Taxi und hörte kaum, was sie zu dem Türsteher sagte, da öffnete er auch schon die rote Samtkordel und winkte uns beide herein. Ich kam nicht mehr dazu, sie zu fragen, wie sie das geschafft hatte, denn gleich darauf traten wir durch die Flügeltür ein und wurden von lauter Musik beschallt.

Seven Eight Nine ist mehr ein Club als eine Bar. Der Laden ist etwas protzig, aber in der Mitte gibt es eine Tanzfläche und der DJ legt auf, als wäre Silvester. Um die Tanzfläche herum ist es eher dunkel und in den Ecken stehen riesige Samtsofas. Ich lehne an der Bar und warte auf mein Getränk, während Paige sich auf der anderen Seite mit einem Mann unterhält.

Als würde sie meinen Blick spüren, schaut sie mich an und zwinkert mir zu.

Die Musik ist gut und ich hatte bereits einen Drink, also gefällt mir der Club langsam immer besser. Ich habe mich letztlich für ein schwarzes Seiden-Tanktop zu meiner schwarzen Skinny Jeans und Paiges Stiletto-Stiefeletten entschieden. Es ist Juni in New York, die hohe Luftfeuchtigkeit bringt einen um. Kühle Luft bläst durch die Bar und ich schließe die Augen, genieße die Brise.

Meine Schultern sind unbedeckt und der leichte Windhauch ist angenehm. Doch plötzlich richten sich meine Nackenhärchen auf, als würde mich jemand beobachten.

Ich öffne die Augen. In dem Moment reicht mir der Barkeeper meinen Drink. Ich lege etwas Bargeld auf die Theke, doch da schiebt schon jemand seine Hand mit einer schwarzen American-Express-Karte vor und der Barkeeper nimmt die Karte, ohne mit der Wimper zu zucken.

Ich drehe den Kopf etwas zur Seite und sehe einen Mann mit schwarzen Haaren und einem kurzen dunklen Bart. Er trägt Anzug und Krawatte und steht leicht im Schatten, lächelt mich aber an. Ich sehe, wie seine vollen Lippen sich öffnen und gerade weiße Zähne hervorblitzen. Sein Lächeln ist entspannt und freundlich. Ich erwidere es.

»Du hast mich nicht gefragt«, sage ich, als der Barkeeper ihm die Karte zurückbringt.

»Was hättest du gesagt?« Er unterschreibt den Beleg und schiebt ihn über den Tresen.

Ich lehne mich etwas zurück und mustere ihn übertrieben von Kopf bis Fuß. Es ist zu dunkel, um ihn ganz zu sehen, doch was ich erkennen kann, gefällt mir gut.

Da ich in Pflegeheimen groß geworden bin, habe ich nie schöne Dinge gehabt. Aber ich war richtig klug und gut in der

Schule, daher war ich fast immer umgeben von privilegierten Kindern. Ich wuchs in der Nähe von Manchester, Connecticut, auf, in einem Viertel der unteren Mittelschicht. Mein Pflegeheim hatte nicht viel, doch die Leute, die sich um uns kümmerten, waren freundlich und versuchten, dafür zu sorgen, dass wir alle eine gute Ausbildung bekamen. Reiche Leute um mich herum zu haben, schärfte meinen Blick für schöne Dinge. Diese gehörten mir vielleicht nie, aber ich wusste sehr wohl, was sich mit Geld kaufen ließ.

Als ich ihn betrachte, sehe ich, dass seine Schuhe mehr als eine Monatsmiete für unsere Wohnung in Lenox Hill kosten. Mein Blick wandert über seinen perfekt sitzenden Anzug, der nur maßgeschneidert sein kann. Er hebt die Hand und öffnet den Knopf an seinem Jackett, als wollte er, dass ich besser hinschauen kann. Sein weißes Hemd ist gestärkt und seine Krawatte dunkelviolett mit kleinen weißen Blumen darauf. Er streicht sie mit der Hand glatt und mir fällt auf, dass er Manschettenknöpfe in der Farbe seiner Krawatte trägt. Außerdem erhasche ich einen Blick auf seine Uhr und bin mir sicher, es ist ein teures Exemplar, das zu seinem Erscheinungsbild passt.

Als ich wieder aufblicke, sehe ich, dass er etwas mehr ins Licht getreten ist, und erkenne, dass er dunkelblaue Augen hat, wie Saphire. Er beobachtet mich dabei, wie ich ihn beobachte, und während sein Lächeln breiter wird, bilden sich um seine Augen herum kleine Fältchen.

»Und?«, fragt er, beugt sich ein wenig vor und wartet auf meine Antwort.

»Definitiv nein.« Ich nippe an meinem Whiskey und genieße, wie mir der warme Geschmack über meine Zunge rinnt.

Über den Rand des Glases hinweg sehe ich ihn an und er lacht leise auf. Er sieht aus wie ein Mann, der viel lächelt. Was ziemlich sexy ist. Sein dunkles welliges Haar ist kurz geschnitten, aber es sieht lang genug aus, um mit den Fingern hindurchfahren zu können. Auf dem Oberkopf ist es sehr wellig. Ich wette, dass er wunderbare Locken hätte, würde er die Haare wachsen lassen. Es ist nicht fair, dass ein Mann so hübsch ist.

»Gut, dass ich nicht gefragt habe«, sagt er und sein Duft weht zu mir herüber, als er ein kleines Stück näher rückt.

Sein Geruch erinnert an warmen Bernstein und Honig. Unwillkürlich rücke auch ich näher an ihn heran.

Er nimmt mir das Glas aus der Hand, ohne meine Finger zu berühren. Ich bin fasziniert von ihm und lasse ihn gewähren.

Ich sehe zu, wie er das Glas dreht, seine Lippen an dieselbe Stelle legt, an der meine zuvor gewesen sind, und einen Schluck Whiskey zu sich nimmt. Mein Blick wandert herunter zu seiner Kehle, wo sein markanter Adamsapfel sich während des Trinkens bewegt. Dann löst er seine Lippen und leckt den letzten Tropfen vom Rand des Glases ab.

Es ist erotisch und sexy und ich habe von etwas so Einfachem noch nie so weiche Knie bekommen.

»Ich dachte, wenn ich ihn schon bezahle, kann ich ihn wenigstens mal probieren.«

Er dreht das Glas wieder so herum, dass dieselbe Stelle in meine Richtung zeigt, und drückt es mir sanft in die Hand. Dieses Mal berühren seine Finger meine. Ich sage nichts, als sie einen Moment dort verweilen. Wir sind beide in einer unsichtbaren Umarmung gefangen, als er mit seinen Fingerspitzen zu meinem Handgelenk herunterwandert. Dort belässt er sie und lächelt mir wieder zu.

Das Lächeln dieses Mannes könnte ein Gebäude zum Einsturz bringen.

Ich hebe das Glas wieder an meine Lippen und schmecke, wo sein Mund war. Ich weiß nicht, was mich in diesem Moment überkommt, aber gesehen zu haben, wie er das macht, weckt in mir den Drang, das Gleiche noch besser zu machen. So habe ich mich noch nie zuvor benommen, noch nie habe ich mit einem Fremden auf diese Weise geflirtet.

Ich leere den Whiskey und er brennt mir in der Kehle. Der Fremde löst die Hand von meinem Handgelenk und nimmt mir das Glas ab. Er stellt es auf die Bar und sieht mich wieder lächelnd an.

»Sag mir, wie du heißt.«

Er verlangt nach etwas, von dem ich nicht sicher bin, ob ich es ihm geben will. Wenn ich es ihm sage, sind wir nicht länger Fremde und der Bann könnte gebrochen sein. Er ist unfassbar umwerfend und offensichtlich wohlhabend, aber mit so jemandem will ich mich nicht einlassen.

Diesen Typ Mann habe ich in Yale überall gesehen. Er würde mich ausführen und ständig über das letzte Komma auf seinen Bankauszügen reden, während ich versuchen würde, mich über den Großen Fermatschen Satz zu unterhalten. Für meinen Geschmack ist er viel zu charmant und ein Mann an einem Ort wie diesem ist keiner, mit dem ich jemals sesshaft werden wollte.

»Lassen wir das lieber, okay?«, sage ich und drehe mich zur Bar, um noch einen Drink zu bestellen. Während ich nach dem Barkeeper Ausschau halte, rede ich über meine Schulter hinweg weiter mit ihm. »Lass uns so tun, als wäre das hier die Smaragdstadt. Du bist der Zauberer hinter dem Vorhang.«

Seine Hand gleitet zu meiner Hüfte hinab und ich halte inne, schaue ihm in die Augen. Dort sehe ich Verzweiflung, als würde er mich anflehen, ihm irgendetwas zu geben. Egal was. Sein Lächeln ist verschwunden. An seine Stelle ist eine verletzliche Angst getreten, die ich lindern will.

»Bitte.«

Ich sehe, dass seine Lippen sich bewegen, höre wegen der lauten Musik aber nichts. Ich trete einen Schritt auf ihn zu und beuge mich zu seinem Ohr, um ihm zu geben, was er will.

»Mallory.«

Als ich mich zurückziehe, bin ich auf einmal schüchtern, als hätte es etwas sehr Kostbares in mir freigelegt, ihm meinen Namen zu verraten. Es ist nur mein Name. Warum kommt es mir so intim vor?

Ich schaue mich in der Bar um und sehe, dass Paige immer noch dasteht und sich mit dem Typen von vorhin unterhält. Sie hat sich nicht von der Stelle gerührt und dreht sich jetzt zu mir um, als hätte sie gespürt, dass ich sie beobachte. Ihr Blick fällt auf den Mann, der vor mir steht, dann zurück zu mir. Sie runzelt die Stirn. Ich zucke mit einer Schulter und spüre, wie mir die Hitze in die Wangen steigt. Ich tue nichts Böses. Ich weiß nicht, warum es mir peinlich ist.

Sie nickt mir zu und tippt auf ihre Armbanduhr. Das ist unser Signal aufzubrechen. Dann wendet sie sich wieder dem Mann neben sich zu.

»Gehst du schon?«

Ich schaue auf und lächle. »Sieht so aus.«

»Gib mir deine Telefonnummer.«

Eine weitere Forderung, in der nicht der Hauch einer Frage liegt. Offenbar ist er es gewohnt, zu bekommen, was er will. Zögernd schaue ich mich um und versuche, mir eine gute Ausrede einfallen zu lassen, sie ihm nicht zu geben.

»Wenn ich deine Freundin dort drüben frage, wird sie mir die Nummer geben?«

Ich lächle selbstgefällig, als ich zu Paige hinübersehe und dann wieder zu ihm. »Keine Chance.«

Paige hält die Männer immer auf Abstand zu mir. Sie sagt, ich müsse auf den Richtigen warten und meine Zeit nicht mit den Losern am College verschwenden. Sie hatte recht damit, als sie meinte, die meisten Jungs auf dem College wären Snobs, und vielleicht ist dieser Kerl auch einer. Aber da ich nie die Gelegenheit hatte, in Bezug auf Männer Fehler zu machen, bin ich mit dreiundzwanzig noch immer behütet und unerfahren. Ich will, dass dieser Mann verschwindet, und gleichzeitig will ich es nicht.

Ich schaue ihn wieder an und sehe, dass er in die Tasche seines Jacketts greift und sein Handy herausholt. Dann steht er da und wartet. Ich beschließe nachzugeben.

Schnaubend leiere ich meine Telefonnummer herunter und denke, dass er sie bei der lauten Musik unmöglich hören kann. Ich kenne diesen Typen nicht einmal. Warum sollte er mich anrufen wollen? Offensichtlich habe ich nicht vor, mit ihm nach Hause zu gehen, also bin ich keine sichere Nummer. Und das ist alles, worauf die Kerle in diesem Club aus sind.

Paige kommt herüber, als er gerade sein Handy wegsteckt, und blickt zwischen uns hin und her.

»Bist du so weit?«, fragt sie mich.

»Ja. Ich komme sofort«, erwidere ich und beobachte, wie sie in Richtung Ausgang geht.

Ich schaue noch einmal in seine Saphiraugen und bin wieder verloren. Es ist, als stünde ich im Zentrum eines Tornados. Nur weiß ich nicht, ob er der Wind ist, der Zerstörung bringt, oder der Ruhepol in der Mitte, der mich festhält.

Er streckt die Hand aus und streicht mir mit seinen Fingerknöcheln über den Kiefer, als wolle er prüfen, wie weich meine Haut ist.

»Ich wollte mehr.« Ich kann die Worte kaum hören, verstehe sie aber.

Ich weiß nicht, was er meint, und bin mir nicht sicher, wie ich darauf reagieren soll. Stattdessen bin ich wie erstarrt, während er mich berührt. Ich sollte ihn bitten, damit aufzuhören, oder einfach gehen, aber irgendetwas an ihm fasziniert mich zutiefst und ich kann nicht anders, als mich ein wenig in seine Richtung zu lehnen.

»Sie wartet.«

Ich hebe den Blick und sehe Paige an der Wand lehnen. Sie beobachtet uns und ich weiß, dass ich gehen sollte.

Er lässt seine Hand fallen, tritt einen Schritt zurück und lächelt mich an wie zuvor. Es ist ein lässiges Lächeln, doch es erreicht seine Augen nicht. Da ist etwas, das ich nicht deuten kann, aber deuten möchte. Ich verspüre diesen Drang, alles über diesen Fremden zu erfahren.

Nach einem tiefen Atemzug entferne ich mich ein paar Schritte und breche den Bann. Sobald ich den Nebel im Kopf vertrieben habe, fühle ich mich wieder mehr wie ich selbst. Ich drehe mich um und sehe, dass er mich beobachtet, und dieses Mal erreicht sein Lächeln auch seine Augen.

Als wir draußen sind, vibriert mein Handy, das in meiner hinteren Hosentasche liegt. Ich hole es heraus, um zu sehen, ob er es ist. Paige zieht mich in ein Taxi und nennt dem Fahrer unsere Adresse, während ich die Nachricht lese.

Du hast süßer geschmeckt, als ich es mir vorgestellt habe.

Ich summe vor Aufregung, während ich zurückschreibe.

Wie soll ich den Mann hinter dem Vorhang nennen?

Lächelnd warte ich auf seine Antwort.

OZ.

3. Kapitel

Mallory

Am Sonntagabend nehme ich mein Handy erneut in die Hand, um zu sehen, ob ich irgendwelche neuen Nachrichten habe, und wieder macht sich Enttäuschung breit. Das hier ist schlimmer, als darauf zu warten, dass am College die Noten ausgehängt werden.

»Nicht jagen, Mal«, sagt Paige, ohne von ihrem Laptop aufzuschauen. Wir hatten es endlich geschafft, alles auszupacken und uns einzurichten, und beschlossen, den Abend ruhig zu verbringen, zu lernen und uns etwas beim Chinesen zu bestellen. Keine von uns hatte noch die Energie, zu kochen, denn dann hätten wir in ein Geschäft gehen müssen, was wir immer noch nicht getan hatten. Man könnte meinen, nach vier Jahren in einem Studentenwohnheim wären wir froh, endlich eine Küche zu haben, aber etwas zu bestellen, ist einfach zu leicht.

»Was denn? Ich checke nur meine Mails«, protestiere ich und rufe schnell meine E-Mails auf, als könnte sie sehen, was ich auf dem Handy mache.

»Na klar. Und ich klicke mich hier gerade nicht durch Tumblr.«

Ich verdrehe die Augen, weil sie recht hat. Ich *habe* meine Textnachrichten überprüft. Er hat mir seit Freitagabend nicht mehr geschrieben. Ich sollte mich wieder meinem Lesestoff über Osbourne Corp widmen und alles darüber lernen, was ich kann, doch ich kehre immer wieder zu unseren Nachrichten zurück, um zu sehen, ob es etwas Neues gibt, und dann lese ich die letzte Nachricht, die er Freitag geschickt hat.

OZ.

Seufzend lasse ich mein Handy neben mich auf die Couch fallen und nehme ein Buch zur Hand, um mir noch einmal die Stellen anzuschauen, die ich markiert habe. Ich habe sie so oft gelesen, dass ich glaube, sie inzwischen auswendig aufsagen zu können. Etwa zehn Minuten halte ich durch.

»Aber bin ich nicht dran, zurückzuschreiben?« Ich nehme das Handy und halte es ihr so hin, dass sie seine letzte Nachricht lesen kann. Vielleicht erwartet er, dass ich etwas erwidere. Ich bin nicht so gut in diesen Datingsachen, ich habe so etwas noch nie gemacht.

Sie legt ihren Laptop neben sich auf die Couch und beugt sich zu meinem Handydisplay vor. Sie betrachtete es lange, als denke sie darüber nach.

»Wenn du ihm zurückschreiben willst, dann tu es«, sagt sie schließlich und lehnt sich wieder zurück, um weiter auf ihrem Laptop zu spielen. »Ich meine, es ist ja nicht so, als könntest du diese Bücher noch mal lesen. Die sehen aus, als würden sie jeden Moment auseinanderfallen.« Paige zieht mich immer mit meinen abgegriffenen Büchern auf.

»Wirklich?«, frage ich. Mit dieser Antwort habe ich nicht gerechnet. Paige hat es nicht so mit Verabredungen. Zumindest nicht zu Collegezeiten. Ich hatte ein paar Mal darüber nachgedacht zuzusagen, wenn ich eingeladen wurde, aber letzten Endes hatte ich mich immer auf ihre Seite geschlagen, weil ich fokussiert bleiben wollte. Das Studium war das Wichtigste und ich hatte noch den Rest meines Lebens, um mich zu verabreden. Ich scheine, was das Thema angeht, aber ungeduldiger zu sein, als ich dachte, denn ich schmachte schon dem ersten Kerl hinterher, der mir Aufmerksamkeit schenkt. Und Oz ist definitiv niemand, dem ich hinterherlaufen sollte. Ich habe Männer wie ihn in Aktion gesehen. Ich bin mit ihnen aufs College gegangen. Sie glauben, mit Geld lasse sich alles kaufen, und sie wechseln die Mädchen wie ich meine Neunundneunzig-Cent-E-Books aus dem Sonderverkauf. Ich verurteile ihn nur ungerne, ohne dass ich ihn überhaupt kenne, aber ein Mädchen muss klug sein. Als er seine American-Express-Karte zückte, glaubte er vielleicht, ich könnte es kaum erwarten, mich auf ihn zu stürzen. Doch ich war nicht beeindruckt. Es war wie im Museum – man kann sich all die hübschen, teuren Dinge anschauen, aber unter keinen Umständen berühren.

»Ja, warum nicht? Ich meine, lauf ihm nicht hinterher oder so. Lass ihn die Arbeit machen. Aber wenn du ihm eine Nachricht schicken willst, tu es. Er war süß.«

Ich starre sie an. »Haben Dämonen deinen Körper geraubt, oder was? Du hast das Wort *süß* gesagt und du ermutigst mich, mit einem Mann zu reden.«

»Na schön. Wie du meinst. Dann schreib ihm nicht«, sagt sie abwehrend.

»Paige, ich ziehe dich nur auf.«

»Ich weiß. Tut mir leid. Mir geht nur gerade viel durch den Kopf.« Ihre Schultern sacken ein wenig herab und ihre braunen Haare fallen ihr ins Gesicht. Sie schiebt sie nach hinten und bindet sie zu einem Pferdeschwanz zusammen, damit sie sie nicht länger stören.

»Willst du darüber reden?«

»Nicht wirklich. Ich bin nur gerade meine E-Mails durchgegangen und habe überlegt, was ich als Nächstes tun will.«

Ich belasse es dabei. Paige wird mit mir reden, wenn sie so weit ist. Wenn man sie bedrängt, erreicht man bei ihr gar nichts.

»Also«, setze ich an und versuche das Thema zu wechseln. Misstrauisch kneift sie die Augen zusammen. »Wer war der Hübsche, mit dem du dich am Freitag unterhalten hast? Hat er dir seine Nummer gegeben?«

»Nein. Und es würde mich überraschen, wenn er überhaupt wüsste, wie man ein Telefon bedient«, stößt sie eindeutig aufgebracht hervor.

»Wow, für eine so kurze Unterhaltung hat sich in dir aber ganz schön was zusammengebraut.«

»Sagen wir es so, wir haben eine gemeinsame Geschichte. Noch etwas, worüber ich wirklich nicht reden will.« Sie klappt ihren Laptop zu und stellt ihn auf den Couchtisch, bevor sie sich die pinke Decke überzieht und den Fernseher über dem Kamin anschaltet.

Seit Freitagabend ist sie irgendwie neben der Spur und vielleicht hat der Kerl etwas damit zu tun. Was gäbe ich drum zu wissen, welche gemeinsame Geschichte die beiden miteinander haben. Noch nie zuvor habe ich gesehen, dass Paige sich mit einem Mann abgegeben hätte. Männer scheinen sie einfach nur zu nerven.

Ich lege mich auch hin, blicke auf mein Handy und überlege, was ich schreiben soll, doch bevor mir etwas einfällt, vibriert es auch schon.

Oz: Ich habe das ganze Wochenende über an dich gedacht.

Mein Herz flattert. Ich sehe zu Paige, die schnell den Blick abwendet.

Ich: Ich bin mir sicher, du hast Besseres zu tun, als ein ganzes Wochenende lang nur an mich zu denken.

Oz: Da irrst du dich, süße Mallory.

Ich: Was für ein Charmeur.

Ich frage mich, ob er solche Zeilen bei allen Frauen einsetzt, und überlege kurz, Paige zu bitten, die Nachrichten zu lesen, entscheide mich dann aber dagegen. Schön locker und leicht halten, rufe ich mir in Erinnerung.

OZ: Offenbar rufst du den in mir hervor.

Ich: Was hast du am Wochenende wirklich gemacht?

Oz: Abgesehen davon, dass ich an dich gedacht habe, habe ich gearbeitet. Ich arbeite immer.

Ich: Am Freitag konntest du dich aber loseisen und etwas Spaß haben.

Oz: Zum Glück, sonst hätte ich dich nicht gesehen und keinen Vorgeschmack bekommen.

Bei diesen Worten bekomme ich eine Gänsehaut. Ich beiße mir auf die Lippe und habe keine Ahnung, was ich darauf erwidern soll.

Ich: Was machst du gerade?

Oz: Ich sitze in meinem Büro. Ich habe es letztlich nicht mehr ausgehalten. Ich dachte, du würdest mir schreiben. Ich habe versucht durchzuhalten, aber es hat nicht funktioniert.

Ich: Sorry, ich hatte zu tun. Auspacken und so.

Oz: Bist du gerade erst hergezogen?

Ich: Jupp! Dieses New York-Ding ist ganz neu für mich. Ein bisschen beängstigend, aber auch aufregend.

Oz: Du musst mir erlauben, dir die Stadt zu zeigen.

Ich frage mich, ob er das rein freundschaftlich meint oder ob er ein Date vorschlägt … Wieder schaue ich zu Paige, die eingeschlafen ist. Ich rufe mir ihre Worte ins Gedächtnis: *Nicht jagen.*

Ich: Ist das etwa eine Einladung zu einem Date?

Ich schicke die Nachricht ab und bereue es sofort. Vielleicht hätte ich einfach einen Zwinker-Smiley schicken sollen oder so. Grrr.

Oz: Nenn es, wie du willst, solange du Ja sagst.

Ich: Ich denke darüber nach.

Ich frage mich, ob ich mit einem Mann ausgehen sollte, mit dem ich nur fünf Minuten in einer Bar gesprochen habe. Aber so ist das doch beim Daten, oder nicht? Ich will ihn ja nicht in seiner Wohnung besuchen oder so. Wir könnten uns irgendwo treffen. Ein wenig reden. Vielleicht kann ich sehen, wie ernst er es meint. Er wirkt süß. Vielleicht zu süß, als wäre das alles nur ein Spiel.

Oz: Kein Problem. Denk doch bei einem Essen mit mir darüber nach.

Ich: LOL. Wann?

Oz: Jetzt.

Wow, das kommt mir reichlich schnell vor. Eben noch wollte ich, dass er mir schreibt, und jetzt will er augenblicklich etwas mit mir unternehmen. Das ist nur ein Spiel, sage ich mir. Er will flachgelegt werden. Ich beschließe, unverblümt auf den Punkt zu kommen, und bin sicher, Paige würde es genauso sehen, wenn ich ihr die Nachrichten zeigte.

Ich: Ich werde nicht mit dir schlafen.

Oz: Süße Mallory, schlafen ist das Letzte, was ich mit dir anstellen will.

Ich umklammere mein Handy und hasse es, recht gehabt zu haben. Die Enttäuschung ist zu stark gemessen an der kurzen Zeit, die ich ihn kenne. Verdammt, *kennen* ist noch nicht einmal der richtige Ausdruck, denn ich *kenne* ihn gar nicht. Wie kann er bereits so viel Raum in meinem Kopf einnehmen? Raum, den ich im Moment für etwas anderes brauche. Morgen ist einer der wichtigsten Tage meines Lebens. Darauf sollte ich meine Gedanken richten. Und nicht darauf, am Telefon mit jemandem zu flirten, der mir nur an die Wäsche will. Seine Worte ärgern mich und das Unverschämte gefällt mir nicht.

Ich: Sind wir ein bisschen arrogant? Darauf stehe ich überhaupt nicht.

Oz: Das ist nicht arrogant, sondern die Wahrheit.

Ich atme tief durch und denke über meine nächsten Worte nach.

Ich: Sorry, Oz, aber ich glaube nicht, dass das hier funktioniert. So ein Mädchen bin ich nicht. Du bist ein heißer Typ und ich bin sicher, du hast genügend Mädels, die du anrufen kannst, wenn du willst.

Selbstbewusst schicke ich die Nachricht ab. Das war's. Aber ich kann nicht aufhören, auf das Display zu starren und darauf zu warten, dass er antwortet. Minuten vergehen, aber nichts.

Frustriert von mir selbst stelle ich das Handy auf stumm, bevor ich mich erhebe und meine Bücher und Mappen zusammensuche. Ich gehe in mein Zimmer und werfe das Telefon sowie alles anders aufs Bett, schnappe mir ein Kissen und kehre damit zurück ins Wohnzimmer, um es Paige unter den Kopf zu schieben. Dann decke ich sie ordentlich zu und schalte den Fernseher aus.

Ich gehe wieder in mein Zimmer, ziehe mich aus, springe unter die Dusche und mache mich bettfertig. Dabei versuche ich, nicht auf mein Handy zu schauen. Ich föhne mir die Haare und suche die Sachen heraus, die ich morgen anziehen will.

Ich mache mir Sorgen, dass meine Kleidung nicht gut genug ist. Das scheint im Moment das Einzige zu sein, wo ich noch Defizite habe, und es macht mich wahnsinnig, dass ich ausgerechnet hier schlecht wegkommen könnte. Ich kann lernen, so viel ich will, aber sehe ich aus, als gehörte ich dazu? New York City ist so glamourös und alle scheinen die schönsten Sachen zu haben. Ich habe mein gesamtes Büro-Outfit bei *Macy's* gekauft und dafür meine Kreditkarte ausgereizt, weil ich es brauchte. Und doch stehe ich jetzt hier und denke, dass es nicht gut genug ist, obwohl ich beim Anblick der Preisschilder zusammengezuckt bin. Wenn Paige und ich nur die gleiche Größe hätten, könnte ich mir etwas von ihr leihen. Aber sie ist winzig. Zum Glück haben wir die gleiche Schuhgröße, sodass ich mir wenigstens ihre Schuhe klauen kann.

Nachdem ich mich für einen grauen Bleistiftrock und eine hellrosa Bluse entschieden habe, gehe ich in Paiges Zimmer und wühle mich durch ihre Schuhe. Ich schnappe mir ein Paar nudefarbene mit flacheren Absätzen, denn ich weiß nicht, wie lange ich morgen auf den Beinen sein werde. Sobald ich alles zusammengestellt habe, hole ich meinen Laptop und nehme ihn mit ins Bett. Ich will mich noch ein bisschen mit Osbourne Corp beschäftigen. Zwar weiß ich schon Unmengen über diese Firma, schließlich hat sie mein Stipendium finanziert, aber ich will mich schnell noch auf den neuesten Stand bringen, falls mich morgen jemand zu ihren aktuellen Zahlen befragt.

Ich schlage die Decke zurück, krabble ins Bett und nehme mein Handy in die Hand. Endlich tue ich, was ich die letzte Stunde über schon hatte tun wollen. Ich entsperre den Bildschirm und sehe drei Nachrichten und vier verpasste Anrufe. Alle von Oz. Verdammt.

Oz: Du findest mich also heiß?

Bei diesem ersten Text verdrehe ich die Augen.

Oz: Ich will dich, weil ich weiß, dass du nicht so ein Mädchen bist. Das mag dich überraschen, aber ich bin auch nicht so ein Mann. Wie gesagt, mein Leben besteht nur aus Arbeit. Gib uns eine Chance. Ich beweise es dir.

Oz: Mallory, bitte antworte mir.

Die Anrufe kamen kurz nach den Nachrichten. Ich weiß nicht, was ich von all dem halten soll. Er geht ganz schön ran. Ein Teil von mir mag das, aber ein anderer hat Angst. Oz könnte mich und mein Herz vermutlich problemlos plattwalzen.

Das Telefon vibriert in meiner Hand und ich zucke zusammen. Oz' Name blitzt auf und ich überlege, ob ich rangehen soll. Nach einer Millisekunde des Zögerns knicke ich ein.

»Hallo.«

»Mallory.« Er sagt meinen Namen, als wäre er zutiefst erleichtert.

»Oz.« Anscheinend kann ich nur in Einwortsätzen reden. Ich bin mir aber auch nicht sicher, was ich sonst sagen soll.

»Tu mir das nicht an.«

»Was denn?«, frage ich und verstehe nicht, wovon er spricht.

»Mir zu sagen, dass es das war, und dann nicht mehr zu antworten. Du hast mir nicht einmal die Möglichkeit gegeben, zu erklären, was ich gemeint habe.« Er klingt verzweifelt.

»Es tut mir leid. Es ist nur …«

Er unterbricht mich. »Versprich mir, dass du das nie wieder tust. Dass du mir immer eine Chance gibst, es zu erklären.«

Ich lache. »Ich habe nicht gesagt, dass ich dir überhaupt eine Chance gebe.«

»Du bist ans Telefon gegangen.«

Ertappt. Ich hätte ihn auch einfach ignorieren und seine Nummer blockieren können.

»Geht es hier nur um Sex?«, hake ich nach, weil ich es wissen will.

»Nein, Mallory, es geht um so viel mehr.«

Könnte er die Wahrheit sagen?

»Versprich es mir«, sagt er erneut und ich gebe nach. Ich habe dieses Bedürfnis, ihm zu geben, was er will.

»Versprochen.« Aus irgendeinem Grund habe ich das Gefühl, mehr zu versprechen als das.

Ich höre ihn erleichtert in den Hörer seufzen. »Bist du im Bett?«

Mein Herz flattert schon wieder so albern. Vielleicht sollte ich das mal untersuchen lassen.

»Ja.« Ich werde rot und kuschle mich tiefer in die Decke.

»Meine süße Mallory.«

Ich sollte ihm sagen, dass ich nicht seine bin, aber irgendwie gefällt mir, wie es klingt. Es gibt mir ein schönes Gefühl, was beängstigend ist, denn es hätte mich eher in die Flucht schlagen sollen.

Um das Schweigen zu brechen, überlege ich ein Thema, das nicht mit Zwischentönen aufgeladen ist.

»Ich trete morgen eine neue Stelle an. Es ist mein erster Tag bei Osbourne Corp. Hast du schon mal von denen gehört?«

»Ja, habe ich.«

Ich erwarte, dass er noch mehr sagt, doch das tut er nicht. Wenn ich sonst Osbourne erwähne, können die Leute meistens gar nicht aufhören, zu reden.

»Dann lasse ich dich mal schlafen«, sagt er, ohne Anstalten zu machen, die Unterhaltung fortzuführen. Das ist seltsam. Einerseits ist er mir schon so vertraut, andererseits ein vollkommen Fremder. »Ich schreibe dir morgen.«

»Gute Nacht, Oz.«

»Süße Träume, Baby.«

4. Kapitel

Mallory

Ich wache noch vor dem Wecker auf, so aufgeregt bin ich wegen dieses Tages. Vergangene Nacht hatte ich einen seltsamen Traum über saphirblaue Augen und ein Labyrinth, in dem ich mich verlaufen habe. Ich glaube nicht, dass ich einen Psychologen brauche, der mir das übersetzt.

Ich nehme mein Telefon vom Nachttisch und sehe, dass ich eine neue Nachricht erhalten habe.

Oz: Viel Glück an deinem ersten Tag. Du solltest die Haare hochstecken.

Ich ziehe eine Augenbraue hoch. Was ist das denn für eine Aufforderung? Meine Haare sind nicht besonders lang, sie reichen mir bis knapp zu den Schultern, aber ich könnte sie hochstecken, wenn ich wollte. Ich antworte nicht, denn ich weiß nicht, was ich sagen soll. *Danke, aber ich mache es so, wie ich es will?*

Ich stehe auf, lege das Handy auf die Kommode und mache mich fertig. Ich ziehe einen rosafarbenen Spitzen-BH und den dazu passenden Slip an. Heute kann ich etwas Selbstbewusstsein gebrauchen. Paige hat mir dieses Jahr einen übertrieben großzügigen Gutschein für *Victoria's Secret* zum Geburtstag geschenkt und ich habe mich in der Dessous-Abteilung regelrecht ausgetobt. Es ist seltsam, aber sexy Unterwäsche unter meinen Sachen zu tragen, gibt mir das Gefühl, eine Superheldin zu sein.

Nachdem ich Rock und Bluse angezogen habe, trete ich an den Spiegel im Bad und schminke mich ein wenig. Nicht zu stark, nur so, dass ich gut aussehe. Ich habe noch etwas Zeit, also beschließe ich, meine Haare tatsächlich hochzustecken. Das ist allein meine Entscheidung und hat nichts mit Oz' Vorschlag zu tun. Zumindest rede ich mir das die ganze Zeit über ein.

Zum Schluss schlüpfe ich in die Pumps und ziehe die Kostümjacke an, dann betrachte ich mich noch einmal im Spiegel. Ich sehe so erwachsen aus. Bevor ich es mir anders überlegen kann, nehme ich mein Handy von der Kommode und schicke Oz eine kurze Nachricht.

Ich: Danke. Und ich denke darüber nach.

Es ist nicht nötig, ihn wissen zu lassen, dass ich tat, was er vorschlug. Ich fand nur seine Idee gut, mehr war es nicht.

Ich raffe meine restlichen Sachen zusammen und gehe in die Küche. Als ich eintrete, hält Paige mir einen Thermobecher mit Kaffee hin.

»Ich fühle mich wie eine stolze Mutter am ersten Kindergartentag«, sagt sie und strahlt mich an.

Ich kann nicht anders, ich muss grinsen und schüttle den Kopf. Sie ist wirklich entzückend. Ich nehme ihr den Kaffee ab, umarme sie kurz und danke ihr stumm dafür, sie in meinem Leben zu haben. Ich weiß nicht, was ich ohne sie tun würde.

Als ich sie loslasse, reicht sie mir eine braune Papiertüte und ich lache. Sie hat mir ein Lunchpaket gemacht?

»Das hast du nicht getan.«

»Oh doch. Erdnussbutter und Erdbeermarmelade. Doritos und eine Banane.« Sie verschränkt die Arme vor der Brust und schaut mich selbstgefällig an. »Ich bin die beste Mom aller Zeiten.«

»Danke.« Ich nehme die Lunchtüte und stecke sie in meine Schultertasche – eine Designerhandtasche, die Paige mir zu Weihnachten geschenkt hat und die ich nicht ablehnen durfte. Sie meinte, wenn ich sie nicht behielte, würde sie nie wieder mit mir reden. Sie ist schön, denn sie ist groß genug, um etwas zu essen und alles Notwendige mitzunehmen, dabei aber trotzdem stylish.

»Wünsch mir Glück«, sage ich auf dem Weg zur Haustür. Ich höre, wie sie es sagt, als ich die Tür hinter mir zuziehe. Mit dem Fahrstuhl fahre ich ins Erdgeschoss. Unser Gebäude hat zehn Stockwerke und wir wohnen im zweiten.

Zu Osbourne Corp sind es nur drei Blocks und heute Morgen ist es noch nicht zu heiß. Ich setze mir meinen Kopfhörer auf, schalte das Hörbuch an und mache mich auf den kurzen Weg zur Arbeit. Dabei versuche ich, mich zu fokussieren und mir gut zuzureden. Ich bin klug; ich bin selbstbewusst; ich kann alles schaffen, was ich will. Meine Superheldenunterwäsche feuert mich an, als ich die letzten Schritte auf das Gebäude zugehe.

Ich bin die Strecke vorher schon einmal abgelaufen, nur um auf der sicheren Seite zu sein, und zu Fuß dauert es nicht länger als fünfzehn Minuten, was großartig ist. Die Front des Gebäudes ist etwas einschüchternd, aber bald bin ich ein Teil dieser Maschinerie und so gehe ich voller Selbstvertrauen durch die Glastüren.

Dann folge ich den Anweisungen, die ich vorab per E-Mail erhalten habe, und trete an den Empfangstresen. Einer der Wachmänner reicht mir einen vorübergehenden Ausweis und bringt mich nach oben zur Personalabteilung, wobei er mir auf jeder Etage erklärt, welche Abteilung sich dort befindet.

Das Gebäude hat neunzehn Stockwerke und die obersten drei beherbergen die Vorstände und Manager von Osbourne Corp. Die Personalabteilung liegt im vierten Stock, direkt darunter gibt es eine Cafeteria und ein firmeneigenes Fitnessstudio. Gut, vielleicht habe ich ein wenig gegoogelt, um das alles in Erfahrung zu bringen. Womöglich habe ich es etwas damit übertrieben, mich mit der Firma vertraut zu machen. Ich werde im neunten Stock in der Buchhaltung arbeiten, mein Praktikum bei Rechnungsprüfern verbringen, die unter anderem Prognosen und Berichte über den Geschäftsverlauf erstellen, und nebenbei alltägliche Aufgaben erledigen.

Ich werde Agatha vorgestellt, der Chefin der Personalabteilung, und sie ist mir sofort sympathisch. Sie ist wie eine Großmutter mit einem abgefahrenen Sinn für Stil in ihrem blauen Kostüm und den roten High Heels. Sie hat ein sanftes Lächeln und ich würde sie am liebsten fest umarmen, aber ich denke, das wäre unpassend. Agatha geht in aller Ruhe meine Papiere durch, das Einstellungsformular, die Versicherungsunterlagen und meine Kontoinformationen. Als sie fertig ist, stellt sie mich den anderen beiden Praktikanten vor, die mit mir zusammen für dieses Programm eingestellt wurden.

»Mallory, das sind Eric und Skyler.«

Wir begrüßen einander und ich schüttle beiden die Hand.

Skyler sieht ziemlich cool aus. Sie trägt einen pflaumenfarbenen Hosenanzug und dazu knallpinke High Heels. Ihre tiefschwarzen Haare sind glatt und straff zu einem tiefen Pferdeschwanz gebunden. Ihre Mandelaugen sind warm, ihr Handschlag ist fest und ihr Lächeln aufrichtig. Ich mag sie und es gefällt mir, dass noch ein anderes Mädchen mit an dem Programm teilnimmt.

Eric scheint ganz normal zu sein. Durchschnittlich groß, dunkelblonde Haare und blaue Augen. Er sieht aus wie der klassische Amerikaner aus der *Abercrombie*-Werbung. Definitiv wie die Typen, die ich schon kenne und denen ich immer aus dem Weg gegangen bin. Sein Blick wandert über meinen Körper, als wir uns die Hand geben, und ich ziehe meine Hand schneller zurück, als ich es vorgehabt habe. Er lässt sein Megalächeln aufblitzen, von dem, da bin ich mir sicher, schon einige Mädchen weiche Knie bekommen haben, aber ich lächle nur schmallippig und tue, als wäre nichts passiert. Ich will einen guten ersten Eindruck machen, vor allem auf Agatha, also halte ich den Mund.

Wir werden in unsere Etage gebracht und unserer Abteilungsleiterin vorgestellt. Linda Green ist klein, gut gekleidet und lächelt professionell. Sie ist begeistert, uns an Bord zu haben, und heißt uns in der Firma willkommen. Danach zeigt uns ihre Assistentin unsere Arbeitsplätze und wir richten uns ein. Mein Tisch steht zwischen den Tischen von Skyler und Eric, doch zum Glück ist es nicht allzu beengt.

Dann legen sie uns einen Stapel Arbeit für den heutigen Tag vor. Ich tauche sofort ein, gehe die Zahlen in den Tabellen durch und finde sogar eine Möglichkeit, den Vorgang zu beschleunigen, indem wir einfach das Format der Tabellen ändern. Ich zeige sowohl Skyler als auch Eric, wie ich es geschafft habe, noch vor der Mittagspause fertig zu sein, und da ich noch Zeit habe, beschließe ich, es aufzuschreiben, damit alle in der Abteilung es so machen können.

Eric fragt, ob wir zusammen mittagessen gehen wollen, aber Skyler hat sich wie ich etwas mitgebracht und so beschließen wir, gemeinsam in der Cafeteria zu essen. Ich wäre lieber an meinem Schreibtisch geblieben und hätte beim Essen weitergearbeitet, aber da ich so schnell fertig war, haben sie keine weiteren Berichte für mich.

Beim Lunch erfahre ich, dass Skyler Jahrgangsbeste in Standford war und einen Job im Weißen Haus ausgeschlagen hat, um dieses Praktikum anzunehmen. Wir unterhalten uns über das Studium und was uns zu diesem Job geführt hat. Das Thema Familie sparen wir dabei zum Glück aus. Ich habe nie viel beizutragen, wenn die Leute mich nach meinen Eltern fragen, und wenn ich ihnen sage, dass ich eine Waise bin, schauen sie mich immer so traurig an. Ich bin in einem großen Pflegeheim aufgewachsen und auch wenn es nicht das beste war, gab es nette Menschen, die sich um mich gekümmert haben. Mir ist nie etwas Schlimmes passiert. Ich habe so viele Horrorgeschichten gehört, dass ich mich zu den Glücklichen zähle.

»Du hast ein Stipendium bekommen? Von Osbourne Corporation?« So, wie sie das sagt, klingt es, als glaube sie, ich würde einen Witz machen.

»Ja. Das war echt ein Schock. Ich habe mich nicht einmal dafür beworben. Ich habe an einem landesweiten Mathematikwettbewerb teilgenommen und danach hat man es mir angeboten.«

»Verdammt, Mädchen, du musst wirklich etwas Besonderes sein. Ich habe noch nie gehört, dass sie so etwas machen.« Sie neigt den Kopf und dann lächelt sie, als wäre sie glücklich, neben jemandem zu sitzen, den sie als ebenbürtig einstuft.

»Nach allem, was ich gehört habe, passiert das ausgesprochen selten. Und ich bin mir ziemlich sicher, dass das der Grund ist, warum ich hier gelandet bin. Wie auch immer, ich habe hart dafür gearbeitet und freue mich drauf, zu sehen, wohin es mich noch bringt.«

»Ich auch. Ich habe mir den Hintern abgearbeitet und hoffe nur, dass der hübsche Jüngling nicht auf dem Namen seines Vaters hier hereingesegelt ist«, sagt Skyler und knüllt ihre Lunchtüte zusammen.

»Wen meinst du? Eric?«

»Ja. Hast du seinen Nachnamen nicht mitbekommen? Westmoreland. Wenn ich raten müsste, würde ich sagen, dass er mit dem Gouverneur verwandt ist. So ist er vermutlich an diese Stelle gekommen. Ich kann mich irren – ehrlich gesagt, hoffe ich das sogar –, aber normalerweise irre ich mich nie.«

Ich nicke und sage nichts. Sie steht auf, holt ihr Handy heraus und schaut auf das Display. »Wir haben noch fünfzehn Minuten. Ich werde ein paar E-Mails beantworten und ein bisschen Candy Crush spielen, bevor ich zurück an den Platz gehe.« Sie schaut auf und lächelt. »Wir sehen uns oben.«

Sie zwinkert mir zu und geht mit einem solchen Selbstbewusstsein davon, dass es wirkt, als würde sie schon ihr ganzes Leben hier arbeiten. Sie trägt bestimmt auch Superheldinnenunterwäsche.

Ich greife in meine Tasche, nehme mein Handy heraus und überlege, Paige von dem ersten Teil meines ersten Tages zu berichten. Als ich das Display entsperre, weiß ich, dass ich wie eine Idiotin grinse, denn ich sehe, dass Oz mir geschrieben hat.

Oz: Wie läuft dein erster Tag?

Ich: Gut. Ich hatte gerade Lunch.

Oz: Gut. Lass mich dich zur Feier des Tages zum Abendessen ausführen.

Meine Wangen brennen vor Röte und die Enttäuschung versetzt mir einen Stich, während ich antworte.

Ich: Sorry. Ich habe den Abend bereits meiner Mitbewohnerin versprochen.

Oz: Wie wäre es dann morgen mit einem festlichen Frühstück vor der Arbeit?

Ich: Vielleicht.

Oz: Vielleicht? Das ist besser als ein Nein. Ich hole dich ab und sorge dafür, dass du pünktlich im Büro bist. Pfadfinderehrenwort. Keine Dummheiten.

Ich lache laut bei dem Wort *Dummheiten*. Er gibt definitiv nicht auf.

Ich: Das müsste wirklich, wirklich früh sein.

Oz: Sag mir wann und wo und ich kümmere mich darum.

Zögernd beiße ich mir auf die Lippe, aber ich bin viel zu aufgeregt, um Nein zu sagen.

Ich: Okay. Frühstück.

Ich schicke ihm meine Adresse und er sagt, dass er mich morgen früh um sieben Uhr abholt. Ich stehe auf und kehre an meinen Arbeitsplatz zurück, mein Lächeln reicht von einem Ohr zum anderen. Ich habe ein Date. Ein Frühstücksdate, aber dennoch ein Date.

Bevor ich meinen Schreibtisch erreiche, blicke ich auf mein Handy. Eine neue Nachricht ist eingetroffen. Schnell schaue ich nach, bevor ich das Handy wieder weglege, und sehe, dass sie von ihm ist.

Oz: Deine hochgesteckten Haare gefallen mir.

Gerade als ich ihn gerade fragen will, woher er weiß, dass meine Haare hochgesteckt sind, kommt Skyler um die Ecke. Da ich nicht den Eindruck erwecken will, während der Arbeitszeit auf meinem Handy herumzuspielen, stecke ich es wieder in die Tasche und lasse es gut sein. Oz hat bestimmt nur einen Scherz gemacht, nachdem ich geschrieben hatte, ich würde über seinen Vorschlag nachdenken.

Den Rest des Tages verbringe ich mit Eric und Skyler, während man uns in die Programme einführt, die in der Firma benutzt werden. Ich habe mich natürlich schon vorher in alle drei eingearbeitet, denn sie wurden in den Prospekten erwähnt, die man mir zugeschickt hat. Außerdem gehen wir durch, was jeden Tag von uns erwartet wird. Es ist viel Fleißarbeit darunter, aber das gehört nun einmal dazu. Mir fällt auf, dass Skyler und ich uns beide Notizen machen und mit der Arbeitseinteilung einverstanden sind, während Eric nur genervte Geräusche von sich gibt. Sie könnte ihn richtig eingeschätzt haben.

Als ich nach Feierabend nach Hause gehe, habe ich einen gewissen Schwung in meinen Schritten und ein Lächeln im Gesicht. Ich habe ein paar der Abteilungsleiter damit überrascht, wie schnell ich alles erfasst habe und wie gut ich mich schon mit den Programmen auskenne. Den ersten Tag habe ich hinter mir, ich kann es kaum erwarten, was noch alles kommt. Und ein kleiner Teil von mir summt vor Glück, weil ich morgen früh mein Frühstücksdate habe.

5. Kapitel

Miles

Man sollte meinen, es würde mich entspannen, Mallory nach all den Jahren so nah bei mir zu haben. Und es würde helfen zu wissen, dass ich sie jederzeit sehen kann, weil sie nur ein paar Stockwerke entfernt ist. Tut es aber nicht. Wenn überhaupt, ist es schlimmer geworden.

Meine eh schon geringe Toleranz für Bullshit ist auf einem Allzeittief. So viel Zeit ist bereits vergeudet worden. Ich will das jetzt nicht machen, denn das hätte schon vor Wochen erledigt sein sollen. Noch bevor meine Mallory nach New York gekommen ist.

Ich war dieses Spiel, das ich spielen musste, so leid. Ich war es leid, so zu tun, als gehöre sie nicht mir. So leid, nicht öffentlich machen zu können, dass wir beide zusammen sind. Es war an der Zeit, dass jeder die Wahrheit erfuhr. Dass die letzten Puzzleteile endlich an ihren Platz fielen, damit ich sie haben konnte.

»Das ist Ihr letztes Angebot?« Der leitende Anwalt im Raum, Mr. Ware, schaut mich an und wartet auf Bestätigung, etwas, das er zu diesem Zeitpunkt überhaupt nicht mehr nötig haben sollte. Wir verhandeln den Deal schon seit Monaten. Verdammt, er hätte vom ersten Tag an unter Dach und Fach sein müssen. Er weiß, wie sehr ich das hier will. Ich sollte diese Unterhaltung gar nicht erst führen müssen. Wir sollten uns bereits dem nächsten Thema zugewendet haben. Kein Wunder, dass Anwälte nach verdammten Stunden bezahlt werden.

»Wie ich heute und in den vergangenen Tagen bereits mehrfach gesagt habe, bin ich bereit anzubieten, was immer nötig ist, um diese Firma zu kaufen. Wir verhandeln hier nicht. Wenn Sie nicht verstehen, was das bedeutet, finde ich jemand anderen, der den Deal abschließt.« Ich schmeiße meinen Stift auf den Tisch und werfe dem Mann einen unbarmherzigen Blick zu. Ich mag es nicht, mich andauernd zu wiederholen, doch genau das scheine ich hier tun zu müssen. Wozu engagiert man die Besten, wenn man ständig hinter ihnen her sein muss? Ich würde ja anrufen und das Geschäft selbst unter Dach und Fach bringen, aber ich versuche, zu verbergen, dass Osbourne Corp hinter dem Angebot steckt, bis der Vertrag unterschrieben ist. »Fragen Sie sie, was sie wollen, und geben Sie ihnen das verdammte Geld.«

»Ja, Mr. Osbourne. Wir werden das neue Angebot unterbreiten und deren Team wissen lassen, dass wir sehr gerne jedes ihrer Angebote prüfen.« Etwas betreten ordnet er die Papiere vor sich auf dem Tisch. Ich weiß nicht, ob ich beeindruckt oder genervt sein soll, dass ich einen der besten Anwälte in New York eingeschüchtert habe.

»Wir wollen das Angebot nicht *prüfen.*« Ich betone das letzte Wort, um meinen Standpunkt zu verdeutlichen, und erhebe mich. »Der einzige Deal, den ich haben will, ist der, bei dem Sie sie fragen, wie viel sie haben wollen, und ihnen das Geld geben. Genau genommen, können Sie ihnen den ursprünglich aufgerufenen Preis anbieten.«

»Aber, Sir, ich denke, wir könnten die Firma für weniger bekommen, vielleicht sogar …«

Ich schlage mit der flachen Hand auf den Tisch, sodass er wackelt. Alle drei Anwälte fahren zusammen. Meine Assistentin Jay hingegen zuckt nicht einmal mit der Wimper, ihr gelangweilter Gesichtsausdruck bleibt unverändert.

»Sie scheinen kein Problem damit zu haben, mein Geld zu verschwenden, wenn es um Ihre Dienste geht, Mr. Ware.« Ich stütze mich auf der Tischplatte ab und beuge mich vor. Meine Handfläche brennt noch von dem Schlag auf den Tisch, doch es hilft, den Schmerz zu lindern, den ich tief in meinem Inneren verspüre, seit ich Mallory Freitagnacht gesehen habe.

»Sir …«, versucht er es erneut, doch ich lasse ihn nicht aussprechen. Er hat schon genug meiner Zeit vergeudet. Entweder das findet gleich hier und jetzt ein Ende oder ich setze *ihm* ein Ende.

»Erledigen Sie das oder …« Ich wedele mit der Hand und beende den Satz nicht. Er hat mich verstanden. Das sehe ich seinen geweiteten Augen an. Jeder im Raum hat es verstanden. Er mag ein Topanwalt sein, aber wenn einer weiß, dass ich immer meinen Willen durchsetze, dann er. Schon seit Jahren arbeitet er für mich. Niemand stellt sich zwischen mich und mein Ziel. Vielleicht für einen kurzen Moment, aber am Ende bekomme ich, was ich will, und Mr. Ware war schon Zeuge vieler solcher Deals.

Vielleicht ist meine Drohung übertrieben, aber wenn es um das hier geht, um sie, ist es mir egal. Ich würde alles tun und mir, wenn es sein müsste, selbst die Hände schmutzig machen. Ein Charakterzug, den ich definitiv von meinem Vater geerbt habe.

»Nun zum nächsten Tagesordnungspunkt. Sarah, würdest du die Anwesenden bitte über unsere nächste potenzielle Akquisition informieren? Die Einzelheiten finden sich in der PowerPoint-Präsentation.«

Ich drücke auf die Fernbedienung, lasse mich wieder auf meinen Stuhl sinken und alle anderen wenden sich dem Bildschirm am gegenüberliegenden Ende des Raumes zu. Sarah, unsere Chefeinkäuferin, präsentiert die Daten, die ich durchgegangen bin und ihr letzte Woche geschickt habe. Sie führt aus, was geschehen wird, wenn wir diese Unternehmen kaufen, und welche anderen Optionen uns offenstehen. Ich habe ihr erzählt, was ich will, und sie gebeten, es in einer Präsentation aufzubereiten, damit alle es sehen können. Aber ich spiele noch immer mit der Idee, mir von den Firmen zu holen, was ich will, und sie dann einzustampfen. Vermutlich wäre das sogar besser für sie.

Ich denke an Mallory und frage mich, was sie zu den Zahlen sagen würde, auf die ich gekommen bin. Wäre sie beeindruckt oder würde sie ihre eigene Meinung äußern? Es ist ein lustiger und fremder Gedanke für mich, bei einer Entscheidung die Meinung eines anderen Menschen in Betracht zu ziehen. Das habe ich noch nie zuvor getan, denn es war mir immer egal, was die Leute von meinen Ideen hielten. Doch während ich zuhöre, wie Sarah durchgeht, was ich zusammengestellt habe, frage ich mich, ob Mallory dem zustimmen würde.

Dann wandern meine Gedanken weiter und ich denke an Mallory in meinem Bett, nachdem ich sie ausgiebig geliebt habe. Wie ihr Mund noch geschwollen ist von meinen Küssen, wie ihre Haare von den Dingen, die ich mit ihr angestellt habe, noch völlig zerzaust sind. Wir würden dort liegen und ich würde über die Arbeit reden. Dinge mit ihr teilen, die ich mit niemandem sonst jemals teilen würde. Ich schiebe den Gedanken beiseite, als mein Körper anfängt, auf die Bilder in meinem Kopf zu reagieren.

Ich warte darauf, dass Sarah die Präsentation beendet, damit ich aufkommende Fragen der Anwesenden beantworten kann. Doch ich bin zuversichtlich, dass es keine geben wird. Sarah arbeitet seit Jahren für mich und bei ihr musste ich mich noch nie wiederholen. Letztlich treffe ich alle Entscheidungen bei

Osbourne Corp, aber ich verstehe, wie wichtig ein Team für mich sein kann.

Ich versuche, nicht an Mallory zu denken, weil sie schon den ganzen Tag meine Gedanken beherrscht. Ich fahre mir durch die Haare, um mich zu beruhigen, und bemühe mich, nicht durch dieses wichtige Akquisitionsmeeting zu hetzen, nur weil ich es nicht erwarten kann, zu ihr zu gehen. Selbst wenn ich nur einen flüchtigen Blick auf sie werfen kann. Ich schaue auf mein Handy, um zu sehen, ob ich irgendwelche Nachrichten habe, aber nichts.

Die Anwesenden gehen das Angebot durch und jeder stellt Fragen, während ich mir Notizen mache. Das hier ist einer der letzten Firmenaufkäufe, die ich tätige, bevor meine Pläne vollendet sind. Bei Mallory habe ich voreilig gehandelt und jetzt mache ich Druck, um alles in trockene Tücher zu bringen. Den ganzen Tag über sitze ich schon in Meetings, um die Sache voranzutreiben, aber ich glaube, letztlich fügt sich alles so, wie es soll. Ich räume das Chaos auf, das ich mit meinem zu schnellen Zuschlagen angerichtet habe, und tue etwas, von dem ich mir geschworen habe, es nie wieder zu tun: Ich habe meine Karten gezeigt und das muss korrigiert werden.

Als die Sonne untergeht, entlasse ich die Gruppe, die es kaum erwarten kann, zu gehen. Selbst ich spüre die Spannung im Raum. Ich lasse sie wissen, dass ich bis morgen konkrete Vorschläge auf meinem Tisch sehen will. Auf dem Weg nach draußen folgt mir meine Assistentin und macht sich Notizen.

»Ich will den Hartford-Deal am Ende der Woche abgeschlossen haben«, teile ich ihr mit und drücke auf den Knopf für den Aufzug.

»Hmm. Woher wusstest du, dass ich Berge versetzen kann?«, neckt sie mich, aber ich mache weiter, in dem Wissen, dass sie das, wenn nötig, vermutlich wirklich könnte. Jay mag ein wenig flippig wirken, aber das ist ihre Stärke. Sie nervt jeden in diesem Büro so lange, bis sie bekommt, was sie will, und das ist mir nur recht, denn so bekomme *ich*, was ich will.

Der Fahrstuhl öffnet sich und wir steigen ein. Sie drückt auf den Knopf für die Lobby.

»Was ist mit Mr. Carson? Das ist wirklich ein Problem. Ich habe immer noch keine Antwort von ihm wegen des Stine-Projekts erhalten.« Sie schnaubt genervt, weil er im Moment nicht im Büro ist und sie daher nicht alle fünf Minuten an seine Tür klopfen kann.

»Feuere ihn. Problem gelöst.«

Sie grinst. »Oh, da ist heute aber jemand besonders gut drauf. Ach, und Taylor Campbell hat schon wieder angerufen.«

Ich werfe ihr einen scharfen Blick zu. Taylor Campbell ist ein aufstrebender Politiker, sein falsches Getue rieche ich schon aus einer Meile Entfernung. Er will immer, dass ich zu seinen Veranstaltungen komme. Ich hasse das. All diese Leute, die meine Nähe suchen, die immer etwas von mir wollen. Ich denke an Mallory und daran, wie sie wohl aussehen würde, wenn sie zurechtgemacht und an meiner Seite wäre, sodass jeder es sehen könnte. Der Gedanke ist verlockend, aber die Vorstellung von ihr in meinem Bett gefällt mir besser. Nur wir beide.

Der Fahrstuhl hält an und reißt mich aus meinen Gedanken. Ich steige aus. Jay folgt mir nicht. Ich drehe mich um und halte die Tür auf, bevor sie zugleiten kann. »Ich habe noch ein paar Sachen in unserem Gemeinschaftspostfach, um die du dich bitte kümmern musst. Falls du lange arbeitest, lass dich von einem der Wachmänner zum Auto begleiten.«

Sie lächelt. »Hast du Angst, mir könnte etwas zustoßen und du fändest nie wieder jemanden, der mich ersetzen und mit dir umgehen könnte?« Ich ignoriere sie, vermutlich hat sie recht. Vor ihr hatte ich alle zwei Monate eine neue Assistentin. Ich sei ein kalter, unsensibler Arsch, haben manche gesagt.

»Ruf Ivy an, sie soll herkommen. Wir müssen ein paar Dinge zu einem Abschluss bringen.«

6. Kapitel

Mallory

»Wie kannst du das alles essen?«, frage ich Paige, als sie sich ein riesiges Stück Steak in den Mund schiebt und mit einem Schluck Bier hinunterspült.

»Was denn? Wir haben hier schließlich etwas zu feiern.« Sie schneidet sich noch ein Stück von ihrem Ribeye-Steak herunter und steckt es sich in den Mund. Ich habe keine Ahnung, wo sie all das Essen lässt. Ihr Sportprogramm scheint wirklich zu funktionieren.

»Also, schieß los. Wen hassen wir und wen mögen wir?«

Ich lache und gebe ihr eine Kurzfassung von meinem ersten Tag in der Firma. Ehrlich gesagt, verlief alles wesentlich leichter und geschmeidiger, als ich erwartet hatte. Die meisten Leute mochte ich. Eric ist ein wenig seltsam und starrt mich für meinen Geschmack immer ein bisschen zu lange an, aber Skyler ist cool. Ich kann mir gut vorstellen, dass wir prima miteinander auskommen. Auf Eric hingegen werde ich ein Auge haben. Er kommt mir wie jemand vor, der versuchen würde, die Lorbeeren für die Arbeit anderer einzuheimsen oder einen den Wölfen zum Fraß vorzuwerfen, um seinen eigenen Hintern zu retten.

»Ich wusste, dass es einfach für dich wird. Das sind solche Dinge immer.« Sie nimmt ihr Bier und trinkt es aus. Ich spiele mit meiner Pasta und schiebe sie auf dem Teller herum, weil ich nicht wirklich hungrig bin. Ich bin energiegeladen und aufgekratzt wegen der Dinge, die gerade geschehen. Der heutige Tag war besser, als ich es mir je vorgestellt habe, und für morgen habe ich Pläne mit Oz.

»Was ist mit dir? Irgendwelche Neuigkeiten an der Jobfront?«

Ein Lächeln breitet sich über ihrem Gesicht aus. »Ehrlich gesagt, ja. Ich habe etwas damit gewartet, es dir zu sagen, aber ich habe mich auf einen Job bei Osbourne Corp beworben.«

»Wirklich?« Die Überraschung ist mir deutlich anzuhören. Ich hatte wirklich keine Ahnung, was Paige vorhatte. Sie hat einen Abschluss in Kriminalrecht und einen weiteren in Cyberkriminalität. Sie sprach davon, im Sicherheitsbereich arbeiten zu wollen, aber ich wusste nicht, was das genau bedeutete. Aus irgendeinem Grund habe ich mir immer vorgestellt, dass sie in einem Auto vor dem Haus von jemandem steht, Fotos schießt und untreue Ehepartner überführt. Und ihnen vielleicht danach noch einen heftigen Tritt in den Hintern gibt. Sie ist allerdings wirklich unglaublich, insofern weiß ich, dass sie bei allem, was sie tut, großartig sein wird.

»Es gab eine offene Stelle, also habe ich mich darauf beworben. Und den Job natürlich sofort bekommen«, sagt sie und ich schnaube.

»Natürlich«, stimme ich zu und lächle sie an. »Was wirst du dort tun?«

»Sie bilden mich in verschiedenen Bereichen aus und dann schauen wir mal, was am besten funktioniert. Ich hoffe, einen aus der Chefetage bewachen zu können.«

»Du meinst, wie ein Bodyguard? So etwas interessiert dich?«

»Ich denke, darin bin ich am besten.« Sie strahlt. Ich sehe, dass sie sich total freut, was mich wiederum freut.

Paige ist sich ihrer Umgebung immer sehr bewusst und erinnert sich an alles. Sie hat ein fotografisches Gedächtnis. Manchmal ist es fast gruselig, woran sie sich erinnert, aber sie will nicht, dass die Leute das wissen. Ich habe es erst mitbekommen, als wir schon zwei Jahre zusammengewohnt haben.

»Heißt das, ich sehe dich in der Firma? Können wir ab und zu gemeinsam mittagessen? Oder morgens zur Arbeit gehen?«

Ich liebe die Vorstellung, dass wir beide zusammenarbeiten. Nicht wirklich in der gleichen Abteilung, aber egal. Ich kenne hier niemanden und ich hätte sie gerne in meiner Firma. Das wäre irgendwie tröstlich. Vielleicht entwickeln wir hier langsam eine Co-Abhängigkeit.

»Das wäre ziemlich cool. Ich schätze, das werden wir bald herausfinden«, sagt Paige.

Die Kellnerin kommt an unseren Tisch und stellt ihr ein neues Bier hin. Ich halte Paige mein Weinglas entgegen.

»Auf uns. Aufs Erwachsenwerden«, sage ich, als wir anstoßen und einen Schluck trinken.

»Das schreit definitiv nach einem Nachtisch«, sagt sie wenig überraschend.

»Wann schreit mal etwas nicht nach einem Nachtisch?«

»Touché, aber dieses Mal teilen wir ihn uns nicht.« Sie sagt das so, als würden wir das immer tun.

»Seit dem Vorfall in der Snackbar im ersten Semester haben wir nie wieder einen Nachtisch geteilt«, gebe ich zurück und schaue sie ernst an.

»Das vergisst du wohl nie, oder? Es ist fast vier Jahre her und du hängst dich immer noch daran auf. Ich bemitleide den Mann, der dich mal heiratet. Du wirst niemals etwas gut sein lassen.« Sie schüttelt den Kopf, als könne sie es nicht fassen, und ihr braunes Haar wippt.

»Du hast mir in den Finger gebissen!« Ich kann das nicht sagen, ohne zu lachen. Als es passierte, fragte ich mich schon, mit wem um alles in der Welt ich mir da ein Zimmer teile, und hatte ein wenig Angst. Jetzt ist es einfach nur lustig.

»Tja, dann schnapp dir nicht ungefragt Sachen von den Tellern anderer Leute, dann sind deine Finger auch nicht in Gefahr.« Ihr Tonfall impliziert, es sei allgemein bekannt, dass andere Leute einem in den Finger beißen, wenn man sich ihrem Teller zu sehr nähert.

Die Kellnerin kommt wieder vorbei, nimmt Paiges leeren Teller mit und Paige bittet um die Dessertkarte.

»Bist du fertig damit?« Sie wartet nicht auf eine Antwort, sondern nimmt sich mit ihrer Gabel etwas von meiner Pasta. Das Gesetz, nicht von Tellern anderer Leute zu essen, gilt offensichtlich nicht für sie. Da ich Paige kenne, weiß ich jedoch, dass sie für etwas Essbares jederzeit riskieren würde, in den Finger gebissen zu werden.

Ich hole mein Handy heraus, um zu überprüfen, ob ich irgendwelche neuen Nachrichten habe, aber bevor ich nachsehen kann, höre ich seine Stimme.

»Mallory.« Der Klang fährt mir über die Haut und löst eine Gänsehaut aus. »Ich tue mal so, als hättest du gerade nachschauen wollen, ob ich dir geschrieben habe.« Ich drehe meinen Kopf und starre zu ihm hinauf.

Er sieht aus, als käme er gerade aus dem Büro. Er hat wieder einen Maßanzug an, wie bei unserem letzten Treffen. Dieser ist jedoch von einem dunklen, fast schwarzen Braun. Sein Jackett steht offen und gibt den Blick auf eine Weste in der gleichen Farbe frei. Dazu trägt er eine schwarze Krawatte und ein weißes Hemd. Ein Mann mit Stil ist verdammt sexy.

Das Einzige, was nicht so richtig dazu passt, sind seine Haare. Es sieht aus, als wäre er mehrmals mit den Fingern hindurchgefahren; sie sind leicht wirr, aber das macht ihn noch attraktiver. Die dunklen Stoppeln auf seinem Kinn sind kein richtiger Bart, aber auch kein Bartschatten. Sie haben eine Länge, die irgendwie appetitlich aussieht und nach dem Küssen

Kratzer hinterlässt. Das habe ich jedenfalls mal gehört.

Er legt mir eine Hand auf die nackte Schulter und die Wärme breitet sich in meinem Körper aus. Nach der Arbeit habe ich mir zu Hause etwas Lässigeres angezogen, bevor wir essen gegangen sind. Draußen ist es so heiß, dass ich nur ein dünnes Tanktop und Shorts trage, die so wenig Haut wie möglich bedecken. Jetzt, als aus der schlichten Berührung fast etwas Intimes wird, fühle ich mich beinahe nackt.

Er beugt sich zu meinem Ohr herunter und streichelt mit dem Daumen über meine Haut. »Das habe ich.«

»Oz. Was tust du hier?«, frage ich. Seine Anwesenheit macht mich total nervös.

Er lächelt und ich sehe, dass er Grübchen hat. Die müssen mir in dem dunklen Club neulich entgangen sein. Sie lassen ihn noch attraktiver wirken; ich hätte nicht gedacht, dass das überhaupt möglich ist.

»Sir«, höre ich jemanden sagen und richte meinen Blick auf einen Mann im Anzug. Ich nehme an, es ist der Restaurantmanager oder sogar der Besitzer. Während wir gegessen haben, ist mir aufgefallen, wie er seine Runden durch das Lokal drehte. »Ich wusste nicht, dass Sie uns heute Abend beehren. Ich werde Ihnen sofort Ihren Tisch herrichten lassen, Mr. …«

Oz hebt die Hand, um dem Mann das Wort abzuschneiden. »Ich werde mich hier dazusetzen.« Seine Stimme ist fest und gestattet keine Nachfragen. Er zieht sich einen Stuhl an unseren Tisch und setzt sich, ohne dass wir ihn eingeladen hätten.

»Natürlich. Ich lasse Ihnen einen Drink bringen«, sagt der Manager, ohne fragen zu müssen, was Oz denn trinken möchte. Es ist völlig klar, dass man ihn hier kennt. Er scheint mehr zu sein als einfach nur irgendein reicher Typ. Solche Männer gibt es in New York überall. Ein Teil von mir will fragen, wer er ist, aber der andere Teil will die Blase, in der wir uns befinden, nicht zerplatzen lassen. Er bewegt sich in Kreisen, mit denen ich nicht konkurrieren kann, und dieser Realität möchte ich mich noch nicht stellen. Ich will alles genießen, was er in mir auslöst.

Oz legt eine Hand auf meine und streichelt träge über die Innenseite meines Handgelenks. Wieder einmal macht er einfach, was er will. Keine Frage. Es ist eine intime Geste, als hätte er nie etwas anderes getan. Ich starre ihn an und bin immer noch geschockt. Ich bin mir nicht sicher, ob mich seine Anwesenheit freut oder nicht. Dieses Outfit habe ich nicht für unser erstes Wiedersehen vorgesehen. Und ich habe mir auch noch keine Gesprächsthemen überlegt. Ich atme tief ein und versuche, mich zu beruhigen. Dating ist nicht mit dem Lernen für eine Prüfung zu vergleichen, sage ich mir.

»Ich bin Miles«, sagt er zu Paige und streckt ihr die Hand hin. Sie schüttelt sie.

»Miles?«, frage ich. Ich dachte, ich kenne seinen Namen, aber offenbar nicht.

»Nur du hast das Vergnügen, mich Oz zu nennen, Mallory.«

Sein sanftes Lächeln – gepaart mit dem Wissen, dass etwas nur mir vorbehalten ist – verleiht mir ein Gefühl, als hätte ich Schmetterlinge im Bauch. Seine Worte erwecken den Eindruck, wir wären ein Paar und dass ich einen eigenen Kosenamen für ihn habe. Es ist lächerlich und ich muss mir auf die Unterlippe beißen, um nicht zu lächeln.

»Der Typ aus dem Club, der Mal schreibt?«, fragt Paige und lässt seine Hand los.

»Ihr habt über mich gesprochen?« Sein Blick wandert zu mir zurück, das Lächeln erhellt immer noch sein Gesicht. Ich glaube nicht, dass ich mir je zuvor wirklich Gedanken über das Lächeln eines Mannes gemacht habe, aber bei seinem wird mir innerlich ganz warm. Und zu wissen, dass ich der Grund dafür bin, lässt mich ganz kribbelig werden.

»Ja.« Mehr bringe ich nicht heraus. Himmel, ich bin schrecklich im Flirten. »Was machst du hier?«, schiebe ich eilig hinterher und versuche, meine Verlegenheit zu überspielen. Ich hätte mich nie für schüchtern gehalten, andererseits habe ich mich auch noch nie von jemandem so angezogen gefühlt wie von ihm. Irgendetwas an ihm ist anders. Vielleicht, weil er kein Nein akzeptiert. Wenn ich ihn herausfordere, hält er dagegen, und irgendwie gefällt mir das. Wahrscheinlich mehr, als es sollte. Vielleicht liegt es an der süßen Art, mit der er das tut.

»Ich komme öfter her. Es liegt in der Nähe meiner Wohnung, also kann ich schnell mal für eine Mahlzeit vorbeischauen. Es ist netter, als an meinem Schreibtisch oder alleine zu Hause zu sitzen.«

Ich bedauere sofort, ihn gefragt zu haben. Ich hatte angenommen, er hätte mich aufgespürt oder so was, aber, wie ich sehe, ist das nicht der Fall. Wenn er hier in der Nähe wohnt, heißt das, er wohnt nicht weit entfernt von Paiges und meiner Wohnung. Wir sind hier nur ungefähr zwei Blocks von unserem Apartment entfernt.

Der Manager kehrt mit Oz' Drink in der Hand an unseren Tisch zurück. »Kann ich Ihnen etwas zu essen bringen, Mr. …«

»Nachtisch«, unterbricht er ihn wieder. Der Manager wirkt jetzt beinahe nervös.

»Da bin ich dabei«, wirft Paige ein.

»Sie teilt nicht«, ergänze ich.

»Dann eine Portion von allem«, sagt Oz und streicht mir langsam mit seiner Fingerspitze über das Handgelenk.

»Wir haben acht Desserts«, erwidert der Manager, als könne er nicht glauben, dass Oz die alle bestellen will.

»Soll ich dann zwei von jedem bestellen, wenn sie nicht teilt?«

Ich lache und weiß, dass ihm dieser Kommentar definitiv Punkte bei Paige einbringt.

»Oh, ich mag ihn«, sagt Paige und ich lache wieder.

»Mir gefällt, wie das klingt.« Oz' Blick ruht auf mir, als wäre sonst niemand mit am Tisch. Sein Blick ist auf romantische Weise besitzergreifend und er fährt fort, mich sanft mit dem Finger zu streicheln.

»Hmm?« Ohne nachzudenken rutsche ich ein wenig näher an ihn heran. Ich will sehen, ob er immer noch nach warmem Bernstein und Honig riecht – ein Duft, an den zu denken ich im Moment nicht aufhören kann.

»Dein Lachen. Es ist bezaubernd. Es gefällt mir. Noch mehr gefällt mir, dass ich der Auslöser dafür war.«

Das mit ihm überfordert mich. Er ist zu charmant, zu einnehmend und benimmt sich bereits so, als gehörte ich ihm. Ich könnte mich viel zu leicht in ihm verlieren.

»Eine Portion von allem sollte reichen«, sprudele ich hervor. Meine Wangen werden heiß, denn ich weiß, dass jeder gehört hat, was er gesagt hat. Er drückt sich so gewagt aus. Ihm ist es egal, ob alle hören, was er sagt. Das ist etwas einschüchternd. Man könnte meinen, dass ich das gewohnt sei, schließlich lebe ich mit Paige zusammen, aber er haut mich immer wieder um.

Mein Blick wandert zu Paige, die uns beide mustert. Sie ist still, was ihr nicht ähnlichsieht. Vor allem, wenn ein Mann eine von uns anmacht. Normalerweise ist sie schnell dabei, ihn mundtot zu machen oder sich auf etwas zu stürzen, was er gesagt hat, nur um ihn zu ärgern.

»Perfekt.« Er streicht mir über die Wange, als würde er die Röte dort berühren wollen. Ich zucke zurück. Er zieht seine Hand weg und sieht mich an, als hätte ich ihn geohrfeigt. Einen Moment lang wirkt er fast so, als sei er verletzt.

»Sorry. Du hast mich überrascht«, versuche ich zu erklären und ärgere mich über meine Reaktion. Ich bin es nicht gewohnt, berührt zu werden.

»Nein, mir tut es leid.« Er bedenkt mich mit einem Blick, den ich nicht deuten kann, bevor er seinen Stuhl zurückschiebt. »Ich werde die Damen dann mal alleine lassen.« Erneut streckt er Paige die Hand hin. »Es war mir ein Vergnügen, dich kennenzulernen.« Sie schüttelt seine Hand und nickt.

»Du musst nicht gehen. Der Nachtisch kommt doch gleich«, protestiere ich. Schuldgefühle machen sich in mir breit, als hätte ich dafür gesorgt, dass er sich unbehaglich fühlt. Wow! Vielleicht hätte ich auf dem College doch ab und zu mal mit Jungs ausgehen sollen, denn ich stelle mich unfassbar ungeschickt dabei an. Andererseits glaube ich nicht, dass mich je zuvor ein Mann so sehr ins Stolpern gebracht hat wie er. Ganz zu schweigen davon, dass auch noch nie jemand mein Interesse geweckt hat.

Als er sich zu mir umdreht, sehe ich etwas Verborgenes in seinen Saphiraugen schlummern. Er beugt sich vor und gibt mir einen Kuss auf die Wange. Einen Moment lang verweilt er mit seinen Lippen an der Stelle, die er soeben berührt hat, und endlich steigt mir der Duft nach Bernstein und Honig in die Nase, nach dem ich mich so sehr gesehnt habe. Verlangen durchströmt meinen Körper, mir läuft ein kalter Schauer über den Rücken, unter dem sich meine Brustwarzen aufrichten. Ich atme hörbar aus und schließe die Augen, vollkommen gefangen von dieser zarten Berührung.

»Genieß dein Dessert, süße Mallory. Ich bin sicher, es ist nicht annähernd so delikat, wie du es bist.«

Damit zieht er sich zurück und durchquert das Restaurant. Ich beobachte, wie sich eine Kellnerin ihm in den Weg stellt. Sie sieht wie ein Model aus, das hier nur kellnert, um über die Runden zu kommen. Sie ist makellos mit ihren glatten blonden Haaren und Beinen, die unter ihrem kurzen schwarzen Rock kein Ende zu nehmen scheinen. Sie streckt die Hand aus, um ihn am

Arm zu berühren, aber er weicht ihr aus, schüttelt entschlossen den Kopf und verlässt das Restaurant. Was war das denn?

»Das war aber heftig«, sagt Paige und ich richte meinen Blick wieder auf sie.

»War das ein Abschied?« Vielleicht war meine Unbeholfenheit zu viel für ihn. Er ist ziemlich schnell abgerauscht.

»Also, ja, er ist gegangen.« Sie sieht mich an, als wäre ich verrückt, und versteht nicht, was ich sagen will.

»Nein, ich meinte ein richtiger Abschied. Dass er mir gar nicht mehr schreibt oder so.« Ich wedele mit den Händen, als würde das helfen, zu erklären, was ich meine.

»Nein.« Sie zieht die Augenbrauen hoch und schüttelt den Kopf, als wäre ich minderbemittelt. »Dieser Mann hängt am Haken.« Sie sagt das mit einer solchen Überzeugung, dass ich fast Angst habe, es anzuzweifeln. Aber nur fast.

»Woher willst du das wissen?«

»Jeder, der Augen im Kopf hat, konnte es sehen, Mal. Er steht auf dich. So richtig.«

In dem Moment werden die Desserts serviert. Drei Service-Mitarbeiter bringen sie, die Teller und Schüsseln verteilen sich über unseren gesamten Tisch.

»Mein Gott.« Paiges Gesicht erstrahlt wie am Weihnachtsmorgen. »Heirate ihn.« Sie nimmt sich eine Gabel und legt los.

»Die Rechnung ist bereits beglichen worden, meine Damen.« Ohne eine Antwort abzuwarten, eilt der Kellner davon.

Ich nehme mein Handy in die Hand und sehe die Nachricht, von der Oz gesprochen hat.

Oz: Ich habe ein gesamtes Meeting damit verbracht, überhaupt nicht auf das zu achten, was besprochen wurde, und nickte nur. Falls ich zugestimmt habe, meine Firma zu verschenken, gebe ich dir die Schuld daran. Und wenn eine der Fragen meiner Sekretärin sich darauf bezogen haben sollte, ob ich an irgendeiner Wohltätigkeitsveranstaltung teilnehmen will, wirst du mich begleiten. Das ist das Mindeste, was du tun kannst.

Bei diesen Worten muss ich lächeln.

»Sieht aus, als wäre da noch jemand total verschossen.«

Das ist eine Untertreibung. Ich bin weit mehr als das und habe bereits Panik, dass ich es vermasselt habe.

Mein Handy vibriert erneut. Eine neue Nachricht von Oz. Mein Herzschlag setzt für einen Moment aus.

Oz: Ich habe ganz vergessen, dir zu sagen, wie umwerfend du ausgesehen hast. Ich war zu sehr damit beschäftigt, dich anzustarren. Ich konnte nicht anders.

Ich. Du hast selbst ziemlich gut ausgesehen.

Oz: Ich kann es kaum erwarten, dich morgen zu sehen und dich ganz für mich alleine zu haben.

Ich: Ich auch nicht.

Ich schaue auf und sehe, dass Paige im Desserthimmel ist. Da erst bemerke ich, dass die Kellnerin, die vorhin mit Oz sprechen wollte, mich mit ihren Blicken tötet. Ich wende mich ab. Das gefällt mir überhaupt nicht. Was ist, wenn dieser Kerl eine ganze Reihe von Frauen hat, mit denen ich ständig konkurrieren muss? Das bringt mich zu der Frage, wer er ist. Aber ich werde mich auf keinen Fall mit Frauen herumschlagen, die er zurückgelassen hat.

Ich: Deine Kellnerin tötet mich mit ihren Blicken.

Oz: Ist Paige noch bei dir?

Seine Nachricht kommt zeitgleich.

Ich: Sie hat acht Nachtische vor sich. Vielleicht gehen wir hier nie wieder weg.

Oz: Sie ist nicht meine Kellnerin.

Ich: Okay. Aber sie scheint das zu denken.

Oz: Ich habe bisher nie mehr als ›Einen Tisch für eine Person‹ zu ihr gesagt, also bin ich nicht sicher, warum sie meine sein sollte. Die Einzige, die ich haben will, lässt mich ihr hinterherlaufen.

Seine Worte beruhigen mich und meine Eifersucht flaut ab.

Ich: Ich lasse dich nicht hinter mir herlaufen.

Oz: Oh doch, das tust du. Und es ist eine Jagd, von der ich jeden Moment genießen werde, wenn ich dadurch dich bekomme.

7. Kapitel

Mallory

Ich habe eine unruhige Nacht. Die Aufregung hält mich wach. Ich habe Träume, in denen ich auf der Flucht bin und Oz mich jagt. In dem letzten Traum, an den ich mich erinnere, bin ich auf einer Wiese und verstecke mich zwischen den Blumen. Oz findet mich und hält mich fest, während er meinen Körper küsst. Ich wache schweißgebadet und erregter auf, als ich es je im Leben gewesen bin.

Ein Blick auf die Uhr verrät mir, dass es kurz vor sechs Uhr morgens ist. Ich gebe es auf, nach diesem Traum wieder einschlafen zu wollen, und strecke die Hand nach meinem Telefon aus. Eine Nachricht von Oz blinkt auf und ich grinse wie eine Idiotin.

Oz: Ich kann es kaum erwarten, dich heute zu sehen. Es ist schon so lange her.

Ich: Hast du vergessen, dass wir uns gestern Abend gesehen haben?

Oz: Du bist zu früh wach. Schlaf noch ein wenig, Baby. Und ich würde es nie vergessen, dich gesehen zu haben.

Meine Wangen brennen. Zum Glück kann er nicht sehen, wie ich erröte.

Ich: Vielleicht kann ich es auch kaum erwarten, dich heute zu sehen.

Oz: Du hast keine Ahnung, was es mit mir macht, das zu lesen.

Ich beiße mir auf die Unterlippe und überlege mir eine sexy Antwort, aber er ist schneller.

Oz: Welche Krawattenfarbe soll ich heute tragen?

Ich mag die Vorstellung, mitzuentscheiden, was er trägt – als könnte ich auf gewisse Weise an seinem Tag teilhaben.

Ich: Blau … wie deine Augen.

Oz: Ich mag deine lieber. Hellgrau mit einem Hauch von Gold.

Ich: Da hat aber jemand ganz genau aufgepasst.

Oz: Meine süße Mallory, wenn du nur wüsstest.

Ich liebe es, dass er mich seine nennt. Ich sollte etwas schwerer zu haben sein, aber es ist so nett, zu jemandem zu gehören.

Ich: Dann grau … wie meine Augen.

Oz: Du bekommst alles, worum du mich bittest.

Nach diesem Satz schlage ich die Decke zurück und beschließe, mich für unser Frühstücks-Date fertig zu machen. Nach dem hitzigen Traum und all dem Erröten beim Hin- und Herschreiben brauche ich etwas Abkühlung. Also dusche ich erst einmal kalt, um richtig wach zu werden und meinen Körper zu beruhigen. Ich kann ihm nicht mit großen Rehaugen und verklärtem Blick am Tisch gegenübersitzen.

Oz ist ein Mann mit Macht, so viel ist klar. Ich bin eine kluge, selbstbewusste Frau und kann zu jeder Unterhaltung viel beitragen. Ich will nicht stumm dasitzen, weil ich meine unberechenbaren Hormone nicht im Griff habe.

Nach dem Duschen schminke ich mich und beschließe, mir die Haare wieder hochzustecken. Es war nett, sie während der Arbeit nicht die ganze Zeit im Gesicht hängen zu haben, also ist es absolut meine eigene Entscheidung und hat nichts damit zu tun, dass ich Oz gleich sehe. Definitiv nicht.

Sobald ich damit fertig bin, schnappe ich mir meine Superkräfteunterwäsche. Ich brauche jedes bisschen Selbstbewusstsein, das ich bekommen kann. Ich entscheide mich für ein graues Set aus Satin, weil ich etwas will, das sowohl Stil hat als auch scharf ist. Und auch das hat nichts mit der Krawatte zu tun, die Oz tragen wird. Das ist reiner Zufall.

Darüber kommt ein graues Etuikleid, das sich schön um meine Kurven schmiegt. Ich kombiniere es mit einem breiten schwarzen Gürtel und schwarzen Peep-Toe-Heels. Ich sehe professionell aus und genau das brauche ich heute. Einen Panzer, der meine Libido in Schach halten kann, während ich mit diesem umwerfenden Mann frühstücke.

Etwas angespannt nehme ich mein Handy. Das habe ich bisher vermieden, weil ich mich beim Fertigmachen nicht hetzen lassen wollte, um nicht noch nervöser zu werden.

Als ich mit dem Finger über das Display wische, sehe ich, dass ich weitere Nachrichten von Oz erhalten habe.

Oz: Leg roten Lippenstift auf.

Oz: Bitte.

Diese Aufforderung ist seltsam, aber ich schätze, wenn ich schon seine Krawatte aussuchen durfte, kann ich ihm wenigstens diesen Wunsch erfüllen. Im Bad nehme ich die rote Lippenfarbe heraus, die ich vor einiger Zeit gekauft habe. Ich dachte, ich würde sie mal zu einer Party oder so tragen, aber letzten Endes habe ich sie nie benutzt. Ich glaube, heute ist ein Tag für eine kräftige Farbe, denke ich, als ich die Lippen nachziehe. Um dieses Zeug abzubekommen, braucht man einen Sandstrahler, aber wenigstens muss ich mir keine Gedanken darüber machen, mich zwischendurch nachzuschminken oder ob die Farbe beim Essen verwischt.

Ich schicke ihm ein Kuss-Emoji mit knallroten Lippen und er schickt mir ein Daumen-Hoch. Das ist so albern, dass ich grinsen muss.

Ich nehme meinen Block mit meinen Notizen von gestern vom Nachttisch, stecke ihn in meine Handtasche und hänge sie mir über die Schulter, bevor ich ins Wohnzimmer gehe. Paige steht mit einer Schüssel Müsli am Tresen in der Küche. Sie trägt ein weißes Hemd und schwarze Hosen. Im Moment ist sie noch barfuß, aber neben ihr auf dem Fußboden liegt ein rotes Paar Pumps.

»Frühstücksdate?«, fragt sie, als ich hereinkomme und meine Tasche abstelle. Ich nicke und versuche, nicht zu erröten.

Gestern Abend nach dem Heimkommen habe ich ihr davon erzählt und sie wirkte, als ob sie sich für mich freute. Es ist ungewöhnlich, dass Paige sich für mich freut, weil ich mit jemandem ausgehe, aber ich nehme an, sie sieht etwas in der Sache zwischen mir und Oz.

»Bereit für deinen ersten Tag?«, frage ich und schaue sie von Kopf bis Fuß an. Ihre braunen Haare sind zu einem Pferdeschwanz gebunden, doch es sieht sehr professionell aus. Sie ist so zierlich, hat aber einen unglaublichen Körper und ich bin sicher, dass sie den ganzen Tag auf den hohen Absätzen durchhält, ohne auch nur einmal zu jammern.

»Auf jeden Fall. Ich will früh da sein. Einen guten Eindruck machen.«

Ich nicke und in dem Moment vibriert das Telefon in meiner Hand. Eine Nachricht von Oz.

Oz: Bin auf dem Weg zu dir.

Einen Moment lang bin ich in Panik. Ich glaube nicht, dass ich bereit bin, ihm die Wohnung zu zeigen. Was, wenn er darum bittet, mein Zimmer sehen zu dürfen? Darin herrscht das reinste Chaos.

Ich: Ich warte unten auf dich!

Ich schnappe mir meine Tasche und stürme aus der Tür, wobei ich Paige über die Schulter einen schönen Tag zurufe. Ich höre sie lachen, als die Tür hinter mir ins Schloss fällt und ich die ersten Stufen hinuntergehe.

Unten angekommen, öffne ich die Tür zur Lobby und sehe Oz. Er trägt einen schwarzen Anzug mit einem gestärkten weißen Hemd und einer grauen Krawatte. Mit seinen zurückgekämmten Wellen und dem breiten Grinsen, das seine Grübchen hervortreten lässt, sieht er aus wie eine Art Sexgott aus einer Aftershave-Werbung. Warum ich noch immer stehe und bei seinem Anblick nicht augenblicklich zu einer Pfütze aus Verlangen geschmolzen bin, ist mir unbegreiflich.

Für den Bruchteil einer Sekunde bin ich überrascht, wie schnell er hergekommen ist, aber gleich darauf erleichtert darüber, dass ich ihn nicht in unsere Wohnung gelassen habe.

»Wow, du warst aber schnell hier.« Ich gehe auf ihn zu und versuche mit jedem Schritt, mein Selbstbewusstsein zu stärken.

»›Wow‹ stimmt«, flüstert er und kommt mir entgegen. »Du siehst umwerfend aus.«

Er tritt vor mich und legt mir seine Hände auf die nackten Arme. Seine warmen Handflächen jagen einen Schauer des Verlangens durch den Körper. Mein Kleid ist ärmellos und er macht sich das bereits zunutze.

Er beugt sich vor und drückt mir einen Kuss auf die Stelle unter meinem Ohr. Sein Duft nimmt mich gefangen, das reiche Aroma umfängt mich. Das intime Gefühl seiner weichen, vollen Lippen auf meiner Haut lässt eine Welle des Verlangens durch die untere Hälfte meines Körpers strömen, wie ich es noch nie zuvor erlebt habe. Verdammt, ich glaube, meine Knie werden weich. Wie macht er das?

Er zieht sich zurück, sieht mich an und befeuchtet sich die Lippen. Es ist unglaublich sexy, zu sehen, wie er sich mit der Zungenspitze über den Mund streicht, und ich würde mich am liebsten vorbeugen und ihn kosten.

»Ich dachte, rote Lippen würden mich davon abhalten, dich zu küssen. Aber ich habe wohl einen Weg gefunden.«

Ich verliere mich schon wieder in seiner Nähe. Meine Güte, dieser Mann berührt mich und ich schmelze förmlich. Alle Gedanken verlassen meinen Kopf. Das ist beängstigend und aufregend zugleich.

»Du hast Glück, der Lippenstift ist kussecht.« Ich erröte leicht und denke, wie schlecht ich darin bin, sexy zu sein.

Er schenkt mir ein teuflisches Lächeln und nimmt meine Hand. »Herausforderung angenommen.«

Von der Lobby aus führt er mich zu einer Limousine, die draußen wartet. Ich bin etwas überrascht, wie formell das alles ist, aber vielleicht fährt er immer mit diesem Wagen. Oz hält mir die hintere Tür auf und hilft mir hinein. Der Anblick, der sich mir bietet, verwirrt mich zutiefst.

Als Oz auf der anderen Seite einsteigt, schaue ich ihn geschockt an.

»Ich dachte, das wäre …« Er zögert kurz, als überlege er, was er sagen solle. »Etwas intimer.«

»Also hast du ein Frühstück im Inneren einer verdammten Limousine organisiert?« Ich lasse meinen Blick über die verschiedenen Tabletts mit Essen gleiten, während der Wagen losfährt. »Das ist verrückt. Ich dachte an irgendeinen Diner in der Nähe der Firma.«

»Das können wir auch machen, wenn dir das lieber ist.«

Ich schaue ihn an und sehe, dass er etwas enttäuscht ist, also nehme ich seine Hand in meine. Er soll nicht denken, dass ich unglücklich oder undankbar wegen dieser übertriebenen Geste bin. Ich liebe sie. Es ist süß, dass er sich so viel Mühe gemacht hat. Dieser Mann überrascht mich auf Schritt und Tritt und zeigt mir, dass er nicht derjenige ist, für den ich ihn zuerst gehalten hatte. Ich fühle mich etwas schuldig.

»Nein!«, sagte ich zu laut und dann etwas ruhiger. »Nein. Das ist perfekt. Danke. Es ist mehr, als ich erwartet habe, und wirklich süß von dir.«

Er drückt meine Hand und die Grübchen kehren zurück. Diese anbetungswürdigen Grübchen werden mich noch kleinkriegen. Vor allem, wenn ich etwas sage, das sie aufblitzen lässt.

»Was hättest du gerne?« Er zeigt auf die Tabletts und ich bin überwältigt.

»Ich denke, ich habe im Moment noch zu viele Schmetterlinge im Bauch, um etwas zu essen. Vielleicht einen Kaffee?«

Er lächelt bei meinen Worten und greift nach einer Tasse, die neben ihm steht. »Viel Milch, viel Zucker und ein Hauch Zimt.«

»Woher weißt du das?« Ich nehme die Tasse und trinke einen Schluck. Der Kaffee ist perfekt. Genauso, wie ich ihn mag.

»Ich habe so meine Mittel und Wege«, erwidert er nur. Es wärmt mir das Herz, dass er sich so viel Mühe gemacht hat, die kleinen Dinge über mich herauszufinden, was das Gefühl verstärkt, dass wir ganz alleine in unserer kleinen Blase sind. Es ist so aufregend. Ich möchte das Geheimnisvolle noch etwas länger auskosten.

Er schaut meinen Kaffeebecher an und ich hebe fragend eine Augenbraue.

»Ich wollte nur sehen, ob du einen Abdruck hinterlassen hast.« Er nimmt mir den Becher aus der Hand und stellt ihn wieder in den Halter neben sich. Dann schaut er mich so eindringlich an, dass ich ihn fragen möchte, was los ist. Doch mit einem Mal hebt er seine Hand an mein Gesicht und dann ist sein Mund auf meinem.

Seine Lippen sind so weich, aber in ihnen liegt ein Verlangen, das alles übersteigt, was ich je erlebt habe. Meine Lippen öffnen sich wie von selbst. Ich atme ein und seine warme Zunge gleitet in meinen Mund. Er stöhnt, als er mich schmeckt, und ich kralle meine Finger in seine Schultern. Ich will nicht, dass der Kuss oder die Gefühle, die er in mir hervorruft, enden. Ich wusste nicht, dass ein simpler Kuss so etwas anrichten kann. Dass er jeden Teil meines Körpers zum Leben erwecken und alle Gedanken an die Welt da draußen vertreiben kann, bis nur noch dieser eine Moment übrig bleibt. Aber das liegt daran, dass dieser Kuss überhaupt nicht simpel ist. Dieser Kuss ist alles.

Ich empfange ihn mit meiner Zunge, will ihn auch schmecken, ihm so nah wie möglich sein. Ich lasse meine Hände über seinen Rücken nach oben wandern, zu seinem Nacken, seinen

Haaren. Mein Körper entzieht sich meiner Kontrolle, als ich die Finger in die kurzen Wellen schiebe und versuche, mich an ihm festzuhalten.

Seine riesigen Hände gleiten an meiner Seite herunter zu meiner Taille. Er umarmt mich besitzergreifend und mit einem Mal finde ich mich auf seinem Schoß wieder, spüre, wie seine Erektion gegen meine Hüfte stößt. Vermutlich sollte mir das Angst machen, aber das tut es nicht. Im Gegenteil, ich fühle mich begehrt und sehr weiblich. Er vertieft den Kuss und der Geschmack von Zimt wandert von meiner Zunge zu seiner. Sein Aftershave legt sich auf meine Haut, als ich meine vollen Brüste gegen seinen Anzug drücke. Für den Bruchteil einer Sekunde will ich die Hand ausstrecken und ihm das Hemd aufreißen, damit ich die Haut auf seiner Brust berühren kann, aber als er sanft in meine Unterlippe beißt, kann ich nur noch an den sehnsüchtigen Schmerz zwischen meinen Beinen denken, der alles bisher Dagewesene übertrifft. Ich hatte keine Ahnung, dass es so sein kann.

Er umfasst meinen Po und zieht mich näher an seinen harten Schwanz. Ich sitze seitlich auf seinem Schoß, will aber am liebsten mein Kleid hochziehen und mich rittlings auf ihn setzen, um den Druck abzubauen, der immer größer wird. Ich will meinen gesamten Körper an seinen pressen und zwar jetzt. Es ist das erste Mal in meinem Leben, dass ich die Kontrolle verliere, und das ist verdammt umwerfend.

Als ich Anstalten mache, mich richtig auf seinen Schoß zu setzen, legt er eine seiner großen Hände sanft auf meinen Oberschenkel. Er unterbricht den Kuss und sieht mich an. Ich sehe das Verlangen in seinen Augen, das mein eigenes spiegelt.

»Mallory«, flüstert er und es klingt beinahe flehentlich.

Die Unsicherheit, ob das hier alles nur ein Spiel ist, löst sich in dem Moment auf, als er meinen Namen sagt. Dieser Hunger, den er für mich empfindet. Das hat noch nie jemand getan. Noch nie hat mich jemand mit so viel Verlangen und Begierde angeschaut. Ich will es. Vielleicht ist das alles überstürzt, da das hier meine erste Beziehung ist, aber das ist mir ausnahmsweise einmal egal. Ich habe nicht vor, alles genau zu planen und aus allen Blickwinkeln zu betrachten. Ich lasse einfach los. Und das ist sehr befreiend. Ich lasse mich von ihm auffangen, auch wenn es nur diesen einen Moment andauern sollte und ich nicht noch mehr bekomme. Er könnte mir das Herz brechen, aber ich würde mich immer noch an jede Sekunde dieser Erfahrung erinnern. Das hier kommt mir so richtig vor. Das muss es einfach sein. So habe ich mich noch nie mit jemandem gefühlt und ich darf mir diesen Moment nicht entgehen lassen. Das werde ich auch nicht.

Ich versuche erneut, mich anders hinzusetzen, aber er hält meine Beine zusammen, sodass ich nicht kann. Als ich den Mund öffne, um ihn zu fragen, warum er mich aufhält, fängt er an, mit dem Saum meines Kleides zu spielen.

»Das hier.« Seine Stimme ist ganz sanft, als er mit seinen Fingerspitzen an der Innenseite meines Oberschenkels hinaufwandert.

Ich schaue ihm weiter in die Augen, während ich meine Beine unter seiner Berührung öffne. Seine Hand gleitet unter mein Kleid und hoch zu meinem Slip. Beinahe hätte ich unter der Berührung gestöhnt. Noch nie hat mich ein Mann dort angefasst und als Oz' große Finger ganz zart den feuchten Fleck auf meinem Slip berühren, explodiere ich beinahe.

»Oz.« In meiner Stimme liegt so viel Verlangen, aber auch leichte Panik. Ich will das, aber ich habe Angst. Das ist absolut verrückt, doch ich will jetzt nicht aufhören, um darüber nachzudenken. Später. Später kann ich das alles genau durchdenken.

»Ich werde immer für dich sorgen, Mallory.«

Langsam schiebt er meinen Slip zur Seite und ich erschauere unter der ersten Berührung. Er reibt mich und erinnert mich daran, wie erregt ich bin. Sein Atem stockt, und zu wissen, dass es ihm gefällt, macht mich noch mehr an.

Ich klammere mich an ihn, die Finger in seinen Haaren vergraben, die Beine für seine Liebkosungen gespreizt. Er streichelt meine Klit und ich spanne mich an. Ich bin dem Orgasmus so nahe. Ich habe mich schon ein paarmal selbst verwöhnt, aber das war immer viel Arbeit und hat sich nie wirklich gelohnt. Das hier ist etwas ganz anderes und jetzt schon so viel besser als alles, was ich mir selbst gegeben habe, und ich steige immer höher zu etwas Gigantischem empor.

»Gib es mir, Baby.« Sein Atem trifft auf meine Lippen und ich will tun, was er verlangt. Ich schaue hin und sehe, wie sein vom Anzugärmel bedeckter Arm sich auf und ab bewegt und das ist so verdammt erotisch. Zu wissen, dass dieser Arm zu der Hand führt, die unter meinem Kleid steckt und mich befriedigt, überwältigt mich.

Ich schaue in seine Saphiraugen, beiße mir auf die Lippe und ergebe mich dem Orgasmus, vor dem ich solche Angst gehabt habe.

Die Welle ist intensiv und so mächtig, dass ich Sterne sehe. Ich stoße einen Schrei der Erlösung aus, als seine Finger mich weiter reizen und noch mehr Wonne in mir hervorrufen. Mein Körper ist kurz davor, in eine Million Teile zu zerspringen, doch Oz legt seine Arme um meinen Rücken.

Ich schmiege mich an ihn und atme schwer. Er gleitet mit den Fingern aus meiner Hitze und rückt meinen Slip zurecht. Der kühle feuchte Satinstoff ist wie Balsam auf meiner überstimulierten Pussy.

Oz hebt seine Finger an den Mund und ich sehe zu, wie er mit seiner Zunge darüberfährt, um sie zu probieren. Er schließt die Augen und stöhnt. Sein Schwanz zuckt unter meiner Hüfte und das macht mich gleich wieder an. Zu wissen, dass er es mag, ist so schmutzig, doch das ist mir egal.

Sobald er die Finger vom Mund gelöst hat, betrachtet er mich mit dem eindringlichsten Blick. Ich denke, dass er mich gleich hier auf dem Boden der Limousine nimmt, und um ehrlich zu sein, ich weiß nicht, ob ich ihn davon abhalten würde. Doch stattdessen drückt er seine Lippen ganz sanft auf meine. Es ist ein süßer Dankeskuss und ich schmecke etwas von mir selbst an ihm.

Er beendet den Kuss, lehnt seine Stirn gegen meine und atmet tief ein.

»Das war so viel mehr, als ich erwartet hatte. Danke dir, Mallory.«

Ich werde bis an die Zehenspitzen rot. »Ich denke, ich sollte dir danken.«

Er presst mich an sich und stößt ein kleines Lachen aus. »Geh heute mit mir zum Lunch. Und dann später zum Abendessen.«

»Du bist so gierig«, sage ich, um davon abzulenken, wie gerne ich beides davon täte, aber ich weiß, dass ich es nicht tun sollte, denn ich muss über Mittag im Büro bleiben.

Er zieht sich zurück, um mich anzusehen, und wieder tauchen diese Grübchen auf, die ich so sehr liebe. »Gierig nach dir? Immer.«

Erst da fällt mir auf, dass die Limousine angehalten hat. Ich schaue auf meine Uhr und sehe, dass es fast an der Zeit für mich ist, ins Büro zu gehen. Ich denke darüber nach, seine beiden Angebote anzunehmen, aber ich muss vernünftig bleiben. Wenn das Mittagessen nur ansatzweise so verläuft wie das Frühstück, werde ich es nicht ins Büro zurück schaffen. Meine Beine sind ohnehin schon zittrig genug.

»Dinner«, sage ich und fahre ihm mit der Hand durch die Haare. Etwas an ihm hat mich in Besitz genommen und ich bekomme einen Tunnelblick, wenn er in meiner Nähe ist.

Er streicht mir mit der Hand über den Rücken, als könne er nicht aufhören, mich zu berühren.

»Ich hole dich hier direkt nach der Arbeit ab.« Er beugt sich vor, gibt mir einen Kuss auf den Mund und setzt mich dann auf den Platz neben sich.

Augenblicklich vermisse ich es, ihm nahe zu sein, und spüre eine leichte Kälte in mir aufsteigen. Aber ich lächle, als er eine kleine Papiertüte herausholt und mit einigen Gebäckteilchen von dem Tablett vor uns füllt. Dann nimmt er meine Handtasche und legt die Papiertüte hinein.

Ich suche nach einem Spiegel, um meine Frisur zu richten und mein Make-up aufzufrischen. Beides ist sicher total durcheinandergeraten, aber Oz beugt sich zu mir und nimmt mein Gesicht in die Hände.

»Du siehst perfekt aus. Nicht ein Haar ist verrutscht.« Er küsst mich wieder und dieses Mal bewegt sich seine Zunge langsam und süß. Er genießt mich. Als er sich zurücklehnt, strahlt er wieder. »Dieser Lippenstift ist unglaublich. Ich sollte Aktien von dieser Firma kaufen.«

Ich erröte etwas und nehme meine Handtasche. Bevor ich mich umdrehen kann, um mich von Oz zu verabschieden, ist er schon ausgestiegen, kommt um den Wagen herum und hält mir die Tür auf. Er streckt mir die Hand hin und ich nehme sie. Beim Aussteigen streiche ich mein Kleid glatt. Er umfasst mein Kinn, damit ich ihn ansehe.

»Ich werde hier warten«, sagt er und gibt mir einen leichten Kuss auf den Mund.

Damit gehe ich und betrete das Gebäude. Sobald ich die Glastüren hinter mir gelassen habe, drehe ich mich um und sehe, dass er mir zuwinkt. Wieder werde ich rot, aber es ist irgendwie süß von ihm.

Ich ziehe meinen Ausweis durch und springe in den Fahrstuhl, wo ich mich in die hinterste Ecke stelle, als weitere Fahrgäste zusteigen. Ich betaste meine Lippen mit dem Finger und frage mich, ob irgendjemand hier ahnt, dass ich gerade den besten Morgen meines Lebens hatte.

8. Kapitel

Mallory

Ich stochere in den schlappen Salatblättern in meiner Schüssel herum. Da ich kaum gefrühstückt habe, bin ich kurz vor dem Verhungern, aber dieser Salat sieht trotz des Ranch-Dressings und des vielen Käses obendrauf irgendwie traurig aus.

Ich nehme mein Handy heraus, um Oz zu schreiben. Nachdem ich heute Morgen aus der Limousine gestiegen bin, haben wir uns kurz hin- und hergeschrieben, aber sobald ich an meinem Schreibtisch saß, legte ich das Handy weg, um mich auf das zu konzentrieren, was anstand. Obwohl meine Gedanken immer wieder zu ihm wanderten. Zumindest waren es Tätigkeiten, die nicht viel Konzentration verlangten, also konnte ich beides tun.

Ich: Ich hoffe, du hast etwas Leckeres fürs Abendessen geplant. Ich sterbe vor Hunger.

Oz: Hast du nicht zu Mittag gegessen? Du musst essen.

Ich lächle ob seiner Sorge, mir wird ganz warm.

Ich: Ich sitze gerade beim Mittagessen, aber die Kantine in dieser Firma ist nicht so toll.

Oz: Ach, wirklich?

Ich: Was hattest du zu Mittag?

Oz: Als ich dich heute Morgen von meinen Fingern geleckt habe, hast du nach Pfirsich geschmeckt. Seitdem habe ich nichts anderes mehr gewollt. Also habe ich mir zum Lunch ein Stück Pfirsichauflauf geholt.

Meine Wangen werden heiß. So hat noch niemand je mit mir geredet. Die Hitze schießt in meine Mitte, als ich daran denke, was er heute Morgen mit mir gemacht hat. Der Ausdruck in seinem Gesicht, als er mich geschmeckt hat – als wäre ich das Beste, was er je im Leben gekostet hat. Diesen Ausdruck werde ich nie vergessen.

Oz: Wirst du gerade rot? Du hast keine Ahnung, wie hart es mich macht, wenn du errötest.

Nach dieser Nachricht fühle ich mich sexy und auch ein wenig mutig, also öffne ich die Kamera-App auf meinem Handy und mache ein Foto, das ich ihm schicke. Meine Wangen sind eindeutig rot.

Oz: Verdammt, Baby. Bist du in der Cafeteria? Ich bin mir nicht sicher, ob es mir gefällt, dass andere dich erröten sehen.

Ich: Eifersüchtig?

Oz: Unheimlich.

Mein Lächeln wird noch breiter. Ist es krank, glücklich darüber zu sein, dass jemand meinetwegen eifersüchtig ist? Vielleicht. Aber es ist mir egal.

Ich: Hier sind nicht viele Leute und ich sitze an der Seite. Außerdem ist es hier ziemlich lahm.

Oz: Was stimmt nicht mit der Cafeteria?

Ich: Ich habe mir einen Salat geholt und der Kopfsalat sieht ziemlich schlimm aus. Es gibt hier keine große Auswahl. Vielleicht werde ich mir ab morgen wieder etwas von zu Hause mitbringen.

Das hätte ich von Anfang an tun sollen, aber ich war aufgeregt wegen des Dates mit Oz und habe es vergessen. Ich würde lieber an meinem Schreibtisch essen und versuchen, den Stapel Berichte abzuarbeiten.

Oz: Was isst du mittags normalerweise?

Ich: Einen Salat oder ein Sandwich. Etwas, das nicht so schwer ist.

Ich schaue auf, als ich höre, dass ein Stuhl an meinem Tisch bewegt wird. Eric setzt sich neben mich. Ich lächle ihn an, weil ich nett sein will. Zwar mag ich ihn nicht, doch es gibt keinen wirklichen Grund dafür.

»Diese Berichte dauern ewig.« Eric seufzt, als wäre er bis auf die Knochen erschöpft. Vielleicht würde es nicht so lange dauern, wenn Skyler und ich nicht ständig seine Fehler ausbügeln müssten, aber diese Bemerkung behalte ich für mich.

»Ja, es sind ziemlich viele«, sage ich, ohne ihm wirklich zuzustimmen. Es gibt viele Berichte zu erstellen und da wir neu sind, lassen sie uns die Arbeit gegenseitig kontrollieren, damit wir garantiert nichts übersehen. Das ist nicht besonders schwer. Zwar ist das in meinen Augen eine reine Fleißarbeit, aber der Job muss nun mal erledigt werden und wer am Fuße der Nahrungskette steht, bekommt eben solche Aufgaben. Ich mache das gerne und mit einem Lächeln im Gesicht, weil ich froh bin, hier zu sein. Sie könnten mich auch in die Poststelle versetzen und ich wäre immer noch dankbar. Es dauert eben etwas, bis man bekommt, was man haben will. Das habe ich schon früh im Leben gelernt. Und ich habe kein Problem damit, dic nötige Arbeit zu erledigen, um es zu erreichen.

»Tja, mir hat man gesagt, dass ich heute länger arbeiten muss, genau wie Skyler. Wenn du zu deinem Schreibtisch zurückgehst, wird man dir sicher das Gleiche sagen.«

Tja, das ist echt ätzend. Ich schätze, ich werde Oz heute Abend doch nicht sehen.

»Danke für die Warnung.« Ich schiebe meinen Stuhl zurück, weil ich nicht länger bleiben will und den Salat sowieso nicht esse. Vielleicht kann ich mir aus dem Automaten eine Tüte Chips ziehen, die mich über den Tag rettet – vor allem, wenn ich länger arbeiten muss.

»Du gehst schon zurück? Du hast ja noch gar nicht aufgegessen.« Er zeigt auf meinen Teller.

»Ja. Ich gehe lieber wieder zurück und mache die Berichte fertig. Je schneller ich mich daranmache, desto eher kann ich heute Abend gehen, wenn wir länger bleiben müssen.«

»Ich hatte gehofft, ich könnte mit dir zusammen essen. Dich ein bisschen besser kennenlernen.« Sein Blick gleitet über mich und ich habe den Eindruck, er will mich nicht nur auf einer freundschaftlichen Kollegenebene kennenlernen.

»Sorry«, bringe ich nur hervor, denn was soll ich sonst dazu sagen? Ich habe nicht das geringste Bedürfnis, ihn besser kennenzulernen. Ich wende mich zum Gehen und könnte schwören, seinen Blick auf mir zu spüren, aber ich weigere mich, den Kopf zu drehen. Ich stelle mein Tablett ab, verlasse die Kantine und sehe Paige neben dem Fahrstuhl mit einem Mann reden. Sie hat die Hände in die Hüften gestemmt und an ihrer Miene erkenne ich, dass, was auch immer sie da besprechen, sie aufregt.

Der Mann lässt Paige trotz ihrer hohen Absätze kleiner aussehen als sonst. Nicht, dass es mit ihrer zierlichen Figur viel dafür benötigt. Er ist fast einen halben Meter größer als sie. Und außerdem gebaut wie ein verdammter Footballspieler. Er trägt ein weißes Hemd mit aufgerollten Ärmeln, sodass man seine muskulösen und tätowierten Unterarme sehen kann. Seine schwarze Anzughose ist auf seine kräftigen Oberschenkel zugeschnitten, die ungefähr den Durchmesser von Paiges Taille zu haben scheinen. Alles an diesem Mann besteht aus Muskeln. Er hat kurze blonde Haare und strahlend blaue Augen. Irgendwie erinnert er mich an Captain America, wenn der tätowiert wäre.

Worüber auch immer Paige sich aufregt, lässt ihn nur grinsen – beinahe, als fände er sie bezaubernd. Ich stehe da, schaue mir das an und frage mich, was da los ist. Vermutlich arbeitet der Kerl mit ihr zusammen in der Sicherheitsabteilung. Nach ein paar Sekunden denke ich, dass er mir irgendwie bekannt vorkommt. Dann trifft es mich wie ein Schlag. Das ist derselbe Typ, mit dem sie sich vor Kurzem in dem Club unterhalten hatte. Guter Gott, ich hoffe nicht, dass sie gleich an ihrem ersten Tag gefeuert wird. Sie hat sich so verdammt über diesen Job gefreut.

Als spüre sie, dass ich sie beobachte, dreht sie den Kopf in meine Richtung und ist sichtlich überrascht. Schnell setzt sie ein höfliches Lächeln auf. Dann wendet sie sich wieder zu dem

Mann um und sagt etwas, woraufhin er den Kopf schüttelt und auf den Fahrstuhlknopf drückt, als hätte sie ihn gerade entlassen oder so. Danach kommt sie auf mich zu und er sieht ihr nach.

»Ist alles in Ordnung?«, frage ich, als sie schließlich bei mir ankommt. Sie dreht sich um und sieht zu, wie der Typ in den Fahrstuhl steigt, den Blick fest auf sie gerichtet, bis die Türen sich schließen.

»Mein Boss«, murmelt sie genervt.

»Ist das nicht der Typ aus dem Club neulich?« Mit ihrem fotografischen Gedächtnis wäre ihr das bestimmt nicht entgangen. Aber ich könnte mich irren. Es war dunkel und sie stand während des Gesprächs auf der anderen Seite der Bar.

»Äh, ja.«

»Du lieber Himmel! Hat er dich an dem Abend angemacht? Denn das würde mit Sicherheit sehr unangenehm werden. Miteinander auszugehen und zusammen zu arbeiten, das kann nicht funktionieren. Das wäre das totale Chaos.« Zumindest würde ich das nicht wollen. Dieser Job ist mir zu wichtig, um ihn für so etwas aufs Spiel zu setzen.

»Weil ich ja auch so viel mit Männern ausgehe«, witzelt sie und ich muss lachen. Nein, Paige geht nicht aus. Sie flirtet manchmal ein wenig, aber das ist alles.

»Wie war dein Frühstück?«

Wieder werden meine Wangen warm und Paige hebt die Augenbrauen.

»So gut also?«

Ich muss dieses Erröten wirklich in den Griff bekommen.

»Es war wundervoll. Ich mag ihn wirklich, Paige. Also so richtig. Das alles passiert nur so schnell. Das macht mir ein bisschen Angst.«

»Wow, so sehr?« Besorgt zieht sie die Augenbrauen zusammen.

»Ja. Es ist zu schnell, nicht wahr?«

»Gegen seine Gefühle kann man nichts machen, Mal. Das wird schon. Du bist ein kluges Mädchen. Und wenn etwas passieren sollte, bin ich da und helfe dir, die Scherben wieder aufzusammeln.« Sie nimmt meine Hand. »Ich bin für dich da.«

Es ist eine seltsame Art, das auszudrücken. Als wäre ein gebrochenes Herz unausweichlich. Aber ich schüttle den Gedanken ab und sage mir, dass Paige die Dinge immer etwas anders sieht als ich.

»Ich weiß. Ich hatte so viel Glück, dich als Mitbewohnerin zugeteilt bekommen zu haben.« Ich frage mich, wie wohl alles gelaufen wäre, hätte ich sie in den letzten vier Jahren nicht an meiner Seite gehabt. Hätte ich es durchs College geschafft? Ja, aber Paige zu haben, hatte vieles erleichtert. Sie war der erste Mensch in meinem Leben, auf den ich mich wirklich verlassen konnte, und es hat sich wirklich angefühlt, als wäre sie da, um mich aufzufangen. Sie ist meine einzige echte Familie.

»Werd nicht gleich rührselig.« Sie zieht mich in die Arme. »Geh zurück an die Arbeit«, flüstert sie mir ins Ohr und ich muss lachen.

»Heute komme ich spät nach Hause. Ich habe gehört, dass ich Überstunden machen muss.«

»Okay. Ich bestelle mir etwas zu essen. Das kannst du dir dann aufwärmen, wenn du nach Hause kommst.«

»Klingt gut.« Wir verabschieden uns und ich kehre auf meine Etage zurück. Vor meinem Tisch bleibe ich abrupt stehen. In der Mitte des Großraumbüros gibt es sechs Arbeitsplätze, um die herum normale Büros angeordnet sind. Ich sitze zwischen Skyler und Eric.

Auf meinem Schreibtisch liegt ein Sandwich und daneben steht ein Kaffee, der so aussieht, als wäre er genauso zubereitet, wie ich ihn mag.

»Hast du gesehen, wer das hier hingestellt hat?«, frage ich Skyler, die aufsteht, um über die Trennwand zu schauen.

»Irgendein Lieferjunge hat es vor ein paar Sekunden gebracht. Ich dachte, du hättest es bestellt.« Sie zuckt mit den Schultern und beugt sich ein wenig weiter vor. »Wenn ich noch einen Bericht von Eric korrigieren muss, erwürge ich ihn«, flüstert sie verschwörerisch. Ich nicke zustimmend.

»Ich weiß.«

Sie verdreht die Augen und atmet tief ein, bevor sie sich wieder hinsetzt. In dem Moment kommt Linda aus ihrem Büro. Wie alle anderen in dieser Firma ist sie tadellos gekleidet. Ich werde meine ersten paar Gehaltsschecks für bessere Kleidung ausgeben müssen. Vielleicht finde ich ein paar Sachen, die ich mit dem, was ich schon habe, mixen kann, damit ich nicht so viel kaufen muss. Bei unserem ersten Treffen ist es mir gar nicht aufgefallen, aber sie sieht viel zu jung aus, um meine Chefin zu sein. Das gibt mir Hoffnung, dass man hier schnell die Karriereleiter hinaufklettern kann, wenn man nur hart arbeitet.

»Mallory, ich muss dich bitten, Eric und Skyler so lange zu helfen, bis alle Berichte fertig sind.«

»Natürlich.«

Sie nickt und kehrt in ihr Büro zurück.

Ich setze mich auf meinen Stuhl und hole mein Handy heraus. Das Sandwich kann nur von einer Person kommen. Ich lache, als ich sehe, dass ich drei Textnachrichten und einen verpassten Anruf von Oz habe. Geduld ist eindeutig nicht seine Stärke.

Oz: Du musst essen, Baby.

Oz: Kannst du dir nicht etwas anderes holen?

Oz: Ich habe mich für dich darum gekümmert.

Wie er das so schnell geschafft hat, ist mir ein Rätsel.

Ich: Ich schwöre, du bist wirklich der Zauberer von Oz, der alle Strippen zieht. Danke für das Sandwich und den Kaffee.

Ganz eindeutig kann dieser Mann aus dem Nichts auftauchen und alles verwirklichen.

Oz: Ich mag es nicht, wenn du nicht auf meine Nachrichten reagierst.

Das sollte mir Sorgen machen, aber die dummen Schmetterlinge in meinem Bauch haben eine eigene Meinung dazu. Das kann nicht gesund sein.

Ich: Ich bin bei der Arbeit. Manchmal kommt etwas dazwischen und ich kann nicht sofort antworten.

Oz: Ich kann es kaum erwarten, dich heute Abend zu sehen.

Sein Themenwechsel entlockt mir ein leises Schnauben. Ich liebe es, dass es ihm egal ist, wie fordernd und fast ein wenig bedürftig er teilweise wirkt. Das hier ist kein Spiel für ihn.

Ich: Wegen heute Abend. Tut mir leid, ich kann nicht. Ich muss länger im Büro bleiben.

Ich schicke die Nachricht ab und warte auf seine Antwort, bevor ich mich wieder an die Arbeit mache, aber es kommt nichts. Das Schweigen ist sehr untypisch für Oz. Normalerweise antwortet er immer sofort und wenn ich nicht schnell genug reagiere, schickt er noch eine Nachricht oder ruft an.

Einen Moment warte ich noch und denke, dass bei ihm vielleicht auch die Arbeit dazwischengekommen ist, also stecke ich mein Handy in die Handtasche und nippe an dem Kaffee. Lächelnd denke ich an den heutigen Morgen. Es ist mir ein vollkommenes Rätsel, woher er weiß, wie ich meinen Kaffee am liebsten mag.

Ich lasse mich in die Arbeit fallen und versuche, alles zu erledigen, was sie mir zusätzlich aufgetragen haben. Eric hat uns bereits ziemlich zurückgeworfen. Jedes Mal, wenn er etwas vermasselte, versuchte ich, ihm zu erklären, worin das Problem bestand, aber er schien mehr daran interessiert zu sein, dass ich seine Fehler korrigierte.

»Mallory«, sagt Linda und ich richte mich auf, als hätte sie mich bei etwas Schlimmem erwischt. Ich drehe mich um und sehe sie wieder aus ihrem Büro kommen. Ihre Miene wirkt leicht verkniffen.

»Ich werde dich heute Abend doch nicht brauchen.«

»Oh.« Ich verstehe nicht, warum sie so aufgebracht wirkt. Vielleicht ist sie nicht glücklich mit meiner Arbeit. »Schon gut. Ich helfe wirklich gerne«, versichere ich ihr. Ich will nicht, dass alle anderen Überstunden machen und ich nicht.

»Nein, nein. Ich bin sicher, dass Skyler und Eric das schon schaffen.«

Ich sehe, dass Skyler uns anschaut und sich vermutlich genauso wundert wie ich. Warum soll ich nicht helfen?

»Ma'am, ich würde wirklich gerne bleiben und die beiden unterstützen.« Ich bin jetzt leicht panisch, als hätte ich etwas falsch gemacht. Warum schließt sie mich aus?

Eine gute Sekunde lang antwortet sie nicht, beinahe, als

denke sie darüber nach. Dann stößt sie den Atem aus und scheint nachzugeben.

»Es tut mir leid. Ich meinte, ich werde keinen von euch heute Abend benötigen. Wir können die Berichte morgen fertig machen.« Damit dreht sie sich um und geht.

Skyler und ich schauen uns an. Was war das denn? fragen wir uns stumm mit unseren Blicken. In dem Moment kommt Eric von seiner Mittagspause zurück.

»Wir arbeiten heute doch nicht länger«, informiert Skyler ihn.

»Schön.« Er setzt sich.

Ich setze mich ebenfalls wieder und denke, wie seltsam das war, aber dann packt mich die Aufregung und ich hole mein Handy heraus, um Oz wissen zu lassen, dass ich heute doch kann, und um Paige über meine Pläne zu informieren.

Ich: Vergiss es. Ich muss doch nicht länger arbeiten. Kann das Dinner kaum erwarten!

Dieses Mal antwortet er sofort.

Oz: Ich zähle die Sekunden.

Ich: Ich melde mich, wenn ich vor dem Gebäude bin. Jetzt muss ich wirklich wieder zurück an die Arbeit.

Oz: Iss zuerst dein Sandwich. Bis später, Baby.

9. Kapitel

Mallory

Den Rest des Tages verbringe ich mit den Berichten. Wir müssen vielleicht nicht länger bleiben, aber das heißt nicht, dass nicht ein Berg an Arbeit zu bewältigen ist. Ich halte mich zurück, mein Telefon zu checken, und versuche stattdessen, mich auf die Berichte zu konzentrieren. Ich weiß, dass ich wieder dahinschmelze, sobald er etwas schickt. Er ist so charmant, dass es beinahe schmerzt.

Ich kann immer noch nicht glauben, was ich heute Morgen im Auto mit ihm gemacht habe. Jedes Mal, wenn die Erinnerung daran aufblitzt, laufe ich rot an. So etwas habe ich noch nie zuvor mit einem Jungen gemacht, aber Oz ist auch definitiv kein Junge. Nein, er ist ganz Mann, von Kopf bis Fuß.

Im Sog des Moments habe ich mich von meinem Verlangen davontragen lassen und es hat sich einfach wundervoll angefühlt. Auch wenn Oz und ich nicht viel übereinander wissen, passiert da was zwischen uns. Er ist süß und gefühlsintensiv und ich fühle mich von ihm angezogen wie noch nie zuvor von jemandem. Auf dem Papier ist er eigentlich ein Fremder, denn ich weiß fast gar nichts über ihn. Aber je besser ich ihn kennenlerne, desto mehr mag ich ihn. Und ist das nicht der Sinn des Ganzen? Einander kennenzulernen, während man Spaß hat? Ich bin mir sicher, dass ich mir mehr Sorgen darüber machen sollte, dass ich so begierig darauf bin, ihn besser kennenzulernen, aber ich verlasse mich ganz auf mein Bauchgefühl. Auch wenn ich keine Referenzpunkte habe, weiß ich doch, dass ich mir immer einen Mann gewünscht habe, der mich liebt und mich gut behandelt. Vielleicht kann Oz dieser Mann sein.

»Ich bin dann weg. Wir sehen uns morgen.«

Ich lehne mich auf dem Stuhl zurück und sehe, wie Eric sich entfernt. Dann schaue ich zu Skyler hinüber, die aufgestanden ist und ihm ebenfalls hinterherblickt.

»Dieser Typ geht mir so was von auf die Nerven«, sagt sie und ich muss lächeln. Sie sieht mich an und zuckt mit den Schultern. »Ich mache das hier noch zu Ende und dann mache ich Feierabend. Wollen wir danach noch etwas zusammen trinken?«

»Oh, zu gerne, aber ich habe heute leider schon etwas anderes vor.« Ich bin enttäuscht, weil Skyler wie jemand wirkt, mit dem man Spaß haben kann. Und sie scheint mir auch niemand zu sein, der fragen würde, ohne es auch so zu meinen. »Wie wäre es am Freitag?«

Ich bin mir nicht sicher, was in der Woche noch ansteht. Heute ist erst Dienstag und ich will mit Oz auf Nummer sicher gehen. Aber ich denke, dass ich durchaus nach der Arbeit mit Skyler etwas trinken gehen kann. Oz und ich können uns danach immer noch zum Dinner treffen. Vielleicht bin ich auch zu voreilig. Ständig sage ich mir, dass ich es ruhig angehen soll, aber hier sitze ich und plane schon unsere nächsten Tage zusammen.

»Oh, das klingt gut. Ich habe heute Nachmittag ein paar der Junior-Mitarbeiter kennengelernt, als ich die Formulare hochgebracht habe. Vielleicht lade ich ein paar von ihnen ein. Ich weiß, dass alle gerne in *Marie's Yacht Club* nebenan gehen.«

»Und ich frage meine Mitbewohnerin. Sie arbeitet hier in der Sicherheitsabteilung.« Skyler lächelt mich an und ich freue mich richtig darauf. »Okay, dann ist das abgemacht«, sage ich und wir kehren an unsere Arbeit zurück.

Skyler und ich sind gleichzeitig fertig und greifen im selben Moment nach unseren Taschen. Bevor wir zum Fahrstuhl gehen, hole ich mein Handy heraus und schaue nach, ob ich eine neue Nachricht habe. Ich werde nicht enttäuscht, als ich den Bildschirm aktiviere und sehe, was Oz mir hinterlassen hat.

Das Erste ist ein Foto einer grimmigen Katze, die sagt: *Ich liebe Mathematik. Sie bringt die Menschen zum Heulen.* Skyler sieht mich mit erhobener Augenbraue an, als ich schnaube. Ich zeige ihr das Foto und sie prustet auch los. Offensichtlich sind wir leicht zum Lachen zu bringen.

Außerdem hat er mir ein paar Textnachrichten geschickt, die ich lese, während wir auf den Fahrstuhl warten.

Oz: Ich denke heute viel zu viel an dich. Ich habe Angst um die Zukunft meiner Firma.

Oz: Falls ich vergessen haben sollte, es zu sagen: Du hast heute umwerfend ausgesehen.

Oz: Wie macht sich die rote Lippenfarbe? Werden wir ihre Haltbarkeit nach dem Dinner noch einmal testen?

Oz: Ich warte draußen auf dich, wenn du mit der Arbeit fertig bist.

Meine Wangen brennen und ich beiße mir auf die Lippe, während ich ihm eine schnelle Nachricht schicke.

Ich: Ich bin fertig und auf dem Weg nach unten. Lippenfarbe schlägt sich wacker … könnte aber auch Zufall sein. Wir sollten eine weitere Fallstudie durchführen, nur um sicherzugehen.

Seine Antwort kommt in dem Moment, in dem die Fahrstuhltüren sich öffnen und Skyler und ich einsteigen.

Oz: Wenn ich eines bin, dann gründlich.

»Ist das dein Freund?«, fragt Skyler, als ich das Handy wegstecke.

»Ja«, sage ich und denke, vielleicht ist er das. Ich weiß nicht, wie schnell man so etwas voneinander sagt, aber es fühlt sich an, als wären wir auf dem Weg dorthin. Das ist ein Thema, das ich heute Abend mit Oz anschneiden sollte. Ist das mit uns exklusiv? Ich denke, ich weiß, wie seine Antwort lauten wird, aber ich würde es gerne aussprechen und sicher sein. »Ja«, sage ich noch mal etwas selbstbewusster. »Hast du einen Freund?«

»Eine Freundin. Wir sind seit der Highschool zusammen.« Skyler holt ihr Handy heraus und zeigt mir ein Foto. »Das ist Jamie.« Die dunkelhaarige Schönheit steht neben Skyler am Strand. Beide tragen einen Bikini. Sofort bin ich auf ihre schlanken Körper neidisch.

»Wow, die ist heiß«, platze ich heraus. Ich merke, dass das unhöflich klingen könnte, und sage schnell: »Sorry.«

Skyler lacht und steckt ihr Handy weg. »Ich weiß. Sie ist der Hammer. Ich schaue mal, ob sie Freitag mitkommen will … wenn es in Ordnung ist, seine Partner mitzubringen.«

»Oh, das klingt gut. Vielleicht frage ich meinen …« Ich halte kurz inne und spreche es dann einfach aus: »Freund, ob er auch mitkommen will.«

»Klar. Klingt nach einem lustigen Abend. Nachdem wir in *Marie's Yacht Club* etwas gegessen haben, können wir ins *Seven Eight Nine* gehen – das ist der Club nebenan, falls uns danach ist, zu tanzen.«

»Gute Idee.« Ich denke daran, dass Oz und ich uns da kennengelernt haben. Vielleicht würde er gerne wieder dahingehen, damit wir zusammen tanzen können.

Wir steigen aus dem Fahrstuhl und gehen durch die Lobby. Skyler sagt, dass sie sich ein Taxi nimmt, also gehen wir gemeinsam hinaus. Als ich nach links schaue, sehe ich Oz' Limousine und in dem Moment geht auch schon die Tür auf.

»Ich muss hier lang. Bis morgen«, werfe ich Skyler über die Schulter zu und gehe zu Oz.

Als ich näher komme, steigt er aus. Sein schwarzer Anzug sieht noch genauso makellos aus wie am Morgen. Die graue Krawatte fängt einen Strahl der untergehenden Sonne ein und sein Lächeln strahlt mich an. Dann sehe ich, dass sein Blick an mir vorbeigeht und sein Lächeln verschwindet.

Ich drehe mich um und sehe Skyler, die uns anstarrt. Sie hat einen seltsamen Gesichtsausdruck, aber nach einer Sekunde geht sie weiter in die andere Richtung.

Ich drehe mich zu Oz um. Er sieht mich an, aber da ist etwas in seinen Augen, das ich nicht genau benennen kann. Beinahe, als würde er zögern. Das Strahlen in seinem Gesicht von eben ist weg. Stattdessen hat er eine sorgenvolle Miene aufgesetzt.

»Hey. Kennst du sie?«

»Nein«, sagt er schnell und dann verschwindet, was auch immer ihn gestört hat, aus seinen Augen. Er stößt einen kleinen Seufzer aus, lächelt mich wieder an und zieht mich in seine Arme. »Wie war dein Sandwich?«

Als er sich vorbeugt und mir einen zarten Kuss auf den Hals gibt, verschwinden alle Gedanken an Skyler aus meinem Kopf. Das Gefühl seiner warmen Lippen auf meiner Haut sorgt dafür, dass sich alles wunderbar und perfekt anfühlt. Ich will mich um seinen Körper wickeln und seine Stärke und Größe in mich aufnehmen, aber er zieht sich zurück, nimmt meine Hand und hilft mir in den Fond der Limousine.

Sobald wir sitzen, nimmt er erneut meine Hand und presst sie an seine Lippen. Dann küsst er mich sanft auf die Innenseite meines Handgelenks und mir schießt die Hitze in die Wangen. Selbst die einfachsten Gesten von ihm sind sinnlich. Ich liebe es, dass er sich nicht zurückhalten kann, mich zu berühren.

»Dinner?«, fragt er und streicht mir mit den Lippen über das Handgelenk.

»Hmm?« Ich bin mir nicht sicher, ob ich seine Frage verstehe, so sehr bin ich auf das konzentriert, was er da tut.

Die Limousine fährt los. Er lächelt und legt meine Hand an seine Wange. Dort hält er sie fest, lächelt mich an und es ist das Intimste auf der Welt.

»Du hast mir gefehlt«, flüstert er. Ich weiß nicht, warum, aber obwohl es erst ein paar Stunden her ist, seit wir uns gesehen haben, fühlt es sich irgendwie viel länger an. Doch so, wie er es sagt, klingt es, als wäre es Jahre her, dass er mit mir zusammen war.

Nachdem er mich einen Moment lang angeschaut hat, fasst er mich an den Hüften und zieht mich auf seinen Schoß. Ich lache und denke, dass er es nicht erträgt, wenn auch nur die kleinste Distanz zwischen uns herrscht.

»Ich liebe das Geräusch«, sagt er und vergräbt sein Gesicht an meinem Hals.

Der schwindelig machende Duft von warmem Bernstein und Honig umfängt mich und der vertraute Rausch der Aufregung durchrieselt mich. Ihm so nah zu sein, ist gefährlich, aber ich kann mich nicht dagegen wehren. Er legt seine großen Hände an meinen Rücken, drückt mich an sich und ich streiche mit den Fingern durch sein dunkles Haar.

»Wie war dein Tag, Liebster?«, witzele ich und halte ihn in meinen Armen, als hätten wir das schon unser ganzes Leben lang so gemacht.

»Schrecklich. Du hast darin viel zu wenig stattgefunden.«

Erneut lache ich und er zieht mich fester an sich.

»Was hast du wirklich gemacht? Ich habe den ganzen Tag an Berichten gesessen.« Mich interessiert es tatsächlich. Ich habe keine Ahnung, was er beruflich tut.

Er stößt einen tiefen Seufzer aus, als wäre sein Tag sehr lang gewesen. »Hauptsächlich musste ich ein paar Deals abschließen und ein paar Dinge erledigen.«

Ich schaue ihn an. Seine Antwort ist sehr vage und ich bin sicher, dass meine Miene ihm verrät, was ich denke.

»Ich erwerbe Firmen und zerschlage sie und verkaufe die Teile oder mache etwas anders daraus. Den Großteil meiner Tage verbringe ich damit, mir Zahlen anzuschauen.«

Ich lächle, weil wir damit etwas gemeinsam haben. »Du magst Zahlen auch?«

»Am Ende ist alles eine Zahl.« Er kommt etwas näher, als wolle er mich küssen. »Nur du nicht. Du bist eine Formel, die ich weder vorhersagen noch knacken kann. Das ist mal etwas anderes und ich genieße es sehr.«

Das gefällt mir, denn ich bin genauso. Zahlen sind leicht und sicher. Es gibt immer eine Antwort und die Regeln ändern sich nicht. Man kann sie nicht infrage stellen. Sie sind, was sie sind. Es ist schön, jemanden wie Oz zu haben. Jemanden, der keine Gleichung ist.

»Wohin führst du mich zum Essen aus?«

Er zieht sich ein Stück zurück und schaut mich voller Vorfreude an. »Das ist eine Überraschung.« Er wackelt mit den Augenbrauen.

Nach einer kurzen Weile hält die Limousine an. »Sind wir schon da?«, frage ich und versuche, aus dem Fenster des Wagens zu blicken, aber die Scheiben sind verdunkelt, sodass es fast unmöglich ist, zu erkennen, in welcher Straße wir sind.

»Würdest du gerne noch ein paar Runden um den Block fahren?«

Oz grinst mich an und ich weiß genau, was er damit meint. Aber ich habe mir geschworen, heute Abend diesen wunderbaren Mann kennenzulernen, der mich erobert hat. Ich hätte gerne ein paar Antworten auf meine Fragen über ihn und möchte wissen, worauf das hier hinausläuft. Ich mag zwar neu auf diesem Gebiet sein, aber ich möchte ehrlich sein mit dem, was ich will und was ich erwarte. Ich möchte nicht in ein paar Monaten herausfinden, dass wir nicht das Gleiche wollen.

Er hebt mich von seinem Schoß, öffnet die Wagentür und steigt aus. Dann bietet er mir seine Hand an und hilft mir hinaus. Als er die Tür hinter sich schließt, schaue ich mich um und sehe, dass wir vor dem New York Aquarium stehen.

»Sind wir hier richtig?«, frage ich und suche nach einem Restaurant.

Oz hält mir den Arm hin und ich hake mich unter. Dann geleitet er mich zum Eingang. Lächelnd schaut er mich an, während wir zur Tür gehen, aber er sagt keinen Ton. Ein kleiner, kahlköpfiger Mann schließt auf der anderen Seite auf und hält uns die Tür auf. Nachdem wir hindurchgegangen sind, schließt er sie wieder und ich höre das Schloss klicken.

Ein älterer Gentleman nähert sich uns und streckt Oz seine Hand hin. »Willkommen, Miles. Schön, dich wiederzusehen.«

»Dich auch, Eugene. Das hier ist meine Mallory.« Oz schüttelt die Hand des Mannes und sieht mich dann an.

Ich schaue auf und sehe, dass Oz strahlt, als wäre er stolz auf mich. Mir wird ganz warm und kribbelig und ich weiß, dass meine Wangen vermutlich kirschrot sind.

»Ich habe schon viel von Ihnen gehört, junge Dame. Willkommen im New York Aquarium.« Er macht eine ausholende Geste und endlich schaue ich mich um. Am Eingang stehen große Wassertanks mit tropischen Fischen, die ich mir gerne näher anschauen würde, aber ich bin mir nicht sicher, ob ich das darf. »Wenn Sie mir folgen wollen, ich habe Ihren Tisch oben gedeckt.«

Oz nimmt meine Hand und führt mich durch den Eingang und einen Flur hinunter. Die Wände sind aus Glas und dahinter schwimmen bunte Fische. Es ist, als wären wir unter Wasser, und mein Lächeln reicht von einem Ohr zum anderen.

Am Ende des Flurs befindet sich eine große Wendeltreppe. Oz fasst meine Hand etwas fester, als wir hinaufgehen. Oben angekommen, schaue ich mich um und sehe gigantische, zylindrische Aquarien, die in einem großen Raum verteilt sind. Das einzige Licht kommt von ihnen und das sanft erleuchtete Wasser taucht den gesamten Raum in einen wundervollen Schimmer. Oz lässt meine Hand los, als ich wie in Trance weitergehe. Als ich das erste Aquarium erreiche, sehe ich, dass kleine pinke Quallen darin schwimmen. Sie schweben und gleiten elegant durchs Wasser und tanzen bei jeder Bewegung.

Ich spüre Oz hinter mir und drehe meinen Kopf leicht, um ihn anzulächeln. »Das ist unglaublich. Sie sind so wunderschön.«

»Nicht annähernd so schön wie du.« Er beugt sich vor und küsst mich sanft auf den Nacken.

Dann nimmt er wieder meine Hand und geleitet mich zu einem Tisch, der sich mitten im Raum befindet. Er ist rechteckig, doch die beiden Stühle stehen auf der gleichen Seite und nicht einander gegenüber. Ich schaue zu dem Tisch und wende mich fragend an Oz.

»Ich will dich in meiner Nähe haben«, sagt er, während er mir den Stuhl zurechtrückt.

Sobald ich sitze, schaue ich mich in dem Raum mit den ganzen Zylindern voller Quallen um, die uns umgeben. Es sieht magisch aus, als seien wir unter Wasser.

Oz setzt sich auf den Platz zu meiner Linken und ich lächle ihn an. »Das ist wundervoll. Vielen, vielen Dank.«

»Alles, was du willst. Du musst nur fragen.« Er umfasst meine Hand und in diesem Augenblick erkenne ich den Vorteil daran, auf derselben Tischseite zu sitzen.

Eugene kommt zu uns. »Genieß den Abend, Miles. Grüß bitte Vivien von uns und sag ihr, dass Louise und ich uns freuen, sie nächstes Wochenende zu sehen.«

»Das richte ich ihr aus.«

Sobald Eugene verschwunden ist, erscheint ein Kellner und schenkt uns je ein Glas Rotwein ein. Dann geht er wieder und Oz und ich sind allein.

»Keine Speisekarten?«, frage ich und blicke mich auf dem Tisch um.

»Ich habe einen Gefallen eingefordert. Das Menü steht fest.«

»Ich verstehe«, sage ich und er zwinkert mir zu. »Vivien?« Ich greife nach meinem Weinglas und denke, dass ich es zur Sprache bringen muss. Ich will nicht eifersüchtig klingen, aber das Thema wurde angeschnitten, während ich hier saß.

Oz legt einen Arm über meine Stuhllehne und streichelt träge meinen Nacken. Es hat definitiv Vorteile, die Haare hochgesteckt zu tragen.

»Meine Mutter. Eugene und seine Frau Louise sind meine Paten.«

»Was ist mit deinem Dad?« Ich nippe an dem Wein. Er ist warm und köstlich.

»Ich rede nicht gerne über meinen Vater. An dem Tag, an dem meine Mutter ihn verlassen hat, ist er für mich gestorben.«

»Oh, das tut mir leid …« Ich will mich entschuldigen, aber er hebt eine Hand, um mich zu unterbrechen. Ich kann mir nicht vorstellen, was sein Vater getan haben muss, um ihn so wütend zu machen, aber ich sehe am Zucken des Muskels in seinem Kiefer, dass es nichts ist, worüber er sprechen will.

»Ist schon gut. Ich will uns mit dem Thema nur nicht den Abend vermiesen. Ein andermal.«

»Wie alt bist du eigentlich?« Das platzt einfach so aus mir heraus, aber ich denke, ich sollte es vermutlich wissen. Außerdem ist es ein guter Themenwechsel.

Er lacht leise, lässt meine Hand los und nippt an seinem Wein. »Ich bin sechsundzwanzig, habe aber nächsten Monat Geburtstag. Also fast siebenundzwanzig.«

Ich nicke. Das ist nicht so schlecht.

»Wirst du mir deinen echten Namen verraten?«

»Miles.« Er sieht mich nicht an, als er das sagt.

»Und der Rest?«

»Henry.«

»Miles Henry. Das klingt so nobel. Ich glaube, Oz gefällt mir besser.«

Er sieht mich an und lässt wieder sein verruchtes Grinsen aufblitzen. Ich nippe erneut an meinem Wein und sehe ihn über den Rand meines Glases hinweg an.

»Ich glaube, mir gefällt er auch besser.«

Wieder liebkosen seine Finger meinen Nacken und die sanfte Berührung entspannt mich. Vielleicht ist es auch der Wein, aber es ist schön, neben ihm zu sitzen, umgeben von seinem Duft, der an meinem Kleid haften bleibt. Dieser Geruch hat sich mir inzwischen tief ins Gedächtnis gebrannt.

»Was machst du in deiner Freizeit, Oz? Mietest du immer ganze Gebäude, um Spaß zu haben? Das klingt ziemlich kostspielig.« Ich hebe mein Weinglas an die Lippen und nippe, wobei ich merke, dass er jede meiner Bewegungen genau beobachtet.

Er lacht leise auf. »Ich fürchte nicht. Meistens bin ich allein.

Ich habe nicht gelogen, als ich sagte, dass ich nur arbeite. Der Chef meiner Sicherheitsabteilung ist das, was für mich einem Freund am nächsten kommt.«

»Ich habe eigentlich auch nur Paige. Ich scheine mich ebenfalls in meiner Arbeit zu verlieren«, gebe ich zu und erkenne noch etwas, das wir gemeinsam haben.

»Nicht mehr. Jetzt hast du auch mich.« Er klingt so überzeugt, dass er immer da sein wird. Dass diese verrückte Sache zwischen uns für immer halten wird. Der Kellner taucht wieder auf und dieses Mal bringt er uns einen kleinen Teller mit Antipasti. Nachdem er gegangen ist, schaue ich darauf und denke: Den werden wir uns wohl teilen.

Es gibt Oliven und Käse und geräucherten Schinken und Salami und Tomaten. Oz streckt die Hand aus, nimmt eine Olive und hält sie mir hin. Ich öffne den Mund leicht und er legt mir die salzige Olive auf die Lippen. Ich beiße zu und liebe den Geschmack. Er isst die andere Hälfte. Sein Blick bleibt dabei die ganze Zeit auf meinen Mund gerichtet, was unglaublich erotisch ist. Etwas an seiner Art, mich zu füttern, macht mich an und die Aufregung jagt mir durch den Körper.

Er fährt fort, mich mit kleinen Häppchen von allem zu füttern. Als der Teller leer ist, bin ich ein wenig traurig, dass es schon vorbei ist. Der Kellner kommt und nimmt ihn mit. Doch so schnell der leere Teller weggebracht wurde, taucht ein neuer auf mit Tortellini in einer roten Sauce.

Oz nimmt seine Gabel, spießt eine Nudel auf und bietet sie mir an. Ich lächle, öffne den Mund und beiße ab. Die Kombination aus dem würzigen Geschmack der Wurst und der Süße der Tomaten ist perfekt und ich stöhne leise auf. Oz verengt die Augen und sieht für einen Moment so aus, als wolle er sich auf mich stürzen. Ich trinke noch einen Schluck Wein. Nach einem Moment des Wartens isst er die andere Hälfte der Pasta.

»Stehst du deiner Mutter nahe?«, frage ich zwischen den Bissen. Normalerweise rede ich nicht gerne über die Familie, weil das für mich etwas heikel sein kann, aber mit ihm möchte ich diese Dinge teilen. Ich will wissen, was Oz zu Oz macht.

»Ja, das tue ich. Wir gehen jeden Mittwoch zusammen zum Lunch. Möchtest du mich morgen begleiten? Ich glaube, du würdest sie mögen.«

Meine Augen scheinen meine leichte Panik zu zeigen, denn er lächelt mich sanft an.

»Oder auch nicht. Vielleicht ein anderes Mal.« Er füttert mich mit einem weiteren Happen.

All das hier passiert sehr schnell, aber seine Mutter zu treffen, könnte etwas übereilt sein. Auch wenn ein kleiner Teil von mir die Gelegenheit sofort ergreifen will.

»Wenn wir schon von dieser Woche sprechen.« In seiner Stimme liegt eine gewisse Anspannung und ich sehe, dass er die Augenbrauen zusammenzieht. »Ich muss am Donnerstag die Stadt verlassen und werde erst am Samstag zurückkommen. Ich habe alles versucht, um das zu vermeiden, aber unser Londoner Büro verlangt meine persönliche Anwesenheit und ich kann es nicht noch länger aufschieben.«

»Oh.« Ich bin enttäuscht, schüttle es aber ab und versuche, das Positive zu sehen. »Ist schon gut. Es sind ja nur ein paar Tage. Ich werde noch hier sein, wenn du wiederkommst.«

Er scheint über meine Antwort nicht zufrieden zu sein, also versuche ich eine andere Taktik.

»Du wirst mir fehlen, wenn du weg bist. Vielleicht können wir in der Zeit miteinander telefonieren?«

Das scheint besser zu sein, denn sein Lächeln kehrt zurück. »Ich werde dir fehlen?« Er beugt sich ein wenig vor.

»Ja.« Meine Antwort ist nur ein Flüstern. Seine Lippen sind nur einen Hauch von meinen entfernt.

Als unsere Münder sich treffen, gleitet seine Zunge hinein und ich gebe ihm, was er will. Der Geschmack des Weines und sein warmer Duft lassen mich in seinen Armen schmelzen. Ich schiebe meine Hand in seinen Nacken, vergrabe meine Finger in seinen Haaren, als er an meiner Unterlippe knabbert, und mit einem Mal überwältigt mich der Wunsch, dass er mich hier auf dem Boden nimmt.

Nie gekanntes Verlangen durchströmt meinen Körper und die Lust pulsiert zwischen meinen Beinen. Meine Brustwarzen schmerzen und ich werde feucht, während sein Kuss mein gesamtes Wesen verschlingt.

Genauso schnell, wie er angefangen hat, hört er auf, mich zu küssen, und gibt mir noch einen kurzen Kuss auf den Mund, bevor er eine Hand auf meine Stuhllehne legt und mit der anderen meine Finger umfasst.

Leicht benebelt schaue ich mich um und sehe, dass sich der Kellner nähert. Oz muss unsere Umgebung bewusster wahrgenommen haben als ich. Ich hatte völlig vergessen, dass wir nicht alleine sind.

Der Kellner nimmt den leeren Pastateller und stellt ein großes Stück Schokoladenkuchen hin. Mit nur einer Gabel. Ich lächle Oz an, doch er nimmt die Gabel achselzuckend und bietet mir ein Stück an.

»Reist du noch an andere tolle Orte?«, frage ich, bevor ich den köstlichen Kuchen probiere.

»Ich war schon so ziemlich überall, aber in letzter Zeit versuche ich, in den Staaten zu bleiben. Das Reisen ist ermüdend und New York war noch nie so anziehend wie jetzt, wo du da bist.« Mit dem Daumen wischt er mir einen Kuchenkrümel aus dem Mundwinkel, führt den Finger zum Mund und leckt ihn ab.

»Was genau möchtest du bei Osbourne Corporation machen? Du hast erzählt, du hättest da einen Praktikumsplatz?«

»Ja, in der Buchhaltung. Eines Tages würde ich gerne so eine Abteilung leiten. Ich habe in Yale studiert und mein Hauptfach war Statistik, was mehr oder weniger bedeutet, dass ich gut mit Zahlen bin. Das würde ich gerne gut einsetzen.«

Wieder legt er mir eine Hand in den Nacken und streicht mit dem Daumen über meine Haut, während ich erkläre, was ich auf dem College gemacht habe und wie ich bei Osbourne Corp gelandet bin. Es ist, als müsse er mich ständig berühren. Ab und zu stellt er mir eine spezifische Frage, aber ansonsten lässt er mich reden. Ich erzähle ihm von meiner Zeit in Yale, von Paige und davon, wie ich mir meine Karriere vorstelle. Ich erzähle ihm auch von meiner Vergangenheit in der Pflegefamilie und er hört einfach nur zu und nickt hin und wieder.

Nach einer Weile merke ich, dass ich vermutlich seit über einer Stunde nur über mich geredet habe.

»Es tut mir leid.« Ich wende den Blick ab. »Das habe ich noch nie zuvor gemacht.«

»Was? Was tut dir leid?« Er beugt sich vor und legt seine Arme um mich. »Dir soll niemals etwas leidtun. Ich liebe es, dich reden zu hören. Entschuldige dich bitte nie dafür.« Er gibt mir einen schnellen Kuss auf die Lippen, vertieft ihn aber nicht. Stattdessen steht er auf und streckt mir seine Hand hin. »Ich denke, die wollen hier gerne abschließen.«

Ich nehme seine Hand und lasse mich von ihm aus dem wunderschönen Raum mit den Quallen und aus dem Gebäude führen. Draußen wartet schon die Limousine auf uns. Er hält mir die Tür auf und hilft mir einzusteigen, bevor er sich neben mich setzt. Sobald die Tür hinter ihm ins Schloss fällt, zieht er mich auf seinen Schoß.

Er schaut mir in die Augen. Etwas blitzt in ihnen auf, aber wieder weiß ich nicht, was. Verlangen? Da ist eine Sehnsucht, die ich nicht einordnen kann.

»Komm mit mir nach Hause«, flüstert er so leise, dass ich es kaum verstehe.

Ich zögere. Ich will ihm geben, was er will, bin aber andererseits unsicher, ob ich dafür schon bereit bin.

»Ich …«

»Wenn ich wieder da bin«, unterbricht er mich und schenkt mir ein süßes Lächeln, bei dem eines seiner Grübchen auftaucht. »Vielleicht dann. Wir müssen nichts tun, Mallory. Ich will dich nur in meinem Bett.«

Bevor ich etwas erwidern kann, küsst er mich sanft, doch das ist nicht genug. Dieses Mal bin ich diejenige, die ihre Zunge in seinen Mund gleiten lässt und den Kuss vertieft. Ich will mehr, aber es geht so schnell. Vielleicht werden diese paar Tage, an denen wir getrennt sind, mir die Zeit geben, den lusterfüllten Nebel zu klären, der in meinem Kopf herrscht.

Oz streicht mit der Hand über meinen Rücken zu meinem Po und zieht mich näher an sich heran. Ich reibe meine Brüste an seinem Oberkörper und wünschte, es wäre kein Stoff zwischen uns. Ich unterbreche den Kuss und will ihm gerade sagen, dass er mich mit zu sich nach Hause nehmen soll, als die Limousine anhält. Erst da merke ich, dass ich gar nicht mitbekommen habe, dass wir losgefahren sind, so sehr war ich in unserem Kuss verloren.

»Kann ich dich morgen zum Frühstück ausführen?«, fragt er und küsst sich an meinem Hals entlang.

»Wenn es nur ansatzweise so wird wie das heutige Frühstück, ja«, erwidere ich atemlos. Gott, wie sehr ich die Hitze seiner Lippen auf meiner Haut liebe.

Er zieht sich zurück und lächelt so breit, dass beide Grübchen zu sehen sind. »Du musst mich fragen, süße Mallory.«

Nach einem letzten Kuss hilft er mir aus der Limousine und schaut mir nach, als ich mit wackligen Beinen die Lobby meines Gebäudes betrete.

10. Kapitel

Mallory

»Irgendjemand kriegt gleich einen Tritt gegen den Kehlkopf!«, höre ich Paige bellen. Dann folgt ein lautes Hämmern an der Haustür. Ich drehe mich um und sehe auf den Wecker. Fünf Uhr morgens. Ich springe aus dem Bett und jage Paige im Flur hinterher, bevor sie noch wegen tätlichen Angriffs verhaftet wird. Es ist viel zu früh, um sie aus dem Gefängnis zu holen.

Ich erreiche sie in dem Moment, als sie die Tür aufreißt. Davor steht Oz mit einem strahlenden Lächeln, das sofort verschwindet, als er sie sieht.

»Hast du durch den Spion geschaut?«, fragt er Paige scharf, was mich überrascht.

»Oz«, sage ich, bevor Paige etwas sagen und einen Streit vom Zaun brechen kann. Sie haben sich erst einmal getroffen und das auch nur sehr kurz. Ich will, dass sie einander mögen, und das hier ist kein guter Anfang. Sie ist der wichtigste Mensch in meinem Leben und Oz fängt langsam auch an, mir viel zu bedeuten. Es ist wichtig, dass sie sich verstehen.

Oz fährt herum, sieht mich an und sein Blick wird sofort weich. Er nimmt jeden Zentimeter von mir auf, als er meinen Körper von Kopf bis zu den nackten Beinen betrachtet. Ich trage nur einen Slip und ein ausgewaschenes Yale-T-Shirt, das mir bis zur Mitte der Oberschenkel reicht. Ich habe das Ding seit meinem ersten Semester und schlafe immer darin.

»Es ist fünf Uhr morgens«, sagt Paige und lässt die Tür los.

Oz fängt sie auf, bevor sie ins Schloss fallen kann. »Ich gehe wieder ins Bett.« Paige schüttelt den Kopf. Sie ist eindeutig genervt, aber ich bin froh, dass sie nicht auf Oz' Kommentar mit dem Spion eingegangen ist. Sie muss wirklich müde sein.

Oz tritt ein, schließt die Tür hinter sich und sperrt sie ab. Dann stellt er eine Tüte und einen Getränkehalter mit Kaffee auf das Tischchen im Flur und dreht sich zu mir um. Wie immer trägt er einen Anzug und sieht unglaublich gut aus. Viel zu gut für diese Uhrzeit. Seine dunklen Haare sind zurückgekämmt und die kurzen Bartstoppeln sorgsam gestutzt. Sein heutiger Anzug ist hellgrau und dazu trägt er ein hellblaues Hemd mit einer blau und grau gestreiften Krawatte. Er ist umwerfend.

Ich möchte gar nicht darüber nachdenken, wie ich im Moment aussehe.

»Du kannst mit Paige nicht so reden. Das ist ihre Wohnung und sie kann die Tür öffnen, wie auch immer es ihr gefällt.« Was nicht heißt, dass ich nicht seiner Meinung bin. Paige hätte erst nachsehen sollen, wer da ist, bevor sie die Tür aufgerissen hat, aber zu ihrer Verteidigung muss ich sagen, dass es früh am Morgen ist und sie genervt war. Ganz zu schweigen davon, dass dieses Gebäude unglaubliche Sicherheitsvorkehrungen hat. Was mich zu der Frage bringt, wie er überhaupt in unsere Etage gelangt ist.

»Wessen T-Shirt ist das?«, fragt er, ohne auf meinen Kommentar einzugehen. Sein Ton ist etwas schärfer als sonst.

»Du bist eindeutig kein Morgenmensch. Was machst du überhaupt hier?«

»Baby, wessen T-Shirt ist das?«, fragt er noch mal und geht einen Schritt auf mich zu.

Ich sehe an mir herunter. »Tja, da ich es trage, ist es eindeutig meins.« Ich stemme die Hände in die Hüften und sehe ihn aus leicht zusammengekniffenen Augen an. Was zum Teufel geht hier vor sich?

»Es ist ganz schön groß.«

»Na und?« Ich verstehe überhaupt nicht, was er für ein Problem mit meinem T-Shirt hat.

»Es sieht aus wie das T-Shirt eines Mannes.« Er kommt noch ein paar Schritte näher, bis er direkt vor mir steht. Ich muss den Kopf in den Nacken legen, um ihn ansehen zu können. Sein Kiefer ist verspannt, als würde er die Zähne zusammenbeißen.

»Nein, es sieht aus, als hätte ich es für fünf Dollar aus der Grabbelkiste gekauft.« Sein Körper entspannt sich sichtlich und sein warmes Lächeln kehrt zurück. Ich blicke ihn weiter finster an, auch wenn dieses Lächeln mich innerlich dahinschmelzen lässt.

Er beugt sich vor, als wolle er mich küssen, und ich trete einen Schritt zurück, was ihn noch breiter lächeln lässt.

»Wie ich sehe, bist du immer noch dabei zu lernen, dass ich dich jage, wenn du wegläufst. Aber einen Schritt zurückzutreten, wird dir nicht helfen.« Ein spielerischer Ausdruck legt sich über sein Gesicht, aber ich versuche, meine ernste Miene beizubehalten. Er ist in unsere Wohnung gekommen, hat alle angepflaumt und tut jetzt so, als wäre nichts gewesen.

Ich trete noch zwei Schritte zurück und er zieht die Augenbrauen hoch, bevor er sich auf mich stürzt. Ich stoße einen Schrei aus, drehe mich um und renne den Flur hinunter. Ich komme nur wenige Meter weit, bevor ich hochgehoben und über seine Schulter geworfen werde.

Mit dem einen Arm hält er mich fest, mit der anderen Hand umfasst er meinen Hintern.

»Ich mag es, wenn du nicht vor mir wegläufst, aber ich muss sagen, dich zu jagen und zu fangen, hat auch seinen Reiz.« Er lässt die Hand unter mein Shirt gleiten. Das kitzelt und ich kann nicht anders, als mich lachend zu winden.

Mit einem Mal berührt mein Rücken mein Bett und er legt

sich zwischen meine Beine. Er schaut mich so intensiv an, dass mir ganz heiß wird. Der spielerische Ausdruck ist verschwunden und nun ist er wieder ganz weich und süß.

»Verdammt, du siehst sogar frühmorgens sexy aus.« Er lässt den Kopf sinken und ich denke, dass er mich küsst. Doch stattdessen reibt er mit seiner Nase über meine Wange und an meinem Hals entlang, auf dem er Küsse verteilt. Ich erschauere.

»Ich bin immer noch sauer auf dich.« Die Worte sind nur gehaucht und ich klinge nicht wie ich.

»Es tut mir leid, Baby. Lass es mich wiedergutmachen.«

»Oz, du kannst nicht einfach …« Ich versuche, zu widersprechen, aber er nimmt mein Ohrläppchen zwischen seine Zähne. Die Hand an meiner Hüfte gleitet zwischen uns und unter mein T-Shirt. Langsam arbeitet er sich meinen Körper hinauf, streichelt meine Brüste, bis meine Spitzen hart werden.

»Was kann ich nicht? Dir zeigen, wie leid es mir tut? Du kannst einem Mann nicht vorwerfen, dass er versucht, seine Frau glücklich zu machen.« Er reibt sich an mir. Sein harter Schwanz reibt über meine feuchte Mitte und lässt mich aufstöhnen.

»Deine Frau?«, frage ich. Mir gefällt, wie das klingt. Ich habe Skyler bereits gesagt, er wäre mein Freund, aber wenn er es sagt, wirkt das irgendwie offiziell. Er hat versucht, mich seiner Mutter vorzustellen, das bedeutet doch etwas, oder?

»Spürst du das?« Er drückt seine Erektion auf meine Klit, während er mit seinen Fingern an meinen Brustwarzen spielt. »Der gehört dir. Du bist alles, was er will. Seit dem Augenblick, als ich dich zum ersten Mal gesehen habe, gehört er dir. Also finde ich es nur fair, wenn du auch mir gehörst.«

»Oh Gott!«, schreie ich auf und weiß nicht, ob es nur an der Lust liegt, die seine Worte in mir entfachen, oder an dem, was er mit meinem Körper anstellt. Sein Duft umgibt mich und mir ist schwindelig vor Verlangen. Sein warmer Geruch erobert meine Lungen und passt perfekt zu seinem Gewicht auf mir.

»Ich könnte alleine durch die Geräusche kommen, die du von dir gibst, wenn ich dich berühre.« Er bewegt seine Hüften schneller und ich schlinge meine Beine um seine Hüften, will ihn näher an mir spüren. Ich bin so nah dran, aber ich will seine Haut auf meiner fühlen. Es sind definitiv zu viele Lagen Kleidung zwischen uns.

»Oz, bitte.« Ich greife nach seinem Hemd und versuche, die Knöpfe zu öffnen, doch er lässt mich los, greift nach meinen Händen und hält sie über meinem Kopf fest.

»Du musst nicht betteln, Baby. Ich werde dir geben, was du willst, und dich kommen lassen, aber die Kleidung bleibt an. Ich vertraue mir nicht, dich sonst nicht zu nehmen.«

»Ja, nimm mich.« Ich hebe ihm meine Hüften entgegen, versuche, ihn zu ermutigen, genau das zu tun. Ich bin so erregt, dass ich nicht weiß, was aus meinem Mund kommt. Ich verspüre eine solche Lust, die er befriedigen muss.

Ich bewege meine Hüften, soweit ich kann, aber sein Körper hält mich gefangen. Jede Nervenzelle in mir summt. Meine Pussy zieht sich schmerzhaft zusammen und der Wunsch, von ihm befriedigt zu werden, wird immer stärker. Noch nie habe ich so etwas empfunden. Noch nie war ich so versessen auf etwas, das ich nicht einmal kenne.

Er stöhnt und verzieht beinahe schmerzhaft das Gesicht.

»Du hast keine Ahnung, wie sehr ich dich will, aber ich will es richtig machen. Wenn ich dich zum ersten Mal nehme, will ich kein Zeitlimit. Wenn ich das erste Mal in dich hineingleite, werde ich alle Zeit der Welt haben, um dir zu zeigen, wie perfekt wir zusammen sind.«

Seine Worte lassen mein Herz heftiger schlagen. Gott, kann er wirklich so verdammt wundervoll sein?

Seine Lippen erobern meine und ich habe keine andere Wahl,

als mich ihm zu ergeben, ihm zu erlauben, mir zu geben, was er versprochen hat. Er hält weiterhin meine Hände über dem Kopf fest und stößt mit seinen Hüften zu, als hätten wir Sex. Sein harter Schwanz gleitet über meine Klitoris und ich bin kurz davor, zu explodieren. Seine Zunge passt sich den Bewegungen seiner Hüften an und ich stöhne laut in seinen Mund hinein. Das Geräusch scheint ihn noch mehr anzumachen, denn seine Bewegungen werden schneller und beinahe verzweifelt.

Alle Gefühle vermischen sich und ich kann nicht anders, ich stürze in die Tiefe. Mein ganzer Körper zuckt unter seinem, als er meine Lippen freigibt und ich einen Schrei ausstoße. Unerklärliche Empfindungen durchströmen mich, sowie er in meine Burstwarze kneift und sich an meiner Klit reibt.

Als der Orgasmus nachlässt, fallen mir die Lider zu. Ich liege einfach da und genieße das Kribbeln, das meinen gesamten Körper übernommen hat. Jeder Teil von mir reagiert zutiefst empfindlich auf die leichteste Berührung.

Er lässt meine Brust los und streicht mit der Hand an meinem Körper hinunter bis zu meinem Slip. Dann schiebt er einen Finger unter den Stoff und lässt ihn über meine Klitoris gleiten. Die Berührung lässt mich zusammenzucken und ich reiße die Augen auf. Ich bin selbst für diesen sanften Kontakt noch zu empfindlich.

Er schaut mir tief in die Augen, während er seinen Finger wegnimmt und an seinen Mund hält, wie er es zuvor schon getan hat, um mich zu schmecken. Ich erröte trotz allem, was wir gerade miteinander geteilt haben.

»Ich könnte dich jeden Morgen so aufwecken.«

»Ich könnte es dir gestatten, selbst um fünf Uhr morgens.«

»Sorry, Baby. Ich war so aufgeregt und konnte nicht schlafen. Wir hatten nicht vereinbart, um welche Zeit wir uns zum Frühstück treffen wollten.«

Was soll ich dazu sagen? Er hat sich entschuldigt und er war so aufgeregt, mich zu sehen, dass er so früh wie möglich hier her ist. Ich kann nicht mehr sauer auf ihn sein. Vor allem nicht nach diesem Höhepunkt.

Ich möchte, dass er sich genauso fühlt wie ich – entspannt und glücklich.

»Ich will dich kommen lassen.« Ich versuche, meine Hand aus seinem Griff über meinem Kopf zu befreien.

»Das bin ich bereits.« Er küsst mich auf die Lippen, bevor er aufspringt.

»Geh nicht«, protestiere ich und drehe mich auf die Seite, um zu ihm hochzuschauen.

»Ich kann nicht wieder zu dir ins Bett steigen, weil ich dann nie wieder aufstehen werde. Und ich schätze, ich werde dich nicht überreden können, heute blauzumachen.«

Nein, das kann ich wirklich nicht, auch wenn ein Tag mit Oz im Bett wundervoll klingt.

»Was hast du damit gemeint, das bist du schon?«, frage ich in Bezug auf seine Antwort, dass er schon gekommen ist.

Er beugt sich lächelnd über mich. Ich packe seine Krawatte und dirigiere ihn zu mir herunter. Sein Lächeln wird breiter und die Grübchen sind wieder zu sehen. Ganz eindeutig gefällt es ihm, wenn ich ihn will.

»Ich werde mal kurz das Bad im Flur benutzen, um mich frisch zu machen«, sagt er, bevor er sich hinunterbeugt und mich mit einem trägen Kuss verwöhnt, der viel zu schnell vorbei ist. Ich lasse seine Krawatte los und er zieht mich vom Bett. Ist er in seine Hose gekommen? Der Gedanke macht mich wieder ganz kribbelig. Können Männer von ein paar Trockenübungen kommen?

»Ich habe dir Frühstück mitgebracht. Mach dich fertig, Baby.« Er drückt mir einen Kuss auf den Scheitel und verlässt das Zimmer. Ich beiße mir auf die Unterlippe, um nicht übers ganze Gesicht zu grinsen.

Da ich so viel Zeit wie möglich mit ihm haben will, bevor ich zur Arbeit gehe, entledige ich mich meines T-Shirts und des Slips und eile ins Badezimmer. Meine Haare habe ich mir gestern Abend gewaschen, sodass ich mich nur kurz abduschen und die Zähne putzen muss.

Als ich in mein Zimmer zurückkehre, liegt Oz mitten auf dem Bett, den Rücken gegen das Kopfteil gestützt, und nippt an einem Kaffee. Ich sehe einen weiteren Becher auf dem Nachttisch stehen.

»Das ist deiner.« Er nickt in die Richtung. Ich nehme den Becher und trinke einen Schluck. Natürlich ist der Kaffee genauso, wie ich ihn gerne mag.

Er beobachtet mich und ich habe wieder Schmetterlinge im Bauch.

»Wie trinkst du deinen Kaffee?«, frage ich. Er wendet kurz den Blick ab, dann schaut er mich wieder an.

»Ich habe ihn immer schwarz getrunken.«

»Und jetzt?«

»Jetzt nehme ich viel Milch, viel Zucker und einen Hauch Zimt.«

Ich erstarre, weil ich nicht weiß, wie ich darauf reagieren soll, dass er seinen Kaffee jetzt genauso trinkt wie ich.

»Ich wollte probieren, was du jeden Morgen schmeckst, und jetzt kann ich nicht mehr aufhören. Wie es scheint, kann ich mit vielen Dingen nicht aufhören, wenn es dich betrifft.«

Warum ist das so liebenswert? Erst recht, weil Oz ein bisschen schüchtern war, als er es zugegeben hat. Ich hätte nicht gedacht, dass dieser Mann in irgendeinem Bereich schüchtern sein könnte.

Ich gehe zu meiner Kommode und betrachte Oz im Spiegel,

während ich die oberste Schublade aufziehe. Ich finde einen himmelblauen Spitzen-BH mit passendem Slip. Kurz denke ich daran, wie gut das zu seinem Hemd passt, und auch wenn es lächerlich ist, ich will, dass wir zusammenpassen.

Ich weiß nicht, woher ich die innere Kraft nehme, aber ich schaue ihn durch den Spiegel an und lasse mein Handtuch fallen. Ich bemerke, wie sein ganzer Körper erstarrt. Ich halte den Blickkontakt, während ich mich vorbeuge und in den hellblauen Spitzenslip schlüpfe. Dann richte ich mich wieder auf und ziehe den passenden BH an.

Ich drehe mich um und sehe ihn an, doch er sagt nichts. Er wirkt beinahe verärgert, wie er da auf dem Bett sitzt und seinen Kaffeebecher umklammert. Verlegen beiße ich mir auf die Lippe und verschwinde ins Bad.

»Lass die Tür offen«, höre ich seine tiefe Stimme, bevor ich die Tür schließen kann. So, wie das Bad geschnitten ist, kann er das Waschbecken vom Bett aus sehen. »Ich möchte dir zuschauen.«

Erst da erkenne ich, dass er gar nicht verärgert ist. Er will mich und kämpft mit sich. Es ist ein unglaublich kraftvolles Gefühl, zu wissen, dass ich diese Macht über ihn habe. Dass ich das in ihm auslösen kann, sorgt dafür, dass meine Schüchternheit beinahe vollständig verfliegt.

»Du willst mir dabei zugucken, wie ich mich zurechtmache?«, frage ich. Die Bitte wirkt seltsam und so intim wie das, was wir gerade auf dem Bett gemacht haben.

»Ja.«

Ich mustere ihn eine Sekunde, dann lasse ich die Klinke los und drücke die Tür ganz auf. Ich trete ans Waschbecken, schminke mich. Danach stecke ich mir die Haare hoch, so wie er es mag. Jedes Mal, wenn ich ihn durch den Badezimmerspiegel ansehe, schaut er mich an.

Sowie ich fertig bin, drehe ich mich um und lehne mich an das Waschbecken.

»Hast du das genossen?«, necke ich ihn.

»Das ist noch etwas, woran ich mich gewöhnen könnte.« Er stellt seinen Kaffee neben meinen auf den Nachttisch.

Dann rutscht er an den Rand der Matratze und ich gehe aus dem Badezimmer auf ihn zu. Ich stelle mich zwischen seine Beine und dieses Mal muss er zu mir hinaufschauen. Mit seinen großen Händen fasst er mich an den Hüften, bevor er sich vorbeugt und mir einen Kuss auf den Bauch gibt. Ich streiche mit den Fingern durch seine Haare, die sich wie Seide anfühlen.

»Ich habe deine Frisur durcheinandergebracht.«

»Ist mir egal«, sagt er dicht an meinem Bauch, ehe er mir noch einen Kuss gibt. Er umklammert meine Hüften noch fester und lässt mich schließlich los.

Ich laufe zum Schrank hinüber und überlege, was ich anziehen kann. Ich entscheide mich für eine schwarze Hose mit hohem Bund, dazu ein graues Seidentop und rote High Heels. Die Hose ist an den Knöcheln eng geschnitten, sodass man die Schuhe komplett sehen kann. Es ist mein Lieblingspaar, das ich mal von Paige zum Geburtstag bekommen habe. Sie lassen mich sexy aussehen.

Oz beobachtet mich weiter, während ich mich anziehe.

»Alles bereit?«, frage ich, nachdem ich die Schnallen an den Schuhen geschlossen habe.

Oz steht auf und kommt zu mir. Sanft berührt er mein Gesicht und lehnt sich für einen Kuss vor.

»Du siehst wunderschön aus, Mallory. Und jetzt lass dich von mir füttern.«

Nickend schnappe ich mir mein Handy und unsere beiden Kaffees vom Nachttisch. Oz beugt sich vor und hebt mein

T-Shirt vom Boden auf. Ich denke, er wirft es in den Wäschekorb, der neben meinem Schrank steht, aber er hält es an seine Nase und atmet tief ein, bevor er es sich unter den Arm klemmt.

»Was machst du da?« Ich trete ein paar Schritte auf ihn zu und reiche ihm seinen Kaffee.

»Ich muss heute schon fliegen und nicht erst morgen.« Die Enttäuschung trifft mich schwer. Das ist ein zusätzlicher Tag, an dem er fort sein wird. Ich habe mich wirklich sehr schnell an ihn gewöhnt. Der Gedanke allein sollte mir eine Heidenangst machen.

»Was hat das mit meinem T-Shirt zu tun?«

»Das nehme ich mit.«

»Du willst mein T-Shirt mitnehmen?«

»Jupp«, ist alles, was er sagt, dann schlendert er den Flur hinunter. Ich folge ihm kopfschüttelnd. Als wir das Wohnzimmer erreichen, schnappt er sich die Tüte, die er vorhin an der Tür abgestellt hat, und geht in die Küche. Ich sehe zu, wie er die Teilchen herausholt.

»Das T-Shirt, mit dem du vorhin noch ein Problem hattest, willst du jetzt einpacken?«

Er dreht sich um, nimmt mir den Kaffeebecher aus der Hand und stellt ihn auf den Küchentresen, bevor er mich hochhebt und mich danebensetzt. Der Mann kann mich herumtragen, als würde ich nichts wiegen. Ich fühle mich irgendwie sehr weiblich und sexy.

»Ich dachte, es wäre das T-Shirt eines anderen Mannes.« Er bricht ein Stück von einem Muffin ab und hält es mir an die Lippen. Mir fällt auf, dass dieser Mann mich gerne füttert. Ich öffne den Mund und er legt mir das Stück auf die Zunge. Ich kaue den köstlichen Blaubeermuffin und schlucke.

»Warst du eifersüchtig?«, frage ich.

»Ja«, bestätigt er und hält mir noch ein Stück hin. Ich muss einfach lächeln. Dann öffne ich den Mund und nehme das Stück.

»Gefällt es dir, dass ich eifersüchtig war?«

»Nein, natürlich nicht.« Das ist eine halbe Lüge. Wer wäre nicht erfreut, dass dem Mann, in den man verknallt ist, der Gedanke daran, dass man andere Männer treffen könnte, missfällt?

»Aber dir gefällt die Vorstellung von mir mit einem anderen nicht?«, hake ich nach, weil ich wissen will, wie er dazu steht.

»Nein«, erwidert er scharf.

»Mir gefällt die Vorstellung von dir mit einer anderen Frau auch nicht.«

»Gut«, sag er, doch ich will sichergehen, dass wir der gleichen Meinung sind.

»Also ist das mit uns exklusiv?« Ich spiele mit der Serviette vor mir, weil ich seine Reaktion nicht sehen will.

»Mallory.« So, wie er meinen Namen ausspricht, schaue ich sofort zu ihm hoch. »Nachdem ich dich das erste Mal gesehen habe, hat es keine andere mehr gegeben. Und ganz sicher wird es auch keine mehr geben. Das hier ist exklusiv. Es ist so verdammt exklusiv, dass ich den Gedanken nicht ertrage, dass dich ein anderer auch nur ansieht.«

Die Schmetterlinge fliegen wieder auf und ich schmelze unter seinen Worten dahin. Vermutlich sollten sie mir Angst machen, aber ich verliebe mich noch mehr in ihn. Es gefällt mir, dass er nicht den Coolen gibt, sondern sagt, was er denkt. Selbst wenn seine Gedanken etwas überwältigend sind.

»Gut«, sage ich und nehme noch einen Bissen von dem Blaubeermuffin aus seiner Hand.

Er lächelt mich an. »Deine Antwort gefällt mir.«

Diese Grübchen!

»Bist du je zuvor mit jemandem exklusiv zusammen gewesen?«, höre ich mich selbst fragen. Sobald die Worte raus sind, will ich sie zurücknehmen. Ich will nichts über seine Vergangenheit mit anderen Frauen hören.

Er hebt mein Kinn mit zwei Fingern an, damit ich zu ihm aufschaue. »Nein. Als ich jünger war, bin ich mit ein paar Mädchen ausgegangen, aber es war nie etwas Ernstes. Ich war schon immer sehr ehrgeizig und mein Fokus lag immer auf der Firma. Bald wirst du merken, dass ich ein Mensch bin, für den alles oder nichts gilt. Ich mag meine Zeit nicht mit Dingen verschwenden, die ich für unwichtig halte.« Er beugt sich ein wenig vor und sein Atem streift mein Gesicht. »Aber du bist wichtig.« Er sagt das so, als wäre ich alles, was ihm wichtig wäre.

In dem Moment kommt Paige in die Küche. Sie schaut zwischen uns hin und her, sagt aber nichts, sondern geht zum Kühlschrank und nimmt sich eine Dose Red Bull heraus.

»Guten Morgen«, sage ich fröhlicher als beabsichtigt. »Erinnerst du dich an Oz?«

»Der Nachtischtyp«, sagt sie und beäugt die Muffins. Ich bedeute Oz schweigend, ihr einen anzubieten.

»Ich habe Frühstück mitgebracht, falls du Hunger hast«, sagt er schließlich, was mich zum Lächeln bringt.

»Sie hat immer Hunger«, erkläre ich ihm, weil es stimmt. Und auch, weil ich will, dass er ein paar Dinge über Paige weiß. Damit sie sich anfreunden können.

»Danke.« Sie nimmt sich einen Schokomuffin und beißt davon ab. »Ich muss mich für die Arbeit fertig machen«, sagt sie mit vollem Mund.

»Oz bringt mich ins Büro. Du kannst mit uns fahren.«

»Das sind nur drei Blocks«, ruft sie mir in Erinnerung. Ganz eindeutig will sie nicht mit uns fahren.

»Da hast du recht.« Ich sehe Oz an. Es wäre albern, mich von ihm absetzen zu lassen, wenn wir so nah an der Firma wohnen.

»Bitte, lass mich dich bringen, Baby. Ich will mich von dir verabschieden, bevor ich zum Flughafen fahre.«

»Gib dem Mann einen verdammten Schlüssel, wenn er vorhat, weiterhin um fünf Uhr morgens an die Haustür zu hämmern!«, ruft Paige aus dem Flur, bevor ihre Zimmertür hinter ihr zufällt.

»Der Vorschlag gefällt mir.« Er beugt sich wieder vor und küsst meinen Hals. Ich merke langsam, dass das eine Schwachstelle von mir ist. Jedes Mal schmelze ich dahin.

»Es ist noch zu früh, um dir einen Schlüssel zu geben.« Meine Worte haben keine Macht, während er meinen Hals liebkost. »Oder?«

»Du bist hier diejenige, die das Tempo vorgibt, süße Mallory.« Er küsst mich direkt unterhalb des Ohres und zieht sich sofort zurück.

»Also sind wir ein Paar?« Die Frage kommt mir so kindisch vor, aber aus irgendeinem Grund will ich ein Etikett für das, was wir haben, bevor er die Stadt verlässt. Er hat gesagt, das mit uns ist exklusiv, aber ich will wissen, wie ich ihn nennen soll.

»Du gehörst mir.« Er sagt das mit solcher Endgültigkeit, dass mich ein Schauer überläuft. »Und ich gehöre dir.«

»Du sagst immer so süße Sachen.« Ich senke den Blick in meinen Schoß und versuche, die Wärme in meinen Wangen zu verbergen.

»Nur zu dir.« Er hebt wieder mein Kinn an, damit ich ihm in die Augen sehe. »Darf ich dich zur Arbeit bringen und mich von dir verabschieden?«

Ich befeuchte meine Lippen und nicke. Und er küsst mich noch einmal.

11. Kapitel

Mallory

Oz und ich genießen unser Frühstück noch für ein paar Minuten, bevor es an der Zeit ist aufzubrechen. Insgeheim bin ich froh, dass er so früh vorbeigekommen ist, denn so können wir möglichst viel Zeit miteinander verbringen, bevor er gehen muss. Wir können einander ein bisschen besser kennenlernen. Er hat mir Geschichten von sich und seiner Mutter erzählt. Sie scheint der einzige Mensch zu sein, über den er wirklich spricht. Das ist süß und ich finde es total liebenswert.

Im Fond der Limousine setze ich mich wieder auf seinen Schoß, wie die Male zuvor. Ich mag es, dass er mich so nah bei sich haben möchte, doch dadurch wird es noch schwerer werden, die Tage ohne ihn zu überstehen.

»Wann kommst du zurück?«, frage ich, während er kleine Küsse auf meinen Hals verteilt.

»Wenn alles nach Plan läuft, am Samstag.« Er schnaubt und ich spüre, dass er nicht gehen möchte. Ob das an mir liegt oder an dem Problem, das ihn erwartet, weiß ich nicht. Doch ich fühle, dass er genauso wenig ohne mich sein will wie ich ohne ihn.

Er schaut mich aus seinen Saphiraugen an und ich verliere mich darin. Das strahlende Dunkelblau sorgt dafür, dass ich mich jeden Tag etwas mehr in ihn verliebe. Ich streichle über seinen getrimmten Bart und halte seinen Blick, während wir die drei Blocks zur Firma fahren.

»Nächstes Mal solltest du mich begleiten.« Er streichelt mir den Rücken.

Ich küsse ihn und lasse ihm meine Zunge zwischen die Lippen gleiten. Er zieht mich näher an sich heran, vertieft den Kuss und übernimmt die Kontrolle. Doch viel zu schnell halt die Limousine an.

Er lehnt seine Stirn an meine und ich atme noch ein letztes Mal seinen Duft ein, bevor er weg ist.

»Es sind nur ein paar Tage. Die überstehen wir, oder?«

Oz lacht und zieht sich kopfschüttelnd zurück. »Mir geht es erst wieder gut, wenn ich dich wieder in meinen Armen halte. Nimm dir für Samstag nichts vor. Ich will dich ganz für mich.« Er streicht mit dem Finger über meine Wange zu meinem Kinn, das er leicht umfasst. »Abgemacht?«

»Abgemacht«, stimme ich schnell zu. Nichts will ich mehr, als einen ganzen Tag mit Oz zu verbringen, um ihn noch besser kennenzulernen.

»Und jetzt an die Arbeit mit dir, Baby, bevor du meinetwegen noch zu spät kommst. Mich von dir zu verabschieden, fällt mir schon schwer genug.«

Noch ein schneller Kuss, dann öffnet er auch schon die Tür und hilft mir beim Aussteigen.

»Versprich mir, dass du dein Handy immer bei dir hast, während ich weg bin. Ich drehe durch, wenn ich dich nicht erreichen kann.« Er zieht mich noch einmal in die Arme.

»Versprochen.« Ich drücke ihn fest, dann schaue ich in seine blauen Augen und sehne mich danach, wieder mit ihm in diese Limousine einzusteigen.

Schließlich löse ich mich und gehe auf den Eingang des Firmengebäudes zu. Kurz vor der Tür drehe ich mich noch ein letztes Mal um. Er steht noch da und sieht mir nach. Ich komme nicht umhin, zu denken, dass es uns beide ganz schön erwischt hat.

Es ist nur für ein paar Tage. Alles wird gut. Das sage ich mir wieder und wieder, während ich ihm zum Abschied zuwinke und das Gebäude betrete. Heute ist Mittwoch. Bis Samstag halte ich es aus. Ein wenig Abstand könnte uns sogar guttun.

Bevor ich in den Fahrstuhl steige, summt mein Handy. Ich hole es heraus und sehe, dass ich eine Nachricht habe.

Oz: Ich werde dir heute e-mailen, für den Fall, dass du dein Telefon während der Arbeit nicht checken kannst.

Ich scanne meinen Ausweis am Eingang und schicke Oz ein Dutzend Küsse zurück. Ich muss lächeln, wie albern wir sind, aber das Leben ist kurz, also warum nicht?

Ich habe erkannt, dass nichts im Leben sicher ist, und für alles, was ich erreicht habe, musste ich hart arbeiten. Doch was nützt das, wenn man niemanden hat, mit dem man es teilen kann? Ich habe Paige, die für mich wie eine Schwester ist, aber jemanden wie Oz zu haben, ist etwas anderes. Morgen könnte alles schon wieder vorbei sein, also will ich im Hier und Jetzt leben und genießen, was ich habe. Wenn das bedeutet, mich in einen Kerl zu verlieben, den ich kaum kenne, dann soll es so sein. Wir werden uns im Laufe der Zeit schon kennenlernen. Und währenddessen möchte ich mit ihm Spaß haben.

Voller Selbstvertrauen mache ich mich auf den Weg zu meinem Schreibtisch und bereite mich auf den anstehenden Tag vor.

Kurz nach mir kommt Skyler rein.

»Guten Morgen«, sage ich, als sie an meinem Tisch vorbeigeht, aber sie gibt nur ein undefinierbares Geräusch von sich.

Vielleicht hat sie nur einen schlechten Morgen, denke ich und widme mich dem Stapel Berichte vor mir. Ungefähr fünfzehn Minuten später höre ich Eric an seinem Tisch. Er ist zu spät, wie üblich. Über die Trennwand hinweg ruft er uns ein »Hallo« zu und Skyler erwidert über meinen Kopf hinweg: »Guten Morgen.« Was zum Teufel soll das? Sie mag Eric nicht einmal. »Morgen«, sage ich nur und widme mich wieder meiner Arbeit. Womöglich braucht sie nur ein paar Minuten, um richtig wach zu werden.

Ich höre ein Ping von meinem Computer und sehe, dass ich eine neue E-Mail habe.

Von: YourOz@gmail.com
Betreff: Test …

Hey Baby,
ich wollte nur sehen, ob das hier funktioniert. Ich warte gerade auf der Startbahn am Flughafen, aber ich habe auf dem gesamten Flug nach London WLAN an Bord. Ich hoffe, du hast einen schönen Tag und besorgst dir etwas Leckeres zum Lunch. Kannst du mir einen Gefallen tun und heute wieder in der Cafeteria essen? Ich weiß, du hast gesagt, das Essen dort wäre nicht so toll, aber ich mache mir Sorgen um dich, wenn ich nicht da bin. Wenn du nicht wieder dorthin gehen möchtest, kann ich dir noch mal etwas an den Schreibtisch liefern lassen. Pass so gut es geht auf dich auf, während du außerhalb meiner Reichweite bist. Ich könnte durchdrehen bei dem Gedanken, dass dir etwas zustößt, während ich weg bin. Ich schicke dir heute Nachmittag noch eine E-Mail, wenn wir in der Luft sind und ich mich um ein paar geschäftliche Dinge gekümmert habe.
P.S. Ich habe dir beim Portier ein Paket hinterlassen.

Ich dachte, wenn ich dir schon dein T-Shirt geklaut habe, gebe ich dir eines von meinen, in dem du in meiner Abwesenheit schlafen kannst.
Liebe, Oz

Ich bin ganz kribbelig vor Aufregung, während ich seine Nachricht lese, und dann steigen gigantische Schmetterlinge in mir auf, als ich sehe, wie er unterschrieben hat. Liebe. Er meint damit doch nicht, dass er mich liebt, oder? Wir kennen uns erst ein paar Tage. So schnell kann man sich nicht ernsthaft verlieben. Vielleicht meint er das als Kosewort, so wie man jemanden »Liebes« nennt. Ja, so wird es sein.

Ich starre das Wort viel zu lange an, bevor ich mich endlich davon losreiße. Im Augenblick leben, richtig? Habe ich mir das nicht eben gerade gesagt?

Von: MSullivan@OsbourneCorp.net
Betreff: RE: Test

Hey! Mir gefällt deine E-Mail-Adresse. Hast du sie dir ausgedacht?
Ich bin froh, dass du gut am Flughafen angekommen bist. Jetzt musst du nur noch sicher in London landen und danach wieder hier bei mir.
Ich werde mir heute etwas in der Cafeteria besorgen, wenn dich das glücklich macht.
Ich war noch nie in London. Bringst du mir eine Überraschung mit?
xoxo, Mallory

Ich lese meine E-Mail noch einmal durch und überlege, mit »Liebe« abzuschließen, lasse es dann aber so. Ich bin mir sicher, dass ich später noch eine E-Mail von ihm erhalte, also kehre ich an meine Arbeit zurück.

Nach ungefähr einer Stunde, in der ich Erics Formulare korrigiert habe, sammle ich sie zusammen, um sie an Skyler zu übergeben. Als ich um die Trennwand zwischen unseren Schreibtischen herumgehe, hoffe ich, dass sie jetzt besserer Laune ist.

»Hier ist die nächste Runde«, sage ich und halte ihr den Stapel hin.

»Leg sie einfach auf den Tisch.«

Sie schaut nicht auf, als sie das sagt. Sie nimmt mich kaum wahr. Ich lege die Berichte hin, denke aber, dass ich versuchen sollte, mit ihr ins Gespräch zu kommen. Wir arbeiten erst seit ein paar Tagen zusammen, aber dieses Verhalten sieht ihr gar nicht ähnlich.

»Süße Schuhe. Muss hart sein, den ganzen Tag darauf zu laufen«, sage ich mit Blick auf ihre schwarzen Plateau-Stilettos.

»Ja«, ist alles, was sie sagt. Immer noch schaut sie nicht auf.

»Ich bin Erics Formulare zweimal durchgegangen, also sollte alles passen«, versuche ich es noch einmal, doch sie nickt nur.

Ich beschließe, aufs Ganze zu gehen und das Thema direkt anzusprechen. Vielleicht stört sie etwas anderes, aber ich denke, es hat mit mir zu tun.

»Ist alles in Ordnung, Skyler?«

Sie dreht sich auf ihrem Stuhl herum und wirft mir einen kalten Blick zu. »Alles ist wunderbar, Mallory. Ich erledige meinen Job. Du weißt schon, jenen, den ich mir erkämpft habe. Den Job, für den ich die Stelle im Weißen Haus ausgeschlagen habe. In der Zwischenzeit bin ich an euch beide gebunden.« Sie schaut an mir vorbei. Ich drehe den Kopf und sehe Eric mit einem Stapel Papiere hinter mir stehen. »Sieht so aus, als wäre ich die Einzige hier, die sich die Stelle ehrlich erarbeitet hat.«

Damit dreht sie sich wieder zu ihrem Computer um und ignoriert uns beide. Ich bin total geplättet und weiß nicht, was ich sagen soll. Aber statt bei der Arbeit einen Streit vom Zaun zu brechen, gehe ich zu Eric, nehme ihm die Papiere ab und trage sie zu meinem Schreibtisch.

Vielleicht glaubt sie, dass ich mich hier nicht genügend anstrenge. Aber ich habe mir genauso sehr den Hintern aufgerissen wie sie. Ich habe sogar Wege gefunden, die Arbeit schneller und effizienter zu erledigen. Ich habe hart dafür gearbeitet, dort hinzukommen, wo ich jetzt bin.

Die nächsten drei Stunden arbeite ich durch, ohne einmal den Kopf zu heben.

Als mein Computer erneut pingt, schaue ich hoch und sehe eine E-Mail von Oz. Und auch, dass es an der Zeit für die Mittagspause ist. Ich beschließe, erst die E-Mail zu lesen, bevor ich nach unten gehe, mir etwas zu essen hole und es mit an den Schreibtisch nehme. Ich habe immer noch viel zu tun und ich möchte nicht als diejenige angesehen werden, die das Team aufhält.

Von: YourOz@gmail.com
Betreff: Du fehlst mir

Ich vermisse dich jetzt schon. Wie soll ich es nur fast vier Tage ohne dich aushalten?
Natürlich bringe ich dir etwas mit. Was hättest du gerne? Sag es mir und es gehört dir. Ich würde dir gerne die ganze Welt zeigen. Du sagst mir, wohin du willst, und ich bringe dich hin.
Danke, dass du heute in der Firma isst. Wenn ich weiß, dass du in Sicherheit bist, kann ich mich entspannen.
Ich hoffe, du hast einen guten Tag, Baby.

Oh, und du hast mich zu der E-Mail-Adresse inspiriert. Ich dachte, ich sollte eine nur für dich haben.
LIEBE, Oz.

Das alberne Grinsen in meinem Gesicht wird immer breiter, als ich seine E-Mail wieder und wieder lese. Ich frage mich, ob er will, dass ich auch mit »Liebe« unterschreibe, weil er es in Versalien geschrieben hat. Der Vorfall mit Skyler verwirrt mich noch immer, aber ich versuche, es abzuschütteln, während ich ihm antworte.

Von: MSullivan@OsbourneCorp.net
Betreff: RE: Du fehlst mir

Ich vermisse dich auch, Oz. Ich könnte gerade eine Umarmung von dir gebrauchen.
Ich gehe jetzt in die Mittagspause, also nur kurz: Ich hätte gerne Schokolade. Ich habe gehört, in London gibt es wirklich gute.
XOXO, Mallory

Als ich die Cafeteria betrete, sehe ich, dass sie umgebaut worden ist. In der Mitte gibt es jetzt eine Salatbar und an einer Seite stehen zwei Männer und bereiten Sandwiches zu. Dazu werden frische Suppen angeboten. Sofort steigt meine Laune. Das ist die Wirkung, die Essen auf mich hat. Vielleicht war ich heute Morgen hungrig und habe das mit Skyler zu ernst genommen.

Ich hole mir ein halbes Sandwich, einen Salat und eine Suppe zum Mitnehmen und kehre an meinen Schreibtisch zurück. Als ich dort ankomme, sind Skyler und Eric weg, aber ich mache mich gleich wieder an die Arbeit. Ich nutze die stille Zeit, um alle meine Berichte fertigzustellen, dann gehe ich zu Skylers

Tisch und schnappe mir jene, die sie schon erledigt hat, um mir einen kleinen Vorsprung zu erarbeiten.

Ich bin total in meine Arbeit versunken, als ich eine neue E-Mail erhalte. Als ich aufschaue, sehe ich, dass bereits eine Stunde vergangen ist. Bevor ich die E-Mail lesen kann, höre ich Skyler an ihren Tisch zurückkehren. Kurz darauf kommt sie zu mir.

»Hey, hast du dir die Akten von meinem Tisch genommen?«, fragt sie, ohne mich anzusehen.

»Ja. Die sind fertig.« Ich zeige auf den Stapel, der direkt neben ihr liegt, und warte darauf, dass sie noch etwas sagt.

Sie wirft einen Blick darauf und schaut mich dann etwas überrascht an. »Danke. Ich dachte, ich müsste länger bleiben, um sie fertigzustellen.«

»Kein Problem. Ich habe nur versucht, etwas vorzuarbeiten, damit wir diese Woche keine Spätschichten fahren müssen. Ich denke, die Arbeitslast sollte gleichmäßig verteilt werden«, erwidere ich achselzuckend.

Sie schaut auf ihre Schuhe und dann wieder mich an. »Tut mir leid, dass ich dich heute Morgen so angeblafft habe.«

Bei ihren Worten fällt mir eine Last von den Schultern, die mir vorher nicht bewusst gewesen ist. Ich ertrage es nicht, wenn jemand böse auf mich ist. »Schon in Ordnung. Wir alle haben unsere Momente.«

»Ja. Danke noch mal«, sagt sie und kehrt an ihren Schreibtisch zurück.

Ich wende mich wieder meinem Computer zu und öffne Oz' E-Mail.

Von: YourOz@gmail.com
Betreff: Bring mich nicht dazu, das Flugzeug umdrehen zu lassen

Geht es dir gut, Baby? Was ist los? Ich bringe dir ein ganzes Flugzeug voller Schokolade, wenn dich das glücklich macht. Wie war dein Lunch? Gab es heute etwas Leckeres?
Ich vermisse deine Lippen.
LIEBE, Oz

Das fettgedruckte »Liebe« lässt mich grinsen. Er ist einfach albern und mir gefällt der spielerische Oz. Ich antworte schnell, weil ich noch viel Arbeit vor mir habe.

Von: MSullivan@OsbourneCorp.net
Betreff: RE: Bring mich nicht dazu, das Flugzeug umdrehen zu lassen

Alles gut. Kein Grund zur Panik. Mir geht es wieder besser. Ich schätze, ich brauchte nur etwas zu essen. Und es gibt umwerfende Neuigkeiten: Die Cafeteria wurde umgebaut und heute hatten sie tolles Essen. Bin total froh, hingegangen zu sein!
Ein Flugzeug voller Schokolade kann nicht so süß sein wie du. Mir fehlen deine Lippen auch.
Ich muss wieder an die Arbeit, damit ich nicht länger bleiben muss. Ich habe Paige vorhin geschrieben und ihr gesagt, dass ich mir heute mit ihr zu Hause Filme anschauen möchte, also kannst du dich freuen, weil ich mein Handy die ganze Nacht neben mir haben werde.
Ich gehöre dann ganz dir!
XOXO, Mallory

Ich setze das XOXO auch in Fett, um ihn wissen zu lassen, dass es mir bei ihm aufgefallen ist. Aufgeregt schicke ich die E-Mail ab und kehre zu den Berichten zurück. Es ist unglaublich, wie wichtig er mir in so kurzer Zeit geworden ist. Ich meine, ich sehe das L-Wort und flippe nicht aus. Vermutlich sollte mich allein das schon ausflippen lassen. Ach, was soll's, ich lebe im Hier und Jetzt!

12. Kapitel

Mallory

»Ich glaube, dein Boss verfolgt uns.« Ich werfe einen Blick über die Schulter und sehe Captain America ungefähr einen halben Block hinter uns.

»Ignorier ihn einfach«, schnaubt Paige sichtlich genervt. Aber sie greift nach ihrem Pferdeschwanz, löst das Haargummi und schüttelt ihre Haare ein wenig auf. Diese Geste überrascht mich. Als wir uns in der Lobby der Firma getroffen haben, um gemeinsam nach Hause zu gehen, haben die beiden sich wieder gestritten. Sie sah immer noch aus, als wäre sie sauer auf ihn, aber er hatte dieses glückliche Grinsen im Gesicht, als gefiele es ihm, wenn sie so mit ihm redet.

»Er ist kaum zu ignorieren.« Wieder blicke ich hinter mich. Ja, er ist noch da. Vielleicht hat er den gleichen Weg wie wir. »Ich denke, er mag dich«, füge ich hinzu, woraufhin sie zu mir herüberschaut und mir zu verstehen gibt, das Thema besser nicht anzuschneiden. Was mich noch neugieriger macht. Dass Männer Paige mögen, ist nichts Neues. Sie ist hübsch und spielt das meistens herunter.

Ich denke, die Männer fühlen sich von ihr angezogen, weil sie dazu noch eine echte Herausforderung ist. Sie ist nicht leicht zu beeindrucken. Nicht einmal, wenn ich ihr Fotos von heißen Promis zeige.

»Ich glaube nicht, dass es eine gute Idee ist, mit jemandem auszugehen, mit dem man zusammenarbeitet, aber er ist ...«

»Hör sofort damit auf. Nur weil du gerade in diesem Liebeszug unterwegs bist, heißt das nicht, dass ich mit aufspringen will. Außerdem ist er …« Nun schaut sie über ihre Schulter und ich folge ihrem Beispiel. Er zwinkert ihr zu, woraufhin sie ihm einen Vogel zeigt. »Zu perfekt«, beendet sie den Satz schließlich.

»Du kannst doch deinem Boss nicht den Vogel zeigen! Er wird dich feuern!« Fassungslos starre ich sie an.

»Einen Dreck wird er.«

Zweifellos tut Paige das, was sie will, also kehre ich wieder zu dem Thema von vorhin zurück. »Zu perfekt, Paige? Wirklich? Wie kann ein Mann zu perfekt sein?«, frage ich, auch wenn ich die gleichen Gedanken in Bezug auf Oz habe. Er scheint immer das Richtige zu tun und zu sagen. Es ist, als warte ich darauf, dass die Blase platzt.

»Da sind wir schon.« Sie zeigt auf ein kleines Restaurant, auf dessen Schild draußen *Big Bob's* steht. Wahrscheinlich hat es schon bessere Tage gesehen. Sie hat mir gesagt, dort gäbe es mit die besten Burger in Laufweite. Sie geht hinein und ich folge ihr. Es ist proppenvoll, aber Paige schafft es, uns einen Platz an der Bar zu besorgen.

»Was kann ich den Damen bringen?«, fragt ein älterer Herr mit schütterem Haar und dunkelbraunen Augen, der hinter dem Tresen steht. Seine weiße Schürze sieht aus, als könnte sie mal wieder einen gründlichen Waschgang vertragen.

»Zwei ultimative Doppelburger mit Zwiebelringen.« Sie sieht mich an und dann zur Tür. Ich folge ihrem Blick und sehe Captain vor dem Restaurant an einer Straßenlaterne lehnen. Das ist echt verrückt. »Zum Mitnehmen?«, fragt sie mich und ich nicke.

»Zum Mitnehmen«, sagt sie dem Mann, der unsere Bestellung aufnimmt.

»Kann ich euch einen Drink bringen, während ihr wartet?«

»Zwei Bier. Egal welches, Hauptsache kalt. Kann vom Fass sein.«

»Kommt sofort«, sagt er, nachdem er die Bestellung auf seinen Notizblock gekritzelt hat und sich umdreht, um sie an die Küche weiterzureichen.

»Das ist komisch.« Ich nicke in Richtung des Sicherheitstypen draußen. »Wieso folgt Captain uns? Erst dachte ich, wir hätten vielleicht zufällig den gleichen Weg, aber jetzt steht fest, dass er uns folgt. Oder besser gesagt, dir«, korrigiere ich mich, denn der Typ hat keinen Grund, mir hinterherzugehen. Ich weiß ja nicht einmal seinen Namen.

»Captain?«

»Ja, er sieht aus wie Captain America, nur mit Tattoos.«

Sie grinst schief, als gefalle ihr der Name. Was nicht weiter überraschend ist, denn es ist einer ihrer Lieblingsfilme. »Ich weiß es nicht. Vielleicht testet er mich oder so. Will sichergehen, dass ich meine Umgebung im Blick habe. Oder vielleicht ist er auch ein Stalker.« Den letzten Satz fügt sie hinzu, als wolle sie ihn beleidigen.

»Er kann dich nicht hören«, sage ich.

»Oh, ich bin sicher, dass er Lippen lesen kann.«

Der Kellner bringt uns unsere Biere und Paige trinkt ihres in einem Zug halb aus.

»Und wie kann er perfekt sein, wenn er ein Stalker ist?«, frage ich, als mir ihr Kommentar wieder einfällt.

»Er ist es. Der All-American-Boy. Vermutlich ist er in einem liebevollen Zuhause mit einem perfekten Dad aufgewachsen, der seine Mom nicht betrogen und ihr das Herz gebrochen hat. Ich bin sicher, er ist bei den Marines gewesen und wurde ein Kriegsheld. Und jetzt ist er zurück und leitet die Sicherheitsabteilung von einer der größten Firmen Amerikas. Er ist verdammt perfekt. Das ist total nervtötend.«

»Du magst ihn«, sage ich, weil das sonnenklar ist. Paige hat mit ihren Worten mehr preisgegeben, als ihr bewusst ist. Wenn es eines gibt, was Paige nicht leiden kann, dann sind es Arschlöcher oder sogenannte Bad Boys. Die scheinen sich aber irgendwie zu ihr hingezogen zu fühlen. Paige kann zu Männern ziemlich grob sein, mag sie aber lieber, wenn sie süß sind. Die meisten Männer scheinen das nicht zu verstehen. Man muss sich durch die erste Schutzschicht hindurcharbeiten, die sie wegen ihres Vaters aufgebaut hat, um sie zu finden, aber ich habe noch keinen Mann gesehen, der es jemals auch nur versucht hätte.

Sie setzt ihr Glas erneut an, leert es und dreht sich so hin, dass sie Captain den Rücken zuwendet.

»Mein Gott, ich hoffe, dass das für ihn nicht so offensichtlich ist«, grummelt sie.

»Paige ist verknallt«, sage ich und bin mir nicht sicher, ob ich mit mir oder ihr spreche.

»Das muss ansteckend sein. Du hast mich mit deinem Liebesvirus infiziert. Das ist ekelhaft. Wir sollten eine Entgiftung machen oder so.«

Sie klingt dabei so düster, dass ich laut auflache.

»Mal, ich meine es ernst. Ich kann das nicht.«

Ich lege einen Arm um ihre Schultern und ziehe sie an mich heran. »Du musst überhaupt nichts tun, was du nicht willst«, sage ich. »Er ist dein Boss und er verfolgt uns.«

Sie nimmt mein Bier und nippt daran. »Du solltest vorsichtig sein«, sagt sie und dreht sich so, dass mein Arm von ihrer Schulter rutscht und sie mich ansehen kann. »Männer wie Oz sind nicht immer das, was sie zu sein scheinen.« Sie klingt, als täte es ihr leid, mir diese Nachricht übermitteln zu müssen. Beinahe als wüsste sie, dass es stimmt. Dass Oz nicht der ist, der er zu sein vorgibt.

»Nicht jeder ist dein Vater, Paige. Du musst das endlich loslassen.«

Sie neigt den Kopf und sieht mich an.

»Ich sage ja nicht, dass du das heute tun musst, aber du kannst dich nicht dein Leben lang davon zurückhalten lassen.« Ich nehme mein Bier und trinke einen Schluck, dann reiche ich ihr das Glas. Ich werde ihr nicht sagen, dass sie die Männer womöglich selbst von sich stößt, dass die Mauer, die sie wegen ihres Vaters um sich herum hochgezogen hat, die Männer auf Abstand hält. Ich glaube, dass ein Mann, der wirklich mit ihr zusammen sein will, diese Mauer durchbrechen wird, und das wird mit dazu beitragen, dass ihre alten Wunden heilen. Paige ist es wert, dass man um sie kämpft, und ich glaube, sollte sie sich einmal verlieben, wird es heftig werden, denn wenn Paige zulässt, etwas zu fühlen, gehen ihre Emotionen sehr tief. Ich schaue wieder zum Captain und sehe, dass sein Blick auf ihr ruht, bevor er ihn auf mich richtet. Er schenkt mir ein leichtes Lächeln, das ich erwidere, bevor ich mich auf meinem Hocker umdrehe und ihm den Rücken zuwende.

»Wir hätten uns einen Snack oder ein paar Pommes frites für den Nachhauseweg bestellen sollen.«

»Ich habe ein paar Snacks in der Handtasche«, witzele ich, aber ist es wirklich lustig, wenn ich wirklich Snacks mit dabeihabe?

»Genau deshalb hat das mit uns in all den Jahren auch so gut funktioniert«, sagt sie neckend.

Der Kellner kommt und stellt eine Papiertüte vor uns auf dem Tresen ab und legt die Rechnung daneben.

»Das übernehme ich. Du hast schon die Pizza bezahlt.« Ich hole mein Portemonnaie heraus und lege ein paar Scheine auf die Bar, bevor ich mein Bier austrinke. Paige schnappt sich die Tüte. Ich verstaue mein Portemonnaie und hole mein Handy heraus, um meine Nachrichten zu checken.

Ich frage mich, welchen Einfluss die Zeitverschiebung auf Oz' Nachrichten an mich haben wird.

Ich sehe keine verpassten Nachrichten und bin ein wenig traurig.

»Ich rufe Oz nur schnell noch an, bevor er ins Bett geht«, sage ich zu Paige, als wir das Restaurant verlassen.

»Okay, dann gehe ich noch mal auf Toilette.«

Er ist immer derjenige, der mich anruft oder mir schreibt. Er soll wissen, dass ich ihn auch vermisse.

Ich wähle seine Nummer. Auf der Straße sehe ich zu Captain, der mir zunickt. Vielleicht wartet er darauf, mit Paige reden zu können, oder vielleicht machen sie so etwas mit allen Leuten, die in der Sicherheitsabteilung arbeiten. Ich weiß, dass Paige davon gesprochen hat, Bodyguard werden zu wollen. Möglicherweise wird er sie später über alles ausfragen, was sie gesehen hat, als sie unterwegs war. Vielleicht macht er sich auch Notizen, was er sie morgen alles fragen kann. Aber da kann er sich auf ein böses Erwachen gefasst machen; Paige erinnert sich an alles.

»Baby«, erklingt Oz' Stimme durch den Hörer. Im Hintergrund sind laute Geräusche, als wäre er in einer Bar oder so.

»Oh, sorry, ich dachte, du wärst vielleicht schon im Bett. Ich wollte dir eine gute Nacht wünschen.«

»Ich wünschte, ich wäre im Bett und würde mit dir reden.« Mit all dem Lärm im Hintergrund ist er nur schwer zu verstehen. Ich höre eine Frau lachen und irrationale Eifersucht jagt mir durch den Körper. Ich bin es nicht gewohnt, einen Mann so sehr zu mögen, dass ich eifersüchtig werde.

»Miles, komm schon, ich will dich jemandem vorstellen!«, ruft jemand.

»Du scheinst beschäftigt zu sein. Ich lege dann auf. Sorry für die Störung.« Ich nehme das Handy vom Ohr, um aufzulegen. Der Lärm ist zu laut, um irgendetwas verstehen zu können.

»Mallory, bist du das?« Ich schaue auf und sehe meinen Statistikprofessor aus Yale vor mir stehen.

»Oh mein Gott! Professor Field.« Ich lege endgültig auf und stecke das Handy in meine Handtasche zurück.

Er lächelt mich an und schüttelt den Kopf. »Nenn mich Joel. Ich bin nicht länger dein Prof. Beziehungsweise überhaupt kein Dozent mehr, um ehrlich zu sein.«

»Oh. Tut mir leid?«, sage ich unsicher, weil ich nicht weiß, ob es seine eigene Entscheidung war oder nicht. Professor Field war einer meiner Lieblingsdozenten in Yale. Er hatte eine Art, die Sachen genau so zu erklären, wie ich sie am besten verstand. Diese Fähigkeit hat nicht jeder Lehrer.

Ich schätze ihn auf Ende dreißig. Er hat strubbelige braune Haare und gütige braune Augen. Er war der typische Professor, der immer eine eckige Brille und ein Tweed-Sakko trug. Er ist ungefähr einsachtzig groß und hatte auch immer T-Shirts mit einem lustigen oder flippigen Motiv an. Während des Studiums wirkte er wie ein echt netter Kerl und ich weiß, dass einige meiner Freundinnen ihn in den Vorlesungen regelrecht anschmachteten.

»Ich arbeite jetzt als Berater, was ich, ehrlich gesagt, mehr genieße als das Unterrichten. Es wird auch besser bezahlt und ich kann mir die Stunden selbst einteilen.«

»Das ist immer gut.« Ich lächle, weil ich mich aufrichtig für ihn freue.

»Wie ist Osbourne Corp? Du hast dort einen Praktikumsplatz bekommen, nicht wahr?«

»Ja, das habe ich. Und ich finde es toll. Ich denke, das Schwerste bisher ist, mich an New York zu gewöhnen.«

»Ich weiß genau, was du meinst. Ich fühle mich auch ein wenig verloren und kenne hier noch nicht viele Leute.«

»Das Gefühl kenne ich. Aber ich habe bei der Arbeit ein

paar Leute kennengelernt. Wir gehen am Freitag zusammen aus. Du solltest auch hinkommen«, sage ich, als Paige sich zu uns gesellt.

»Hast du mit Oz gesprochen?«, unterbricht sie unsere Unterhaltung abrupt.

»Oh ja, ungefähr eine Sekunde«, sage ich. »Paige, das ist einer meiner Professoren aus Yale. Joel, das ist meine Mitbewohnerin Paige. Sie war auch in Yale.«

Sie nickt ihm kurz zu. »Bist du so weit? Unser Essen wird kalt.« Sie wirkt ungeduldig und leicht genervt. Ich drehe den Kopf, um zu sehen, ob Captain noch da ist, weil ich denke, er könnte vielleicht ihr Problem sein. Ich sehe ihn, aber er telefoniert gerade.

»Ja, sorry, Joel, wir müssen los. Einige von uns gehen am Freitag nach der Arbeit auf ein paar Drinks in *Marie's Yacht Club* an der 11th Street. Komm doch vorbei, wenn du Lust hast, ein paar neue Leute kennenzulernen. Ich würde mich freuen.«

»Klingt gut. Wenn ich nicht arbeiten muss, mache ich das vielleicht.« Sein Haar fällt ihm etwas ins Gesicht, aber er lächelt und strahlt. Er sieht aus, als hoffe er auf eine Gelegenheit, Leute kennenzulernen.

Vielleicht ist er hier in der Stadt wirklich einsam. Ich kann mir nicht vorstellen, ohne Paige hier zu sein.

»Perfekt. Wir werden gegen sechs Uhr dort sein. Ich hoffe, wir sehen uns«, sage ich, während Paige mich schon wegzieht.

»Mein Gott, ich weiß ja, dass du Hunger hast, aber das ist doch kein Grund, so unhöflich zu sein.«

»Ich bin mir nicht sicher, ob es Oz gefallen würde, wenn du einen Mann auf ein paar Drinks einlädst«, überrascht sie mich. Ich hätte nie erwartet, so etwas von ihr zu hören. Ich dachte, ihre schlechte Laune käme vom Hunger.

»Wie bitte? Er ist ein alter Prof und genauso neu in der Stadt wie ich.«

»Er ist nicht alt«, kontert sie.

Okay, Joel ist nicht alt, aber das hatte ich auch nicht gemeint. Die Mädchen auf der Uni waren in ihn verknallt, aber ich habe den Hype um ihn nie verstanden. Er sieht aus wie ein hipper Nerd oder so. Ich schätze, wenn man ihn mit allen anderen Professoren vergleicht, wirkt er ziemlich heiß. Ich fand ihn einfach immer nur nett.

»Ich meinte nicht sein Alter, sondern dass er mal mein Dozent war. Außerdem habe ich mit Oz telefoniert. Es klang, als wäre er gerade in irgendeiner Bar und ich habe im Hintergrund eine Frau gehört, insofern …« Ich zucke mit den Schultern, als wäre es mir egal, und kämpfe gegen den Drang an, mein Handy zu checken. Ich werde nicht klammern, sage ich mir.

»Wie du meinst. Ich sage ja nur, dass er nicht wie jemand, der damit einverstanden wäre, wenn du andere Männer auf einen Drink einlädst, wirkt.«

»Das ist eine Gruppensache und du kommst auch.«

»Oh ja, ich komme definitiv. Ich kann es kaum abwarten, das zu sehen.«

»Was soll das heißen?«, frage ich.

»Ich meine ja nur. Ich kann nicht erwarten, zu sehen, was Oz macht, mehr nicht.«

»Tja, ich zerplatze deine Seifenblase nur ungern, aber Oz ist bis Samstag nicht in der Stadt, also wird er gar nicht dabei sein.«

Sie grinst.

»Vielleicht lade ich Captain ein, wenn du so weitermachst.«

Wir beide werfen einen Blick über die Schulter und tatsächlich, Captain folgt uns und telefoniert immer noch.

»Oder vielleicht muss ich ihn auch gar nicht einladen, wenn er so weitermacht.«

13. Kapitel

Mallory

Nachdem ich das Paket abgeholt habe, das Oz mir beim Portier des Gebäudes hinterlassen hat, gehen wir in unsere Wohnung hoch, wo ich meinen Burger hinunterschlinge, während ich Erics Berichte durchgehe und korrigiere. Ich beschließe, danach ein heißes Bad zu nehmen. Wir haben Glück, dass wir jeder ein eigenes Badezimmer mit großer Wanne haben.

Ich hole mein Handy aus der Handtasche und nehme das T-Shirt mit, das Oz mir dagelassen hat. Es sieht genauso abgetragen aus wie mein Yale-Shirt, ist aber ein ausgeblichenes Footballtrikot der Jets. Auf dem Weg in mein Zimmer komme ich an Paige vorbei, die auf der Couch sitzt und auf ihrem Laptop herumtippt.

»Ich nehme ein Bad und gehe dann ins Bett. Ich werde zur gewohnten Zeit aufstehen, falls wir zusammen in die Firma gehen wollen.«

Sie schaut von ihrem Computer auf und nickt. »Klingt gut. Hast du schon mit Oz gesprochen?« Sie beäugt mein Handy und sieht mich dann wieder an.

»Das mache ich gleich«, sage ich und gehe weiter in mein Zimmer. »Gute Nacht.«

»Gute Nacht.«

Es ist seltsam, aber es ist das dritte Mal, dass sie mich nach Oz gefragt hat. Vermutlich liegt es daran, dass ich sonst förmlich an meinem Handy klebe oder obsessiv meine Nachrichten checke.

Ich lasse Wasser einlaufen, gebe etwas Badeschaum hinzu und nehme die Nadeln aus meinen Haaren. Dann binde ich mir das Haar locker auf dem Kopf zusammen und lege ein Handtuch auf den Wannenrand, um meine Hände abtrocknen zu können.

Sobald ich im Wasser liege, greife ich nach meinem Telefon, um zu sehen, ob Oz sich gemeldet hat. Überraschenderweise habe ich ein Dutzend Textnachrichten von ihm und auch ein paar verpasste Anrufe. Zuerst schaue ich mir die Nachrichten an.

Oz: Baby, geh an dein Telefon. Ich habe versucht, dich zurückzurufen.

Oz: Es ist nicht das, wonach es klang. Hier im Club sind Leute und es war laut.

Oz: Mallory, bitte antworte mir. Ich mache mir Sorgen.

Oz: Es tut mir leid, Baby. Bitte, ignorier mich nicht. Ich habe den Club verlassen. Ich kann jetzt reden.

Oz: Da du nicht an dein Handy gehst, schreibe ich dir.

Oz: Da war ein Kunde, der mich treffen wollte, und ich habe zugestimmt, auf einen Drink mit ihm auszugehen, um über Geschäftliches zu sprechen.

Oz: Ich habe nur aus beruflichen Gründen zugesagt und kannte den Ort nicht, den er vorgeschlagen hat. Es war ein Tanzclub.

Oz: Ich war nur fünf Minuten da, und zufällig hast du genau dann angerufen.

Oz: Bitte, komm nicht auf falsche Gedanken, Baby. Mir liegt so viel an dir. Sehr viel mehr, als ich in einer Nachricht schreiben will.

Oz: Ich würde niemals etwas tun, was dich herabsetzt. Bitte. Ruf mich einfach an.

Oz: Ich bin wieder in meinem Hotelzimmer. Wenn ich nichts von dir höre, werde ich die ganze Nacht wach bleiben.

Oz: Du fehlst mir.

Bei seinen Nachrichten zieht es mir das Herz zusammen, gleichzeitig muss ich lächeln. Es war wohl ein Missverständnis, doch ich ärgerte mich, statt ihn anzuhören. Ich wähle seine Nummer, um ihn wissen zu lassen, dass alles in Ordnung ist. Bestimmt ist er immer noch wach und macht sich Sorgen.

Ich glaube, es hat noch nicht einmal geklingelt, da geht er schon ran.

»Baby.« In diesem einen Wort liegt so viel Bedürftigkeit. Vielleicht sogar ein Hauch von Panik.

»Hey. Sorry, ich habe mein Handy in die Tasche gesteckt und deine Nachrichten gerade erst gesehen.« Ich beiße mir auf die Lippe und denke, dass es streng genommen stimmt. Ich hätte es auch früher herausholen können, aber ich war beleidigt.

»Nein, mir tut es leid. Ich habe versucht, es dir am Telefon zu erklären. Du weißt, dass ich nicht mit einer anderen in einen Club gehen würde, oder?« Seine Stimme klingt so süß und flehend.

»Ich weiß. Wahrscheinlich war ich einfach nur schlecht gelaunt, weil ich Hunger hatte.« Er lacht, aber ich will, dass er die ganze Wahrheit weiß. »Und vielleicht war ich auch etwas eifersüchtig. Ich war nicht bei dir und es klang, als hättest du eine Menge Spaß.«

»Meine süße Mallory. Wenn du nicht an meiner Seite bist, kann ich gar keinen Spaß haben.«

Wenn er so hinreißende Sachen sagt, grinse ich immer wie eine Idiotin. Ich sollte nicht wollen, dass er ohne mich keinen Spaß hat, aber es macht mich glücklich, zu wissen, dass er gerne mit mir zusammen ist.

»Ich habe dich heute vermisst. Vermutlich mehr, als ich sollte«, sage ich und rutsche noch ein wenig tiefer in die Wanne.

»Ist das Wasser? Telefonierst du mit mir, während du in der Badewanne liegst?« Er senkt seine Stimme etwas und mein ganzer Körper kribbelt. »Ich habe dich auch vermisst, Baby. Ich habe dich so unglaublich vermisst.«

Er gähnt und dann klingt es, als lege er sich hin.

»Was machst du gerade?«

»Ich bin im Bett. Hier ist es schon spät und ich muss in drei Stunden wieder aufstehen. Ich habe darauf gewartet, von dir zu hören.«

Schuldgefühle überkommen mich, weil ich aus lauter Verärgerung mein Handy ignoriert habe. Ich entschuldige mich, aber er unterbricht mich.

»Ich bin so froh, dass du angerufen hast, Baby. Jetzt genieß dein Bad. Wenn du magst, kannst du mir währenddessen vielleicht ein paar Fotos von dir schicken.«

»Oz«, sage ich, als könnte ich nicht fassen, dass er mich darum bittet. Auch wenn ich noch nie jemandem Nacktfotos geschickt habe, finde ich diese Idee auf einmal unanständig und sexy.

»Ich brauche etwas, mit dem ich aufwachen kann, wenn wir morgen schon nicht zusammen frühstücken können. Das macht mich jetzt schon traurig. Mit etwas Süßem von dir überstehe ich den Tag vielleicht.«

»Ich denke darüber nach.« Ich streiche mit der Hand an meinem Bein hinauf und lasse mir all die unartigen Dinge durch den Kopf gehen, die ich ihm schicken könnte. Dabei spüre ich, wie mir die Hitze in die Wangen steigt.

»Gute Nacht, meine süße Mallory. Trag das T-Shirt, das ich dir dagelassen habe. Ich hoffe, ich sehe dich in meinen Träumen.«

»Das mache ich. Für dich. Gute Nacht, Oz. Du fehlst mir.«

Damit legen wir auf und ich lege mein Handy auf das Handtuch. Dann tauche ich noch ein paar Minuten in den Schaum ein und lasse meine Wangen glühen. Er sagt immer die romantischsten Sachen. Sie machen mich so verlegen, geben mir aber auch das Gefühl, geschätzt zu werden. Es ist gleichermaßen aufregend wie überwältigend. Ich möchte das für ihn tun. Ihm zeigen, dass auch ich mit vollem Herzen dabei bin.

Nachdem mein Gesicht wieder abgekühlt ist, nehme ich mein Handy und mache ein paar Fotos, bevor ich den Mut verliere und es mir verkneife. Er hat schließlich schon alles von mir gesehen, nicht wahr? Warum sollte es mich also nervös machen, ihm ein paar sexy Bilder zu schicken?

Ich mache zehn und lösche alle bis auf eines. Dann mache ich noch einmal zehn, von denen ich auch nur eines behalte. Ich möchte ihm fünf verschiedene Posen schicken, also werde ich kreativ und mache weiter.

Endlich, nach einer gefühlten Ewigkeit, habe ich fünf Fotos beisammen, die ich brauchbar finde. Eines ist ziemlich brav –

ich bin komplett vom Schaum bedeckt. Das zweite zeigt meine Brüste über dem Wasser. Auf dem dritten Foto sind meine leicht gespreizten Beine und der Ansatz meiner Pussy zu sehen. Während ich über die letzten beiden nachgrüble, werde ich wieder rot. Schließlich halte ich mir die Augen zu und schicke sie ab, bevor ich es mir anders überlegen kann. Eines der letzten beiden Bilder war eines, auf dem ich meine Schamlippen auseinanderschiebe, damit er meine Klit sehen kann. Und auf dem letzten habe ich mich mit gespreizten Beinen vornübergebeugt. Ich sollte einen Preis dafür kriegen, in dieser Position überhaupt ein Foto machen zu können. Zum Glück gibt es Selbstauslöser.

Nachdem ich sie alle versendet habe, lege ich das Handy beiseite und lasse mich noch ein wenig treiben. Ich denke an Oz und frage mich, was wir am Samstag nach seiner Rückkehr wohl machen werden. Ich überlege, mit zu ihm zu gehen und ihm vielleicht sogar zu sagen, dass ich bereit bin, bei ihm zu übernachten. Wir kennen uns noch nicht lange, aber ich habe immer gedacht, wenn ich irgendwann den Richtigen treffe, würde ich es wissen. Und genauso ist es mit Oz. Er ist der Mann, auf den ich gewartet habe. Er ist der Grund, warum ich alle anderen Jungen vorher keines Blickes gewürdigt habe. Ich habe darauf gewartet, dass ein Mann wie er in mein Leben kommt und mein Herz im Sturm erobert. Und genau das und noch viel mehr hat er getan. Ich bin bereit, den nächsten Schritt zu gehen, und das bedeutet, mich ihm vollständig hinzugeben.

Sobald ich im Bad fertig bin, ziehe ich mir einen Slip und das T-Shirt von Oz an. Lächelnd frage ich mich, ob er wohl auch gerade mein Yale-T-Shirt trägt. Es ist so groß, dass es ihm passen würde. Er würde es wesentlich besser ausfüllen als ich.

Nachdem ich mich ins Bett gekuschelt habe, checke ich noch mal die Nachrichten auf meinem Handy, aber Oz hat nicht geantwortet. Hoffentlich bekommt er noch etwas Schlaf, bevor er zur Arbeit muss. Ich schicke ihm eine kurze Nachricht und wünsche ihm eine gute Nacht, begleitet von vielen Küssen, bevor ich mich auf die Seite drehe und einschlafe.

Ich träume von Oz. Wir sind in einer Badewanne und von so vielen Seifenblasen umgeben, dass ich ihn nicht finden kann. Ich rufe seinen Namen, sehe ihn aber nicht. Ich stelle mir vor, wie seine Hände durch das warme Wasser kommen und seine Finger mich berühren. Er reibt meine Klit und das fühlt sich so gut an, dass ich aufhöre, mich zu fragen, wo er ist, und es einfach genieße.

Ich wache auf mit der Hand in meinem Slip, einem Finger auf meiner Klitoris und einem Orgasmus, der durch meinen Körper pulsiert. Ich bin so heftig gekommen, dass ich davon aufgewacht bin, und nun liege ich keuchend da.

»Mal, geht es dir gut? Es ist fast halb acht. Wir müssen in fünfzehn Minuten los.« Bei Paiges Worten springe ich aus dem Bett und stehe fünf Sekunden lang panikerfüllt mitten in meinem Zimmer.

Dann rase ich ins Bad, putze mir die Zähne und schminke mich ein wenig. Zum Glück kann ich mir die Haare einfach hochstecken. Ich stürme durch mein Zimmer, ziehe irgendwelche nicht zusammenpassende Unterwäsche aus meiner Kommode heraus und schnappe mir eine schwarze Stoffhose und einen violetten Pullover aus dem Schrank. Es ist nichts Schickes, aber ich habe kaum fünf Minuten, um es überzuwerfen und auf einem Bein hüpfend mein Zimmer zu verlassen, während ich meine schwarzen Pumps anziehe.

»Telefon!«, ruft Paige aus der Küche und ich stürze in mein Zimmer zurück und nehme es vom Nachttisch. Sie steht an der Haustür und hält mir einen Thermobecher mit Kaffee hin. »Los geht's. Ich habe den Fahrstuhl schon gerufen.«

Wir beeilen uns, die drei Blocks zur Firma zurückzulegen, und als ich meinen Ausweis durchziehe, ist es genau acht Uhr. Nicht schlecht dafür, dass ich so spät aufgestanden bin. Nachdem ich Oz gestern geschrieben habe, muss ich vergessen haben, meinen Wecker zu stellen.

Der Gedanke an ihn lasst mich nach meinem Handy greifen. Doch dann erinnere ich mich an das, was ich ihm letzte Nacht geschickt habe, und beiße mir auf die Lippe, um nicht zu grinsen. Will ich wirklich wissen, was er zu sagen hat, nachdem er diese Bilder gesehen hat?

Ich beschließe, zu warten, bis ich an meinem Schreibtisch bin und etwas Privatsphäre habe. Also stecke ich mein Handy wieder weg, wünsche den Menschen, die in den Fahrstuhl steigen, einen guten Morgen, und fahre in meine Etage hoch. Dort begrüße ich Linda und sehe, dass ich schon wieder vor Eric bei der Arbeit bin. Das sind jetzt schon drei Tage in Folge. Skyler hängt gerade ihre Tasche auf, als ich sie begrüße, also scheint sie auch eben erst angekommen zu sein.

»Guten Morgen«, sage ich, um vorzufühlen, wie die Stimmung ist.

»Hey! Hast du dir heute etwas zum Mittagessen mitgebracht? Ich habe meines vergessen«, sagt sie.

»Nein. Ich war spät dran und habe es auch vergessen. Wollen wir später zusammen in die Cafeteria gehen?«, frage ich, in der Hoffnung, dass sie Ja sagt.

»Klar. Die neue Salatbar gestern war super. Ich bin dabei.«

Lächelnd setze ich mich auf meinen Platz und freue mich, dass meine Kollegenfreundschaft wieder Fahrt aufnimmt. Ich weiß nicht, was sie gestern gestört hat, doch es scheint, als würde Skyler harte Arbeit respektieren, und das kann ich verstehen. Vor allem, wenn man mit jemandem wie Eric zusammenarbeitet, der ziemlich faul ist.

Nach einem tiefen Atemzug hole ich mein Handy heraus und tippe auf meine Textnachrichten. Ich sehe nur eine von Oz und bin enttäuscht. Ich klicke sie an – und lächle.

Oz: Wenn du das hier liest, bin ich mit Sicherheit gestorben und in den Himmel aufgestiegen. Du, meine göttliche Mallory, bist umwerfender, als meine armseligen Worte es in einer Nachricht ausdrücken könnten. Grrrr.

Ich stelle mir sein Knurren vor und sofort kehrt das Ziehen zwischen meinen Beinen zurück. Ich denke an den Orgasmus, den ich mir offenbar letzte Nacht im Schlaf selbst verschafft habe. Mein Gott. Ich schicke ihm einen kurzen Text, weil ich denke, dass er vermutlich in einem Meeting sitzt. Der Zeitunterschied ist so groß, dass ich nicht weiß, was er gerade macht.

Ich: Guten Morgen! Ich freue mich, dass dir die Bilder gefallen haben. Könnte ich heute ein paar von dir bekommen? Ich habe noch gar nicht gesehen, was sich unter deinen sexy Anzügen verbirgt. Du fehlst mir … XXXXX

Ich stecke das Handy wieder weg und mache mich an die Arbeit. Heute ist viel zu tun und Linda hat uns ein paar neue Informationen gegeben, die wir in das statistische Datenmaterial einpflegen sollen. Noch mehr Fleißarbeit. Aber ich bin glücklich, hier und Teil des Teams zu sein.

Kurz vor Mittag kommt Linda zu uns und erzählt uns rasch von dem neuen Programm, das sie einführen wollen, und fragt, ob einer von uns damit vertraut ist. Ich habe auf dem College an einigen Projekten zum Thema Datenrecherche teilgenommen und dabei unter anderem dieses Programm benutzt. Linda strahlt mich an, als ich es ihr sage – vermutlich, weil sie sich freut, dass sie mich dann nicht mehr einarbeiten muss. Sie überträgt mir die Leitung unseres internen Teams. Ich soll den anderen erklären, wie sie das meiste aus dem Programm herausholen können. Wir sind uns einig, erst einmal Mittagspause zu machen und danach anzufangen. Ich will gerade meine Handtasche nehmen und in die Cafeteria gehen, da bekomme ich eine neue E-Mail.

Von: YourOz@gmail.com
Betreff: Ein langer Tag …

Hey, Baby. Ich habe deine Nachricht erhalten. Leider war die Arbeit heute echt brutal und ich kann jetzt erst Pause machen. Wie ich sehe, ist bei dir gerade Mittag. Hast du immer noch vor, drinnen zu bleiben, wie ich dich gebeten habe? Bitte sag Ja. Du weißt, dass ich mir Sorgen mache. Ich möchte heute Abend etwas Zeit alleine mit dir verbringen … gegen acht Uhr deiner Zeit? Sag mir Bescheid, meine süße Mallory. Ich sehne mich nach dir.
Liebe, Oz

Ich weiß, dass Skyler auf mich wartet, also tippe ich nur schnell eine Antwort ein.

Bin auf dem Weg in die Cafeteria … Ich bin sicher, dass ich mir den Abend für dich frei halten kann. ;-)
Du fehlst mir mehr!
XoXoXoXoXo Mallory

Nachdem ich die E-Mail abgeschickt habe, sperre ich meinen Computer und nehme meine Handtasche. Wir machen nur eine kurze Mittagspause, weil Skyler scharf darauf ist, das Programm zu lernen, und sie keine Lust hat, sich Erics langsamem Tempo anzupassen, wenn ich es ihm erkläre. Als wir zurück sind, legen wir gleich los und hören erst auf, als Linda zu uns kommt.

»Hey, es ist schon nach fünf. Ihr beide solltet Feierabend machen.«

»Wirklich?« Ich schaue auf die Uhr und sehe, dass sie recht hat. Eric meinte vor einer Weile, dass er mal auf Toilette müsste, aber seitdem ist er nicht wieder zurückgekommen. Skyler und ich haben den ganzen Nachmittag über geackert und waren total versunken in der Tätigkeit.

»Gute Arbeit heute, meine Damen. Ich bin von eurer Leistung sehr beeindruckt.« Sie lächelt uns an, bevor sie in ihr Büro zurückkehrt.

»Danke für deine Hilfe heute«, sagt Skyler, als ich meine Sachen zusammensammle.

»Kein Problem. Ich bin sehr dafür, Informationen zu teilen, wenn das allen zugutekommt.«

Gemeinsam nehmen wir den Fahrstuhl nach unten und dort sehe ich Paige in der Lobby.

»Hey, Skyler. Das ist meine Mitbewohnerin Paige. Paige, das ist Skyler, sie ist hier auch Praktikantin.«

Sie schütteln sich die Hände und ich muss daran denken, wie Paige sich gestern Joel gegenüber verhalten hat. Aber dann sage ich mir, dass sie keine Männer mag.

»Ja, ich glaube, ich wurde eingeladen, morgen Abend mit euch auszugehen, nicht wahr?«, fragt Paige und sieht mich an.

»Oh, gut. Ich schätze, dann sehen wir uns. Habt einen schönen Abend, ihr zwei«, erwidert Skyler und geht.

»Können wir heute etwas zu essen bestellen? Ich bin fix und fertig«, sage ich, als wir uns auf den Heimweg machen.

Unterwegs checke ich mein Handy und sehe, dass ich ein paar Nachrichten von Oz habe, in denen er mir sagt, ich solle gut nach Hause kommen und dass er sich auf unseren Chat heute Abend freut. Mir fällt auf, dass Captain America uns wieder folgt, aber Paige sagt nichts dazu, also spreche ich es auch nicht an. Ich will nur noch meinen Pyjama anziehen und chillen und bin viel zu müde, um heute Abend mit ihr über Männer zu reden.

14. Kapitel

Mallory

Kurz vor acht klappe ich meinen Laptop zu, nehme mir mein Handy und gehe in mein Zimmer. Ich will alleine mit Oz reden und habe keine Ahnung, wie lange das dauern wird. Paige meinte, sie müsse noch etwas arbeiten, und ist direkt nach dem Essen in ihr Zimmer gegangen, also habe ich das Geschirr weggeräumt und alles für den nächsten Morgen vorbereitet.

Sobald ich auf meinem Bett liege, vibriert das Telefon in meiner Hand. Mein Mund verzieht sich zu einem breiten Lächeln, als ich Oz' Namen auf dem Display sehe.

»Na du«, sage ich und lehne mich in die Kissen.

»Mallory.« Mein Name auf seinen Lippen jagt mir einen angenehmen Schauer über den Rücken und ich wünsche mir heute zum millionsten Mal, er wäre bei mir.

»Vermisst du mich?« Meine Stimme klingt spielerisch und doch auch ein wenig heiß.

»Mehr, als du dir vorstellen kannst.«

»Erzähl mir von deinem Tag. Vielleicht vermisse ich dich dann weniger, wenn ich mich fühle, als wäre ich bei dir gewesen.«

»Ich liebe es, wenn du sagst, dass du mich vermisst.« Seine Stimme ist tief und klingt so nah. Es ist, als wäre er neben mir im Bett und nicht am anderen Ende der Welt. Ich lächle und denke, dass noch niemand es mit so wenigen Worten geschafft hat, mich zum Lächeln zu bringen.

»Ich habe hier letztes Jahr eine Firma gekauft und musste ein paar Dinge erledigen, um den Wiederverkauf abzuschließen.«

»Du verkaufst sie so schnell wieder?«

»Wir haben ein paar große Veränderungen vorgenommen und ein paar Käufer konnten es kaum erwarten zuzuschlagen. Es ist sogar ein kleiner Bieterkrieg ausgebrochen. Wir haben uns mit einem der Interessenten auf einen Preis geeinigt und nun hat er den Zuschlag bekommen. Ich habe den Tag damit verbracht, die letzten Einzelheiten zu klären.«

Es entsteht eine kleine Pause und ich höre ein Rascheln, dann atmet er aus, als hätte er sich gerade hingelegt. »Jetzt lass uns über die Fotos sprechen, die du mir gestern geschickt hast.«

Mein Gesicht sieht vermutlich aus wie die Nase von Rudolf dem Rentier, aber ich beschließe, dazu zu stehen. Er hat mich um sie gebeten und ich habe ihm den Wunsch erfüllt. Ich versuche, etwas selbstbewusster zu wirken, als ich mich fühle.

»Welches davon hat dir am besten gefallen?« Zu flirten ist neu für mich, aber solange er derjenige ist, der das Reden übernimmt, bekomme ich das sicher hin.

»Das erste. Du lächelst so schön, dass mir das Herz schmerzt. Ich habe es den ganzen Tag lang angeschaut.«

Seine Antwort überrascht mich, weil ich dachte, die etwas Anrüchigeren gefielen ihm besser.

»Wirklich?«

»Ja. Wirklich. Ich wünschte, ich könnte das Lächeln jetzt sehen. Deine weichen Lippen und die süßen rosigen Wangen. Ich kann dich mir genau vorstellen, wie du auf dem Bett liegst und mit mir redest. Vermutlich hast du die Haare zu einem unordentlichen Zopf hochgebunden, so wie auf den Bildern. Dein perfekter Hals liegt frei und wartet nur auf meine Küsse. Was machst du gerade, Mallory? Wie nah dran bin ich?«

Seine Worte jagen mir einen Hitzeschauer durch den Körper und mit einem Mal herrschen in meinem Zimmer gefühlte fünfzig Grad.

»Du bist sehr nah dran. Ich vermisse mein T-Shirt«, sage ich neckend. »Leistest du ihm Gesellschaft?«

»Ich trage es, während wir miteinander sprechen, meine Süße.«

»Du machst Witze.« Auf keinen Fall hat er es an.

»Oh nein, da irrst du dich. Ich trage es in diesem Moment. Ich wollte deinen Duft riechen, während ich mit dir rede. Ich habe jede Nacht darin geschlafen, seitdem ich dich verlassen habe.«

Das sollte eigentlich albern sein, stattdessen macht es mich noch mehr an.

»Was trägst du noch?«, hake ich nach, damit er mir mehr erzählt.

»Dein T-Shirt, Mallory, sonst nichts. Deine Bilder haben mich den ganzen Tag schmerzhaft erregt und ich brauche eine Erlösung. Ganz zu schweigen davon, dass dein T-Shirt nicht das Einzige ist, was ich mitgenommen habe. Ich habe auch den Slip dabei.«

Ich höre einen tiefen Atemzug und stelle mir vor, wie er die Nase in meiner Unterwäsche vergräbt, während er sich selbst streichelt. Meine Scham zieht sich zusammen. Ich will ihm helfen. Ich will ihm so gute Gefühle bereiten wie er mir immer.

»Was kann ich tun?«, frage ich hauchend und meine Nippel richten sich auf.

»Ich will, dass du deine Hand vorne in deinen Slip gleiten lässt und ganz sanft deine Pussy berührst, Baby. Sag mir, ob du feucht bist.«

Unter seinen schmutzigen Worten spannen sich meine Muskeln noch mehr an und ich kann ihm garantieren, dass ich feucht bin. So hat noch nie jemand mit mir geredet und es macht mich mehr an, als ich mir je hätte vorstellen können.

Ich tue, was er sagt, und berühre meine Schamlippen. Das Gefühl lässt mich aufkeuchen. Sie sind so empfindlich.

»Du bist feucht, oder, Baby? Deiner süßen Pussy fehlt meine Aufmerksamkeit.«

Ich stöhne ins Telefon, während ich meine Klit massiere.

»Mein Schwanz ist den ganzen Tag über so verdammt hart gewesen, weil ich immer daran denken musste, wie gut deine Pussy schmeckt. Ich habe sie heute Morgen so vermisst. Dich zu halten und dich kommen zu lassen. Ich habe den ganzen Tag Lusttropfen in meine Boxershorts verteilt, weil ich nur daran gedacht habe, was ich mit dir tun will.«

»Oz«, flüstere ich und mein Venushügel pulsiert.

»Das ist es, Mallory. Ich reibe meinen Schwanz, während ich zuhöre, wie du masturbierst. Ich komme, wenn du kommst, Baby, nicht eine Sekunde eher. Ich wünschte, ich wäre da, um meinen Mund zwischen deine Beine zu pressen und deinen Honig aufzulecken.«

»Oh Gott!« Die Vorstellung von ihm zwischen meinen Beinen reicht fast, um mich durchdrehen zu lassen.

»Davon träume ich, Baby. Deine kleine enge Pussy zu verschlingen, bis du nicht mehr geradeaus laufen kannst.« Ich höre, wie er es sich selbst macht, und weiß nicht, wie viel ich noch ertrage. Ich bin so übermäßig erregt, dass ich nicht mehr klar denken kann. »Ist sie noch Jungfrau, Baby? Ist deine feuchte Pussy unberührt?«

»Ja«, stöhne ich. Seine schmutzigen Worte jagen mir ein Zittern durch den Körper. In diesem Stadium würde ich ihm alles gestehen. Ich würde ihm alles versprechen, solange er nur weiterredet.

»Gutes Mädchen, Mallory. Das wollte ich hören. Dass ich

der Einzige bin, der dich jemals berühren wird. Dass du dich für mich aufgespart hast.«

»Ja.« Dieses Mal ist mein Stöhnen lauter, mein Körper so angespannt, so kurz vor der Erlösung.

»Komm, meine Liebste.«

Diese Worte geben mir den Rest und ich krampfe mich um meine Finger herum zusammen, während sich mein Rücken wie von selbst durchbiegt und meine Beine sich verspannen. Es ist so mächtig und sein Keuchen der Erlösung am anderen Ende der Leitung zu hören, zieht meinen Orgasmus noch mehr in die Länge.

Vollkommen erledigt liege ich auf dem Bett. Ich schwitze, meine Knochen haben sich aufgelöst und ich ringe verzweifelt um Atem.

»Baby? Lebst du noch?«

Ich lache ins Telefon und meine Wangen glühen. Wie kann ich nach dem immer noch schüchtern sein?

»Gerade so eben. Und du?«

»Ich glaube, ich habe zum zweiten Mal an diesem Tag den Himmel gefunden.« Ich höre das Lächeln in seiner Stimme und mein Herz zieht sich vor Sehnsucht zusammen.

»Ich vermisse dich. Ist es zu früh, sich so schmerzhaft zu sehnen?«

»Meine süße Mallory. Du hast keine Ahnung, wie glücklich es mich macht, dich das sagen zu hören. Bevor du dichs versiehst, liegst du wieder in meinen Armen.«

»Gut. Meine heutige Morgenroutine hat mir nicht gefallen.«

»Dann sehe ich zu, dich jeden Tag zu verwöhnen, sobald ich zurück bin.«

»Abgemacht.«

»Ich muss jetzt etwas schlafen. In ein paar Stunden muss ich schon wieder aufstehen.«

Ich schaue auf die Uhr und sehe, dass es nach neun ist. Er muss extra noch einmal aufgestanden sein, um mich anzurufen. Für mich ist es eigentlich noch zu früh, um schlafen zu gehen, aber plötzlich bin ich total erschöpft.

»Ich denke, ich werde heute auch früh ins Bett gehen. Ich habe morgen einen langen Abend, also sollte ich etwas vorschlafen.«

»Einen langen Abend?« Mit einem Mal klingt er hellwach.

»Ja. Weißt du noch? Ich gehe morgen nach der Arbeit mit ein paar Leuten etwas trinken. In der Bar nebenan.« Meine Stimme klingt, als würde ich ihn um Erlaubnis fragen. »Paige kommt auch mit«, füge ich schnell hinzu, damit er weiß, dass ich eine Freundin dabeihabe.

Er schweigt so lange, dass ich das Handy vom Ohr nehme, um zu sehen, ob die Verbindung unterbrochen wurde.

»Oz?«

»Ich bin hier«, sagt er, aber ich kann seine Stimme nicht deuten. »Ich scheine vergessen zu haben, dass du das erwähnt hast.«

»Ist keine große Sache. Nur ein Feierabenddrink und dann nach Hause. Vielleicht können wir noch mal telefonieren?«, biete ich in der Hoffnung an, dass das seine Laune wieder hebt.

»Klar. Wir werden sehen.« Eine kleine Pause, in der es klingt, als tigere er auf und ab. »Alles ist gut. Schlaf ein bisschen, Baby. Wir sprechen uns morgen früh.«

»Bist du sicher?« Es ist seltsam nachzufragen, aber ich weiß noch, wie ich mich vor Kurzem gefühlt habe, als er im Nachtclub war und ich versucht habe, mit ihm zu reden. Ich will ihm nicht das Gleiche antun, also versuche ich, die Sache glattzubügeln. »Ich kann das sicher verschieben …«

»Nein. Alles gut, Baby. Wir reden morgen früh. Kümmere du dich nur darum, dass du ausreichend schläfst. Und stell dir heute den Wecker.«

Ich lache, als ich daran denke, wie ich heute Morgen herumgerannt bin. »Ich gebe mein Bestes.«

»Ich vermisse dich, Mallory.«

»Ich vermisse dich auch, Oz.«

Als wir aufgelegt haben, stelle ich meinen Wecker und schlüpfe unter die Decke. Ich denke daran, dass »Ich vermisse dich« so ähnlich klingt wie etwas anderes. Und bevor ich einschlafe, kommt mir ein Gedanke.

Ich kann mich nicht daran erinnern, ihm gesagt zu haben, dass ich vergessen habe, meinen Wecker zu stellen.

15. Kapitel

Mallory

Ich drücke erneut auf »Alle E-Mails empfangen«, bevor ich auf meinem Handy nachschaue, ob ich irgendwelche neuen Nachrichten habe.

Immer noch nichts.

Ich habe den ganzen Morgen von ihm keinen einzigen Pieps gehört und jetzt ist es schon kurz nach Mittag. Ich bin bereits viel zu abhängig von seinen Nachrichten geworden, das weiß ich, aber dennoch, das sieht Oz so gar nicht ähnlich. Zumindest nicht angesichts dessen, was ich im Laufe der Woche über ihn gelernt habe. Er schickt mir immer etwas, selbst wenn es nur eine kleine Nachricht oder ein süßes Bild ist. Außerdem ist es seltsam, dass ich ihn erst seit einer Woche kenne und er doch schon so ein bedeutender Teil meines Lebens ist. Andererseits ist er seit meinem ersten Tag hier in New York Teil meines Lebens. Selbst jetzt ist er immer in meinen Gedanken. Er ist so leicht in mein Leben geschlüpft. Ich habe mich an ihn geklammert und Dinge erlebt, die ich vorher nicht kannte.

Er gibt mir das Gefühl, ihm wichtig zu sein. Alle seine verrückten Kleinigkeiten zeigen mir, dass ich für ihn etwas Besonderes bin. So wie sein Wunsch, mich zu sehen, mir Frühstück zu bringen oder meine Stimme hören zu müssen. Was mich allerdings am meisten dahinschmelzen lässt, ist, dass er sich immer nach mir erkundigt. Das habe ich bisher noch nie gehabt. Ich weiß, ich bin weit über das Alter hinaus, in dem sich jemand um mich kümmern muss, aber es ist schön, das einmal im Leben zu haben. Jemanden, der sicherstellt, dass ich esse, und der sich sorgt, wenn ich ausgehe. Eigentlich sollte mich das nerven, mir aber zeigt es nur, dass er mich liebt und mich gern hat.

Der einzige Mensch, den ich je geliebt habe, ist Paige. Sie ist die Einzige, die lange genug in meinem Leben ist, damit sich dieses Gefühl entwickeln konnte. Alle anderen schienen immer viel zu schnell aufzutauchen und wieder zu verschwinden. Ab und zu hoben sich mal ein paar Lehrer ab, aber wenn man im System der Jugendfürsorge lebt, kamen und gingen die Menschen viel zu schnell. Ich konnte mich nie an jemandem festhalten. Und ich habe mir beigebracht, es nicht zu tun, weil es nur zu großem Kummer führt. Aber mit Oz ist es etwas Tieferes, etwas, das wächst. Diese Liebe wird anders sein als die zu Paige. Sie wird mein Leben verändern. Allein das zu denken, macht mir Angst. Dafür ist es viel zu früh. Ich versuche, das alles aus meinem Kopf zu verbannen. Es geht darum, im Hier und Jetzt zu leben. Ich darf nicht darüber nachdenken, dass ich verletzt werden oder niemals eine Beziehung haben könnte. Ich packe das hier mit beiden Händen und sehe, wo es mich hinführt.

Vielleicht hat er heute wirklich viel zu tun. Er arbeitet, wie ich es auch tun sollte, statt alle fünf Minuten mein Handy zu checken und unsere Beziehung zu analysieren, als handle es sich um ein mathematisches Problem, das ich lösen kann.

»Sonderverkauf bei *Nordstrom.*« Skyler schiebt ihren Kopf über die Trennwand und ich erschrecke mich. »Richtig fett.« Sie breitet die Arme aus, um zu zeigen, wie fett. »Und nur zwei Blocks entfernt, in diese Richtung.« Sie zeigt über ihre Schulter.

»Ich nehme an, das heißt, wir lassen den Lunch heute ausfallen?«

»Ja, das ist es wert. Außerdem hat der Laden, in den wir nach der Arbeit gehen, auch ein paar kleine Speisen auf der

Karte, da können wir das versäumte Mittagessen dann nachholen.«

»Okay, das ist eine Gleichung, mit der ich leben kann«, sage ich und sie lacht. Bevor ich meinen Computer sperre, rufe ich noch einmal meine E-Mails ab – wenn es um Oz geht, fehlt es mir zweifellos an jeglicher Selbstkontrolle. »Ich brauche ein paar neue Klamotten, um hier mithalten zu können.« Ich nehme meine Handtasche aus der Schreibtischschublade und stecke mein Handy hinein.

»Ich weiß. Die Frauen hier sind echt alle super angezogen. Meine Freundin und ich haben leider nicht die gleiche Größe, daher können wir noch nicht einmal hin- und hertauschen.«

Wir gehen den Flur hinunter zu den Fahrstühlen.

»Ja, das kenne ich. Meine Mitbewohnerin ist winzig. Ich schaffe es nicht, mich in irgendeine ihrer Klamotten hineinzuzwängen. Zum Glück haben wir wenigstens die gleiche Schuhgröße.«

»Immerhin.« Skyler drückt auf den Fahrstuhlknopf. »Lässt du das heute Abend an?« Sie deutet mit dem Kopf auf mein Outfit. Ich trage eine schlichte schwarze Hose und eine weiße Seidenbluse mit Schleife am Kragen.

»Nein, ich habe für heute Abend ein sehr süßes violett-silbernes Kleid mit. Ich ziehe mich um, bevor wir losgehen, aber ich behalte diese Schuhe an.«

Ich hebe einen Fuß. Die Pumps sind dunkelviolett und die Absätze mit Diamanten bedeckt. Paige hat sie vor über einem Jahr gekauft, aber inzwischen gehören sie mehr oder weniger mir. Ich bin von ihnen geradezu besessen und versuche immer, Kleidung zu finden, die zu ihnen passt. Wenn ich so darüber nachdenke, könnte ich wetten, dass ein violetter BH mit passendem Slip zu ihnen verdammt scharf wäre. Danach werde ich bei *Nordstrom* definitiv suchen. Vielleicht kann ich in der Umkleidekabine ein Foto machen und es Oz schicken. Womöglich bekomme ich dann eine Nachricht zurück.

»Die sind wirklich heiß«, sagt sie und nickt anerkennend.

Der Fahrstuhl hält in der Lobby und wir steigen aus.

»Was ist mit dir? Was ziehst du heute an?«

»Mallory?«, höre ich Paige durch die Lobby rufen, bevor Skyler antworten kann. Wir drehen uns beide um und sehen, wie sie auf uns zugeeilt kommt.

»Wo willst du hin?«, fragt sie, als sie schließlich vor uns steht.

»Zu *Nordstrom*. Da ist heute ein Sonderverkauf. Ich hätte dich eingeladen mitzukommen, aber du hast vor einer Stunde gesagt, dass du eine Verabredung zum Lunch hast.«

Sie verlagert das Gewicht ein wenig, bevor sie einen Blick über ihre Schulter wirft. Ich schaue in die Richtung und sehe, dass Captain uns alle anstarrt.

»Folgt er dir überall hin?« Ich würde den Typen ja für gruselig halten, wenn ich nicht wüsste, dass er der Chef der Sicherheitsabteilung ist. Und dass Paige ein bisschen verknallt in ihn ist.

»Wir haben eine Art Team gebildet«, sagt sie abweisend. Ganz eindeutig will sie nicht über ihn reden. »Aber du kannst nicht gehen. Ich muss mit dir reden.« Sie wirkt leicht außer Atem und gehetzt.

»Ist in Ordnung. Tu, was immer du tun musst. Ich kann auch alleine gehen«, sagt Skyler.

»Sorry. Nächstes Mal«, entschuldige ich mich. Ich bin enttäuscht, dass ich sie im Stich lasse, aber Paige muss eindeutig mit mir sprechen.

»Aber hasse mich nicht, wenn ich mit einer Tüte voller Kostbarkeiten zurückkehre, die nur die Hälfte gekostet haben«, zieht Skyler mich noch auf, bevor sie gespielt salutiert und hinausgeht.

»Da drüben?« Ich nicke in Richtung einer Bank in der Ecke der riesigen Lobby.

Paige nickt. Wir gehen hinüber und setzen uns.

»Was ist los? Du machst mir Angst.«

»Ich denke, wir sollten uns ein Haustier zulegen.«

»Du denkst, wir sollten uns ein Haustier zulegen«, wiederhole ich, um sicherzugehen, dass ich sie richtig verstanden habe.

»Vielleicht einen Hund.«

»Vielleicht einen Hund«, wiederhole ich erneut, weil ich nicht anders kann. Das ergibt überhaupt keinen Sinn.

»Hör auf damit.«

»Was denn? Ich stelle nur sicher, dass ich dich richtig verstehe. Du weißt schon, den Menschen, der gesagt hat, er würde sich niemals ein Haustier zulegen, weil das viel zu nervig ist.«

»Vielleicht hast du recht. Egal.« Sie steht auf. »Ich bin froh, dass wir darüber gesprochen haben.«

Sie geht und lässt mich einfach auf der Bank zurück. Was zum Teufel war das? »Kommst du?«, fragt sie, als sie den Fahrstuhl erreicht hat.

Ich stehe auf, ziehe meine Karte heraus und zeige sie am Empfangstresen. Vermutlich wissen sie inzwischen, wer ich bin, aber ich bin mir nicht sicher.

»Du benimmst dich seltsam«, sage ich, als wir auf den Fahrstuhl warten.

»Treffen wir uns heute Abend in der Lobby, um gemeinsam loszugehen?« Sie ignoriert meinen Kommentar.

»Nein. Komm in meine Etage. Wir haben einen netten Waschraum und ich will mich umziehen und nachschminken.«

»Klingt gut.«

Der Fahrstuhl ist da und wir steigen ein. Ich drücke auf den Knopf für die Cafeteria. Da ich jetzt Zeit habe, etwas zu essen, kann ich mir genauso gut etwas holen.

»Ich bin um kurz nach fünf bei dir«, sagt Paige, als sie auf ihrer Etage aussteigt. Ich sehe ihr kopfschüttelnd nach. Sie benimmt sich wie eine Irre. Vielleicht ist ihr die Verliebtheit in den Kopf gestiegen. Damit kenne ich mich aus.

In der Cafeteria hole ich mir einen Salat und setze mich an einen der Tische.

»Hast du gehört, dass es am Montag ein großes Meeting geben soll? Ich frage mich, was los ist. So etwas haben wir hier sehr selten. Ich bin gespannt, ob der große Boss da sein wird«, höre ich ein Mädchen am Tisch hinter mir verträumt seufzend sagen. Ich frage mich, worüber sie da redet, und hole mein Handy heraus, um meine beruflichen E-Mails zu checken.

In meinem Postfach befindet sich tatsächlich eine E-Mail über ein Meeting, an dem jeder teilnehmen muss. Es findet gleich Montagmorgen im ersten Stock statt.

»Er kommt nie zu den Meetings. Ich habe ihn in dem Jahr, in dem ich hier arbeite, vielleicht viermal gesehen. Er vergräbt sich immer in seinem Büro. Ich habe gehört, er soll ein Riesenarsch sein, was vermutlich stimmt, denn die paar Male, wo ich ihn gesehen habe, war er total genervt, also …«

Ich schüttle ihre Worte ab. Ich bin erst seit einer Woche hier, also sollte mir keine Gefahr drohen, wenn es in dem so kurzfristig angesetzten Meeting um irgendwelche Fehler aus der Vergangenheit geht.

»Selbst wenn er total genervt ist, ist er noch unglaublich heiß. Ich habe gehört, er ist Single.« Die Frauen unterhalten sich weiter. »Wenn er mal ordentlich flachgelegt würde, wäre er vielleicht nicht mehr so ein Arsch.«

»Ich denke auch, dass er Single ist, denn er geht immer alleine zu irgendwelchen Veranstaltungen. Ich checke ihn manchmal online aus, aber auf den ganzen Fotos vom roten Teppich ist er immer allein. Oder er hat seine Sekretärin dabei, die ihn wie ein Pitbull bewacht. Vielleicht hat er was mit ihr.« Beide lachen und ich verdrehe die Augen über diesen klischeehaften Tratsch.

»Ich glaube aber, sie ist verheiratet.«

»Als wäre das je ein Hindernis.« Wieder lachen beide.

Ich esse noch ein paar Happen von meinem Salat, bevor ich mein Tablett nehme und wegbringe. Dann kehre ich zu meinem Schreibtisch zurück und sehe, dass weder Eric noch Skyler wieder da sind.

Also beschließe ich, mich direkt wieder auf die Berichte zu stürzen. Ich bin immer noch ein wenig traurig, dass ich heute noch nichts von Oz gehört habe. Das hat meinem Tag einen kleinen Dämpfer verpasst.

Zwanzig Minuten später schlendert Skyler mit drei Tüten in der Hand herein.

»Alles gut mit deiner Freundin?«, fragt sie.

»Ja. Sie hatte einen komischen Moment.« Ich betrachte ihre Tüten.

»Drei Shirts, zwei Hosen und ein Paar Schuhe.«

»Verdammt, du hast ja ordentlich zugeschlagen.«

»Ja, aber die Schuhe sind für meine Süße.«

»Kommt sie heute Abend mit?«, frage ich. Ich würde sie gerne kennenlernen. Skyler spricht ständig von ihr und jedes Mal leuchtet ihr Gesicht auf. Ich frage mich, ob ich auch so aussehe, wenn ich mit Paige über Oz rede.

»Jupp. Wir treffen uns in der Lobby.«

»Wie schön. Paige kommt hierher, damit ich mich umziehen kann.«

»Kommt dein Typ heute Abend?« Sie lächelt, aber ihr Ton wirkt leicht angespannt.

»Nein, er ist nicht in der Stadt. Ich habe aber einen alten Collegeprofessor eingeladen, der auch neu in der Stadt ist. Ich bin mir allerdings nicht sicher, ob er wirklich kommt.«

»Ist dieser Professor ein Mann?« Sie schaut mich fragend an und ich muss an Paiges Reaktion denken.

»Ja. Warum ist das so seltsam? Paige hat sich auch so benommen, als wäre das komisch.«

»Bin nur neugierig.« Sie stellt die Tüten neben ihrem Schreibtisch ab. Jetzt bin ich am Grübeln. Ich meine, es ist ja nicht so, als würde ich für Joel schwärmen. Tatsächlich bin ich ihm dankbar, denn er hat mir ein verdammt gutes Empfehlungsschreiben ausgestellt, als ich mich für diesen Praktikumsplatz beworben habe.

»Ich habe dir einen Keks mitgebracht.« Ich nehme ihn von meinem Schreibtisch und reiche ihn ihr über die Trennwand. »Ich dachte, dass du nach dem Shopping vielleicht Hunger hast. Es ist auch eine Entschuldigung dafür, dass ich dich in letzter Sekunde sitzen gelassen habe. Aber jetzt, wo ich deine Tüten sehe, bin ich mir nicht mehr sicher, ob ich ihn dir überhaupt geben soll.«

Sie schnappt ihn sich aus meiner Hand.

»Ich vergebe dir.« Sie wickelt den Keks aus der Serviette und beißt herzhaft hinein. »Lass uns diese Berichte fertigstellen, damit wir hier rauskommen.«

16. Kapitel

Mallory

Ich beuge mich über das Waschbecken und lege etwas Lidschatten und eine Extraschicht Wimperntusche auf.

»Hörst du wohl damit auf?«, sage ich zu Paige und schaue sie durch den Spiegel an. Sie tigert im Waschraum auf und ab und macht mich nervös. »Was ist los?«

Sie bleibt stehen und schüttelt den Kopf. »Nichts. Ich möchte nur endlich los.«

»Ich bin in einer Sekunde fertig. Tritt mal auf die Bremse.« Ich zwinkere ihr zu. Sie hasst es, wenn ich das sage. »Geht es hier um Captain America?«

»Nein. Vielleicht. So in der Art.« Sie tigert wieder los und ich lächle.

Ich löse die Nadeln aus meinen Haaren, sodass mir die braunen Locken auf die Schultern fallen. Da sie den ganzen Tag hochgesteckt waren, sind sie welliger als sonst, was mir, wie ich finde, einen sexy Look verleiht. Das wiederum lässt mich an Oz denken und daran, dass ich heute immer noch nichts von ihm gehört habe. Vermutlich hat er einfach wahnsinnig viel zu tun und ich bin sicher, dass er sich heute Abend noch meldet.

Ich beobachte, wie Paige zu mir kommt und sich neben mich stellt, während ich meine Schminksachen einpacke.

»Hey. Ich liebe dich. Das weißt du, oder?«

Ich schaue auf und sehe die Besorgnis in ihrem Blick.

»Ja. Ich liebe dich auch, Paige. Ist alles in Ordnung? Du warst heute in der Lobby seltsam und bist es jetzt auch.«

Sie lächelt und atmet schwer aus. »Mir geht es gut. Du bist die beste Freundin, die ich je hatte, und ich will sichergehen, dass du das weißt. Das Leben ist kurz, richtig?«

Ich lache leise auf, weil ich mir die ganze Woche über dasselbe gesagt habe. »Jupp. Dem stimme ich voll und ganz zu.« Ich nehme sie in die Arme. Wir sind wie Schwestern, und manchmal braucht man eine Umarmung von seiner Schwester.

»So«, sage ich und ziehe mich zurück. »Lass uns was trinken gehen und ein bisschen abrocken.«

»Okay.« Ihre Stimme klingt immer noch etwas traurig.

Ich denke ja, dass sie wegen dieses Mannes total verwirrt ist und mal lockerlassen sollte. Einfach im Moment leben und es genießen. Das habe ich zumindest vor. Und morgen, wenn Oz wieder in der Stadt ist, werde ich den Tag damit verbringen, ihm zu zeigen, wie sehr er mir gefehlt hat.

Wir verlassen das Gebäude und gehen um die Ecke zu *Marie's Yacht Club*. Hier kehren viele aus der Firma auf einen Drink ein, bevor sie nach Hause gehen. Als wir eintreten, sehe ich Skyler mit einer Gruppe Leute an einem Tisch im hinteren Bereich. Paige und ich gehen hin und ich stelle sie den Leuten vor, die ich kenne, dann werde ich denen vorgestellt, die ich noch nicht kenne. In diesem Bereich tummeln sich alles in allem vielleicht fünfzehn oder zwanzig Menschen, und Paige und ich gehen zur Bar, um uns etwas zu trinken zu holen.

»Viele Leute sind gekommen«, sagt Paige und schaut sich um.

»Ja, das wird bestimmt lustig.« Ich nehme unsere Bierflaschen in Empfang und reiche ihr eine davon. »Komm, bestellen wir uns etwas zu essen. Ich sterbe vor Hunger.«

»Was immer du willst. Heute hast du das Sagen«, sagt sie.

Wir verbringen ein paar Stunden in der Bar, essen etwas und quatschen mit den anderen. Nach ein paar Bier wechsle ich zu Jameson, weil ich etwas Stärkeres haben will.

»Bist du sicher, dass du so viel trinken solltest?«, fragt mich Paige nach meinem ersten Whiskey.

»Ich wollte einen leichten Schwips haben, bevor wir tanzen gehen.« Ich zucke mit den Achseln, als sei das keine große Sache. Normalerweise brauche ich ein paar Drinks, bevor ich auf die Tanzfläche gehen kann. Paige nippt an ihrem Bier und lehnt sich auf ihrem Stuhl zurück.

»Ich finde, es ist an der Zeit, zu zeigen, was wir draufhaben«, sagt Skylers Freundin Jamie. Sie steht auf, schwingt die Hüften und wir alle lachen.

Ich stehe auf, um ihr und Skyler zu folgen, doch Paige packt mich am Arm.

»Ich fühle mich nicht so gut, Mal. Können wir nach Hause gehen?« In ihren Augen liegt wieder dieser besorgte Ausdruck und ich mache einen Schritt auf sie zu.

Während ich das tue, sehe ich aus dem Augenwinkel Captain America. Er steht vor der Bar, als warte er darauf, dass wir gehen.

»Du hast Glück. Dein Verehrer steht draußen und ich bin sicher, er würde nichts lieber tun, als dich nach Hause zu bringen.«

»Hey, Mallory. Ich dachte schon, ich hätte euch verpasst.« Ich drehe mich um und sehe Joel auf uns zukommen.

»Hey!«, sagte ich überaus erfreut. An meiner Stimme höre ich, dass ich bereits ein paar Drinks zu viel hatte. Immer, wenn ich zu viel trinke, werde ich überdreht.

Ich gehe zu ihm und hebe meine Hand zum Abklatschen. Ich lache, weil es albern ist, aber ich freue mich echt, dass er gekommen ist.

»Seid ihr so weit?«, höre ich Skyler fragen, die neben Jamie steht.

Lachend schaue ich mich um und denke, dass das hier doch irgendwie gelöst werden muss.

»Captain America. Paige fühlt sich nicht so gut. Kannst du sie nach Hause bringen?«, rufe ich ihm zu, als er die Bar betritt, und wecke damit sofort seine Aufmerksamkeit. Ich drehe mich zu Joel um und lächle ihn an. »Wir gehen nach nebenan zum Tanzen. Bist du dabei?«

Er sagt Ja und Skyler und Jamie jubeln. Er geht mit ihnen und ich mache auch einen Schritt in die Richtung, aber Paige ergreift erneut meinen Arm.

»Mal. Komm mit mir. Lass uns für heute Schluss machen.«

Ich beuge mich vor und flüstere, obwohl ich sicher bin, dass es aufgrund der vielen Drinks viel zu laut ist und Captain America alles hören kann. »Lass dich von ihm nach Hause bringen. Ich wette, er hätte nichts dagegen, wenn du dich an seinem Körper austobst.«

Sie verdreht die Augen und versucht, mich mit sich zu ziehen. Mit einem Mal ärgert es mich, dass sie versucht, mich davon abzuhalten, Spaß zu haben.

»Hör auf, Paige. Ich gehe ein bisschen tanzen und komme dann nach Hause. Ich rufe dich an, wenn ich losgehe.«

Bei meinen Worten lässt sie meinen Arm los und strafft die Schultern. »Na gut. Dann komme ich mit.«

Als sie einen Schritt in meine Richtung macht, hebe ich eine Hand. »Nein. Ich glaube, ich komme heute Abend ganz gut alleine zurecht.«

Genervt marschiere ich davon und frage mich, warum sie will, dass ich nach Hause gehe. Ich bin eine erwachsene Frau, die nach einem harten Arbeitstag ein bisschen Dampf ablassen will.

Als ich um die Ecke biege, sehe ich Skyler, Jamie und Joel vor mir und versuche, sie mit langen Schritten einzuholen. Sobald wir am Eingang des Clubs sind, schüttle ich meine Verärgerung ab. In angetrunkenem Zustand bin ich gerne eine fröhliche Mallory und ich will mir von Paiges seltsamer Stimmung nicht den Abend verderben lassen. Meine erste Arbeitswoche war super. Jetzt will ich mich entspannen. Immer wenn wir zu Collegezeiten ausgegangen sind, haben wir uns zurückgehalten, weil wir uns hauptsächlich auf das Studium konzentrieren wollten.

Sobald wir drinnen sind, zieht mich Skyler auf die Tanzfläche, während Jamie und Joel sich zur Bar durchdrängen, um uns ein paar Drinks zu holen. Der DJ hat den Bass aufgedreht und ich fühle mich wunderbar. Skyler und ich albern beim Tanzen herum und lachen.

Als Joel und Jamie zu uns zurückkommen, bin ich schon ganz durchgeschwitzt. Er reicht mir noch einen Whiskey und eine Flasche Wasser. Beides trinke ich dankbar. Der Whiskey brennt mir in der Kehle, wärmt mich aber von innen. Und das kalte Wasser ist zu diesem Zeitpunkt vermutlich eine gute Idee.

Nachdem beide Getränke geleert sind, gehe ich wieder tanzen. Dieses Mal macht Joel mit. Skyler und Jamie gesellen sich ebenfalls dazu und so ist es mehr ein Gruppentanz als ein Paartanz. Ich lache und habe so viel Spaß; es tut gut, den Blues des Tages abzuschütteln. Nicht nur den Stress mit Paige, sondern auch, dass Oz so lange schweigt. Ich werde heute Abend nach Hause gehen und ein paar unartige Fotos für ihn machen. Er wird sich bestimmt freuen, wenn er die morgen früh sieht.

Mit einem Mal wechselt die Musik von lustig und basslastig zu einem langsamen, sexy Beat.

Ich sehe, dass Skyler und Jamie sich fest aneinanderschmiegen, während immer mehr Menschen auf die Tanzfläche kommen. Joel greift nach meiner Hand und ich wehre lachend ab, aber nach und nach drängen mich die anderen Tänzer immer näher an ihn heran.

Er umfasst meine Hüften und fängt an, sich zu bewegen. Ich nehme seine Hand von mir und halte ihn etwas auf Abstand, tanze aber weiter. Wieder packt er mich an der Hüfte und zieht mich an sich heran. Gerade will ich ihm sagen, dass ich genug getanzt habe, als die Menge sich teilt und eine Faust angeflogen kommt.

Die Musik spielt weiter und ich sehe geschockt zu, wie Oz sich vorbeugt und Joel noch einmal ins Gesicht schlägt. Ich brauche eine halbe Sekunde, bis ich reagieren kann.

»Oz!«, schreie ich über die Musik hinweg. Er dreht sich um und sieht mich an. Seine dunklen Locken sind total durcheinander und er atmet schwer. Er trägt eine Jeans und ein T-Shirt und sieht aus, als schwitze er. Mein Gott, ist er den ganzen Weg von London hierher gerannt?

Aus dem Augenwinkel sehe ich, dass Joel sich aufsetzt. Ich strecke ihm die Hand hin, um ihm aufzuhelfen. Oz will zwischen uns treten, doch ich werfe ihm einen vernichtenden Blick zu und er erstarrt. Joel steht auf und hält sich die Hand an die Wange. Ich meine, Blut über sein Kinn laufen zu sehen, und bin stinksauer auf Oz.

Ich hebe den Blick und sehe, dass Skyler und Jamie uns mit offenen Mündern anstarren. Dann lächelt Jamie und lehnt sich zu mir herüber. »Dein Freund ist so heiß!«, brüllt sie.

Skyler verdreht die Augen und zieht Jamie zu sich, doch dann kommt sie zu mir. »Kommst du klar?«

»Ja«, rufe ich. Dann drehe ich mich zu Oz um und dränge mich an ihm vorbei.

»Geht es dir gut?«, frage ich Joel über die Musik hinweg. Oz packt meine Hüfte und zieht mich sanft zu sich heran, ich hingegen werde noch wütender, weil ich seine Berührung in diesem Moment nicht verabscheue.

»Ja. Tut mir leid. Ich wusste nicht, dass du einen Bodyguard hast. Wir sprechen uns später.« Er wirft Oz über meine Schulter einen finsteren Blick zu und beeilt sich, aus dem Club zu kommen.

Das ist alles so schnell passiert, dass die meisten Menschen auf der Tanzfläche es gar nicht mitbekommen haben. Es kommt noch nicht einmal ein Türsteher, um dazwischenzugehen, obwohl das doch ihr Job wäre.

Oz schlingt seine Arme fester um mich und versucht, mich mit seinem Körper zu bedecken.

»Lass mich los«, sage ich und drücke gegen seine Hände, die sich nicht rühren. »Ich kann nicht fassen, dass du das getan hast.« Ich stampfe mit dem Fuß auf, weil ich denke, dass er mich dann loslässt, aber er legt nur seine warmen Lippen an meinen Hals und gibt mir einen sanften Kuss.

Ich werde mich nicht an ihn lehnen. Ich werde nicht nachgeben. Ich werde das hier kein bisschen mögen.

Seine großen Hände legen sich flach auf meinen Bauch und seine Hüfte drückt sich gegen meinen Po. Der sexy Bass dröhnt durch mein Blut und erinnert mich daran, wie sehr mir seine Berührungen gefehlt haben. Mit einer Hand streicht er an meinem Körper hinauf und umfasst meine Brust, während er weiter meinen Hals küsst. Mit der anderen Hand gleitet er an meinem Oberschenkel hinunter und streicht mit den Fingern über den Saum meines Kleides, während er seinen Körper im Gleichtakt mit meinem bewegt.

»Es tut mir leid, Baby. Ich wollte dich überraschen, aber dann habe ich gesehen, dass jemand dich angefasst hat, und bin durchgedreht. Ich habe dich so sehr vermisst, Mallory. Bitte sei nicht sauer.«

»Du stürmst hier herein, als würde dir der Club gehören, und denkst, es ist in Ordnung, einen Freund von mir zu schlagen? Du kannst mich nicht einfach so überfahren, Oz.«

»Mallory, niemand darf berühren, was mir gehört. Niemand.«

Ich drücke mich von ihm ab und hasse es, seine Hände nicht mehr auf meinem Körper zu spüren. Ich will ihn sofort zurück, doch ich muss standhaft bleiben. Er darf nicht denken, dass er mit diesem Verhalten durchkommt, ohne dass ich mich dagegen wehre. Ich wirble herum und es ist mir beinahe unmöglich, seinem Anblick zu widerstehen. Entschlossen beiße ich die Zähne zusammen und wende mich zum Gehen. Ich bin etwas zu angeheitert, um zu wissen, was ich sagen will. Ich weiß nur, dass ich wütend bin.

Bevor ich noch einen einzigen Schritt weitergehen kann, zieht er mich wieder in seine Arme. Ich drücke beide Fäuste gegen seinen Oberkörper und versuche, ihn von mir zu schieben. Doch dieses Mal lässt er mich nicht los.

»Hör auf, Oz. Du benimmst dich wie ein ... ein ...« Mir fällt nichts Fieses ein, das ich sagen könnte, weil ich ihn nicht verletzen will. Aber er soll wissen, dass ich sauer bin. »Wie ein Panda.«

Er lacht und zieht mich enger an sich. »Ein Panda?«

Ich denke kurz nach und werde dann sauer auf mich. »Ich wollte irgendeinen Bären sagen, aber ich habe es vermasselt.«

Seufzend lasse ich mich gegen seine Brust fallen. Ich spüre sein Lachen als leises Grollen.

»Baby, du kannst mich nennen, wie du willst, solange du nicht versuchst, vor mir wegzulaufen.«

Ich sinke gegen ihn, denn ich will nicht streiten. Ich habe ihn so sehr vermisst, dass ich es kaum ertrage, und hasse es zuzugeben, wie wenig ich mich wehren will. Er streicht mir mit den Händen über den Rücken und sofort überkommt mich ein aufregendes Kribbeln.

»Mach das nicht noch mal«, murmle ich dicht an seinem Brustkorb.

Sein Mund wandert zu meiner Wange und dann sind seine Lippen auf meinen. »Ich werde dich immer beschützen, Baby. Das steht nicht zur Debatte. Niemals. Aber nächstes Mal versuche ich, niemanden zu schlagen.«

Auch wenn sein Versprechen nicht ganz das ist, was ich meinte, reicht es mir. Ich lege meine Arme um seinen Hals und er umfasst meinen Po mit seinen Händen.

Dann lässt er seine Zunge über die empfindliche Stelle hinter meinem Ohr gleiten und ich schmelze wie Eiscreme in der Sonne. Wieder einmal bin ich seine Sklavin. Ich gebe ihm meinen Körper und liebe es, ihn an mir zu spüren.

»Oz«, flüstere ich, gefangen in einer Wolke der Lust.

Jetzt, mit seinen Armen um mich herum, bin ich sexuell aufgeladen und schamlos. Ich starre in sein Gesicht, schaue in diese Saphire, die ich so sehr vermisst habe. Mit den Fingern streiche ich durch sein Haar. Es fühlt sich an, als wären Monate vergangen, seit ich ihn das letzte Mal gesehen habe, und nicht nur wenige Tage. Er zieht mich an sich und gibt mir einen Kuss auf den Mund.

Der Kuss ist, wie nach Hause zu kommen, und mein Körper reagiert sofort. Das sexuelle Pochen der Lust umgibt uns und dass ich so lange auf Entzug war, macht mich mutig. Ich ziehe mich an ihm hoch, schlinge ihm die Beine um die Hüften und er umklammert meinen Hintern.

Dann unterbricht er den Kuss und schaut sich um, bevor er losmarschiert.

»Wo gehen wir hin?«, frage ich, während ich sein Kinn und seinen Hals küsse.

»Nach Hause.«

»Mmm«, schnurre ich, während er mich aus dem Club trägt und auf dem Rücksitz seiner Limousine absetzt.

Ich weiß sofort, dass es seine ist, denn es riecht hier nach Honig und Bernstein. Der Duft umfängt mich, als er die Tür schließt. Ich reibe mich auf seinem Schoß an ihm, will ihn ganz nah an mir fühlen.

»Du hast mir so gefehlt«, flüstere ich dicht an seinem Hals, während er seine Erektion an genau die richtige Stelle drückt.

»Wie sehr, Baby?«, fragt er und schiebt mein Kleid mit einer Hand hoch.

Seine Finger sind an meinem Slip und dann trifft die kühle Luft auf meine Pussy. Im Fond der Limousine ist es dunkel. Er schiebt das Stoffstück zur Seite und berührt meine Klit mit dem Finger, bevor er ihn tief in mich hineintaucht.

»Sehr«, stöhne ich. Ich lasse den Kopf in den Nacken fallen und reite auf seinem dicken Finger. Ein kleiner Stich durchfährt mich, als er einen zweiten Finger hinzunimmt, aber ich habe genügend Alkohol getrunken, um es sofort wieder zu vergessen.

»Das ist es, Mallory. Reite meine Hand. Komm für mich, Baby. Lass deinen Körper zeigen, zu wem du gehörst.«

Er hat zwei Finger in mir und seinen Daumen auf meiner Klit und ich wiege meine Hüften auf seiner Hand vor und zurück. Ich wusste nicht, wie erregt ich bin, bis ich wieder an seiner Seite war. Es war, als wäre mein Körper in Trance, bis ich wieder bei ihm sein konnte.

Dann zieht er sich zurück und ich keuche leise auf. Ich war so nah dran. Ich war beinahe so weit.

»Wem gehört das hier, Mallory?« Er legt seine flache Hand auf meine Klitoris. Ich versuche, mich an ihm zu reiben, aber er zieht sich weiter zurück. »Sag das, von dem wir beide wissen, dass es die Wahrheit ist, und ich gebe es dir.«

»Es gehört dir«, meine ich stöhnend. Ich kämpfe nicht gegen das an, was er sagt, weil es sich so richtig anfühlt und er mir gibt, was ich brauche.

»Oz!«, schreie ich auf, als der Orgasmus mich überwältigt. Es passiert schnell, ist aber so gut, dass ich danach beinahe auf ihm zusammenbreche.

Ich protestiere, als er seine Finger aus mir herauszieht. Ich will seine Wärme zurück. Aber als ich höre, dass er sich die Finger ableckt, erinnere ich mich daran, wie sehr ihm mein Geschmack gefehlt hat, und kann nicht mehr böse sein.

Ich schlafe schon halb, als die Limousine anhält. Oz trägt mich aus dem Wagen.

»Ich will mit dir schlafen«, murmle ich.

»Das wirst du, Baby. Ich habe dir doch gesagt, dass ich einen ganzen Tag mit dir will. Und den kriege ich. Er fängt genau jetzt an.«

Lächelnd lege ich meine Arme um seinen Nacken und lasse mich von ihm tragen. Es ist gut, wieder in seinen Armen zu sein, und zu wissen, dass er sich um mich kümmern wird. Es gibt nichts Besseres, als jemandem vollkommen zu vertrauen, um sich zu verlieben.

17. Kapitel

Mallory

Meine Träume bestehen aus einzelnen Bildern, ich kann nichts klar erkennen. Ich bin in einer Menschenmenge, plötzlich ist Oz da. Er ist das Einzige, worauf ich mich fokussieren kann, und ich laufe auf ihn zu. Ich spüre seine Hitze, doch er ist so weit weg. Ich will ihn näher an mich heranziehen, aber er ist außer Reichweite. Ich sehne mich nach ihm, kann aber nicht zu ihm gelangen.

Als ich die Augen öffne, ist es stockfinster im Zimmer und kurz bin ich von Panik erfüllt. Doch dann rieche ich seinen Duft. Ich spüre seine starken Arme um mich und weiß, dass ich in Sicherheit bin.

Das kühle Laken streicht über meine Haut und ich merke, dass ich meinen Slip anhabe, sonst aber nichts. Ich muss in Oz' Armen eingeschlafen sein, als er mich in seine Wohnung getragen hat, denn an alles, was nach der Limousine kam, kann ich mich nicht erinnern. Ich schaue zum Nachttisch und sehe, dass es vier Uhr morgens ist. Wenn ich getrunken habe, kann ich die Nacht nicht durchschlafen, aber zum Glück habe ich keinen Kater.

Ich liege auf dem Rücken, Oz hat seine Arme um mich geschlungen, und es ist das allerschönste Gefühl auf der Welt. Seine warme Haut an meiner lässt meinen Körper lebendig werden und ich will ihn. Sein Kopf ruht an meinem Hals und sein Atem streift über diese sensible Stelle, die mich verrückt macht. Eine große Hand liegt auf meiner Brust und erinnert mich daran, wie er mit meinen Nippeln gespielt hat, während er mich zum Höhepunkt gebracht hat. Mit einem Mal sammelt sich die Lust zwischen meinen Beinen und ich will ihn wie nie zuvor.

Ich strecke die Hand aus und streiche ihm über den Unterarm zu seinem Bizeps hinauf. Er bewegt sich und stößt ein leises Brummen aus, also mache ich weiter. Ich gleite mit der Hand über seine Seite und weiter hinunter zu seiner Hüfte. Als ich nicht auf Unterwäsche stoße, zieht sich meine Pussy schmerzhaft zusammen. Er hat mir meinen Slip vermutlich angelassen, um sich davon abzuhalten, mich zu nehmen. Der Gedanke macht mich glücklich. Und heiß.

Während ich ihm mit der Hand über die Hüfte streiche, drängt er sie gegen mich und reibt auch schon seinen stahlharten Schwanz an meinem Oberschenkel. Mutig schiebe ich meine Hand zwischen unsere Körper und lege meine Finger um seine Erektion. Der lange dicke Schaft ist schwer. Ich bewege meine Hand auf und ab. Sein Schwanz pulsiert in meiner Handfläche und ich presse zur Erlösung meine Oberschenkel zusammen. Ich sehne mich nach ihm, ich will ihn in mir spüren und glaube nicht, dass ich noch eine Sekunde länger warten kann. Das hier habe ich gewollt und jetzt liegt er nackt neben mir im Bett.

»Mallory«, stöhnt er dicht an meinem Hals und stößt in meine Hand.

»Oz, ich brauche dich«, flüstere ich und er gibt mir einen Kuss hinter das Ohr.

»Was brauchst du, Baby?« Seine Stimme ist schläfrig, aber tief und lusterfüllt.

Ich umschließe ihn fester und er erschauert. »Dich. Ich will dich, Oz. Bitte.«

»Pass auf, was du dir wünschst. Denn sobald ich dich habe, werde ich nicht mehr aufhören.«

Die Drohung in seinen Worten löst prickelnde Erregung in mir aus und ich will ihn noch mehr. Es sollte unmöglich sein, so erregt zu sein, aber die Lust tobt in mir und ich kann sie nicht zügeln.

»Hör nicht auf. Bitte.«

Er keucht auf und küsst sich an meinem Hals hinunter, wobei er seinen großen Körper auf meinen schiebt. In der Dunkelheit kann ich nichts erkennen, aber das facht meine Lust noch mehr an. Meine anderen Sinne nehmen jede Einzelheit auf. Er arbeitet sich an meinem Oberkörper hinunter und sein Schwanz gleitet mir aus der Hand. Ich vermisse es, ihn zu halten, aber die feuchte Hitze seines Mundes treibt mich in den Wahnsinn.

Er legt sich zwischen meine Beine und spreizt meine Schenkel mit seinen Knien. Das tut er etwas grob und mir gefällt, dass er nicht zu vorsichtig ist. Es tut nicht weh, ganz im Gegenteil. Es ist, als nähme er sich, was er will, und dieses Besitzergreifende ist aufregend. Sein Gewicht auf mir, sein Bauch, der sich gegen meine Pussy drückt, sein Mund auf meiner Brust … das ist alles überwältigend. Er legt die Lippen um meinen Nippel und ich drücke den Rücken durch, um diesem Gefühl zu folgen. Noch nie habe ich so etwas empfunden und mein Körper biegt sich der Hitze entgegen.

Er lässt meine Brustwarze los und ich schreie kurz auf, weil mir die Berührung jetzt schon fehlt.

»Ich werde so viele Dinge mit deinem Körper anstellen, Baby. Bleib einfach liegen und lass mich dich lieben und dir geben, was du brauchst. Lass mich jeden Zentimeter von dir in Besitz nehmen.«

Ich kralle meine Finger in seine Haare und packe die welligen Strähnen fester, als er sich wieder meinen Brüsten widmet und erneut einen Nippel zwischen seine Lippen gleiten lässt. Er leckt mich und beißt dann leicht zu. Hierbei muss ich scharf einatmen und ich stöhne seinen Namen. Sein Mund foltert mich, wechselt zwischen den Brüsten hin und her und passt auf, dass beide die gleiche Aufmerksamkeit bekommen.

»Ganz langsam«, flüstert er und ich weiß nicht, ob er mit mir spricht, mit sich oder mit der Zeit.

Ich will, dass das hier niemals aufhört, doch ich will auch mehr.

Oz küsst sich langsam zu meinem Bauch hinunter, widmet sich meiner Taille und meinem Bauchnabel. Die heiße Hitze an meiner Hüfte lässt mich aufstöhnen.

»Du bist so weich. So verdammt perfekt.« Seine raue Stimme lässt mich erschauern. »Jetzt gehörst du mir, Mallory. Ich sorge dafür, dass du dich an mich klammerst, bis ohne Zweifel feststeht, zu wem du gehörst.«

Seine Hand drückt meine Schenkel weiter auseinander und ich bin dankbar dafür, dass es hier so dunkel ist. Ich kann nicht erkennen, was er tut, und er sieht nicht, dass ich erröte, während er meine Pussy durch meinen Slip hindurch küsst.

»Ich kann meine Lippen einfach nicht von dir lassen«, sagt er und wiederholt das Ganze.

Als er dieses Mal meinen Venushügel küsst, öffnete er den Mund über dem Stoff.

»Ich schmecke deine Süße. Du bist so feucht, dass dein Höschen total durchnässt ist. Das alles ist für mich, oder? Jeder Zentimeter von dir ist alleine für mich bestimmt.« Der Besitzanspruch in seiner Stimme ist deutlich zu hören.

Ich hebe meine Hüften, will erneut seine Lippen spüren, aber er gibt sie mir nicht. Stattdessen greift er das Bündchen meines Slips und zieht einmal fest daran. Der Spitzenstoff gibt nach und er reißt ihn mir herunter. Die aggressive Bewegung steigert meine Erregung. Kühle Luft trifft auf meine Scham, wird aber sofort durch Wärme ersetzt, als er meine zarte, feuchte Mitte mit seinem Mund bedeckt.

»Oz!«, schreie ich auf, da er meine Klit umkreist und etwas Druck ausübt. Das Gefühl ist anders als alles, was ich mir je vorgestellt hätte, und ich spreize meine Beine weiter, um ihm so viel von mir zu geben, wie er will.

Er streicht mit dem Finger über meinen Oberschenkel und taucht in dem Moment in mich, in dem er sanft in meine kleine Perle beißt. Der kurze Schmerz gepaart mit der überwältigenden Wonne macht mich schwindelig vor Lust.

Sein warmer Atem kitzelt meine Pussy und seine Finger krümmen sich in mir, massieren eine perfekte Stelle, die mich vor Erregung aufstöhnen lässt. Die Intensität seiner Berührung ist unbeschreiblich und während Oz mir das pure Vergnügen schenkt, presst er mich sanft aber bestimmt auf das Bett.

»Du bist so feucht und süß«, sagt er und ich höre, wie feucht ich bin.

Meine Wangen glühen, aber ich bin so erregt, dass es mir egal ist. Ich hebe meine Hüften an und flehe ihn wortlos an, seinen Mund auf mich zu legen. Alle Verlegenheit ist verschwunden.

»Fuck, ich kann es nicht erwarten, das mit meinem Schwanz zu tun. Ich werde dich in Besitz nehmen, Mallory. Jeder Zentimeter von mir wird jeden Zentimeter von dir kennzeichnen.«

Er bewegt seine Finger hin und her und meine Beine beginnen zu zittern. Diese Empfindungen sind so anders als alles, was ich je gekannt habe, und ich will nicht, dass es jemals aufhört.

»Ich habe so lange darauf gewartet, dich zu schmecken, dich zu haben. Jetzt gehörst du nur mir.« Er klingt sehr aggressiv. Beinahe ungeduldig, als hätte er schon immer gewartet.

Er drückt seinen Mund erneut auf mich und reizt mich wieder und wieder mit der Zunge. Sein Tempo ist perfekt und ich winde mich auf dem Bett. Die gleichmäßigen, festen Bewegungen dauern an, bis meine Lust sich nicht weiter steigern lässt.

Ich packe seine Haare fester, werfe den Kopf in den Nacken und rufe seinen Namen, während ich auf seinen Fingern und an seinem Gesicht komme. Ich reite seine Hand und seinen Mund, dehne den Orgasmus so lange aus, wie ich nur kann. Es ist welterschütternd und ich versuche durchzuatmen, fühle mich ganz schwach. Der Orgasmus war schnell, aber heftig, und er hallt noch durch meinen Körper.

Oz zieht sich ein kleines Stück zurück, um mich auf meinen Venushügel zu küssen. Dann zieht er seine Finger heraus und meine Muskeln spannen sich bei dem Verlust an. Ich höre, wie er die Finger ableckt, während er zu mir hochrutscht.

Erneut küsste er meine Hüften und dann meinen Bauch, was mich aufstöhnen lässt. Er vergräbt sein Gesicht an der Stelle. Seine Bartstoppeln kratzen über meine empfindliche Haut und mir jagen Schauer über den Körper. Ich bin mir sicher, dass er auch Kratzspuren auf meiner Pussy hinterlassen hat, doch das ist das Letzte, was mir jetzt Sorgen bereitet.

»Ich muss in dir sein, Mallory«, sagt er leise. »Nimmst du die Pille?« Er gibt mir einen sanften Kuss auf den Bauchnabel, doch bei seiner Frage möchte ich weinen.

»Nein. Hast du etwas da?« Mein Gott, ich bringe es nicht mal über mich, das Wort *Kondom* auszusprechen. Warum habe ich nicht vorher daran gedacht, schelte ich mich, während er den Kopf schüttelt.

»Ich will kein Kondom mit dir benutzen.« Er gleitet mit der Zunge über meinen Hüftknochen und mein Verlangen baut sich sofort wieder auf. »Ich höre rechtzeitig auf, Baby, und ich bin gesund. Ich will dich nackt spüren.«

Ich bin nicht dumm. Ich habe am Sexualkundeunterricht teilgenommen und die Zeit in der Jugendfürsorge hat mir gezeigt, was eine ungeplante Schwangerschaft anrichten kann. Aber ich scheine nur noch aus Lust zu bestehen und kann ihn nicht zurückweisen. Eigentlich sollte ich jetzt so klar im Kopf sein wie nie, doch ich bin jenseits aller Vernunft, was ihn betrifft, dass ich ihm alles gebe, was er will. Auch ungeschützten Sex.

»Okay«, flüstere ich und übergebe ihm stumm die Macht.

Er stößt ein Knurren aus und arbeitet sich mit Küssen an meinem Körper hinauf. Seine Hände und sein Mund sind überall. Es ist, als versuche er, mich zu verschlingen, und ich liege nur da und lasse ihn gewähren.

Als er meine Brüste erreicht, widmet er sich meinen Nippeln, liebkost jeden von ihnen mit seiner Zunge und seinen Zähnen. Sie werden später wund sein, aber daran kann ich gerade nicht denken. Ich kann nur an das hier denken.

Sein harter Schwanz berührt meinen Venushügel und ich stöhne unter der Hitze, die zwischen uns herrscht. Er neckt mich, reibt mit seiner Spitze über meine Klit, während er seine Lippen zu meinem Hals gleiten lässt. Ich fühle mich, als ob ich in Flammen stehen würde. Jede seiner Berührungen ist wie ein süßes Feuer.

»Mallory.« Er sagt meinen Namen, als herrsche ein Schmerz tief in seiner Brust. Er ist fordernd.

»Bitte, Oz. Lieb mich.«

Sobald ich mich ergeben habe, stößt er in mich hinein, und seine Größe dehnt mich, es schmerzt. Aber dann kneift er mir in die Brustwarze und zusammen mit seinen Lippen an meinem Hals lenkt mich das ausreichend ab, um hindurch zu atmen. Einen Moment lang hält er in mir inne, damit ich mich an ihn gewöhnen kann, und diese Ablenkungen wirken.

»Meine Süße. Du hast keine Ahnung, wie lange ich hierauf gewartet habe.« Er atmet schwer, während er diese Worte hervorbringt, und klingt, als wäre er kurz vor der Erlösung. Ich schlinge meine Arme und Beine um ihn, presse ihn fest an mich. Ich will ihm meinen Körper als Belohnung anbieten, ihm geben, was er mir gibt. Ein Gefühl von Zugehörigkeit und von Heimkommen.

Es ist, als hätten wir beide unser ganzes Leben lang auf diesen Moment gewartet, zwischen uns geschieht etwas Besonderes. Sein vertrauter Duft spült über mich hinweg und er fährt fort, jeden Zentimeter meiner entblößten Haut mit Küssen zu bedecken.

Nun bewegt er sich leicht und die süße Reibung seines Schwanzes erweckt meinen Körper zum Leben. Wieder taucht er tief in mich, und das ist höchst erotisch. Es ist, als würde die Leidenschaft, die zwischen uns herrscht, helfen, unsere Körper auf die animalischste Weise zu verbinden. Die Lust ist so elementar, dass uns nichts aufhalten kann.

Sein Schwanz in mir fühlt sich verboten an, als würden wir irgendeine Regel brechen. Keine Verhütung zu benutzen, verstärkt das Gefühl der Heimlichkeit. Ich habe es noch nie zuvor gemacht. Ich hebe meine Hüften an, ich will ihn so tief wie möglich spüren und er stöhnt auf mir. Wir beide wissen, was wir tun und wohin das führen könnte, und doch stößt er immer wieder in mich hinein.

Bei dem Gedanken spannt sich meine Pussy um ihn herum an, bereit, noch einmal zu kommen. »Oz«, keuche ich und kann selbst die Lust in meiner Stimme hören.

Er löst seine Lippen von meinem Hals und sagt ganz nah an meinem Ohr: »Lass mich in dir kommen, Baby.« Mit tiefer Stimme sagt er mir Sachen, die ich nicht wollen sollte. Warum erregt es mich dann so?

Seine Worte führen dazu, dass ich mich ihm noch mehr entgegenrecke, während er sich in mir vergräbt. Es ist, als bäte ich ihn darum, es zu tun.

»Ich kümmere mich um dich, Baby. Ich kümmere mich um alles.« Er streicht mir die feuchten Haare aus der Stirn und leckt mir über den Hals. »Du gehörst mir, Mallory. Ich werde dich nie wieder gehen lassen.«

»Oh Gott, Oz!« Ich zucke wieder um ihn herum und weiß, dass ich gleich komme. Die Spannung ist so hoch und sein Schwanz füllt mich so perfekt aus.

Knurrend reibt er sich an meiner Klit. Er gleitet nicht mehr aus mir heraus, er will so tief in mir sein, wie nur irgend möglich.

»Bitte, Baby«, sagt er und leckt mir über die Ohrmuschel.

Ich bin überwältigt von Lust. Dass ich so kurz vor dem Höhepunkt stehe, verstärkt das noch. Das hier ist so falsch. Aber mit ihm auf diese Weise zusammen zu sein, ist auch so richtig. Es ist, als hätte ich endlich meine andere Hälfte gefunden, und meinen Körper mit ihm zu teilen, kommt mir so natürlich vor. Das hier, wir beide, ungeschützt, ist perfekt.

»Ja«, flüstere ich.

Ich gebe ihm, was er am meisten will – mich.

Sein starker, glatter Rücken spannt sich unter meinen Händen an, während er sich in mir hält und ich auf seinem Schwanz komme.

»Oz!«

Ich schreie auf, als sich meine Pussy um ihn herum zusammenzieht und pulsiert, und er verströmt sich in mir. Ich werde von einer Orgasmuswelle nach der anderen durchgeschüttelt. Und obwohl ich weiß, dass es so falsch ist, was wir tun, kann ich die Reaktion meines Körpers nicht kontrollieren. Dieser raue Sex war so gut und so schmutzig, doch im Herzen süß.

Er war besitzergreifend und animalisch und ich hatte den stärksten Orgasmus meines Lebens.

Wir haben uns dem anderen endlich auf die intimste Weise hingegeben, die möglich ist, und ich denke nicht darüber nach, was das tatsächlich bedeutet. In diesem Moment verliebe ich mich in ihn und bin ganz im Hier und Jetzt. Noch nie bin ich jemandem so nah gewesen und ich weigere mich, an irgendetwas anderes zu denken als an die Glückseligkeit zwischen uns.

Mit einem Mal bin ich erschöpft. Die Orgasmen haben meinem Körper alle Energie geraubt. Ich versuche, mich an Oz festzuhalten, aber meine Finger rutschen von seinem Rücken und meine Beine haben keine Kraft mehr, ihn an mich zu drücken.

Ich weiß nicht, ob ich eingeschlafen bin, bevor er sich aus mir zurückgezogen hat, oder ob er den Rest der Nacht in mir blieb. Was ich jedoch weiß, ist, dass Oz mich, als ich ihn in meinen Träumen finde, festhält und mir sagt, dass er mich liebt. Oder vielleicht war das auch kein Traum.

18. Kapitel

Mallory

Ich liege auf dem Rücken. Das Licht der Morgensonne fällt durch die hohen Fenster, die die gegenüberliegende Wand einnehmen. Oz liegt auf dem Bauch und hat einen Arm um mich geschlungen. In meinem Kopf spielt sich die vergangene Nacht noch einmal ab. Ich denke an meinen kleinen Streit mit Paige und daran, dass ich fies zu ihr war. Dafür werde ich mich aufrichtig entschuldigen müssen. Ich habe sie angefaucht, als ich es nicht hätte tun sollen. Während der Collegezeit hat sie immer dafür gesorgt, dass wir früh nach Hause gehen, hat gesagt, nach unserem Abschluss könnten wir alles nachholen, und ich denke, das kam gestern Abend wieder in mir hoch. Das ist etwas, das ich an Paige gleichermaßen mag und nicht ausstehen kann. Sie sorgt sich so viel und ist manchmal wie eine Glucke. Das bin ich nicht gewohnt. Und ab und zu möchte ich einfach mal loslassen.

Vielleicht kann ich auf dem Heimweg eine Pizza und eine Dose Red Bull als Friedensangebot besorgen. Und wir reden über alles.

Dann ist da Oz. Ich streiche mit dem Finger über das Tattoo an seinem Arm, von dem ich bisher nichts ahnte, weil er fast immer einen Anzug trägt. Das erinnert mich daran, wie wenig ich über ihn weiß und was ich letzte Nacht alles zugelassen habe. Ich wollte den Sex, aber ich habe ihn in mir kommen lassen. Noch immer spüre ich die Feuchtigkeit zwischen meinen

Schenkeln, kann mich aber nicht dazu bringen, es zu bedauern. Noch nie in meinem Leben habe ich mich jemandem so verbunden gefühlt.

Ich denke daran, wie Oz Joel geschlagen hat und an das, was ich in seinen Augen gelesen habe. Etwas Dunkles und Tiefes, das unter der Oberfläche lauerte. War es nur ein Eifersuchtsanfall oder war es mehr? Es musste etwas gewesen sein, das in der Hitze des Gefechts passiert ist, denn alles andere an Oz ist süß und liebevoll. Jede Berührung und jedes Wort von ihm. Diese Wut ist der erste Makel, den ich an ihm gesehen habe. Doch mit mir war er dann wieder ganz anders. Er hat meinen Körper verehrt, als würde er sich nach ihm verzehren. Nie hat sein Mund meine Haut verlassen, während wir uns geliebt haben.

Dennoch muss ich mit ihm darüber reden. Im Nebel meines Alkoholrausches habe ich es zu leicht beiseitegewischt und verfing mich in dem Gefühl, Oz nach so vielen Tagen endlich wiederzusehen. Außerdem hatte ich am Freitag nichts von ihm gehört, was für uns nicht normal ist. Er kann nicht einfach loslaufen und aus Eifersucht Leute niederschlagen.

Leise schlüpfe ich aus dem Bett, um ihn nicht zu wecken, und gehe ins Badezimmer. Ich schließe die Tür hinter mir, schalte das Licht an und schaue mich um. Als Oz mich hergebracht hat, muss ich schon halb geschlafen haben, denn ich erinnere mich an gar nichts in seiner Wohnung. Ich weiß nicht einmal, in welchem Teil der Stadt wir uns befinden.

Das Bad ist riesig. Eine verglaste Dusche, in der locker zehn Leute Platz hätten, nimmt eine gesamte Wand ein. Auf der gegenüberliegenden Seite ist eine Badewanne, in der man vermutlich eine Runde schwimmen könnte. Dieser Raum ist größer als unser verdammtes Wohnzimmer. Ich überlege, ein Bad zu nehmen, weil meine Muskeln bei jeder Bewegung schmerzen. Es ist ein süßer Schmerz, der mir ein Lächeln entlockt. Ich mag sogar das leicht wunde Gefühl zwischen meinen Beinen. Als hätte Oz mich als seine Frau gebrandmarkt. Ich spüre, wie mir die Hitze in die Wangen steigt, und versuche, die Verlegenheit über das, was wir gestern geschehen ist, abzuschütteln. Es bringt nichts, jetzt peinlich berührt zu sein.

Ich schaue in den Spiegel. Mein Augen-Make-up ist verschmiert und von den Küssen sind meine Lippen noch geschwollen. Ich trete einen Schritt näher heran und sehe kleine rote Kratzer auf meinen Brüsten. Bilder von Oz, der sie küsst und daran saugt, gehen mir durch den Kopf und ich erinnere mich an das Gefühl seiner Stoppeln. Ich sehe gründlich geliebt aus und will das Wochenende damit verbringen, es wieder und wieder zu tun, und es ist mir egal, dass mein Körper noch wund ist.

Ein Piepen lenkt meine Aufmerksamkeit auf die Ablage im Bad. Oz' Handy hängt am Strom. Das Display leuchtet auf und zeigt, dass er eine Sprachnachricht erhalten hat. Der Name *Paige* steht quer über dem Bildschirm.

Meine Paige?

Mist. Ich habe ihr nicht einmal Bescheid gesagt, dass ich nicht nach Hause komme. Vermutlich macht sie sich wahnsinnige Sorgen. Schuldgefühle überkommen mich wegen letzter Nacht; darüber, wie das zwischen uns gelaufen ist. Ich kann mir beim besten Willen nicht vorstellen, was für eine Nachricht sie auf Oz' Handy hinterlassen würde oder wie diese verrückte Frau an seine Telefonnummer gekommen ist.

Ich nehme das Handy in die Hand, streiche mit dem Finger über den Bildschirm und lächle, als ich sehe, dass er das Foto, das ich von mir in der Cafeteria gemacht habe, als Bildschirmhintergrund hat. Ich drücke auf den Knopf zum Abhören der Mailbox und wappne mich für eine Schimpftirade von Paige.

»Miles, was zum Teufel? Ich hatte alles unter Kontrolle. Ich wollte sie da rausholen. In den Club zu stürmen und jemanden in

einer Eifersuchtsattacke ins Gesicht zu schlagen, wird dich auf die verfluchten Titelseiten der Klatschmagazine bringen, du dämlicher Idiot. Und nicht nur das. Vergiss alle Pläne, die du seit über vier Jahren hast. Oh, und vergiss nicht, dass alle Feinde, die du dir als Inhaber von Osbourne Corp gemacht hast, jetzt wissen, dass du auf Mallory stehst. Das wird sie ins verdammte Scheinwerferlicht rücken. Du hoffst besser, dass niemand Fotos gemacht hat!« Den letzten Satz schreit sie, dann endet die Nachricht.

Das Blut rauscht in meinen Ohren, als ich versuche, mir einen Reim darauf zu machen. Warum hat Oz die Nummer von Paige in seinem Handy gespeichert? Wieso ist mir das bisher nicht aufgefallen? Oz gehört Osbourne Corp? Paige kennt Oz? Moment mal. Oz hat seit vier Jahren Pläne für mich?

Meine Hand zittert und ich lasse das Telefon fallen. Es knallt auf den weißen Fliesenboden, aber das ist mir vollkommen egal. Ich muss hier raus. Sofort.

Ich will abhauen, aber ich muss leise sein. Mein Herz pocht so laut, dass es mir in den Ohren dröhnt. Ich muss mich hinausschleichen. Ich kehre ins Schlafzimmer zurück, finde mein Kleid und ziehe es an. Meine Handtasche und Schuhe liegen neben der Kommode. Ich hole sie mir. Dann blicke ich zu Oz, der auf dem Rücken liegt. Das Laken bedeckt den unteren Teil seines prachtvollen Körpers. Ich will ihn anschreien und ihn fragen, was zum Teufel hier los ist. Fast tue ich es. Meine Gefühle gewinnen die Oberhand und ich trete einen Schritt vor. Ich spüre den brodelnden Zorn in mir, und als ich am Bett stehe, schaue ich auf seine nackte Brust.

Mein Blick schweift über seinen linken Brustmuskel. Genau dort, wo sein Herz ist, hat er den Namen Mallory in kursiver Handschrift eintätowiert.

Es ist, als hätte mir jemand in den Magen geboxt. Das Tattoo sieht nicht neu aus. Langsam und leise ziehe ich mich vom

Bett zurück, bis ich die Tür erreiche. Ich öffne sie und laufe den Flur hinunter. Am Ende angekommen, sehe ich den Fahrstuhl. Panisch drücke ich auf den Knopf und bete, dass ich es hier herausschaffe, bevor er aufwacht. Ich will keine Antworten von ihm. Ich will sie von Paige.

Als die Fahrstuhltüren sich öffnen, steige ich ein und drücke wieder und wieder auf den Knopf für die Lobby, bis der Fahrstuhl sich endlich in Bewegung setzt. Erst da fällt mir auf, dass mir der Fahrstuhl vertraut vorkommt, was nicht daran liegt, dass ich ihn vergangene Nacht benutzt habe.

»Nein«, flüstere ich und presse Handtasche und Schuhe an meine Brust. Im Erdgeschoss gehen die Türen des Fahrstuhls auf und ich sehe Chuck, den Wachmann, der immer riecht, als bade er in Old Spice. Ich schließe die Augen und öffne sie wieder. Ich bete, dass ich träume, aber Chuck ist immer noch da und lächelt mich strahlend an.

»Guten Morgen, Miss Mallory«, sagt er und winkt mir zu.

»Guten Morgen, Chuck.« Ich drücke auf den Knopf für den zweiten Stock und er sieht mich seltsam an. Vermutlich, weil ich nicht aussteige und aussehe, als würde ich mich schämen.

In meiner Tasche suche ich nach meinem Wohnungsschlüssel. Als der Fahrstuhl erneut anhält, steige ich aus, gehe zu meiner Tür und schließe sie auf.

Paiges Kopf taucht vom Sofa auf und ich schließe die Tür hinter mir ab, wobei ich ihr den Rücken zudrehe und ein paarmal tief durchatme. Ich weiß nicht, was ich sagen oder wo ich anfangen soll. Ich bin mir nicht einmal sicher, ob ich ihre Erklärung hören will. Ich fürchte mich vor der Realität, der ich mich stellen muss, und was sie für die Welt bedeutet, die ich mir aufgebaut habe.

Als ich mich herumdrehe, ist Paige vom Sofa aufgestanden.

»Mein Gott, Mal, du hättest wenigstens …«

Sie verstummt, als sie mein Gesicht sieht.

Dann schließt sie ihre Augen wie im Schmerz, was mich noch wütender macht.

»Er hat es dir erzählt«, flüstert sie und hebt die Lider wieder.

Ich spüre Feuchtigkeit auf meinen Wangen und ein Brennen in meiner Nase. Ich bin so wütend, dass ich heule.

Paige kommt um das Sofa herum, aber ich ertrage ihre Nähe nicht.

»Komm mir ja nicht zu nahe.« Ich lasse Handtasche und Schuhe fallen und hebe abwehrend die Hände. Die Worte kommen in Fetzen, als hätte meine Kehle sie bereits auseinandergerissen, und das lässt Page innehalten. Ich sehe, wie ihre Augen feucht werden, und dann geschieht etwas, das so gut wie nie vorkommt. Tränen fließen ihr über die Wangen, aber mich lässt das unberührt. Hier geht es nicht um sie.

»Woher kennst du Oz?« Ich schüttle den Kopf. »Miles«, korrigiere ich mich.

Mein Gott, ich bin so unglaublich dumm. Nenn mich Oz, hat er gesagt. *Osbourne Corp.* Wie konnte ich so blöd sein?

Sie schaut sich im Zimmer um, als läge dort irgendwo eine passende Antwort herum. »Paige«, sage ich so barsch, dass sie zusammenzuckt, und dann strömen ihr die Worte aus dem Mund.

»Ich arbeite für die Osbourne Corp, seit ich dich kennengelernt habe. Während deines ersten Studienjahres wurde ich als deine Beschützerin abgestellt und sollte melden, was du tust, dafür sorgen, dass dir nichts passiert, und sichergehen, dass du alles hast, was du brauchst.«

»Das verstehe ich nicht.« Warum? Ich kapiere nichts davon und wische mir die Tränen von den Wangen. Oz lässt mich seit vier Jahren bewachen? Das ergibt überhaupt keinen Sinn. Ich habe ihn erst kennengelernt … Dann trifft es mich wie der

Blitz. Mein Stipendium für Yale war auch von der Osbourne Corp. Der Mann hinter dem Vorhang war ein bisschen zu real.

»Mal, bitte. Ich liebe dich wie eine Schwester.«

»Sag das nicht. Für dich war ich nur ein Job.« So viel ist klar nach dem, was sie gesagt hat. Alles, was wir geteilt haben, ist eine Lüge. Alles. Ich dachte, ich bekäme genau das, was ich immer haben wollte, aber das alles war nur vorgetäuscht.

»Anfangs ja, aber hör mir zu. Im Laufe der Zeit wurde es anders. Ich liebe dich und deshalb werde ich dir die Wahrheit sagen. Scheiß auf Miles. Es ist komplizierter, als du ahnst.«

Ich schüttle den Kopf. Von dem, was aus ihrem Mund kommt, kann ich nichts mehr glauben. Ich weiß nicht mehr, was überhaupt noch echt ist. Den einzigen Menschen, der mir je etwas bedeutet hat, gibt es nicht einmal. Ich bin eindeutig unfähig darin, Menschen richtig einzuschätzen. Ich sehe nicht, was sich direkt vor meiner Nase abspielt. Ich habe das Gefühl, keine Luft mehr zu bekommen.

»Miles ist besessen von dir.« Sie stößt ein humorfreies Lachen aus. »Na ja, *besessen* ist noch milde ausgedrückt.«

Es hämmert an der Tür und wir zucken beide zusammen.

»Das ist er«, sagt sie, bevor Oz von der anderen Seite der Tür meinen Namen ruft.

»Mallory, Baby, geht es dir gut? Mach auf.« Der Türgriff klappert und wir beide schauen uns an. Ich dachte, sie würde hingehen und aufmachen, aber das tut sie nicht. Sie starrt mich nur an und die dummen Tränen laufen ihr weiter über das Gesicht. Sie darf nicht verletzt sein. Ich bin diejenige, die hier verarscht wurde. Ich kann sie nicht einmal ansehen, denn obwohl ich verletzt bin, tut es mir noch mehr weh, sie weinen zu sehen.

»Ich gehe.« Ich drehe mich um und will den Flur hinuntergehen, aber Paige packt mich am Arm.

»Fass mich nicht an!«, schreie ich lauter als beabsichtigt und schluchze auf. Ich habe das Gefühl, dass alle meine Emotionen gleichzeitig versuchen, meinen Körper zu verlassen, und muss alle Kraft aufbringen, um nicht auseinanderzubrechen.

»Mallory!«, ruft Oz von der anderen Seite der Tür. »Baby, geht es dir gut?« Seine Stimme klingt jetzt panisch und wird immer lauter.

»Miles, alles ist gut. Geh nach Hause«, ruft Paige zurück und lässt meinen Arm los.

Eine halbe Sekunde lang herrscht Schweigen, dann rüttelt er wieder am Knauf.

»Öffne die Tür, Paige!« Seine Stimme klingt jetzt anders, hart, der Befehl ist unüberhörbar. Das war keine Bitte.

Ich ziehe eine Augenbraue hoch und frage mich, was sie wohl tun wird.

»Ich wähle dich«, sagt sie als Antwort auf meine nicht gestellte Frage. Bei ihren Worten verspüre ich einen Hauch von Erleichterung, aber im Grunde sind sie egal. Unsere Freundschaft ist vorbei. Nun ja, jedenfalls die Freundschaft, von der ich dachte, dass wir sie hätten.

»Ich trete die Tür ein«, sagt Oz, als niemand auf seinen Befehl reagiert. Das ist eine Seite an ihm, die ich nicht kenne. Er hat sie gestern Abend schon gezeigt, als er Joel geschlagen hat.

»Ihm gehört das gesamte Gebäude. Auch diese Wohnung«, sagt Paige. »Ich kann ihn nicht davon abhalten hereinzukommen.«

»Egal. Ich gehe.«

»Verdammt, Paige.« Oz schlägt so fest gegen die Tür, dass der gesamte Rahmen erzittert, und ich bin erstaunt, dass sie nicht nachgibt.

»Sie weiß es, Miles.« Paige spricht leise, aber er scheint sie zu hören, denn er hört auf, an die Tür zu hämmern. Das Schweigen verdichtet sich.

»Du hast gesagt, du würdest es mich erklären lassen.« Die Härte ist aus seiner Stimme gewichen. Jetzt spricht er mit der Weichheit, die er immer mir entgegengebracht hat. »Dass du mich, sollte etwas passieren, alles erklären lassen würdest. Du hast es versprochen.«

Er wiederholt, was er schon einmal zu mir gesagt hat, als wäre das sein Schlupfloch.

»Ich schätze, das macht uns beide zu Lügnern«, entgegne ich.

»Ich habe dich nie belogen, Baby. Niemals.« Seine Stimme klingt schmerzerfüllt und zerrt an meinem Herzen. Selbst wenn das Ganze eine Lüge war – er, das Studium, mein Job, alles. Selbst wenn das nicht echt war, würde ich mich trotzdem Hals über Kopf in ihn verlieben wollen. Verdammt, vielleicht bin ich sogar in ihn verliebt, denn es fühlt sich an, als würde mir das Herz aus der Brust gerissen. Ein Teil von mir wünscht sich, ich hätte es niemals herausgefunden.

»Du hast mein Herz gebrochen. Ich habe nur mein Versprechen gebrochen«, sage ich, bevor ich mich umdrehe und den Flur hinunter in mein Zimmer gehe, um zu packen.

Als ich den Kopf wende, erwarte ich, Paige hinter mir zu sehen, aber da ist sie nicht.

Im Flur höre ich Geschrei, kann aber keine Worte ausmachen. Ich ignoriere die beiden und rausche durch mein Zimmer. Ich muss hier raus. Ich kann mich gerade noch zusammenreißen und will nicht vor ihnen auseinanderbrechen. Den Menschen, die mir das hier angetan haben.

»Ich habe ihn dazu gebracht, zu gehen.« Paige steht in meiner Tür. »Okay, vielleicht nicht gerade, zu gehen, aber er kommt nicht herein.«

»Ist mir egal. Ich will auch nicht mit dir hier sein.«

Sie gibt einen Laut von sich, als hätte ich ihr nicht nur einen verbalen Schlag versetzt. Am liebsten möchte ich die Hand ausstrecken und sie an mich ziehen. Ich muss meine Hände zu Fäusten ballen, um mich davon abzuhalten. Sie hat mich belogen und ist nicht wirklich meine Freundin. Ich werde nicht zulassen, dass sie mich noch einmal zum Narren halten.

»Du bist sauer, das verstehe ich.«

»Das verstehst du?«, frage ich gespielt verwundert und drehe mich zu ihr um. Sie hebt die Hände und macht deutlich, dass sie nicht mit mir streiten will.

»Sei clever, Mal …«

Ich unterbreche sie. »Sei clever?« Ich werfe die Klamotten, die ich in den Händen halte, aufs Bett. »Klar ist ja wohl, dass ich dumm wie Brot bin.«

»Was ich meine, ist, ich weiß nicht, ob jemand Wind davon bekommen hat, was letzte Nacht passiert ist. Wenn ja, ist dein Bild in allen Zeitungen. Und Miles hat Feinde. Man kommt nicht in seine Position, ohne sich welche zu machen. Verdammt, selbst sein Vater ist einer davon.«

»Nicht mein Problem.« Ich fahre fort, Kleidung aus meinem Schrank zu ziehen. Ich habe keine Ahnung, wohin ich gehen soll. Ich habe nicht viel Geld und will nicht einmal darüber nachdenken, wie schnell sich Hotelrechnungen summieren. Oh Gott, mein Job! Ich arbeite für ihn! Ich verfluche mich dafür, so viel Geld für bescheuerte Business-Outfits ausgegeben zu haben – für einen Job, den ich jetzt kündigen muss.

»Das wird aber sehr schnell dein Problem werden. Und nicht nur das. Wo willst du überhaupt hin? Ich kenne dich. Du hast wahrscheinlich vor, auch deinen Job aufzugeben. Sei clever«, wiederholt sie, was mich dazu bringt, mich wieder umzudrehen. »Er wird dich nicht gehen lassen, Mallory. Wie ich schon sagte, er ist besessen von dir. Ich habe das starke Gefühl, dass er jede Strippe ziehen wird, die nötig ist, um sicherzustellen, dass du nirgendwo anders eingestellt wirst. Und es wird auch nicht helfen, dass du dein Praktikum nach einer Woche aufgegeben hast. So etwas sieht nie gut aus.«

Geschlagen lasse ich mich auf mein Bett sinken, denn alles, was sie sagt, ist wahr. Ich werde meine Ersparnisse schneller durchbringen, als ich einen neuen Job finden kann. Ich frage mich, ob das auch Teil seines Plans war. Mir keine Optionen zu lassen.

»Du bist wütend. Nutz das. Ich verschwinde. Ich weiß, dass du mich nicht hier haben willst, und das verstehe ich, weil ich dich liebe. Wohn weiter hier, geh zur Arbeit und spare ein bisschen Geld. Dann kannst du immer noch alles hinter dir lassen, wenn du willst, aber überlege dir einen Plan, Mal. Riskier nicht, auf der Straße zu landen.«

Ich hasse es, wie viel Wahrheit in ihren Worten steckt. Ich darf jetzt nicht unvernünftig sein, aber ich habe auch keine Ahnung, was ich tun soll.

»Hau ab«, sage ich zu ihr. Sie bleibt noch eine Sekunde stehen, dann wendet sie sich ab. Bevor sie in den Flur hinaustritt, möchte ich allerdings noch etwas wissen. Ich hasse mich für die Frage, dennoch muss ich sie stellen.

»Warum ist er besessen von mir?«

Sie dreht sich zu mir um und sieht mich mitfühlend an. »Ich weiß es nicht. Aber ich denke nicht, dass er dich jemals gehen lassen wird.«

Damit geht sie. Nach ein paar Augenblicken höre ich die Haustür ins Schloss fallen und der Damm bricht. Alles kommt heraus und ich kann es nicht zurückhalten. Der Schmerz darüber, wieder alleine zu sein, übernimmt das Kommando und es ist, als wäre ich wieder ein Pflegekind. Es ist ein Gefühl, von dem ich dachte, ich müsste es nie wieder erleben. Vielleicht ist es mir vorherbestimmt, für immer alleine zu sein.

19. Kapitel

Miles

Paige öffnet die Tür. Ich drücke mich von der Wand ab und gehe auf sie zu.

»Ich habe dich gewarnt, dass so etwas passieren würde«, sagt sie, schließt hinter sich ab und steckt den Schlüssel ein. Ich hätte das verdammte Schloss austauschen lassen sollen, das sie hat anbringen lassen, aber ich dachte, ich hätte noch Zeit.

Das alles hätte viel später herauskommen sollen. Lange, nachdem ich Mallory für mich alleine gehabt hätte und sie mein geworden wäre. Ich hätte sie auf jede erdenkliche Weise an mich binden sollen, bevor ihre Welt um sie herum zusammenbricht. Ich hätte sie dazu bringen sollen, mich zu lieben, mich zu brauchen, ein wenig so für mich zu empfinden, wie ich für sie empfand.

»Wie konntest du das vermasseln?«, herrsche ich Paige an. Hierfür will ich allen anderen, nur nicht mir selbst die Schuld geben. Mein verdammter Plan war perfekt. *War* ist hier das Schlüsselwort, bis ich es vor einer Woche an jenem ersten Abend in der Bar selbst vermasselt habe. Das wäre mir nicht passiert, wenn Paige mich besser informiert hätte. Paige hätte sie überhaupt erst gar nicht mit in diese Bar nehmen dürfen.

»Ich weiß es nicht.« Sie wendet den Blick ab und ich sehe, wie ihr Tränen über die Wangen rollen. Ich vergaß, wie lange sie schon mit ihr zusammen ist und wie nah sich die beiden inzwischen sind. Dass sie nicht mehr nur da war, um sie zu beschützen. Meine süße Mallory hat auch ihr Herz erobert.

»Wo willst du hin?« Ich schaue auf die Tasche an ihrer Schulter und frage mich, was zum Teufel hier los ist. »Sieh zu, dass du da wieder reingehst und mit ihr redest.«

»Sie braucht Zeit, Miles. Ihr Herz ist gebrochen. Kannst du das nicht verstehen? Versuch doch mal, dich in ihre Lage zu versetzen. Ich denke, sie hat dich verdammt noch mal geliebt. Sie war für mich wie eine Schwester. Und all das ist jetzt kaputt. Sie wird Zeit brauchen«, betont sie. Ich kann ziemlich stur sein, vor allem, wenn es um Mallory geht.

Paige geht an mir vorbei und ich packe sie am Arm, um sie aufzuhalten. Mit wässrigen Augen sieht sie mich an. Es ist das erste Mal, dass ich sie weinen sehe.

»Entschuldige dich, Miles. Entschuldige dich oft und aufrichtig. Aber gib ihr Zeit.« Ich lasse ihren Arm los und sie geht an mir vorbei. Bevor sie in den Fahrstuhl einsteigt, dreht sie sich noch einmal zu mir um. »Ich denke, sie wird weiterhin zur Arbeit gehen. Ich behalte sie im Auge.« Sie steigt ein, die Türen schließen sich und sie verschwindet.

Ich schaue zurück zu Mallorys Wohnungstür und gehe darauf zu. Ich kann nicht gehen. Die Hände an die Tür gepresst, versuche ich, sie dahinter zu erspüren. Sie ist die andere Hälfte meiner Seele; ich sollte da sein, um ihr in ihrem Schmerz zu helfen. Ich lege ein Ohr an die Tür und schließe die Augen, als ich sie schluchzen höre. Das Geräusch trifft mich mitten in den Eingeweiden. Es ist ein Geräusch, das ich schon einmal gehört habe, von einer anderen Frau; ein Geräusch, von dem ich mir immer gesagt habe, dass ich es von Mallory niemals hören werde. Aber hier stehe ich nun. Alle meine Pläne zerfallen zu Staub und verursachen das Einzige, von dem ich mir geschworen habe, es niemals zu tun: so zu sein wie er.

»Mallory. Bitte. Lass mich rein, Baby. Lass es mich dir erklären.« Ich versuche, nicht zu schreien, aber dennoch laut genug zu sprechen, damit sie mich hören kann. Einen Moment lang warte ich ab, doch nichts passiert. Ich höre ihr Weinen und kann nichts tun, um es aufzuhalten.

Ich habe das Kostbarste in meinem Leben zerbrochen und nichts wird es je wieder heil machen.

Ich falle auf die Knie und presse meinen Oberkörper seitlich gegen die Tür. Ich habe es verdient mit anzuhören, wie ihr Herz in Stücke gerissen wird. Ich habe diesen Schmerz verursacht und sollte jeden einzelnen Schluchzer hören. Ich lege den Kopf in die Hände und weine mit ihr. Denn alles, was ich je gewollt habe, war, sie zu lieben und von ihr geliebt zu werden. Alles, was ich bisher getan habe, diente nur dem Zweck, dass sie das Beste bekäme. Dabei habe ich ihr alles genommen, was gut war, und sie in Trümmern zurückgelassen.

Erst Stunden später wird ihr Weinen leiser und ich kann es nicht länger hören. Ich hoffe, sie ist eingeschlafen oder hat ein wenig Frieden gefunden und konnte sich berappeln.

Meine Beine sind verkrampft und mein Rücken schmerzt, aber ich bewege mich nicht von ihrer Tür weg. Ich lasse mir nicht die Möglichkeit nehmen, mit ihr zu reden, selbst wenn sie mich nur anschreien sollte.

Den Rest des Tages und die ganze Nacht verbringe ich vor ihrer Tür.

Und den ganzen Sonntag.

Und die ganze Nacht auf Montag.

Ich esse nicht. Ich schlafe nicht. Ich bewege mich kaum.

Sie weint immer wieder und jedes Mal zerreißt es mich aufs Neue. Aber ich sitze und warte und verlasse meinen Posten nicht. Ich würde das tausend Jahre lang tun, wenn ich nur eine weitere Chance bei ihr bekäme. Wahrscheinlich ahnt sie nicht einmal, dass ich hier bin, aber ich war immer bei ihr, selbst wenn sie es nicht wusste.

Am Montagmorgen schiebe ich immer noch an demselben Fleck Wache. Ich weiß, dass es Morgen ist, weil ich am Ende des Flurs erste Lichtstrahlen erkennen kann. Ich sehe die Sonne aufgehen und wünschte, ich könnte Mallorys Gesicht betrachten.

Dann öffnet sich endlich die Wohnungstür.

Ich falle beinahe in das Apartment hinein, kann mich aber noch rechtzeitig abfangen. Als ich zu Mallory aufschaue, sehe ich in ihren Augen so viel Hass, der direkt durch mich hindurch zu brennen scheint. Ich nehme ihn an. Er ist besser als Gleichgültigkeit.

»Baby.«

Für den Bruchteil einer Sekunde denke ich, dass sie etwas sagt. Stattdessen steigt sie über mich hinweg, geht zum Fahrstuhl und drückt auf den Knopf. Ich muss mich sehr zusammenreißen, sie nicht einfach zu packen. Dass ich so viel Selbstbeherrschung habe, war mir gar nicht bewusst. Am liebsten würde ich sie mir über die Schulter werfen, in meine Wohnung tragen und so lange dabehalten, bis ich sie zur Vernunft gebracht habe. Bis sie versteht, dass sie mich nicht verlassen kann. Das hier endet damit, dass sie mir gehört. Es gibt keine andere Möglichkeit. Das lasse ich nicht zu. Punkt. Aber ich weiß, dass ich es langsam angehen muss. Sie hat schon zu viel davon mitbekommen, wie weit meine Obsession für sie reicht.

Ich stehe auf und folge ihr, aber sie schaut mich nicht einmal an. Ich falle vor ihr auf die Knie und mir ist es egal, wie erbärmlich ich wirke. Sie soll sehen, dass ich bereit bin, vor ihr im Staub zu kriechen. Dass ich gewillt bin, meinen Stolz beiseitezuschieben und sie anzuflehen, mich anzuhören. Sie ist mein

Leben und ich weigere mich, sie gehen zu lassen. Sie zu verlieren, steht nicht zur Debatte, und ich werde verlangen, dass sie mir zuhört, selbst wenn ich dabei auf den Knien bin.

»Mallory. Früher oder später wirst du mir zuhören müssen.«

Erneut drückt sie auf den Knopf für den Fahrstuhl, als könne er gar nicht schnell genug kommen.

»Mallory«, wiederhole ich, jetzt warnend.

Die Fahrstuhltüren gleiten auf und ich strecke die Hand nach ihr aus, berühre sie fast, doch sie tritt ein und dreht sich zu mir um. Sie sieht schmerzhaft schön aus. Sie trägt ein schwarzes enges Kleid und violette High Heels. Mir fällt auf, dass ihr die Haare offen auf die Schultern fallen, und das ärgert mich. Als hätte sie es mit Absicht getan, um mich zu verletzen.

Ganz locker, ermahne ich mich. »Baby. Ich brauche dich. Geh nicht. Lass es mich erklären.« Ich muss mich zusammenreißen, um ihr nicht zu sagen, dass ich sie niemals gehen lassen werde. So oder so wird sie wieder mir gehören.

Sie sieht auf mich hinab und dann weg, als würde mein Anblick sie schmerzen.

»Du solltest das Tattoo besser bedecken.«

Mit diesen Worten schließen sich die Türen und ich bleibe alleine zurück. Ich schaue an mir herunter und sehe, dass ich kein Hemd trage, sondern nur meine Jogginghose. An mich oder daran, wie ich aussah, habe ich überhaupt nicht gedacht, als ich aus meiner Wohnung gestürmt bin. Sondern nur daran, dass ich zu ihr musste.

Ich stehe auf und drücke auf den Pfeil nach oben, um in meine Wohnung zu fahren. Es ist an der Zeit, mich für die Arbeit fertig zu machen. Ich muss meinen Kopf klar bekommen und einen Weg finden, sie zurückzugewinnen, ohne wegen Entführung angeklagt zu werden. Heute habe ich ein Treffen der Anteilseigner, für das ich nicht ansatzweise vorbereitet bin, doch es könnte mir nicht gleichgültiger sein. Das Einzige, was mich interessiert, ist, meine Frau zurückzubekommen. Damit mir das gelingt, brauche ich einen Plan.

Ich steige in den Fahrstuhl und reibe über die Stelle über meinem Herzen. Das Tattoo habe ich mir machen lassen, nachdem ich sie das erste Mal gesehen habe, und ich habe es kein einziges Mal bereut. Dort bleibt es bis zu dem Tag, an dem ich meinen letzten Atemzug nehme. So wie meine Liebe für sie.

Ich werde sie zurückgewinnen und dafür alles geben. Zu scheitern kommt überhaupt nicht infrage.

20. Kapitel

Mallory

Ich starre auf den Computerbildschirm und die Zahlen scheinen miteinander zu verschmelzen. Ich dachte, ich könnte früher in die Firma kommen und mich in der Arbeit verlieren. Ich dachte, ich könnte das Rasen meiner Gedanken aufhalten, aber alles, was ich vor mir sehe, ist Miles auf den Knien vor mir, als die Fahrstuhltüren zugleiten. Es hat mir alles abverlangt, nicht die Hand auszustrecken und ihn zu berühren.

Ich gab mir Mühe, so perfekt wie möglich auszusehen, bevor ich heute Morgen die Wohnungstür geöffnet habe. Auch wenn eine Extraschicht Concealer nötig war, um die Ringe unter meinen Augen zu verdecken. Er sollte nicht wissen, dass ich mich auf der anderen Seite elendig gefühlt und die ganze Zeit geweint habe.

Das ganze Wochenende über hat er dort gesessen. Ich konnte nicht anders, als alle paar Stunden nachzusehen, weil ich dachte, er würde irgendwann gehen. Ich war mir sicher, dass er aufgibt, aber das hat er nicht getan. Das Schlimmste war, dass ich so oft die Tür öffnen wollte. Ich wollte ihn provozieren und anschreien. Ich wollte all die Wut auf jemanden oder etwas richten. Ich wollte herausfinden, was los ist, denn meine Gedanken rasten wie wild und nichts ergab einen Sinn.

Osbourne Corp ist seit langer Zeit ein Teil meines Lebens. Genauer gesagt, seit meinem letzten Jahr auf der Highschool. Erst das Stipendium, dann das Praktikum. Ich dachte, ich hätte mir beides ehrlich verdient. Jetzt finde ich heraus, dass das nicht stimmt. Mein Gehirn kann keine Ruhe geben, während ich versuche, mich an so viel wie möglich zu erinnern. Wie an die Tatsache, dass ich die Empfängerin des ersten Stipendiums war, das die Firma je vergeben hat. Dass ich den begehrten Praktikumsplatz so einfach bekommen, aber keine anderen Angebote erhalten habe.

Die Wahrheit in Paiges Worten trifft mich. Sollte ich tatsächlich gehen, würde er dafür sorgen, dass niemand anderes mich einstellt. Das hat er schon einmal getan. Was sollte ihn davon abhalten, es wieder zu tun?

All diese Dinge gingen mir das ganze Wochenende über durch den Kopf. Die Kleinigkeiten, die von ihm kamen, etwa, wie lange er schon auf mich gewartet hatte. Oder dass Paige ihn nie so abgeblockt hat wie die anderen Männer, die mit mir ausgehen wollten. Ich wusste nicht, was ich mit diesem Kram anfangen sollte. Sie ergaben keinen Sinn.

Was mich am meisten beschäftigt, ist jedoch die Frage, warum er das gemacht hat?

Ich komme einfach nicht mit der Vorstellung klar, dass er von mir besessen ist. Vor meinem Umzug nach New York habe ich ihn noch nie gesehen. Ich hätte mich an ihn erinnert, dessen bin ich mir sicher. Aber er kannte mich irgendwie. Vermutlich wusste er alles, was es über mich zu wissen gibt.

Schlimmer noch, nachdem ich erfahren habe, wer er wirklich ist, konnte ich nicht aufhören, tiefer zu graben. Ich habe jeden Artikel über ihn gelesen. *Der schwer fassbare Milliardär Miles Henry Osbourne* wird er genannt. In den Klatschmagazinen war nicht viel zu finden. Auf jedem Foto war er entweder alleine oder mit seiner Mutter. Abgesehen von einem, das offenbar aus seiner Collegezeit stammte und das ihn mit einer Frau namens Ivy Lennox zeigte. Sie wirkten allerdings nicht wie ein

Paar. Ich erkannte den Hintergrund des Bildes und wusste genau, wo in Yale es aufgenommen wurde. Die Bildunterschrift lautete: *Das nächste Powerpärchen?* Ich musste zugeben, dass sie gut zusammen aussahen. Sie sah ganz anders aus als ich. Groß, lange blonde Haare, eine Taille, die der von Paige Konkurrenz machen könnte. Und ihre Kleidung passte zu ihrem perfekten Erscheinungsbild.

»Bist du noch sauer auf deinen Freund?«, fragt Skyler und erschreckt mich, als sie über die Trennwand schaut. Ihre perfekt gezupfte Augenbraue ist fragend hochgezogen. Ich muss in Gedanken verloren gewesen sein, denn ich habe sie nicht einmal an meinem Schreibtisch vorbeigehen hören.

»Das ist noch milde ausgedrückt.« Ich weiß, dass sie nur von der Prügelei zwischen Miles und Joel spricht. Ich mache mir, ehrlich gesagt, Sorgen, wer das noch mitbekommen hat und ob außer ihr jemand weiß, dass ich mit dem Boss ausgegangen bin. Ich möchte nicht daran denken, was das für Gerüchte gäbe.

»Das war ein blöder Zug, aber ich muss sagen, bei einigen Leuten funktioniert diese Höhlenmenschnummer. Ich weiß, dass Jamie es mag, wenn ich ihr gegenüber besitzergreifend werde.« Sie lächelt, als würde sie ihre Freundin absichtlich dazu bringen, sich aufzuregen.

»Wenigstens musst du ihn nicht ständig sehen. Ist ja nicht so, als wäre er jemals hier. Ich habe ihn nur einmal im wirklichen Leben gesehen und das war, als er dich abgeholt hat.« Sie zuckt mit den Achseln, als wäre es keine große Sache, doch das ist es.

Jedenfalls für mich. Ich darf ihn nicht sehen, sonst könnte ich weich werden. Himmel, wem will ich hier etwas vormachen? Ich würde in tausend verdammte Stücke zerspringen. Verzweifelt vergrabe ich den Kopf in den Händen. Ich stöhne auf und sehe wieder zu Skyler hoch. »Mein Gott, ich bin so dumm. Du wusstest, wer er ist, oder?«

»Äh, ja.« Sie sieht mich an, als wäre ich verrückt.

»Ich wusste es bist gestern nicht«, gebe ich zu.

»Willst du mich verarschen?« Ihre Augen sehen aus, als würden sie ihr gleich aus dem Kopf quellen.

Dann klickt es endlich. Der Tag, an dem sie mir gegenüber so kurz angebunden war. Sie muss gedacht habe, was alle anderen denken würden, wenn sie von mir und Oz erführen. Dass ich für meinen Job mit meinem Boss geschlafen habe. Das Traurige ist, ich bin mir nicht sicher, ob es nicht stimmt. Hätte Oz es nicht auf mich abgesehen, wäre ich vermutlich gar nicht hier. Ich weiß nicht, ob ich darüber wütend sein soll oder nicht. Es ist ja nicht so, als hätte ich ein Stipendium erhalten, das sie schon seit Jahren vergeben. Es war total neu und offensichtlich einzig für mich ins Leben gerufen worden. Ich habe ein paar kleine Stipendien von Community Colleges erhalten, aber nichts im Vergleich zu dem Vollstipendium für Yale, das sie mir gegeben haben. Es kam mit allem Drum und Dran – Unterkunft, Bücher, Essensausweis und einiges mehr.

»Ich weiß.« Ich beiße mir auf die Unterlippe und schaue wieder auf meinen Monitor.

Skyler kommt herum und lehnt sich gegen meine Tischkante. Ich schaue sie an. Es ist wirklich ätzend, dass ich nicht weiß, ob ich ihr trauen kann. Ich bin offensichtlich sehr schlecht darin, zu sagen, wer meine wahren Freunde sind und wer nur dafür bezahlt wird, auf mich aufzupassen.

»Hast du mit ihm Schluss gemacht?«

Ich nicke. Aus irgendeinem Grund bringe ich es nicht über mich, Ja zu sagen. Mehr als das schlichte Nicken bringe ich nicht zustande.

Sie schweigt einen Moment lang und stößt dann einen kleinen Seufzer aus. »Ist es wirklich so schlimm, dass er dir nicht erzählt hat, ein fetter Milliardär zu sein? Ich kann mir schlimmere Dinge vorstellen, die man über seinen Freund herausfinden kann«, neckt sie mich.

Oh, ich habe eine Liste, von der ich ihr gerne erzählen würde, stattdessen schenke ich ihr ein schiefes Lächeln. Ich will nicht das Mädchen sein, das im Büro heult, und wenn ich anfange zu reden, wird das vermutlich passieren. Schlimmer noch, ich würde wegen des Chefs weinen. Klischeehafter geht es nicht.

»Gott, ich wette, dieses Meeting wird unglaublich langweilig.« Ich drehe den Kopf und sehe Eric neben meinem Arbeitsplatz stehen. Er sieht aus, als wäre er gerade aus dem Bett gefallen – vielleicht ist das aber auch nur diese zauselige Frisur, die ich schon an einigen Jungs gesehen habe und die ich nicht verstehe. Für mich sieht sie für die Arbeit zu schludrig aus.

»Ich denke, es ist ein übliches Meeting, in dem es um irgendwelche Firmenthemen geht. Ich habe gehört, dass die regelmäßig stattfinden«, fügt Skyler hinzu.

Eric zuckt mit den Schultern und geht an seinen Arbeitsplatz.

»Meinst du, er wird da sein?«, frage ich so leise, dass niemand uns hören kann.

»Ist er wütend, dass du Schluss gemacht hast?«

Ich nicke.

»Jupp. Dann wird er da sein.« Sie drückt meine Schulter. »Tu so, als wäre es dir egal.«

Wenn das nur so einfach wäre. Mein cooler Auftritt heute Morgen war schon schwer genug. Ich wollte gleichgültig sein und so tun, als würde es mich überhaupt nicht interessieren. Ich dachte, das würde ihn mehr verletzen, als ihm meine Wut oder meine Tränen zu zeigen. Gleichgültigkeit erweckt den Eindruck, dass er es nicht wert ist, etwas für ihn zu empfinden. Ich wollte ihn verletzen und ich wollte, dass er sich genauso elendig fühlt wie ich.

Denn wenn es eines gibt, dessen ich mir sicher sein kann, dann ist es, dass ich vielleicht nicht verstehe, was Miles macht, aber weiß, dass er mich will. Wobei *wollen* nicht ganz zutreffend ist. Das Wort *Besessenheit* erscheint mir passender. Das ist eindeutig ungesund, aber schlimmer ist, dass ich ein leichtes Flattern im Magen verspüre bei dem Gedanken, dass er besessen von mir ist. Auch wenn ich weiß, dass es nicht richtig ist. Auch wenn ich weiß, dass es verrückt ist. Doch ich würde lügen, wenn ich leugnete, dass ein tief verborgener Teil von mir fasziniert davon ist.

Ich schaue wieder auf meinen Computer. Vor dem Meeting sollte ich wirklich noch was erledigt bekommen. Deswegen bin ich schließlich früher hergekommen und nicht, um über Oz nachzudenken.

Ich höre ein Ping und sehe, dass ich eine neue E-Mail habe.

Von: YourOz@gmail.com
Betreff: Es tut mir leid.

Ich schiebe den Zeiger der Maus auf die E-Mail und möchte sie so gerne anklicken. Dann bewege ich den Cursor zum Mülleimersymbol und drücke einmal, anschließend blockiere ich seine E-Mail-Adresse. Im Augenblick würde ich zu leicht schwach werden. Am besten gehe ich ihm aus dem Weg, denn ich weiß, dass ich mich fernhalten kann. In Momenten wie diesen, wenn meine Wut nicht auf ihrem Höchststand ist, fühle ich mich schwach. Ich möchte mit ihm reden und ihn so vieles fragen, um dieses Gedankenkarussell in meinem Kopf zu stoppen. Vielleicht kann ich dann klarer denken. Oder vielleicht würde ich es nur noch schlimmer machen.

Ich möchte zum Samstagmorgen zurückkehren und nicht aus dem Bett steigen. Ich wünschte, ich hätte diesen Moment etwas länger genossen, bevor die Lügen auf mich einstürzten und mir nicht nur Miles, sondern auch Paige genommen haben. Die einzige Familie, die ich je hatte. Ich habe sie beide innerhalb weniger Minuten verloren. Oder vielleicht war es auch einfach nur dumm von mir, zu glauben, dass ich sie je hatte.

»Bist du so weit?« Skyler schaut über die Trennwand. Ich blicke auf die Uhr meines Computers und merke, dass ich zwanzig Minuten lang blind vor mich hingestarrt habe. Hey, vielleicht muss ich doch nicht kündigen. Wenn ich so weitermache, werde ich Ende der Woche vermutlich ohnehin gefeuert.

»Ja.«

Ich schnappe mir meine Handtasche, die unter dem Tisch liegt. Eric kommt zu uns herum und gemeinsam fahren wir mit dem Fahrstuhl zur Veranstaltung. Dort betreten wir das Auditorium. Schnell füllt sich der Raum mit mehr als zweihundert Menschen.

Ich setze mich zwischen Skyler und Eric und nehme Notizbuch und Stift heraus, für den Fall, dass ich etwas mitschreiben muss. Ich schaue mich um und sehe an der Wand neben der Bühne Paige stehen. Sie ist ganz in Schwarz gekleidet und hat ihre rotbraunen Haare zu einem lockeren Pferdeschwanz gebunden, aber etwas an ihr wirkt komisch. Sie lässt ihren Blick über die Menge schweifen und nach nur einer Sekunde sieht sie mich direkt an. Unsere Blicke treffen sich und sofort bildet sich ein Kloß in meiner Kehle. Ich glaube nicht, dass Paige und ich in den vergangenen vier Jahren schon einmal mehr als vierundzwanzig Stunden voneinander getrennt waren.

Ich sollte wütend auf sie sein. Ich sollte verdammt sauer sein. Aber das ist schwer, wenn sie mich so ansieht. Die Situation macht ihr zu schaffen, das sehe ich ihrem Gesicht an. Es ist ein Ausdruck, den ich von ihr nicht kenne. Nicht an Paige. Sie ist stark und braucht nichts und niemanden, aber im Moment sieht sie nicht so aus. Im Moment sieht sie aus, als bräuchte sie mich.

Captain streckt die Hand aus und streicht ihr eine Strähne hinters Ohr, was ihre Aufmerksamkeit auf ihn lenkt. Sie schlägt seine Hand weg und er grinst. Ich senke den Blick auf meinen Notizblock und möchte die beiden nicht zusammen sehen. Denn eigentlich möchte ich ihr eine Nachricht schreiben und sie mit ihrer Schwärmerei für den Mann aufziehen, damit, was da zwischen ihnen los ist, dass er sie so berührt, aber das kann ich nicht. Und ich sollte es auch nicht wollen. Ich sollte sie dafür hassen, dass sie mich angelogen hat.

Ich hole mein Handy aus der Handtasche und sehe, dass ich keine verpassten Anrufe oder Nachrichten habe. Das treibt mich auch um. Mein Gott, ich bin ein Wrack. Jetzt bin ich sauer, dass er mir nicht geschrieben hat, nachdem ich seine E-Mail ungelesen gelöscht habe. Ich habe gerade ernsthafte Schwierigkeiten.

Skyler stößt mich an und ich folge ihrem Blick zur Bühne. Da ist er und schaut mich direkt an. Sein dunkler Bart ist etwas länger als normal, vermutlich, weil er sich das ganze Wochenende über nicht rasiert und sich auch heute Morgen nicht die Zeit dafür genommen hat. Er trägt eine dunkelblaue Stoffhose und ein hellblaues Hemd, dessen Ärmel er aufgerollt hat.

Er sieht müde aus. Der Schlafmangel zeigt sich unter seinen Augen, als er mich anblickt. Alle anderen nehmen ihre Plätze an dem langen Tisch auf der Bühne ein. Er sitzt etwas abseits, als wäre er nur ein Beobachter.

»Hey, ist das Miles Osbourne?«, fragt Eric und beugt sich zu mir herüber. Ich sehe ihn an und zucke mit den Schultern, als hätte ich keine Ahnung. Als ich wieder zu Oz schaue, ruht sein Blick immer noch auf mir. Eindringlich. Es ist klar, dass es ihm egal ist, ob die Leute bemerken, dass er mich anstarrt.

Kurz schaut er zu Eric, dann wieder zu mir. Selbst über die Entfernung erkenne ich, dass sein Kiefer zuckt, als er die Zähne zusammenbeißt.

Ich beobachte, wie Oz in seine Tasche greift, sein Handy herausholt und anfängt zu tippen. Dann vibriert auch schon mein Handy in meinem Schoß, aber ich schaue nicht hin und fasse es auch nicht an. Ich wende meinen Blick von ihm ab und sehe Skyler an.

»Wow. Er wirkt genervt«, sagt Skyler leise. Dabei neigt sie ihren Kopf ein wenig – vermutlich, damit Oz nicht mitbekommt, was sie sagt.

Ich sehe ihn wieder an und sein Blick gleitet von mir zu Captain und Paige, die immer noch an der Wand stehen. Er und Captain scheinen eine stumme Unterhaltung zu führen, bevor er wieder zu mir herüberschaut. Ich blicke zwischen ihnen hin und her und ich weiß, dass er irgendetwas unternehmen wird. Ich ergreife mein Handy und öffne die Textnachrichten.

Oz: Bring mich nicht dazu, ihn aus dem Gebäude entfernen zu lassen.

Ich sehe, wie Captain sich am Rand des Auditoriums bewegt, und bekomme Panik. Er wird eine verdammte Szene machen! So zeigt er mir also, dass es ihm leidtut – indem er mich vor allen Leuten bloßstellt? Das ist einfach lächerlich. Er kann unmöglich so eifersüchtig sein.

Ich: Reiß dich zusammen oder ich verlasse auf der Stelle den Saal und komme nie mehr zurück.

Ich schicke die Nachricht ab und schaue auf. Er blickt auf sein Handy und ich sehe aus dem Augenwinkel, dass Captain stehen geblieben ist. Paige hat ihn am Arm gefasst und spricht mit ihm, während er auf sie hinunterschaut. Dann wirft sie mir einen Blick zu und ich weiß, sie hält ihn davon ab herzukommen. Ich seufze erleichtert auf, als sie ihn dazu bringt, sich wieder dorthin zu stellen, wo sie vorher standen.

»Guten Morgen alle zusammen. Einige von Ihnen kennen mich bereits. Ich bin Samuel Black, der CEO von Osbourne Corporation.«

Ich lehne mich in meinem Sitz zurück, erleichtert, dass Oz keine Szene macht. Aber ich sehe ihn nicht an. Ich behalte den Blick fest auf Mr. Black gerichtet, der von den künftigen Plänen und der Ausrichtung der Firma erzählt.

Nach einer gefühlten Ewigkeit kann ich schließlich nicht mehr anders und werfe Oz einen Blick zu. Ich habe es gerade einmal fünf Minuten lang geschafft, ihn nicht anzusehen, und ich hasse es, wie armselig ich mich deswegen fühle.

Als ich ihn anschaue, sehe ich, dass er mich immer noch anstarrt. Unruhig rutsche ich auf meinem Sitz herum. Ich will meinen Körper anschreien, dass er so auf ihn reagiert. Auf diese tiefblauen Saphire, die mich so intim ansehen. Ich nehme mein Handy und schreibe ihm.

Ich: Hör auf, mich anzustarren. Das wird den Leuten auffallen.

Oz: Es ist mir egal, ob es ihnen auffällt.

Ich: Mir aber nicht.

Oz: Geh heute Abend mit mir essen und ich höre auf zu starren.

Ich funkle ihn wütend an, bevor ich mein Handy wieder weglege. Das hier ist ein anderer Oz als der, den ich kennengelernt habe. Etwas von der Weichheit ist verschwunden und die harte Dominanz kommt durch. Die habe ich vorher schon gesehen, doch sie hat sich nie gegen mich gerichtet. Vorher hatte ich immer das Gefühl, dass er mich, bevor er etwas tat, fragte, ob es für mich in Ordnung sei. Das scheint jetzt vorbei zu sein. Er war schon immer recht intensiv, aber jetzt wirkt es, als wäre seine Hülle ein wenig aufgebrochen. Vielleicht kommt jetzt auch sein wahres Ich heraus und dieser Teil von ihm ist auf einer Mission, mich zu überrollen.

Ist das eine schräge Form von Erpressung, oder was? Er hält mich als Geisel, indem er mir das Gefühl gibt, keine Kontrolle über irgendetwas zu haben. Das bin ich nicht gewohnt, auch wenn meine Freiheit zuvor nur eine Illusion war. Ich habe noch nie jemanden gekannt, der sich so viel Zeit genommen hat, mich kennenzulernen. Allerdings erfolgte das die ganze Zeit über ohne mein Wissen. Solange ich mich erinnern kann, hatte ich immer angenommen, dass ich selbst auf mich aufpasse.

Bis Paige in mein Leben trat und ich dachte, wir würden gegenseitig aufeinander aufpassen. Ich weiß zwar, dass sie einen Vater hat, aber er war nie da und sie schien ihn auch nicht in ihrem Leben haben zu wollen. Als wir uns dann näherkamen, dachte ich, es läge an unserer ähnlichen Vergangenheit und nicht daran, dass sie dafür bezahlt wurde, hier zu sein.

Erleichtert atme ich aus, als das Meeting endlich zu Ende ist. Im Wesentlichen gab das Unternehmen Ziele für das letzte Quartal des Jahres bekannt und informierte unsere Anteilseigner über unsere zukünftigen Pläne. Ich bekam nicht viel von dem Gesagten mit, weil ich die ganze Zeit seinen Blick auf mir spürte.

Ich schaue zur Bühne. Oz steht auf und sieht aus, als käme er auf mich zu. Sofort springe ich von meinem Sitz auf und schiebe mich durch die Menschenmenge.

Schon nach wenigen Schritten fasst Skyler mich am Arm.

»Lunch?«

»Nicht hier«, sage ich und höre den dringenden Wunsch in meiner Stimme, hier rauszukommen.

Sie nickt. Ich folge ihr hinaus und durch die gläserne Lobby. Sobald wir draußen sind und frische Luft auf meine Lungen trifft, kann ich wieder atmen. Wir gehen die Straße hinunter zu einer kleinen Bäckerei. Ich hole mir einen Bananen-Nuss-Muffin und einen Kaffee. Wir setzen uns. Ich picke an meinem Muffin herum, den ich gar nicht will, obwohl ich eigentlich hungrig sein müsste. Am Wochenende habe ich nicht viel gegessen, doch meinem Körper ist das egal. Ein Knoten liegt in meinem Magen und zieht sich sporadisch zusammen.

Mein Plan funktioniert nicht ganz so, wie ich es wollte. In die Firma gehen, meine Arbeit erledigen und nach einer Weile kündigen, ist leichter gesagt als getan.

Skyler spielt auf ihrem Handy herum, während sie ihr Sandwich isst, und lächelt dabei wegen der Person, mit der sie chattet. Ich werfe einen Blick auf mein eigenes Telefon und sehe, dass ich eine weitere Nachricht von Oz habe, schalte das Handy aber aus und lege es in die Handtasche. Als wir fertig sind, entsorge ich meinen Kaffeebecher und den Rest meines Muffins. Beim Aufschauen sehe ich Captain an der gegenüberliegenden Wand des Cafés lehnen und in meine Richtung blicken. Er trägt einen perfekt sitzenden schwarzen Maßanzug und ich finde, er sieht aus wie ein FBI-Agent oder so. Er ist viel zu groß, um nicht aufzufallen, und falls er versucht, mit dem Hintergrund zu verschmelzen, funktioniert es nicht.

Ich mustere ihn einen Moment lang, bevor ich mich umdrehe und Skyler aus dem Laden und ins Büro folge. Ich frage mich, ob er mir folgt oder sich nur einen Kaffee holt. Viele Leute aus unserer Firma kommen hierher, weil der Coffeeshop am nächsten liegt. Also versuche ich so zu tun, als wäre er nicht meinetwegen hier.

Zurück an meinem Schreibtisch verstaue ich meine Handtasche in einer Schublade und gehe auf die Toilette. Ich bin kaum zwei Schritte in den Waschraum gegangen, da ist Oz schon bei mir und schließt die Tür hinter sich.

»Nicht.« Ich versuche, um ihn herum zu gehen, doch er versperrt mir den Weg, kesselt mich ein.

Im nächsten Augenblick ist sein Mund schon auf meinem.

Wie jedes Mal, wenn er mich küsst, verschmilzt mein Körper mit seinem und ich öffne mich ihm. Es ist, als hätte ich keinerlei Kontrolle über meinen Körper. Ich vergesse, dass ich wütend auf ihn bin. Seine Lippen sind warm und sehnsüchtig, so fordernd und besitzergreifend, als versuche er, mich mit seinem Kuss vollkommen zu vereinnahmen. Ich gebe ihm, wonach er verlangt. Ich will ihn trösten und möchte, dass alles besser wird, aber dann erinnere ich mich wieder daran, warum ich ihn hasse.

Ich drücke gegen seine harte Brust, doch er vertieft den Kuss noch, als wäre es unmöglich, uns zu trennen. Bald schon kralle ich meine Finger in sein Hemd und erwidere den Kuss, heftig, fast bestrafend und er nimmt ihn einfach entgegen. Der Kuss ist alles, was ich will, aber nicht wollen sollte.

Er stöhnt an meinem Mund, rückt ein Stück ab und küsst mich am Hals entlang. Seine Lippen wandern tiefer, zum V-Ausschnitt meiner Bluse, zum Tal zwischen meinen Brüsten. »Du hast mir so gefehlt«, flüstert er und berührt mich mehrmals mit seiner Zunge. »Du darfst mich nicht verlassen.«

Seine Worte sind wie ein Eisbad und holen mich zurück in die Realität. Ich stoße ihn fester von mir und löse meine Finger von seinem Hemd. Er tritt einen halben Schritt zurück. Ich schaue zu ihm auf und muss daran denken, dass ich diesen Mann überhaupt nicht kenne.

»Schieb mich nicht weg, Mallory.« Sein Ton klingt bestimmend. Eine Warnung, wie heute Morgen im Fahrstuhl.

»Lass mich einfach in Ruhe. Ich kann das jetzt nicht. Und vor allem kann ich es nicht hier«, zische ich, denn ich habe einen Moment lang vergessen, wo wir sind. Dann frage ich mich, ob irgendjemand gesehen hat, dass er mit mir im Waschraum verschwunden ist. Schließlich ist der Mann nicht unauffällig. Ich bin sicher, dass die Leute besonders aufmerksam sind, wenn er durch ihre Abteilung läuft.

»Ich kann dich nicht in Ruhe lassen.« So, wie er das sagt, läuft mir ein Schauer über den Rücken. In seiner Stimme liegt so viel Bedürftigkeit. So viel Besitzanspruch. Es ist, als könne er nicht ohne mich leben, und ich weiß nicht, was ich damit anfangen soll. »Du wirst mich ausreden lassen.« Wieder kommt er näher, bedrängt mich. Eine Hand legt er mir an die Wange und ich muss schwer an mich halten, um nicht nachzugeben. »Ich wollte dir nie wehtun. Alles, was ich wollte, seit ich dich das erste Mal gesehen habe, war, dir alles zu geben.«

Ich schließe die Lider, damit ich bei seinen dunkelblauen Augen nicht wieder schwach werde. Als ich sie erneut öffne, habe ich einen Entschluss gefasst.

»Gib mir Zeit.« Die Worte bereiten mir Schmerzen, als sie aus meinem Mund kommen.

Er lässt seine Hand fallen, nickt und tritt einen Schritt zurück. Dann beißt er die Zähne zusammen und es sieht aus, als wäre er nur einen Atemzug davon entfernt durchzudrehen.

»Ich habe dir viel Zeit gegeben, Mallory. Mehr, als du ahnst. Ich werde es versuchen, aber du stellst Sachen mit mir an …« Er wedelt mit der Hand in der Luft, als finde er die Worte nicht, die er sucht. »Sachen, die ich nicht erklären kann.« So viele Emotionen sind in seinem Gesicht zu erkennen. Ich muss den Blick abwenden und immer wieder daran denken, dass er nicht der ist, für den ich ihn halte.

Ich sehe in ihm nicht mehr den Mann, der in der vergangenen Woche Licht in mein Leben gebracht hat. Er ist nicht der Mann, in den ich mich Hals über Kopf verliebt habe. Er ist nicht der Mann, der mich so sanft geliebt hat, als hätte er sein ganzes Leben darauf gewartet.

Ich habe mich noch nie so wertgeschätzt gefühlt wie mit ihm. Und vielleicht wird es mir auch nie wieder gelingen.

Als könne er nicht anders, beugt er sich vor und streicht mit seiner Nase über meinen Kiefer. Mein Atem stockt und ich könnte mich verfluchen, weil ich nicht in der Lage bin, mich zurückzuhalten. Sein warmer Duft umgibt mich und ich bin darauf konditioniert, ihn zu wollen. Dass ich feucht werde, liegt jenseits meiner Kontrolle, und ich versuche, den Atem anzuhalten, um es aufzuhalten.

Er gibt mir einen sanften Kuss direkt neben mein Ohr. »Ich werde es versuchen, Baby. Für dich versuche ich alles. Aber lass dich von niemand anderem berühren. Falls das passiert, werde ich mich nicht zurückhalten können.« Er gibt mir einen weiteren sanften Kuss. »Ich werde es versuchen, aber so oder so wirst du mir gehören. Bekämpfe nicht, was bereits feststeht. Ich habe mich für dich zurückgehalten, aber das kann ich nicht mehr lange.« Dann ist er weg.

Keine Ahnung, wie lange ich dort stehe und endlich wieder atmen kann. Ich gehe auf die Toilette und versuche, mich so gut wie möglich zusammenzureißen. Innerlich bin ich ein Wrack, aber äußerlich halte ich mich offenbar ganz gut. Ich kehre an meinen Schreibtisch zurück, stürze mich in die Arbeit und versuche, nicht an Oz' dunkles Versprechen zu denken.

Ich bin, ehrlich gesagt, froh, als Linda mir noch mehr Berichte auf den Tisch legt und wir Überstunden machen müssen. Ich will an nichts anders denken als an das, was direkt vor mir liegt, und die Ablenkung ist der reinste Segen.

Skyler und Eric sind vor ungefähr einer Stunde gegangen und gegen neun beschließe auch ich, Feierabend zu machen. Ich fahre meinen Computer herunter, nehme meine Handtasche und mache mich auf den Weg.

In der Lobby des Gebäudes bin ich keine fünf Schritte gegangen, als ein großer Mann im Anzug vortritt, damit ich ihn sehen kann. Okay, zweifellos folgt Captain mir.

Mein Ärger flammt wieder auf, denn Oz hat gesagt, dass er mir Zeit lässt. Ich beschleunige meine Schritte auf dem Weg zu meiner Wohnung. Beim Eintreten begrüße ich Chuck wie immer mit einem Winken, dann schaue ich mich um und sehe Captain am Eingang herumlungern. Er beobachtet, wie ich in den Fahrstuhl steige. Ich will ihn auch hassen, weiß aber nicht, ob in meinem Herzen überhaupt noch Platz dafür übrig ist, bei allem, was da gerade los ist.

Ich weiß, dass Miles die gesamte oberste Etage gehört, und um dorthin zu gelangen, braucht man einen Extraschlüssel. Ich hole die Schlüssel für unsere Wohnung heraus und sehe, dass an dem Bund drei Schlüssel hängen: einer für den Briefkasten, einer für unsere Wohnung und der dritte ist laut Paige für eine Abstellkammer. Doch je genauer ich ihn mir anschaue, desto seltsamer erscheint er mir. Er wirkt zu klein. Tatsächlich sieht er eher aus wie ein Schlüssel, den man für einen Fahrstuhl braucht. Die Neugierde siegt, also stecke ich ihn vorsichtig in das Schloss. Er lässt sich leicht drehen. Bevor ich innehalten und darüber nachdenken kann, was ich da mache, drücke ich auf den Knopf für das Penthouse und er leuchtet auf. Dann fährt der Fahrstuhl in den obersten Stock.

»Heilige Scheiße«, flüstere ich.

Ich bekomme Panik, aber dann denke ich, warum sollte ich mich aufregen? Ich habe nichts falsch gemacht. Ich bin hier das Opfer und sollte tun dürfen, was auch immer ich will. Ich werde Oz gehörig die Meinung geigen und ihn wissen lassen, was ich von seinem Blödsinn halte, mir kaum Raum zu lassen. Ich habe nur um etwas Zeit gebeten und er schickt mir seinen Wachhund hinterher, um jeden meiner Schritte zu beobachten.

Als der Fahrstuhl langsamer wird, habe ich mich in meine Wut hineingesteigert. Wie kann er es wagen, mein Leben ohne meine Erlaubnis zu übernehmen? Wer zum Teufel glaubt er zu sein?

Als die Tür sich öffnet, trete ich drei Schritte vor und bleibe abrupt stehen, denn im Wohnzimmer steht Paige in ihren Trainingsklamotten. Sie hat ihren Sport-BH und eine enge Yogahose an und ist von einem leichten Schweißfilm bedeckt.

Sie dreht sich zu mir um und ich starre schockiert zurück.

Was macht sie hier? Warum ist sie in Miles' Wohnung?

Sie wirkt, als fühle sie sich hier zu Hause. Als wäre sie schon viele Male hier gewesen. Mein Magen zieht sich zusammen. Ich glaube, mir wird schlecht. Bevor ich etwas sagen kann, drehe ich mich um und steige wieder in den Fahrstuhl. Ich sehe sie auf mich zulaufen und drücke hektisch den Knopf zum Schließen der Türen. Doch sie schafft es, sich kurz vorher mit hineinzuquetschen.

Ich drücke den Knopf für unsere Etage und sehe sie nicht an. Die Eifersucht brennt in mir und ich fühle mich erneut verraten.

»Warum warst du in seiner Wohnung?«, stoße ich zwischen zusammengebissenen Zähnen hervor, weil ich nicht anders kann.

»Ich wohne da.«

»Warum zum Teufel wohnst du da?«, fauche ich und blicke sie endlich an.

Ihre Haare sind zu einem unordentlichen Knoten zusammengebunden und ihre Augen rot geädert, als hätte sie geweint. Sie sieht mich nicht an, dennoch kann ich es erkennen. Ich fühle mit ihr, gleichzeitig bin ich so wütend, dass ich ihr nicht den Trost geben kann, den sie benötigt.

»Wie nah steht ihr beide euch?« Es ist klar, was ich damit andeute, und ich verschränke die Arme, während ich auf ihre Verteidigung warte.

Paige atmet tief ein und sieht mir endlich in die Augen. »Er ist mein Bruder.«

Als sie diese kleine Bombe platzen lässt, entgleiten mir die Gesichtszüge. Dann bemerke ich es. Die gleichen saphirblauen Augen. Wieso habe ich das vorher nicht erkannt?

»Halbbruder. Gleicher Dad, andere Mom und so.« In ihrem Kiefer zuckt ein Muskel, wie immer, wenn sie über ihren Vater spricht.

Der Fahrstuhl öffnet sich und ich steige aus. Ich sehe Paige an. Wortlos folgt sie mir in unsere Wohnung. Ich schließe auf und halte ihr die Tür auf, dann trete ich ein und schließe hinter uns ab. Meine Tasche lege ich neben dem Tisch im Flur ab und gehe zur Couch. Paige folgt mir und setzt sich neben mich.

Ich lege meine Hände in den Schoß und warte darauf, dass sie zuerst redet. Keine Ahnung, was ich von ihr zu hören erwartete. Ich stehe unter Schock.

»Das ist so verdammt schwer, Mal.« Ihre Stimme bricht und meine Finger zucken. Ich will ihre Hand halten, sie trösten, doch ich muss das hier hören. Ich liebe sie, verdiene aber die Wahrheit.

»Ich dachte, Miles wäre alles, was ich habe, daran habe ich mich festgeklammert«, sagt sie schließlich nach einer Weile. »Du weißt, dass ich meinen Vater hasse. Verdammt, das Wort *hassen* trifft es nicht einmal ansatzweise. Als ich siebzehn war, hat Miles mich gefunden und mir etwas angeboten, das ich immer haben wollte. Eine Familie. Und Rache.«

»Du willst dich an deinem Vater rächen? Warum?« Sie hat mir nie etwas von ihm erzählt. Jetzt, wo wir hier sitzen, erklärt sich mir vielleicht einiges.

»Nun, Miles will Rache.« Sie atmet tief durch und sieht mir in die Augen. »Ich will …« Abrupt bricht sie ab.

»Du willst mehr«, beende ich den Satz für sie. Ich habe den Hass in ihren Augen gesehen, wenn sie über ihn spricht. Sie will Blut sehen. Paige hat schon immer diese leichte Abneigung gegenüber Männern gehabt. Etwas, das von ihrem Vater herrührt, wie ich vermute, denn sie steht ihr jetzt wieder ins Gesicht geschrieben.

Sie nickt. »Als Miles mich fand, zeigte er mir, dass ich mehr in meinem Leben haben kann als diesen alles verzehrenden Hass. Er hat mir ein Stück Familie geboten. Und er hat mir gesagt, wenn ich ihm helfe, würde er daran arbeiten, dass wir unsere Rache bekommen.«

»Du bist seine Schwester. Er hätte dir helfen und nicht dich benutzen sollen.« Ich verspüre einen Anfall von Wut gegenüber Oz.

Sie stößt ein kleines Lachen aus. »Ich habe mich nicht gerade groß dagegen gewehrt. Ich war damals siebzehn und er hat mir einen Job gegeben, der ziemlich cool klang. Er hat mir die Collegeausbildung und obendrauf noch ein Gehalt bezahlt. Und er hat mir versprochen, dass ich später einen Job in seinem Sicherheitsteam bekommen würde. Miles hat die Kontrolle übernommen und ich konnte mich von dem ganzen Mist in meinem Leben befreien. Er hat mich gerettet.«

Einen Moment lang sitzen wir schweigend da. Schließlich atme ich schwer aus. »Ich streite mich ungern mit dir, aber ich fühle mich, als hättest du mich die ganze Zeit belogen, und weiß nicht, wie ich damit umgehen soll. Es fällt mir schwer, wütend auf dich zu sein, aber ich bin es.« Ich nehme ihre Hand und sie drückt meine fest. Ich erinnere mich daran, einmal gelesen zu haben, dass es bei Vergebung nicht um den anderen Menschen geht, sondern darum, selbst zu heilen. Sie hatte ihre Gründe für das, was sie getan hat, und das kann ich ihr nicht vorwerfen. Es tut weh zu wissen, dass sie mich hintergangen hat, aber im Herzen weiß ich auch, dass sie es mit besten Absichten getan hat.

»Du bist alles, was *ich* habe, Paige.«

»Ich weiß. Ich fühle mich wie ein Riesenarschloch. Du musst wissen, das mit uns fing als Job an, ist dann aber echt geworden. Unsere Freundschaft war echt. *Ist* echt«, korrigiert sie sich. »Du bedeutest mir mehr als jeder andere Mensch auf der ganzen Welt. Ich weiß, ich war glücklich, als ich Miles gefunden habe, aber wir stehen uns nicht sehr nahe. Nicht so wie du und ich. Ich darf dich nicht auch noch verlieren. Bitte, lass nicht zu, dass ich wegen meines Vaters noch einen Menschen verliere, den ich liebe.«

Eine Träne rollt ihr über die Wange und ich ziehe Paige in meine Arme.

»Mein Gott, Paige, was hat er dir angetan?«

Sie schlingt ihre Arme um mich und einen Moment lang halten wir einander einfach nur fest.

Dann schüttelt sie den Kopf. »Ich habe es nie einer Menschenseele erzählt«, flüstert sie und es bricht mir ein wenig das Herz, denn diese Seite habe ich noch nie an ihr gesehen.

Ich ziehe mich ein Stück zurück und schaue ihr in die tränenerfüllten Augen. Das Blau sieht so viel heller aus. »Du kannst mir alles erzählen, Paige.«

»Ich …« Ihre Stimme bricht. »Ich dachte immer, dass ich es nie jemandem erzählt habe, weil ich solche Angst vor ihm hatte. Vielleicht stimmt das auch, aber ich glaube, es lag vielmehr daran, dass ich mich so schäme. Dafür, dass ich sie nicht gerettet habe.«

Ich runzle die Stirn und überlege, was sie damit meint. *Bitte lass nicht zu, dass ich wegen meines Vaters noch einen Menschen verliere, den ich liebe.*

»Meine Mom wird nicht vermisst. Sie ist tot.« Eine Träne läuft ihr über das Gesicht. »Ich hab gesehen, wie er sie umgebracht hat, und stand einfach nur da.«

»Oh, Paige! Du musst noch sehr jung gewesen sein.«

»Fünfzehn.«

Nun laufen auch mir die Tränen über das Gesicht, wenn ich daran denke, dass Paige so etwas mit ansehen musste. Das kann ich mir gar nicht vorstellen. Das erklärt so vieles von ihrer Persönlichkeit.

»Was ist passiert?«, frage ich und will, dass Paige sich mir gegenüber noch etwas mehr öffnet.

Ihre Unterlippe fängt an zu zittern und ich sehe, dass sie nicht darüber reden will. Jedenfalls noch nicht, aber immerhin ist das hier ein Anfang.

»Du könntest es heute melden«, setze ich an. Ich mache mir Sorgen, was sie geplant haben könnte. Wenn Paige sich etwas in den Kopf gesetzt hat, hält sie daran fest wie ein Hund an seinem Knochen. Noch etwas, das mich an Oz erinnert. Wie es aussieht, sind sie sich ziemlich ähnlich.

»Nein!«, erwidert sie scharf. »Das darfst du niemals irgendjemandem erzählen.« Sie greift nach meiner Hand und blickt mich flehend an.

»Natürlich nicht, das würde ich nie tun, Paige«, versichere ich ihr. »Es ist nur …« Ich bin mir nicht sicher, was ich sagen soll. Ich hätte es gern, wenn sie eine Art Abschluss fände, aber es ist völlig klar, dass sie die Sache selbst regeln will. Das macht mir Angst, aber sie soll wissen, dass ich für sie da bin. Ich werde immer da sein, egal, was passiert. Selbst als ich noch sauer auf sie war, wusste ich tief im Inneren, dass wir wieder zueinanderfinden würden.

Ich sehe sie an und lasse alle Wut los, die ich in mir trage. Ich weiß, was uns beide jeweils im Herzen umtreibt, und möchte nicht an etwas festhalten, das mich so traurig macht.

»Ich verzeihe dir, Paige«, sage ich achselzuckend und bringe ein schiefes Lächeln zustande. »Ehrlich gesagt, bin ich geschockt, dass ich es so lange ausgehalten habe, wütend auf dich zu sein.«

Sie lächelt mich an und zum ersten Mal seit Tagen habe ich das Gefühl, die Last auf meinen Schultern wird etwas leichter.

»Erzähl Oz nur nicht noch mehr Zeug über mich.«

Sie schüttelt den Kopf und ich weiß, dass sie es ernst meint. »Werde ich nicht. Ich hab ihm schon gesagt, dass ich mit der Sache durch bin. Bitte sag ihm nicht, was ich dir erzählt habe.«

»Er weiß nicht, dass euer Dad deine Mutter umgebracht hat?«, hake ich nach. Ich möchte sichergehen, dass ich das richtig verstanden habe.

»Das ist mein Geheimnis.«

Ich weiß, sie will nicht darüber reden. Aber dass sie es nie einer anderen Menschenseele erzählt hat, nie von jemandem getröstet wurde, bricht mir das Herz umso mehr. Kein Wunder, dass sie nicht darüber sprechen kann. Sie weiß nicht, wie. Irgendwann kommen wir da noch hin, denke ich und bedränge sie nicht weiter.

»Ich bin nach oben gegangen, weil ich dachte, dass er mich beobachten lässt. Eigentlich wollte ich ihn anschreien.«

»Er lässt dich auch beobachten«, bestätigt Paige. »Ich finde das nicht gut, aber ich weiß, dass unser Vater in der Vergangenheit schon mehrfach hinter Leuten her war, die Miles nahestanden. Er hat Dinge gemacht, die sie getroffen haben, in der Hoffnung, damit Miles zu treffen. Außerdem versucht Miles vermutlich, dir die Presse vom Leib zu halten. Wenn einige Personen herausfinden, was du ihm bedeutest …« Sie hält inne und wendet den Blick ab. »Na ja, ich verstehe, warum er das tut.«

»Wie lange geht das schon so?«

»Ich weiß nur von der Zeit, als er mich bat, ein Auge auf dich zu haben. Er spricht mit mir nicht wirklich über dich. Da er nicht sagt, warum er das tut, kann ich nur raten. Immer fragt er, wie es dir geht, ob du irgendetwas brauchst. Und natürlich bittet er mich darum, andere Männer von dir fernzuhalten.« Sie löst ihren Zopf und ihre Haare fallen ihr in weichen Wellen über die Schultern.

»Anfangs dachte ich, du würdest vielleicht mit einer wichtigen Person in Verbindungen stehen, und er würde nach etwas Bestimmtem suchen oder so. Aber ab und zu habe ich Anflüge von Eifersucht mitbekommen und dachte, dass es vielleicht doch einen ganz anderen Hintergrund hat. Davon mal abgesehen, habe ich nie zuvor gesehen, dass er Interesse an einer Frau gezeigt hätte. Kein bisschen. Dann habe ich euch zusammen gesehen und er war ein völlig anderer Mensch.«

Ich beiße mir auf die Lippe und senke den Blick, um nicht nachzufragen.

»Ich werde es dir erzählen, Mal.« Ich schaue sie wieder an. Jetzt denke ich jedes Mal an ihn, wenn ich ihre Augen sehe. Wem will ich hier etwas vormachen? Ich kann ohnehin an nichts anderes als an ihn denken, auch ohne die Erinnerungsstütze.

»Miles ist recht kühl, außer, wenn er mit dir zusammen ist. Und die paar Male, die ich ihn mit seiner Mom zusammen gesehen habe. Er schien nichts anderes zu tun, als zu arbeiten, aber auf einmal rennt er überall herum und bereitet Captain schwerste Kopfschmerzen.« Als sie den letzten Satz sagt, lächelt sie, als gefiele ihr die Vorstellung, dass er den Captain in den Wahnsinn treibt.

»Glaube ich also, dass er dich will? Ja. Ehrlich gesagt, ist er in dieser Hinsicht etwas verrückt, glaube ich. Es ist schon unheimlich, wie er uns in der einen Sekunde anbrüllt und in der nächsten ganz weich und zuckersüß zu dir ist. Ja, was dich betrifft, ist er ein bisschen irre, aber in anderen Bereichen seines Lebens scheint er ganz normal zu sein.«

»Das ist ja tröstlich«, sage ich trocken.

»Ich kann dir nicht sagen, was du damit anfangen sollst. Mir selbst fällt es schwer zu vertrauen, und noch schwieriger ist es mit Männern. Die Reichen sind die Schlimmsten und es frisst mich langsam auf, dass ich Miles nicht klar einschätzen kann – oder das, was er mit dir anstellt. Für mich war er ein reicher Mann, der sein Geld einsetzt, um zu bekommen, was er will. Aber ich habe ihn machen lassen, weil wir so weit weg waren. Er war nicht vor Ort und um ehrlich zu sein, habe ich nicht besonders viel darüber nachgedacht. Du und ich sind zur Uni gegangen und haben unser Ding gemacht. Jedenfalls bis wir hier gelandet sind. Du hast deinen Praktikumsplatz bekommen. Dann hat dieses Hin und Her zwischen ihm und mir begonnen. Ich habe ihm nicht mehr die gewünschten Informationen gegeben und ich glaube, das hat ihn etwas aus der Bahn geworfen. Wie ein Süchtiger, der keinen Schuss mehr bekommt. Also ist er an jenem Abend in den Club gekommen und hat sich ein bisschen zu früh gezeigt.«

»Ich war dabei, mich in ihn zu verlieben«, gebe ich zu. »Ich hatte Sex mit ihm. Ungeschützten Sex.« Ich lasse meinen Kopf in die Hände fallen und kann immer noch nicht fassen, dass ich das getan habe. In dem Moment habe ich mich ihm so verbunden gefühlt. Ich wollte nichts zwischen uns haben. So wie er mich angebetet hat, fühlte es sich an, als wäre das mit ihm und mir für immer. Als hätte ich endlich ein kleines Stück eines Märchens gefunden. Als hätte ich mich für ihn aufgespart.

Paige umfasst meine Handgelenke und zieht meine Hände herunter, sodass ich sie anschauen muss. »Bereust du es?«

»Nein.« Ich schüttle den Kopf. »Ehrlich gesagt, war es wundervoll. Er war so süß, es war perfekt. Bis es das nicht mehr war. Er gibt mir das Gefühl, wichtig und besonders zu sein. Als würde er alles für mich tun. Als könne er ohne mich nicht atmen. Es ist berauschend, zu denken, dass jemand solche Gefühle für mich hat. Aber auch erdrückend. Ich weiß nicht, was ich tun soll. Ich meine, der Mann hat mein verdammtes Leben kontrolliert!« Meine Gefühle überwältigen mich. Den letzten Teil des Satzes brülle ich förmlich.

»Im Augenblick musst du gar nichts tun. Überhaupt nichts. Du willst mit ihm reden? Dann rede mit ihm. Wenn nicht, dann nicht. Wir gehen zur Arbeit und machen das, was wir immer machen.«

»Kann das bedeuten, dass wir Eis essen?« Zum ersten Mal seit Tagen habe ich Hunger.

»Du kannst ja Gedanken lesen.« Paige steht auf und zieht mich mit sich.

»Ziehst du wieder hier ein?«, frage ich sie und folge ihr in die Küche.

»Ich habe nicht viel mitgenommen, also wohne ich irgendwie noch hier.«

»Gut. Denn ich brauche deine Schuhe.«

21. Kapitel

Miles

Ich starre auf die geschlossenen Türen des Fahrstuhls und in mir tobt ein Krieg, den ganzen Tag schon. Ich dachte, die Jahre, in denen ich auf sie gewartet habe, wären schlimm gewesen. Doch sie waren nichts im Vergleich zu jetzt, wo ich weiß, wie sie sich unter meinen Händen anfühlt, wie ihre Haut schmeckt, wie ihre Lippen sich öffnen, wenn ich sie heiß mache.

Ich dachte, ich hätte fast alles über sie in Erfahrung gebracht, aber eigentlich kannte ich nur die Äußerlichkeiten. Jetzt ertrinke ich in den Einzelheiten, versuche, sie alle in mich aufzusaugen, und will immer mehr. Meine Besessenheit ist noch schlimmer geworden.

Ich drehe mich um, gehe in mein Büro zurück und hole mein Handy heraus. Dann schaue ich auf die Monitore, die die Wand neben meinem Schreibtisch einnehmen. Normalerweise flimmern auf ihnen Berichte und Aktienkurse und Nachrichten. Jetzt sind darauf die Aufnahmen der Sicherheitskameras des Gebäudes zu sehen.

»Mallory und Paige sind auf dem Weg nach unten«, belle ich ins Telefon, lauter als beabsichtigt.

»Ich bin dran, Sir.« Ich höre Ryan, den Mann, den ich darauf angesetzt habe, Mallory zu beschatten, losrennen. Er war vermutlich auf dem Weg zurück nach Hause und dachte, dass Mallory über Nacht heimgekehrt ist. Doch jetzt weiß ich, was sie vorhat. Ich schaue mir die Aufnahmen aus dem Fahrstuhl an und wünschte, ich hätte auch ein Mikrofon installiert. Ich will sie hören, will wissen, was sie sagt.

Ich weiß, Paige wird ihr sagen, dass sie meine Halbschwester ist. Bei dem Gedanken überkommt mich eine gewisse Erleichterung. Ich will nicht, dass Mallory denkt, ich würde Frauen in mein Apartment lassen. Bei dem Gedanken, sie könnte einen Mann in ihre Wohnung lassen, umfasse ich das Telefon an meinem Ohr noch fester.

Ich strecke die Hand aus, berühre den Bildschirm und würde gerne die Falte zwischen ihren Augenbrauen glattstreichen. Sie dreht sich um, sagt etwas zu Paige und ich sehe, wie bei dem, was Paige darauf erwidert, die Anspannung von ihr abfällt. Ich nehme an, es war die Wahrheit.

»Sir, der Fahrstuhl hat auf ihrer Etage angehalten«, sagt Ryan und ich beobachte, wie die beiden den Fahrstuhl verlassen, wie Mallory die Tür öffnet und Paige eintreten lässt. Erneut verspüre ich Erleichterung.

Zwar gefällt mir die Vorstellung nicht, meine Mallory mit irgendjemandem zu teilen, aber es ist offensichtlich, wie sehr die beiden sich mögen und wie nahe sie sich sind. Wenn Mallory nachts schon nicht an meiner Seite schläft, ist die zweitbeste Option, dass sie sich eine Wohnung mit Paige teilt.

»Ja, Mallory ist in ihre Wohnung gegangen«, bestätige ich ihm.

»Und Paige?«, fragt er. Ich höre das Klingeln des Fahrstuhls und sehe, dass er eintritt.

»Die ist bei ihr«, sage ich und lege auf, denn ich weiß, dass er auf dem Weg nach oben ist. Ich werfe das Handy auf meinen Schreibtisch, setze mich in meinen Stuhl und schalte die Kamera an, die auf ihre Tür gerichtet ist. Der Pförtner hat strikte Anweisungen, mich zu informieren, wenn sie das Gebäude verlässt. Ich weiß, das lässt mich verrückt aussehen, aber das ist mir egal. Ich habe schon vor langer Zeit aufgehört, mir Gedanken darüber zu machen. Dagegen anzukämpfen, ist sinnlos und es macht mich nur kribbeliger, wenn ich es versuche. Ich habe gelernt, es anzunehmen.

Seufzend lehne ich mich auf meinem Stuhl zurück und fahre mir mit den Fingern durch die Haare. Die Anspannung in meinem Körper bringt mich noch um. Ich sollte laufen gehen, um sie abzuschütteln, doch der Schlafmangel macht mir zu schaffen. Wie alles andere an dieser verfahrenen Situation. Ja, genau das ist sie. Verfahren. So etwas passiert mir sonst nie.

Ich mache Pläne und setze sie um. Ich bin allen anderen immer drei Schritte voraus. Deshalb bin ich da, wo ich heute bin. Anders geht es nicht, wenn man vorankommen will, aber ich hätte Dinge vorhersehen müssen. Ich hätte wissen müssen, dass ich es nicht langsam angehen kann, wenn sie mir so nah ist. Ich habe es vermasselt und bin zu früh eingestiegen.

»Du siehst fertig aus«, sagt Ryan und reißt mich aus meinen Gedanken. Er kommt in den Raum geschlendert und lässt sich auf den Stuhl vor meinem Schreibtisch fallen.

»Paige wird nicht länger mit uns zusammenarbeiten«, entgegne ich und lehne mich vor. Seine Bemerkung ignoriere ich.

»Mit mir hat sie noch nie wirklich zusammengearbeitet.«

»Ich werde sie nicht feuern, also sprich es gar nicht erst aus.« Mein Blick ist hart und unnachgiebig, was bei den meisten Leuten funktioniert, aber er bleibt davon völlig unbeeindruckt. Ich bin mir nicht sicher, ob Ryan sich überhaupt von irgendetwas einschüchtern lässt. Aber das ist einer der Gründe, warum ich ihn als Leiter meiner Sicherheitsabteilung beschäftige. Einer der vielen Gründe.

»Das verlange ich gar nicht«, erwidert er lässig, als wäre es ihm gleichgültig, dass er jemanden in seinem Team hat, den er nicht kontrollieren kann. Das ist ungewöhnlich für ihn. Normalerweise reicht ein Fehler und du bist raus. Ein Teil unserer Vereinbarung, als ich ihn eingestellt habe, war, dass er selbst aussuchen durfte, wer für ihn arbeitet. Er entschied, wer kam und wer ging. Ich dachte, ihn dazu zu bringen, Paige einzustellen, würde auf einen Kampf hinauslaufen – einen, den ich zwar gewinnen würde, aber dennoch.

»Außerdem kann ich ja wohl kaum deine Schwester feuern, oder?«

Ich antworte nicht, sondern lehne mich wieder zurück. Es ist nicht allgemein bekannt, dass Paige meine Schwester ist. Ehrlich gesagt, wusste ich selbst nichts von ihr, bis Ryan mich darüber informierte.

Anfangs war ich sauer, als ich von ihr erfahren habe. Dann habe ich genauer hingesehen. Sie hasste ihn genauso sehr wie ich. Der Feind meines Feindes ist mein Freund. Und in diesem Fall auch noch ein Teil der Familie.

»Es ist besser, sie hierzubehalten.« Er wendet den Blick ab und kurz sehe ich etwas in seinen Augen aufblitzen.

»Sieht so aus.« Ich stehe auf, gehe zur Bar und schenke mir einen Drink ein. Ich halte ihn Ryan einladend hin, doch er schüttelt den Kopf.

»Weißt du, alle zehn Sekunden schaust du zum Monitor. Ich meine ja nur, für den Fall, dass du dich fragst, ob man dir etwas anmerkt. Aber ich schätze, das ist dir egal, so wie du sie während des gesamten Meetings heute Morgen angestarrt hast.«

Ich stürze meinen Drink herunter und knalle das Glas heftiger auf die Bar als beabsichtigt. »Du solltest sie beobachten, nicht mich«, entgegne ich.

Ein Teil von mir will die ganze Welt wissen lassen, dass sie mir gehört. Ein anderer Teil will das nicht. Im Moment achten die Leute noch nicht drauf, aber wenn das Geraune losgeht, werden sich alle umschauen. Alle werden meine Mallory ansehen. Das kommt ohnehin auf mich zu, also könnte ich das einfach schnell hinter mich bringen. Nun ja, sobald sie mich lässt. Ich habe ihr Zeit und Raum versprochen. Es wird mich meine ganze Kraft kosten, ihr das zu geben, aber für sie tue ich es.

Für sie würde ich alles tun … außer, sie aufzugeben. Was mich wieder in die Gegenwart zurückholt.

»Paige wird uns nicht mehr helfen«, wiederhole ich erneut. »Darauf müssen wir vorbereitet sein. Ich weiß, sie wird sie im Auge behalten, mich aber nicht mehr informieren. Verdammt, seit ihrer Ankunft in New York hat sie das ohnehin nicht mehr getan.«

»Bin schon dran. Ich werde sicherstellen, dass wir sie beobachten, wenn sie nicht in ihrer Wohnung oder im Büro ist. Aber, Sir, das würde ich gerne Jordan übertragen. Ich sollte mich um dich kümmern. Du bist einem höheren Risiko ausgesetzt und …«

»Nein«, unterbreche ich ihn. Für mich mag es riskanter sein, aber Mallory ist wichtiger. Ryan ist der Beste, deshalb will er auf mich aufpassen. Ich hingegen will den Besten für Mallory. Ohne sie würde ich nicht überleben. Falls ihr etwas zustößt, bin ich erledigt. Das sage ich Ryan nicht, weil es verdammt verrückt ist und ich das weiß. Er glaubt ohnehin schon, dass ich langsam den Verstand verliere. Ich will, dass er tut, was ich von ihm verlange.

»Willst du damit sagen, dein Team ist nicht gut genug?« Ich schaue ihn an und sehe, wie er den Kiefer anspannt. Niemand ist pingeliger als Ryan, wenn es um seine Arbeit geht.

»Ich sehe zu, dass ich immer alles über sie weiß.« Er steht auf und ich nicke ihm zu, als er den Raum verlässt. Dann schaue ich zurück zum Bildschirm. Paige ist immer noch nicht herausgekommen und ich denke, das wird sie auch nicht mehr.

Ich gehe zur Couch, ziehe meine Schuhe aus und knöpfe mein Hemd auf, um mich hinzulegen. In mein Schlafzimmer will ich nicht gehen. Das Bett ist nach unserer Liebesnacht noch ungemacht. Ich bin mir nicht sicher, wie ich reagieren würde, wenn ich ihren Duft an den Laken riechen würde – oder schlimmer noch, wenn er verflogen wäre.

Ich denke an die Szene heute im Waschraum zurück. Ich habe auf den perfekten Moment gewartet, um sie abzufangen. Ryan hatte mir gesagt, sie sei auf dem Weg zurück zu ihrem Arbeitsplatz, und ich musste mit ihr reden. Nur eine kleine Kostprobe, um die Anspannung etwas zu mildern. Vor allem, nachdem ich gesehen habe, wie der kleine Mistkerl, der in dem Meeting neben ihr saß, sie angeschaut hat. Ich muss daran denken, mir von Ryan seine Akte geben zu lassen.

»Zeit«, hat sie gesagt, nachdem sie mich geküsst hat. Und sie *hat* mich geküsst. Vielleicht habe ich ihren Mund berührt, aber sie ist ebenso hungrig darauf eingestiegen. Ich war schließlich da. Ich weiß, dass sie es gefühlt hat. Das war ich keineswegs alleine.

Sie wird bekommen, wonach sie verlangt hat, dennoch werde ich tun, was ich von Anfang an vorgehabt habe: ihre Aufmerksamkeit zu erregen und mit ihr ausgehen. Dafür sorgen, dass sie sich langsam in mich verliebt. Das wird verdammt schwer, nachdem ich viel zu übereilt losgelegt habe. Jetzt weiß ich, wie es ist, sie in meinem Bett und unter mir zu haben, wo sie hingehört. Wie sie die Beine für mich spreizt, während ich in ihr komme, ohne je meine Lippen von ihrem Körper zu lösen.

Bei dieser Erinnerung zuckt mein Schwanz. Ich ziehe meine Hose aus und denke darüber nach, wie ich sie das nächste Mal zu mir hole. Vielleicht fessele ich sie dann ans Bett, damit sie nicht mitten in der Nacht verschwinden kann. Ich werde zwischen ihre Beine krabbeln und mein Gesicht dort vergraben.

Ich werde dafür sorgen, dass sie mich anbettelt, sie zu lecken, bis sie mich anfleht, damit aufzuhören. Bis sie sich nicht mehr bewegen kann, weil ich sie mit meiner Lust erschöpft habe.

»Mallory.«

Ich stöhne ihren Namen, während mir die erotischen Bilder durch den Kopf gehen und mein Sperma auf meinem Bauch landet.

»Fuck«, rufe ich und setze mich auf.

Ich werde das niemals schaffen.

22. Kapitel

Mallory

Dienstag

»Eine Lieferung für Ms. Mallory Sullivan.«

Ich drehe mich um und sehe einen Mann in unserem Büro stehen, der einen Strauß blassrosafarbener Pfingstrosen in der Hand hält. Skyler steht auf, beugt sich über die Trennwand und stößt einen kleinen Pfiff aus.

»Gleich hier«, sagt sie und zeigt auf mich. Leicht geschockt stehe ich auf.

Ich nehme ihm die Blumen ab und muss ein Formular unterschreiben, dann salutiert er kurz und geht.

Die Hitze steigt mir in die Wangen, als ich mich wieder umdrehe und die Blumen auf meinen Tisch stelle. Zwischen ihnen steckt ein kleiner Umschlag. Ich ziehe ihn heraus und sehe, dass Skyler erwartungsvoll hinüberschaut. Ich hebe eine Augenbraue und sie verdreht die Augen, lacht und lässt mir etwas Privatsphäre.

Gestern Abend haben Paige und ich uns noch ein wenig unterhalten, bevor ich ins Bett gegangen bin und so gut geschlafen habe wie seit Tagen nicht mehr. Es war nicht ansatzweise so gut wie in der gemeinsamen Nacht mit Oz, aber allemal besser, als wie ein Zombie herumzulaufen. Mein Handy habe ich ausgeschaltet gelassen, weil ich noch nicht wirklich bereit bin, mit ihm zu reden. Ich muss die Dinge noch durchdenken und einen klaren Kopf bekommen. Doch ich schätze, Oz hat einen Weg gefunden, mein Schweigen zu umgehen. Zumindest gibt er mir den versprochenen Raum – auf seine Art.

Als ich die Blumen gesehen habe, wusste ich sofort, dass sie von ihm sind. Auch wenn die Karte nicht nötig war, ziehe ich sie dennoch aus dem Umschlag, denn ich möchte sehen, was er zu seiner Verteidigung vorzubringen hat. Seine schöne gleichmäßige Handschrift zu sehen, rührt etwas in mir, doch ich versuche, es zu ignorieren.

Mallory,
nichts ist so bezaubernd wie du.
Ich vermisse deine Schönheit.
Liebe, Oz.

Meine Wangen erröten noch stärker. Ich setze mich und versuche zu überlegen, was ich als Nächstes tun soll. Bedanke ich mich bei ihm für die Blumen? Ich habe noch nie von irgendjemandem Blumen bekommen. Mein Gott, warum muss er so … so … charmant sein? Er macht es mir schwer, wütend auf ihn zu sein, aber ich will an meiner Wut festhalten. Ich kann nicht zulassen, dass er mich einfach so überfährt.

Die Karte stecke ich in meine Handtasche und mache mich wieder an die Arbeit. Ich möchte über meine Antwort nachdenken – und darüber, ob ich überhaupt antworten will.

Wie sich herausstellt, habe ich keine Zeit dafür, denn da wird schon der nächste Strauß geliefert. Dieses Mal ist es ein größeres Arrangement aus lavendelfarbenen Dahlien. Eric schaut auf und fragt, ob ich Geburtstag habe. Skyler verdreht die Augen in seine Richtung. Ich warte, bis ich wieder einen Augenblick für mich habe, bevor ich die Nachricht lese.

Mallory,
nichts ist kostbarer als deine Berührung.
Ich vermisse es, deine Weichheit zu spüren.
Liebe, Oz

Ich nehme mein Handy und drücke es ganz fest. Ich möchte es einschalten und ihm schreiben, aber ich weiß, dass ich stark bleiben muss. Dieser Mann hat mich angelogen und ich brauche ein wenig Abstand, um darüber nachzudenken, was ich will. Stattdessen tut er Dinge, die mich nach und nach schwach werden lassen; ich weiß es und ein kleiner Teil von mir möchte erfahren, was er als Nächstes tun wird.

Die nächste Blumenlieferung kommt eine Stunde später und so geht es den ganzen Tag über weiter. Ich verteile sie in der gesamten Abteilung, damit nicht meine gesamte Arbeitsfläche zugestellt ist. Die Leute stellen Fragen, aber Skyler hilft mir. Sie sagt, es wäre ein Witz, und die Leute zucken mit den Schultern

Immer wieder treffen Nachrichten ein und ich behalte jede einzelne davon. Jede lässt mich mehr und mehr dahinschmelzen und meine Wut kleiner werden. Er schickt rote Tulpen, pfirsichfarbene Frangipani, Veilchen, Hortensien und einen Strauß mit Muschelblumen. Jedes Arrangement ist wundervoll und besonders. Es sind keine gewöhnlichen Blumen – jede von ihnen sieht aus, als wäre sie handverlesen. Tief im Herzen weiß ich, dass er das auch getan hat.

Schließlich, kurz vor Feierabend und hoffentlich nach der letzten Lieferung, schalte ich mein Handy ein und schicke ihm eine kurze Nachricht. Ich weiß nicht, ob ich für mehr schon stark genug bin.

Ich: Danke. Für alle. Sie waren überwältigend schön.

Seine Antwort kommt sofort. Als hätte er den ganzen Tag gewartet – was er womöglich auch getan hat.

Oz: Du verdienst noch Tausende mehr.

Ich: Ich wüsste nicht, wo ich sie hinstellen sollte.

Ich lächle und es fühlt sich gut an. Mein Gott, wie gerne möchte ich ihm vergeben und mich in seine Arme stürzen. Aber ich habe um Abstand gebeten und das muss ich jetzt auch einhalten.

Oz: Ich würde dir ein Schloss bauen, wenn du mich nur darum bitten würdest.

Ich: Vielleicht eines Tages.

Ich beiße mir auf die Lippe. Das hätte ich vermutlich nicht schreiben sollen. Verdammt. Ich muss stärker sein, sage ich mir, aber das ist schwer, wenn einem jemand das Gefühl gibt, so wichtig zu sein. Seufzend lege ich mein Telefon zurück in die Tasche. Die Blumen beschließe ich im Büro zu lassen, dann habe ich länger etwas von ihnen. Auf dem Weg nach draußen treffe ich Paige in der Lobby. Zwar brauche ich sie nicht für den Heimweg, aber es ist nett, wieder einmal mit ihr gemeinsam nach Hause zu gehen.

Dort angekommen, holt sie ihren Schlüssel heraus und öffnet die Tür.

»Heilige Scheiße«, sagt sie und ich versuche, an ihr vorbeizuschauen.

Der Duft steigt mir schon in die Nase, bevor ich erkennen kann, was sich hinter ihr befindet. Erst als sie zur Seite tritt, sehe ich es.

»Er hat gesagt, dass ich Tausende mehr verdient habe«, flüstere ich und schaue mich im Raum um.

Auf jeder freien Oberfläche stehen Blumen. Fassungslos stehe ich da und spüre, wie mir Tränen in den Augen brennen. Der Mann hinter dem Vorhang wird nicht so leicht aufgeben.

Mittwoch

»Lieferung für …«

»Hier.« Skyler steht auf und schaut über unsere Trennwand.

Ich lege meine Handtasche weg und drehe mich um. Keine zehn Minuten bin ich hier und es geht schon wieder los? Als ich den Mann dort ohne Blumen stehen sehe, bin ich kurz verwirrt.

»Mallory Sullivan?«, fragt er.

Ich nicke und warte.

»Wenn Sie bitte hier unterschreiben mögen?«

Der Kurier reicht mir ein kleines Klemmbrett und ich unterschreibe für was auch immer er mir gleich geben wird. Er nimmt das Formular wieder an sich und reicht mir eine länglich schmale schwarze Schachtel mit einer elfenbeinfarbenen Schleife. Es ist ein seltsames Format, doch ich nehme sie mit zu meinem Tisch und setze mich. Als ich aufschaue, höre ich Skyler seufzen und sehe, wie sie hinter der Trennwand verschwindet. Dann kommt Eric – wieder einmal zu spät – und ich warte, bis auch er sich hingesetzt hat.

Dann öffne ich die Schleife und hebe den Deckel von der Schatulle. Ich sehe einen Bogen Papier und einen Stift, lese die Nachricht und schaue auf. Der Kurier steht immer noch da. Und dann lache ich. Es ist das erste Mal seit Tagen, dass ich lache, und es fühlt sich fremd, aber gut an.

Ich lese die Nachricht noch einmal und überlege, ob ich

mitspielen soll, aber ich muss grinsen und kann das aufgeregte Flattern in meinem Magen nicht leugnen. Es ist schön, nicht mehr so traurig zu sein, und ich will diesen Moment in mich aufsaugen, auch wenn ich immer noch wütend auf Oz bin. Ich sage mir, dass das hier für mich und nicht für ihn ist. Dann nehme ich den Stift in die Hand, tue, was in der Nachricht steht, lege das Papier wieder in die Schachtel, binde die Schleife und reiche alles dem Boten. Er nimmt es an und dreht sich auf dem Absatz um.

Auf dem Zettel waren ein Galgenmännchen, darunter Leerzeichen. Oz meinte, er wolle ein Spiel mit mir spielen, und auch wenn es lächerlich klingt, war es unglaublich charmant. Ich konnte nicht anders, als noch etwas mehr dahinzuschmelzen. Langsam, aber sicher löst er den Ärger auf, an dem ich mich versuche festzuhalten.

Ich widme mich wieder meiner Arbeit, vertreibe Oz aus meinen Gedanken und beschäftige mich. Ungefähr eine Stunde später ist der Bote mit derselben Schachtel wieder da. Ich unterschreibe erneut und er wartet, während ich die Schleife aufmache und die Nachricht lese.

Der Buchstabe *L*, den ich geraten habe, war falsch. Also versuche ich es dieses Mal mit einem *S* und schicke es mit dem Boten zurück.

Oz und ich spielen den ganzen Tag. Jedes Mal, wenn ich einen falschen Buchstaben aufgeschrieben habe, fügte er dem Galgenmännchen ein weiteres Stück hinzu. Wenn ich einen richtigen Buchstaben wählte, schrieb er ihn an die entsprechenden Stellen.

Kurz vor fünf kommt die Schatulle zum letzten Mal und ich löse das Rätsel.

EIN TRAUM IST EIN WUNSCH DEINES HERZENS

Ich hatte die Auflösung schon lange vor der Mittagspause erahnt, aber wer beendet schon freiwillig so ein Spiel? Den ganzen Tag über habe ich gelächelt und mich so leicht gefühlt wie schon seit Tagen nicht mehr.

Als ich nach Hause komme, haben wir eine Lieferung von diesem großartigen Italiener erhalten. Paige und ich essen, bis wir uns nicht mehr rühren können. Sie fragt nicht, von wem es ist. Wir wissen es beide.

Donnerstag

Langsam werde ich weich. Aber ich habe es lange hinausgezögert. Gestern habe ich ihm den ganzen Tag über weder eine Textnachricht noch eine E-Mail geschickt, obwohl mir danach war. Ich setzte zwar an, brach aber jedes Mal wieder ab. Im Moment habe ich das Gefühl, mehr mit mir selbst zu kämpfen als mit Oz. Daher kann ich auch noch etwas länger warten. Jedes Mal versuche ich, mir in Erinnerung zu rufen, warum ich sauer auf ihn bin, doch letztendlich verteidige ich ihn. Vielleicht liegt es an dem, was Paige mir erzählt hat. Oz wollte mich immer nur beschützen. Das mochte bisher noch niemand für mich tun. Ich kann es kaum erwarten zu sehen, was er heute für mich auf Lager hat.

Ich sitze an meinem Schreibtisch und trinke gerade Kaffee, als eine Frau im schwarzen Anzug auf mich zukommt.

»Ms. Sullivan?«

Etwas nervös nicke ich und frage mich, ob ich in Schwierigkeiten stecke. Sie holt einen Umschlag heraus und reicht ihn mir. Dann geht sie wieder.

»Ein weiteres Spiel?«, fragt Skyler, als sie an meinem Schreibtisch vorbeigeht.

Ich lächle, wende mich von ihr ab und öffne den Umschlag. Darin finde ich zwei Bögen Pergamentpapier und dazwischen ein gepresstes vierblättriges Kleeblatt.

Das Kleeblatt sieht alt aus, ist aber perfekt erhalten. Ich schaue noch einmal in den Umschlag und finde eine Nachricht, die ich beim ersten Mal übersehen habe.

Ich ziehe sie heraus, sehe Oz' wunderschöne Handschrift und fange an zu lesen.

Meine Mallory,
das erste Mal gesehen habe ich dich vor langer Zeit. Ich würde dir gerne von diesem Tag erzählen und von allen weiteren Tagen bis zu unserem Kennenlernen. Wenn du dazu bereit bist, werde ich das auch, bis dahin möchte ich aber, dass du das hier an dich nimmst.
Dieses Kleeblatt habe ich an dem Tag gefunden, als ich dich erstmals gesehen habe. Seitdem habe ich es in meiner Brieftasche bei mir getragen. Ich hatte das Gefühl, es wäre ein Zeichen für die Dinge, die uns bevorstehen. Ich dachte, wenn ich alles richtig machte, könnte ich dich eines Tages haben.
Wenn du das Gebäude auf der Südseite verlässt, findest du in der Nähe einen kleinen Garten. Geh dorthin, wenn du heute einen Moment Zeit hast. Ich habe etwas für dich.
Liebe, Oz.

Ich lege das Kleeblatt wieder vorsichtig zwischen das Pergamentpapier und hole mein Portemonnaie heraus. Hinter meinem Führerschein ist noch ein leeres Fach, dort schiebe ich es hinein. Es ist, als hätte dieser Platz auf das Kleeblatt gewartet, und irgendwie macht es mich glücklich, es zu haben. Auch wenn es albern ist.

Ich kann nicht aufhören zu lächeln, aber ich habe auch einen Kloß im Hals. Dieser Mann bedeutet mir so viel und es macht mir zu schaffen, wütend auf ihn zu sein. Schlimmer noch, jetzt frage ich mich, wie sehr es auch ihm zu schaffen macht. Meinetwegen geht es uns beiden schlecht.

Ein paar Stunden später fragt Skyler, ob wir zusammen in die Mittagspause gehen wollen, aber ich habe schon etwas anderes vor. Ich muss diesen Garten finden und sehen, was dort ist.

An der Sicherheitskontrolle gehe ich vorbei zum rückwärtigen Teil des Gebäudes. Dort schaue ich mich nach einem Ausgang um. Ich sehe einen Wachmann mit einem Knopf im Ohr und als ich mich nähere, öffnet er eine verborgene Tür, von deren Existenz ich keine Ahnung hatte. Hat der Mann den ganzen Tag auf mich gewartet? Ich frage mich, ob er wohl auch bis zum Einbruch der Nacht gewartet hätte.

Als ich durch die Tür trete, sehe ich einen gewundenen Steinpfad, der von einer hölzernen Pergola überspannt wird. Üppige Glyzinien ranken sich an ihr hoch und werfen Schatten, die von lilafarbenen Farbtupfern unterbrochen werden. Trotz der in New York herrschenden Hitze ist es hier im Garten kühl. Es weht sogar eine leichte Brise.

Der Pfad führt um eine weitere Kurve und ich folge dem offenbar langen Weg, bis ich schließlich um die letzte Ecke biege.

Am Ende angekommen, schaue ich mich um und schlage erschrocken die Hand vor den Mund. Es ist wirklich wunderschön. Der Weg endet an einer großen, runden Rasenfläche. Darauf steht eine Holzbank mit einem Tisch davor, auf dessen Leinendecke ein Lunch für eine Person gedeckt ist. Es gibt Bäume, die eine niedrige Steinmauer umgeben, und an der Seite einen kleinen Wasserfall. Es ist unglaublich friedlich, absolut abgeschieden und so unfassbar schön. Ich höre nicht einmal den Lärm der Stadt, obwohl ich draußen bin. Als ich das dichte grüne Gras sehe, beschließe ich, meine Schuhe auszuziehen. Ich trete einen Schritt vor und erst da fällt mir auf, dass der Rasen fast nur aus Kleeblättern besteht, die in der Brise tanzen. Lächelnd gehe ich zum Tisch.

Bevor ich mich setze, bemerke ich, wie ein Sonnenstrahl auf eine goldene Plakette im Holz fällt. Ich lese sie.

Für Mallory.
Alles immer nur für sie.

Ich streiche mit dem Daumen über die Wörter und atme tief ein, um meine Gefühle unter Kontrolle zu bekommen. Dann sehe ich mich in dem geheimen Garten um und versuche, alles in mich aufzunehmen. Er hat so viel für mich gemacht, von dem ich nichts gewusst habe, und ich frage mich, ob mich das ärgern sollte. Die größte Überraschung für mich ist, dass dieser Ort nicht neu ist. Es gibt ihn schon eine ganze Weile. Keine Ahnung, wie lange genau. Ich weiß nur, dass so etwas nicht über Nacht entstanden ist.

Meine Mittagspause verbringe ich im Garten, genieße das Essen und lausche dem Wasserfall. Ich denke an Oz und frage mich, wie oft er an genau dieser Stelle gesessen und an mich gedacht hat.

Freitag

Seit zwei Stunden bin ich jetzt bei der Arbeit. Ich muss zugeben, ich bin ein bisschen enttäuscht, dass es bisher keine neuen Lieferungen gegeben hat. In den letzten achtundvierzig Stunden habe ich auf keine einzige seiner Nachrichten reagiert. Einen Moment lang fürchte ich, dass er aufgegeben hat, aber ich schiebe den Gedanken schnell beiseite. Ich weiß, dass er das nicht tun wird, und das ist unglaublich tröstlich, es gibt mir ein sicheres Gefühl. Ich vertiefe mich in die Berichte und schaue erst auf, als ich ein leises Summen höre.

Ein Mann in einer gestreiften Weste und mit Strohhut bläst in ein Stimmgerät. Ich schaue mich um und sehe, dass er von drei weiteren Männern begleitet wird.

»Oh mein Gott«, sage ich, als das Barbershop-Quartett zu singen anfängt.

Alle aus der Abteilung kommen herüber und mein Gesicht ist vermutlich so rot wie ein Feuerlöscher. Zu allem Übel singen sie »Call Me Maybe« von Carly Rae Jepsen in der A-capella-Version. Gäbe es in der Nähe ein Loch, würde ich mich dort verkriechen und vor Scham sterben.

Doch während sie noch weitersingen, fange ich wieder an zu lachen. Ich kann nur noch an Oz denken und daran, wie oft er mich im Laufe der Woche zum Lächeln gebracht hat, trotz meines Ärgers.

Nachdem die Jungs tosenden Beifall von der gesamten Abteilung erhalten haben und gegangen sind, machen wir uns alle wieder an die Arbeit. Ich habe erneut mein Handy in der Hand und überlege, was ich schreiben soll, als ich wieder ein Summen höre.

»Oh Gott!« Ich schlage die Hände über dem Kopf zusammen, als ein weiteres singendes Telegramm loslegt.

Den ganzen Freitag über kommen Leute und singen für mich. Einer steckt in einem Gorillakostüm und imitiert Britney Spears. Es ist völlig irre und ich bin zutiefst peinlich berührt. Gleichzeitig muss ich es ihm lassen, der Mann weiß, was er tut.

Ein Anruf wird dieses Mal nicht reichen, das weiß er. Ich muss ihn sehen.

23. Kapitel

Mallory

Ich atme tief durch und versuche, meine zittrigen Knie ruhig zu halten. Meine Hand drücke ich fest auf den Magen, um das Flattern darin unter Kontrolle zu bringen.

Ich drücke den Knopf für das oberste Stockwerk und wappne mich. Das hier wird nicht leicht werden, aber ich muss mich zusammenreißen.

Als sich die Fahrstuhltür zur Vorstandsetage öffnet, steige ich aus und sehe eine junge Frau hinter einem großen, auf Hochglanz polierten Holztisch sitzen.

Sie hält den Kopf gesenkt und schreibt hektisch in ein Notizbuch. Ihr ist nicht einmal aufgefallen, dass der Fahrstuhl gekommen ist oder dass jemand vor ihrem Tisch wartet. Ich räuspere mich und sie springt beinahe von ihrem Stuhl auf, drückt das Notizbuch an die Brust und packt es sofort weg.

»Äh, sorry. Hi«, sagt sie nervös und schiebt die Brille nach oben. »Willkommen. Kann ich Ihnen helfen?« Sie hat sich wieder gefangen und richtet sich auf.

»Ich möchte gerne zu Miles«, sage ich und merke, dass ihre Reaktion mich etwas beruhigt hat. Ich weiß nicht, worauf ich gefasst war, aber gewiss nicht auf das hier. Ich glaube, ich habe eine alte, strenge Assistentin oder eine junge heiße Blondine erwartet, aber diese Frau wirkt auf bezaubernde Art nerdig.

»Haben Sie einen Termin?« Sie wendet sich ihrem Computer zu und überfliegt den Monitor.

»Nein. Können Sie ihm sagen, dass Mallory hier ist?«, versuche ich es. Wenn er weiß, dass ich es bin, kann er sich vielleicht etwas Zeit für mich nehmen.

»Ms. Mallory Sullivan?«, fragt die Assistentin.

Als ich nicke, steht sie auf und stößt dabei fast ihren Stuhl um. »Bitte hier entlang.« Sie klingt gehetzt, als sie mich zu einer großen, reich verzierten Doppeltür führt. Sie klopft kurz an, bevor sie die Tür öffnet, und sagt: »Mr. Osbourne, Ms. Sullivan ist hier.«

Ich gehe um sie herum und sehe Miles am anderen Ende des Raumes. Langsam steht er auf, fast, als wäre er geschockt, mich hier zu sehen.

»Danke, Jay. Bitte sorgen Sie dafür, dass ich ungestört bin«, sagt er, ohne den Blick von mir zu nehmen.

»Ja, Sir«, erwidert sie und schließt die große Tür hinter uns.

Ich höre, wie das Schloss einrastet, und sehe Oz aus zusammengekniffenen Augen an. Er hält eine Fernbedienung in der Hand und zuckt mit einer Schulter, als wüsste er, dass er verrückt ist. Aber entweder kann er nicht anders oder er kann nicht damit behelligt werden, sich Gedanken über sein Verhalten zu machen. Er macht einen Schritt auf mich zu, überlegt es sich dann jedoch anders und bleibt stehen.

Ein betretenes Schweigen trat ein, erfüllt mit lauter unausgesprochenen Worten.

Nach einer gefühlten Ewigkeit, die tatsächlich wohl so lange dauerte wie ein Herzschlag, beschließe ich, dass ich das Wort ergreifen muss.

»Ich danke dir.«

»Gern geschehen.«

»Du weißt ja nicht einmal, wofür ich mich bedanke«, erwidere ich und lache kurz auf.

»Wenn ich etwas getan habe, das dich glücklich gemacht hat, hoffe ich, es wieder tun zu können. Sehr oft sogar.«

Wie ermutigt von meinen Worten, kommt er hinter seinem Tisch hervor und bleibt vor mir stehen. Er ist nicht so nah, dass ich ihn berühren kann, aber das hat noch nie eine Rolle gespielt. Wir könnten auf verschiedenen tektonischen Platten stehen und ich würde seine Anwesenheit trotzdem spüren.

»Die gesungenen Telegramme waren etwas übertrieben«, sage ich fast anklagend. Ein Lächeln kann ich mir dennoch nicht verkneifen, als ich an all die verkleideten Menschen denke, die heute für mich gesungen haben.

»Ja.« Er leugnet nicht, dass das unangemessen war. An seinen Augenwinkeln bilden sich kleine Fältchen und er schenkt mir das Lächeln mit den Grübchen, die ich so vermisst habe.

»Ich dachte, der Mann hinter dem Vorhang sollte geheimnisvoll sein.«

Endlich löse ich den Blick von seinen durchdringenden Saphiraugen, weil ich fürchte, wenn ich ihn noch eine Sekunde länger anschaue, lande ich in seinen Armen. Ich muss stark bleiben. Wir müssen über alles reden.

»Ich denke, über das Geheimnisvolle sind wir hinaus, Mallory. Ich glaube, wir haben den Punkt erreicht, an dem es zwischen uns keine Geheimnisse mehr geben sollte.«

Ich schaue mich in seinem Büro um und sehe, dass die Fenster hinter ihm einen wunderschönen Ausblick über die Stadt bieten. Ansonsten ist kaum etwas in diesem Raum. Zu meiner Linken steht ein Bücherregal und zu meiner Rechten ein riesiger Fernseher. Der Bildschirm ist in mehrere Sektionen unterteilt, in jedem laufen Aktienkurse und Investmentsendungen durch.

»Der Garten war wunderschön«, flüstere ich und sehe überallhin, nur nicht zu ihm.

Er tritt vor und sein Duft trifft mich. Warmer Bernstein und Honig umhüllt mich wie eine tröstende Umarmung, von der ich nicht gewusst hatte, dass ich sie brauche.

»Ich möchte dir davon erzählen. Von allem. Lass es mich erklären, Mallory. Bitte.«

Noch immer berührt er mich nicht, wofür ich ihm dankbar bin. Denn ich bin mir nicht sicher, ob ich stark genug wäre, ihn wieder von mir zu stoßen. Ich merke, dass er selbst mit sich kämpft, sehe die Anspannung in seinen Schultern. Er hat die Fäuste geballt, während er versucht, ruhig und gelassen zu wirken, aber inzwischen kann ich ihn besser einschätzen. Ich sehe, dass er sich für mich zurückhält. Ich habe ihn so sehr vermisst. In den letzten Tagen nicht mit ihm zu reden, hat mich innerlich ausgehöhlt. Ein Teil von mir fehlt.

»Oz.« Ich spreche seinen Namen aus, habe aber keine Ahnung, was ich danach sagen will. Nimm mich? Lass mich in Ruhe? Hör auf mit dem Mist und hilf mir zu verstehen?

Ich schaue auf und sehe den Schmerz in seinen Augen. Ich hasse es, das zu sehen, denn egal, was ich mir eingeredet habe, mir liegt viel an diesem Mann und es tut mir weh, ihn verletzt zu sehen. Wie kann ein Mann, der mich kaum kennt, mich so lieben? Meinetwegen kämpft er so mit sich. Das ist verrückt! Ich will schreien, dass es auch total unmöglich ist und er sich zusammenreißen soll. Aber dann schaltet sich mein Herz ein und ich kann es nicht. Ich weiß, dass das, was er fühlt, keine einseitige Geschichte ist, aber ich weiß nicht, was ich mit all diesen Emotionen anfangen soll.

»Nur ein Dinner, Mallory. Bitte.«

Ich atme aus und nicke. Wenn ich Antworten haben will, muss ich ihn anhören. Noch nie habe ich etwas so sehr gewollt wie ihn und dieses Gefühl verschwindet einfach nicht. Er hat mir auf seine Weise die Zeit gegeben, um die ich gebeten habe, und nichts hat sich verändert. Ich will die Wahrheit und um die zu erfahren, müssen wir reden.

»Okay. Dinner. Samstagabend. Du kannst mich um sechs Uhr an meiner Wohnung abholen.«

Er sieht aus, als wolle er noch etwas sagen. Vermutlich will er mich drängen, dass wir uns schon heute Abend treffen, aber ich will die Oberhand behalten, solange ich noch kann. Wenn ich nachgebe, werde ich nie wieder etwas zu sagen haben, also will ich verdammt noch mal sicher sein, dass, wenn es so weit ist, ich auch wirklich bereit dazu bin.

Oz ballt die Hände noch fester und sein Kiefer zuckt, aber er nickt. »Okay, morgen Abend um sechs.«

»Danke«, sage ich. Die Anspannung in meinem Körper lässt nach. Als könnte ich jetzt, wo wir etwas vereinbart haben und er nicht versucht hat, mir zu widersprechen, wieder lockerlassen.

Er lockert seine Fäuste und macht den Anschein, als würde er die Hand nach mir ausstrecken, doch dann lässt er sie fallen. Die Luft zwischen uns ist aufgeladen.

Statt also der Flamme nachzugeben, die in meinem Inneren brennt, trete ich einen Schritt zurück und noch einen, bis ich mit dem Hintern gegen die große Tür in meinem Rücken stoße. Ich drehe mich um und will sie öffnen, habe aber vergessen, dass sie abgeschlossen ist. In dem Moment spüre ich, wie Oz seinen Körper an meinen drückt, wie sein Duft in meine Lungen eindringt und mich umhüllt, wie ich es mir seit Tagen vorgestellt habe. Ich wusste gar nicht, dass man einen Duft vermissen kann.

Er küsst mich sanft auf den Hals. Ich neige den Kopf und ergebe mich dem, was wir beide wollen. Bevor ich überhaupt noch einmal Luft holen kann, dreht er mich herum und mein Rücken berührt wieder die Tür.

»Ich gebe dir Zeit bis Samstag, aber du musst mir etwas geben, damit ich es bis dahin aushalte.« Er drückt seinen Mund auf meinen, bevor ich noch fragen kann, was er will. Er nimmt es sich einfach. Verlangt von meinen Lippen, sich für ihn zu öffnen, und sie tun es. Ich glaube langsam, mein Körper gehört mehr ihm als mir.

Ich stöhne an seinem Mund und er verschlingt meine Leidenschaft, als könne er nicht genug davon bekommen. Schließlich löst er sich von mir und wir sind beide atemlos. Ich bin ganz benebelt von dem Kuss.

»Geh jetzt, sonst verlässt du diesen Raum nie mehr.«

Oz greift in seine Hosentasche und ich höre, wie das Schloss aufspringt. Er lässt mich gehen und aus irgendeinem Grund zerrt das an meinem Herzen.

»Morgen«, sagt er und eine Sekunde lang klingt es wie eine Drohung. Doch noch während ich das denke, wächst meine Vorfreude.

24. Kapitel

Mallory

Als ich an meinen Schreibtisch zurückkomme, sehe ich einen mittelgroßen weißen Umschlag darauf liegen und denke sofort, dass er von Oz ist.

»Paige hat mich gebeten, ihn dir zu geben«, sagt Skyler und schaut interessiert auf den Umschlag. »Okay, vielleicht hat sie mich im Waschraum überfallen und ihn mir aufgezwungen.«

Ich lache und stelle mir vor, wie Paige im Waschraum auf den perfekten Moment wartet. Ich nehme das Päckchen in die Hand und reiße es auf. Ein billig aussehendes Handy rutscht heraus. Auf dem Bildschirm ist eine Textnachricht zu sehen.

Red Bull Hure: Operation Rote Schuhe läuft, Dorothy.

Ich muss lachen.

»Sie hat dir ein Telefon besorgt?« Skyler sieht mich irritiert an, denn es handelt sich eindeutig um eines dieser Billig-Handys, die man an der Tankstelle oder so kaufen kann.

Ich beuge mich leicht vor und flüstere: »Wir gehen heute Abend aus.«

Bestimmt hält sie mich für verrückt. »*Simon's Wine Bar*. Vier Blocks die East Street hoch.« Ich nicke vermutlich in die falsche Richtung. So ganz habe ich New York immer noch nicht auf dem Schirm.

»Alle anderen treffen sich wie immer in *Marie's Yacht Club*«, sagt sie.

Ich schüttle den Kopf.

»Ich will nicht sein, wo alle sind«, gestehe ich, weil ich weiß, dass Oz uns innerhalb von Sekunden gefunden haben würde. Wir wollen es ihm ein bisschen schwer machen, indem wir nicht der Masse folgen.

»Ah, ihr wollt dem Boss aus dem Weg gehen. Ich verstehe.« Sie beugt sich auch leicht vor und flüstert: »Ich bin dabei.«

Ich lächle sie an. Ich weiß nicht, warum das so viel Spaß macht. Vielleicht, weil es sich anfühlt, als würde ich mich heimlich hinausschleichen, was ich nie getan habe, weil ich nie jemanden hatte, der sich daran gestört hätte. Der Gedanke, dass ich es jetzt habe, löst ein flatteriges Gefühl in meinem Magen aus, aber ich ignoriere es.

Ich antworte Paige.

Dorothy: Ich finde, dein Name sollte Peggy Carter sein. Ich meine ja nur.

Ich muss wieder lachen, als ich sehe, dass sie meinen Namen tatsächlich als Dorothy eingespeichert hat. Ich habe sogar ein kleines Bild. Wenn ich Dorothy bin, sollte sie Peggy sein. Das ergäbe für mich Sinn. Immerhin versuchen wir, Captain America abzuschütteln.

Red Bull Hure: Auf keinen Fall.

Dorothy: Zu spät. Ich habe deinen Namen bereits im Telefon geändert.

Schnell schicke ich ihr ein Foto, das ich im Internet gefunden habe. Es zeigt, wie Captain America Peggy Carter küsst.

Peggy Carter: Grrr … Wie auch immer. Peggy und Captain America kommen am Ende gar nicht zusammen! Sie stirbt und so ’n Mist. Komm mir ja nicht mit diesem Voodoo-Kram.

Dorothy: Na ja, die Möglichkeit besteht, dass wir sterben und so ’n Mist, falls wir heute Abend erwischt werden.

Peggy Carter: Du meinst WENN. Sie finden uns vielleicht nicht, bevor wir wieder zu Hause sind, aber sie werden wissen, dass wir eine Weile verschollen waren.

Dorothy: Macht es mich zu einem schrecklichen Menschen, dass ich es irgendwie kaum erwarten kann, dass Oz austickt?

Ein Teil von mir macht das hier, um ihm zu zeigen, dass ich tun kann, was immer ich will, ob es ihm nun gefällt oder nicht. Er kann mich nicht ständig beobachten. Man könnte es einen Akt der Rebellion nennen, aber ich will mich gegen ihn behaupten.

Peggy Carter: Nein. Lass dein normales Handy am Arbeitsplatz zurück.

Ich hole mein Handy heraus und lege es in die Schreibtischschublade, bevor ich mich hinsetze.

»Wir treffen uns da, wenn meiner Süßen heute danach ist auszugehen«, sagt Skyler, bevor sie an ihren Platz zurückkehrt.

Ich verliere mich ein paar Stunden lang in meiner Arbeit, bevor mein geheimes Handy wieder vibriert.

Auf dem Display sehe ich ein Foto von Captain, der einen Computermonitor betrachtet. Er trägt nicht wie üblich einen Anzug, sondern sieht aus, als wäre er gerade im Fitnessstudio gewesen. Mein Gott, kein Wunder, dass Paige für ihn schwärmt. Er schafft es, so auszusehen, als könne er nicht nur jeden Mann ohne mit der Wimper zu zucken in zwei Teile brechen, sondern sich auch Frauen gegenüber wie ein perfekter Gentleman benehmen, Tür aufhalten inklusive.

Peggy Carter: Sieh ihn dir an. Er weiß nicht mal, dass er mich in wenigen Stunden am liebsten wird umbringen wollen. *boshaftes Lachen*

Ich kichere und dann fange ich an zu lachen.

Dorothy: WARUM IST DAS SO LUSTIG?

Ich kann nicht aufhören zu lachen. Keine Ahnung, warum diese Geheimoperation mich andauernd zum Lachen bringt. Wir hatten schon vor einigen Tagen vor, Freitagabend etwas zu unternehmen, und daraus hat sich langsam diese große Sache entwickelt.

Peggy Carter: Weil sie uns immer zwei Schritte voraus sind und ich ihnen dafür gegen den Hals treten will.

Dorothy: Zeitabgleich, PC.

Peggy Carter: Genau 17:05 Uhr. Ich habe für Captain eine Mission geplant. OPERATION AUSSICHTSLOSE VERFOLGUNG.

Dorothy: Ich will nicht einmal wissen, was genau das ist.

Peggy Carter: …

Dorothy: Okay, ich will es doch wissen.

Peggy Carter: Es könnte sein, dass ich den Portier in unserem Haus gebeten habe, um genau 16.55 Uhr unsere Katze zu füttern.

Dorothy: Wir haben keine Katze.

Peggy Carter: Ich könnte ihm auch den falschen Code für die Alarmanlage gegeben haben.

»Oh mein Gott«, flüstere ich und lache in mich hinein. Ich lege das Telefon weg und stelle mir vor, wie der Alarm losgeht und Captain – vermutlich auch Oz – Panik bekommen, weil sie glauben, jemand würde bei uns einbrechen, während wir bei der Arbeit sind. Zumindest wissen sie, dass wir nicht dort sind, und dass jemand nachsehen sollte.

Ich arbeite weiter, bis es an der Zeit ist, Feierabend zu machen. Skyler fragt, ob ich mit ihr rausgehen möchte, aber ich schüttle den Kopf und sage, dass ich sie hoffentlich später in der Weinbar sehe, nachdem sie mit ihrer Freundin zu Abend gegessen hat.

Ich packe meine Sachen zusammen, lasse bewusst mein Handy hier und nehme nur das mit, das Paige mir besorgt hat. Ich bin ein bisschen enttäuscht, dass ich nach unserem Treffen im Büro nichts mehr von Oz gehört habe, aber ich habe ja gemerkt, wie sehr er sich zurückgenommen hat. Jede Faser seines Körpers hat mir verraten, dass er mich nicht gehen lassen wollte. Dass er das zu Ende bringen wollte, was wir angefangen haben. Und ich weiß, ich hätte es zugelassen. Meine Lippen sind von seinem fordernden Kuss immer noch leicht wund.

Ich fand es großartig, dass er versucht hat, sich zusammenzureißen, aber ein anderer, dunkler Teil von mir wollte, dass er durchdreht. Wie kann sein Handeln mich so wütend machen und mich gleichzeitig so erregen? Es ist, als könnten sich mein Gehirn, mein Herz und meine Vagina nicht auf eines von beidem einigen können.

Um Punkt siebzehn Uhr drücke ich auf den Knopf für den Fahrstuhl. Er braucht nur eine Minute, um in meine Etage zu kommen, hält auf dem Weg in die Lobby aber mehrmals an. Fünf nach fünf steige ich aus, durchquere die Eingangshalle, verlasse das Gebäude und mische mich unter die Passanten. Nach wenigen Schritten werde ich von einer Hand in eine kleine Nische gezogen.

»Ich glaube, wir haben es geschafft«, sagt Paige und strahlt übers ganze Gesicht.

»Bist du sicher?«, frage ich flüsternd und recke den Kopf, um zu sehen, ob uns jemand folgt.

»Ich glaube schon. Captain ist los, bevor du aus dem Fahrstuhl gestiegen bist. Er hat mir gesagt, ich solle mich nicht von der Stelle rühren, und als er ging, hat er Miles angerufen«, erwidert sie ebenfalls flüsternd. Ich mustere sie und lache. Sie trägt eine große Sonnenbrille und einen Trenchcoat.

»Was hast du da an? Und warum flüstere ich? Warum habe ich nicht solche Klamotten?«, flüstere ich weiter, weil ich irgendwie nicht aufhören kann.

»Ich weiß nicht«, antwortet sie fast unhörbar und wir beide brechen in lautes Gelächter aus. Tränen rinnen mir aus den Augenwinkeln. Ich kann mich nicht erinnern, wann ich das letzte Mal so sehr gelacht habe. Es fühlt sich gut an. Normal. Wie wir.

»Gehen wir.« Ich packe ihre Hand und will in Richtung Simon's gehen, aber sie zieht mich in die andere Richtung. Ich würde eine schreckliche Spionin abgeben. Mein Orientierungssinn ist unfassbar schlecht.

»Wo hast du den überhaupt her?« Ich betrachte ihren Trenchcoat. Er ist wirklich süß und wäre mir bestimmt aufgefallen, wenn sie ihn schon länger hätte. Ihr ist er ein wenig zu groß. Was bedeutet, mir würde er perfekt passen.

»In der Mittagspause gekauft. Ich hasse ihn. Du kannst ihn haben. Ich wollte das hier darunter verstecken.« Sie dreht sich um, geht rückwärts und öffnet den Mantel. Die Menschen springen ihr aus dem Weg, damit sie sie nicht umläuft. Unter dem Mantel trägt sie eine enge schwarze Hose, kniehohe schwarze Stiefel und ein enges schwarzes Tank-Top. Sie sieht heiß aus. Heißer, als sie sich normalerweise kleidet.

»Was ist hier los?«, frage ich. Sie dreht sich lächelnd um und zuckt mit den Schultern.

»Vielleicht wollte ich einfach nur gut aussehen. Oder vielleicht wollte ich auch einfach nur mal diese Nummer mit dem Aufschlagen des Mantels machen wie im Film.« Sie hebt die Hand, zieht sich das Gummiband aus den Haaren und lässt die glänzenden Wellen auf die Schultern und über den Rücken fallen. Ich löse meine Haare ebenfalls und lockere sie mit den Fingern auf.

»Denkst du etwa daran, einen Mann aufzureißen? Am College hast du immer gesagt, du würdest dich später darum kümmern. Nun ist es irgendwie später.« Vielleicht steckt das hinter ihrem plötzlichen Stilwechsel. Paige lässt ihren Sex-Appeal heraushängen. Das muss sie nicht. Den Männern fällt sie auch so auf.

Erneut zuckt sie mit den Schultern. »Ich weiß es nicht.« Sie schüttelt den Kopf. »Ich sollte mich auf andere Dinge konzentrieren, aber ich würde lügen, wenn ich sagte, dass es mich nicht auch fasziniert, wie Miles dich manchmal ansieht.«

Gemeinsam betreten wir die Weinbar, gehen an der Empfangsdame vorbei und schnappen uns zwei Hocker an der Bar.

»Es macht einen fast ein bisschen süchtig. Jemanden zu haben, der von dir besessen ist. Als wärst du sein Ein und Alles. Das hatte ich noch nie. Erst recht nicht in meiner Kindheit. Ich würde auch lügen, wenn ich sagte, dass mich das nicht irgendwie anzieht.«

»Darf es etwas zu trinken sein?«, unterbricht der ältere Barkeeper unsere Unterhaltung.

»Für mich bitte ein Glas Rosé.« Ich gebe ihm meine Kreditkarte und lasse ihn eine Rechnung für uns aufmachen.

»Für mich auch«, sagt Paige und bestellt fünf kleine Vorspeisen, die wir essen, während wir uns unterhalten. Ich weiß nicht, wie lange wir schon hier sind, aber die Bar füllt sich langsam und im Hintergrund spielt jemand Klavier. Einige Gäste singen mit und wünschen sich Lieder.

»Glaubst du, dass sie schon ausflippen?«, frage ich Paige.

Sie schaut auf ihre Uhr. »Oh, bestimmt. Sie werden es überleben. Ich bin bei dir, also können sie sich beruhigen. Tja, vielleicht wären sie sauer, wenn sie wüssten, dass das hier mein viertes Glas ist.« Sie trinkt es aus und bestellt ein neues.

Ich hatte nur zwei Gläser und habe die Wärme des Weines genossen. Wein steigt mir immer gleich zu Kopf, also versuche ich, es langsam anzugehen. Im Hinterkopf sitzt der Gedanke, dass ich schwanger sein könnte.

Paige trinkt normalerweise nicht viel und ich freue mich, zu sehen, dass sie heute Abend ein wenig lockerlässt.

Weitere Gäste trudeln ein und bald schon kann ich mich nicht mehr bewegen, ohne jemanden anzustoßen. Anders als sonst, wenn wir ausgehen, weist Paige die Männer, die uns ansprechen, nicht gleich ab. Sie redet mit ihnen und macht sogar ein paar Witze. Das liegt vermutlich am Wein.

»Ich wusste gar nicht, dass du hierherkommst«, höre ich jemanden in mein Ohr flüstern. Ich drehe meinen Kopf leicht zur Seite und sehe Eric. »Ich hatte gehofft, dich in *Marie's Yacht Club* zu sehen, aber du warst heute Abend nicht da.«

»Wir wollten mal etwas anderes probieren«, sage ich und wende mich ihm zu, damit ich ihn direkt ansehen kann. Vorhin war es in der Bar so leise, doch jetzt ist es schwierig, etwas zu verstehen, mit den vielen Leuten und dem Klavier im Hintergrund.

Eric legt mir eine Hand an die Hüfte und die intime Geste lässt mich zurückschrecken. Ich bin mir nicht sicher, ob es daran liegt, dass die Leute sich so drängen und er Platz machen will, oder ob er mich absichtlich berührt. Ich schaue zu Paige, die mit einem gut gekleideten Mann im Anzug spricht. Sie sieht mich an, als spüre sie meinen Blick.

»Willst du tanzen?«, fragt Eric. Mit der anderen Hand greift er mir an die andere Hüfte und zieht mich vom Hocker, bevor ich etwas erwidern kann.

»Ich glaube nicht, dass wir das sollten.« Ich will vor den Leuten keine Szene machen, aber er fasst fest meine Hand. Ich will Nein rufen, bin aber auf der Tanzfläche, bevor ich dazu komme.

Er zieht mich an sich, doch ich erstarre, als ich aus dem Augenwinkel zwei Saphire erblicke, die fest auf mich gerichtet sind.

25. Kapitel

Mallory

Oz kommt zu uns herüber und ich kann mich nicht rühren. Ich merke nicht einmal, dass Eric sich vorbeugt und seine Lippen an meinen Hals drückt, bis es bereits passiert ist. Sofort entziehe ich mich seinem Griff. Seine unerwünschten Avancen lösen Übelkeit in mir aus.

Er lächelt schmierig und hält mich noch fester. Sein gutes Aussehen steht im krassen Widerspruch zu dem unguten Gefühl, das er mir vermittelt. Ich will ihm gerade sagen, wie genau er sich verpissen kann, als auch schon eine Faust in sein Gesicht fliegt.

Eine halbe Sekunde lang denke ich: Es geht schon wieder los, bis ich Paige über ihm stehen und ihre Hand ausschütteln sehe.

»Lass die Finger von ihr, du verwöhntes Stück Dreck.«

Eric liegt auf dem Boden und rührt sich nicht. Sie hat ihn bewusstlos geschlagen.

Ich stehe unter Schock, kann mich nicht bewegen. Im Nu dreht Paige sich zu mir um und mustert mich von Kopf bis Fuß.

»Alles klar, Mal?«

Meine Zunge ist wie gelähmt, also nicke ich nur. Um uns herum hat sich eine Menschentraube gebildet. Ein paar Jungs sind herübergekommen und kümmern sich um Eric. Als ich gerade etwas sagen will, bahnt Oz sich einen Weg durch die Menge und kommt auf mich zu.

Einen Moment lang liege ich in seinen Armen, bevor er zu Paige schaut. »Geht es dir gut?«

Sie zuckt mit den Schultern und deutet ein Lächeln an.

Hinter ihr höre ich einen Aufruhr und schaue an Oz vorbei. Ich sehe, dass Eric vom Boden hochgezerrt wird, während Captain dessen Freunde anbrüllt, sie sollen ihn sofort hier herausschaffen.

Wann ist der denn gekommen?

Oz wirft ein paar Geldscheine auf den Tresen hinter mir und funkelt Paige wütend an. Er sagt nichts, sondern nimmt meine Hand und zieht mich aus der Bar.

Das alles passiert so schnell. In der einen Sekunde habe ich noch mit Paige gelacht und in der nächsten werde ich von all dem Spaß weggezerrt und der Abend ist ruiniert, wegen eines schmierigen Typen, der die Finger nicht von mir lassen konnte. Selbst wenn Oz nicht aufgetaucht wäre, hätte allein die Tatsache, dass Eric von Paige ausgeknockt wurde, unsere gute Stimmung wahrscheinlich verdorben.

Die Sommerhitze trifft mich, als wir das Gebäude verlassen, doch sie wird schnell durch die kühle Luft im Fond von Oz' Limousine ersetzt. Er schließt die Tür, geht um den Wagen herum, steigt auf der anderen Seite ein und nicht ein einziges Mal habe ich ihm erlaubt, das alles zu tun.

Sein Duft überfällt mich und mit einem Mal machen mich die beiden kleinen Gläser Wein, die ich getrunken habe, benommen vor Lust. Jedenfalls rede ich mir das ein. Er kommt herein und ihn so nah vor mir zu sehen, macht mich schwach. Gott, ich hasse es, dass ich nicht stark genug bin, ihn in die Schranken zu weisen. Denn wenn er mich berührt, löse ich mich auf. Alles, was ich über das Warten und Reden gesagt habe, darüber, dass ich die Wahrheit erfahren will, war wirkungslos. Und er weiß es.

»Oz.« Ich breche ab. Ich weiß nicht, was ich sagen will. Will ich mich dafür entschuldigen, mich weggeschlichen zu haben? Ihn anflehen, mich festzuhalten? Oder es nicht zu tun?

Er schüttelt den Kopf und ich schweige. Ich weiß, was ihn betrifft, sind Worte nutzlos. Er bedeutet mir mit einer Geste, mich auf seinen Schoß zu setzen, und wie die Sklavin, die ich bin, folge ich der Aufforderung.

Ich krabble auf ihn, presse die Beine zusammen und spüre seine Erektion an meinem Hintern.

»Hast du heute Abend getrunken?« Sein Blick ist auf meinen Mund gerichtet.

Ich nicke und weiß, was er meint. Wir hatten Sex. Ungeschützten Sex. Und das könnte bedeuten, dass ich ein Baby in mir trage. Ich weiß, wohin seine Gedanken gehen, also versuche ich, ihn zu beruhigen.

»Nur zwei kleine Gläser.«

Er nickt und streicht mit der Hand über meine Wange. »Nicht mehr, bis wir es mit Sicherheit wissen.«

Seine Worte sind ein Flüstern in der Dunkelheit und wenn ich meine Augen schließe, kann ich fast so tun, als hätte ich sie nicht gehört. Aber das habe ich und ich weiß, dass ich ihm geben werde, was er will. Wie jedes Mal. Ich kämpfe in einer verlorenen Schlacht. So sehr ich auch vorgebe zu hassen, wie anmaßend er sein kann, muss ich zugeben, dass ein Teil von mir das auch liebt. Mein rationales Gehirn sagt mir, dass diese Dinge nicht in Ordnung sind, aber tief im Inneren weiß ich, dass ich mich nur selbst belüge. Wenn ich an all das denke, was er für mich getan hat, und daran, dass er alles tun würde, um mich zu bekommen, liebe ich es.

Mit seinen großen Händen, mit denen er fast meine Taille umfassen könnte, reibt er mir über den Rücken. Die Luft in der Limousine ist erfüllt von Verlangen. Ich muss mit ihm reden, aber wenn er mich berührt, kann ich keinen klaren Satz formulieren, geschweige denn, die Welle der Lust aufhalten, die gleich über mir zusammenbrechen wird. Wenn er mich jetzt küsste, würde ich ihn anflehen, mich direkt hier auf dem Boden zu nehmen. So sehr brauche ich ihn in diesem Moment. Es ist zu lange her und ich bin süchtig nach ihm.

»Oz.« Sein Name ist mehr ein Stöhnen, als er mich näher an sich heranzieht. Meine Stimme klingt flehend und er weiß, dass er mich genau da hat, wo er mich haben will.

»Psssst.«

Oz mustert meinen Körper von oben bis unten und verschlingt mich mit seinen Blicken. Er starrt auf meinen Hals, greift um mich herum, zieht das orangefarbene Einstecktuch aus der Tasche seines dunkelgrauen Jacketts und taucht es in ein Glas Wasser, das auf der Bar steht. Dann wischt er mir damit den Hals ab – die Stelle, an die Eric seinen Mund gepresst hat.

Während er mich säubert, spricht er kein Wort. Danach wirft er das Tuch fast angeekelt auf den Boden der Limousine.

Ehe ich michs versehe, drückt er die Lippen an dieselbe Stelle, knabbert an meiner empfindlichen Haut und saugt an ihr. Er ist wütend, dass ein anderer mich berührt hat, also muss er das mit seiner eigenen Berührung überdecken. Auf seltsame, verdrehte Art verstehe ich das. Und begrüße es.

Ich klammere mich an ihn, während er meinen Hals küsst. Ich kann nur in die Stille der Limousine hineinstöhnen und annehmen, was er mir gibt. Oz schiebt seine Hand zwischen meine Beine und reibt mit dem Handballen über den Stoff, der meine Pussy bedeckt. Ich erschauere unter dem Gefühl. Ich brauche ihn. Er übt mehr Druck auf diese perfekte Stelle aus und ich presse meine Hüften an ihn, während sein Mund meinen Hals verschlingt.

»Oh Gott«, keuche ich kurz vor einem Orgasmus, auf den ich nicht vorbereitet bin. Es ist zu lange her, dass er mich wirklich berührt hat. Eine Welle an Gefühlen durchströmt mich. Die Lust baut sich immer weiter auf und ich kralle meine Fingernägel in sein Jackett, um sie zurückzuhalten – oder sie näher an mich heranzuziehen, das weiß ich nicht. Aber während er mich weiter mit seinem Handballen massiert und in meinen Hals beißt, komme ich in seinen Armen.

Ich schreie auf vor Wonne, als ich scheinbar unter dem Orgasmus dahinschmelze. Was er mit mir anstellt, ist viel zu gut, ich werde nie genug davon kriegen. Selbst jetzt, während das Beben nach dem Höhepunkt langsam nachlässt und mein Slip durchnässt ist, denke ich bereits daran, wie viel mehr er mir noch geben kann, bevor ich ohnmächtig werde.

Bevor ich merke, was passiert, trägt Oz mich aus der Limousine in mein Gebäude. Na ja, in *unser* Gebäude. Ich versuche, nicht zu erröten, als der Portier uns zuwinkt und Oz ihm zunickt.

Nachdem wir in den Fahrstuhl gestiegen sind, erwarte ich, dass er mich absetzt, doch das tut er nicht. Er bleibt stehen und hält mich in seinen Armen.

»Ich schätze, du bringst mich nicht in den zweiten Stock?«, frage ich und schaue durch meine langen Wimpern zu ihm auf.

»Nein.«

In diesem Wort liegt eine gewisse Endgültigkeit und ich weiß, dass jetzt nicht der richtige Moment ist, um sich ihm zu widersetzen. Also stecke ich stattdessen meinen Schlüssel für seine Etage in das Schloss und drücke auf den Knopf.

Der Fahrstuhl fährt direkt nach oben, ohne einmal anzuhalten, und mein Magen macht einen Salto, als er stehen bleibt. Er bringt mich zurück in das Land von Oz, nur fürchte ich, dass ich mich dieses Mal nicht so einfach davonstehlen kann.

26. Kapitel

Miles

Ich trage Mallory ins Schlafzimmer, setze sie auf dem Rand der Matratze ab und knie mich vor sie hin. Langsam öffne ich die Schnallen an ihren dunkelblauen Wildlederpumps und ziehe sie ihr aus. Einen Moment lang massiere ich ihren Fuß, um den Schmerz zu lindern, den sie vermutlich verspürt, nachdem sie den ganzen Tag auf diesen hohen Absätzen gelaufen ist.

Bei dem kleinen Stöhnen, das sie ausstößt, sowie ich ihren Fuß drücke, spüre ich, wie mein steinharter Schwanz gegen meinen Oberschenkel pocht. Ich versuche, ihn zu ignorieren, auch wenn ich meinen Herzschlag bis in seine Spitze fühlen kann.

Ich widme mich ihrem anderen Fuß und schenke ihm die gleiche Aufmerksamkeit.

»Oz.«

Sie klingt zögernd, aber ich warte und lasse sie sagen, was sie sagen muss. Den Großteil des Abends war ich verrückt vor Sorge und ich fürchte, wenn ich anfange zu reden, werde ich noch wütender.

Sobald ich die Lobby unseres Gebäudes betrat, wusste ich, dass etwas nicht stimmte. Chuck, der Portier, zeigte mir die Anforderung von Paige und ich verfluchte mich für meine Dummheit. Ich hätte es kommen sehen müssen. Aber als ich ihren Tracker checkte, sagte der, sie wäre noch in der Firma.

Ich ging zu ihrem Tisch, sah das Handy dort liegen und fluchte erneut. Ryan konnte Paige nicht erreichen und ich hatte das Gefühl, die beiden hätten das mit Absicht gemacht. Das half aber nicht gegen die grenzenlose Panik, die in mir aufkam, als wir überall nach ihr suchten. Ich rief jede Bar in einem Radius von zehn Blocks an, während wir durch die Stadt fuhren, in der Hoffnung, sie irgendwo zu sehen.

Schließlich hatten wir Glück. Ryan erhielt einen Anruf von einem seiner Freunde, der in einer Weinbar als Wachmann arbeitet. Er meinte, dort wären zwei Frauen, auf die die Beschreibung passte, und schickte uns ein Foto von ihnen. Ich knirschte mit den Zähnen, als ich sie da sitzen sah. Sie war so wunderschön und es hat mich förmlich umgebracht, dass sie außerhalb meiner Reichweite war. Wir waren in Rekordzeit dort, aber nicht bevor so ein Arsch es geschafft hatte, seine Hände an das zu legen, was mir gehört. Derselbe kleine Idiot, der am Montag bei dem Meeting neben ihr saß. Zum Glück war Paige da. Ich habe keine Ahnung, was ich getan hätte, wenn ich ihn in die Finger bekommen hätte.

Ich weiß, wer der kleine Wurm ist. Um ihn werde ich mich später kümmern.

Als Mallory mit den Fingern durch meine Haare streift, schließe ich die Augen und die Anspannung lässt ein wenig nach. Unter ihrer schlichten Berührung fällt alles, worüber ich mir Sorgen gemacht habe, von mir ab. Sie lindert alle meine Schmerzen. Ich lasse mich fallen und will beruhigt werden. Ich nehme ihre Hand und drehe sie so, dass ich meinen Mund an ihre Handfläche pressen kann.

»Bleib bei mir«, flüstere ich. Ich öffne die Augen und schaue in ihre graublauen. Ich lasse sie wissen, was mein Herz bewegt. Jedes Teil von mir. Alles, was ich noch zu wissen scheine. Alles, woran ich denken kann. »Bitte, Mallory. Ich brauche dich.«

»Wir müssen reden. Du hast gesagt, wir gehen Samstag essen.« Sie beißt sich auf die Unterlippe und ich will derjenige sein, der das tut.

Ich deute mit dem Kopf zur Uhr auf dem Nachttisch. »Es ist schon nach Mitternacht, Baby. Du gehörst ganz mir.« Sie sieht hin und errötete. »Ich hatte gesagt, ich würde bis heute warten. Wir werden reden und ich verspreche, dir alles zu erzählen, was du wissen willst. Ich werde dir alle Fragen über alles beantworten, doch nicht heute Nacht.«

Ich lege meine Hände auf ihre Oberschenkel und schiebe meine Finger langsam hinauf, bis ich den Saum ihres Kleides erreiche. Er ist aus einem leichten Leinenstoff und bis unten durchgeknöpft. Es fließt lose um ihre Schenkel und ich wette, wenn sie sich drehen würde, könnte ich ihren Slip sehen.

»Weise mich nicht ab, Mallory.«

Ich schaue auf und sehe das kleine Nicken, das sie mir schenkt, während sie ihre Schenkel ein wenig öffnet.

Ich senke den Kopf und reibe mit meinen Bartstoppeln über die Innenseite ihrer Oberschenkel, worauf sie ihre Beine ein wenig mehr für mich spreizt. Als würde sie mein Verlangen erhören, gibt sie mir, was ich will. Und was ich im Moment am meisten will, ist, zwischen ihren göttlichen Beinen zu sein.

Ich schiebe das Kleid hoch und bemerke den feuchten Stoff und den Umriss ihres Venushügels. Mit einer Bewegung ziehe ich das Jackett aus und werfe es zu Boden, während ich meine Krawatte löse und die oberen beiden Knöpfe meines Hemdes aufmache. Das Jackett hat vermutlich Tausende von Dollar gekostet, aber ich würde es sogar verbrennen, wenn mich das schneller zu Mallory brächte.

Ohne Umschweife umfasse ich den dünnen cremefarbenen Stoff ihres Höschens und reiße es ihr von den Hüften. Die zerrissene Seide knülle ich zusammen und stecke sie in die Hosentasche. Unwillkürlich muss ich an die kleine Sammlung ihrer Slips denke, die sich langsam bei mir anhäuft

Mallory keucht auf und stützt sich auf ihre Hände, während ich ihren Hintern an die Bettkante ziehe. »Ständig reißt du sie mir vom Leib. Die wirst du mir ersetzen.«

Ich verharre über ihrer Scham, atme ihren berauschenden Duft ein. Ich streiche mir über die Lippen. Dann schaue ich Mallory in die Augen. »Du könntest aufhören, welche zu tragen, und mich nicht länger von meiner süßen Pussy fernhalten.«

Ich neige den Kopf und nähere mich mit meinem Mund ihrer warmen, feuchten Hitze. Sie schreit auf und drängt sich mir entgegen. Ich schiebe eine Hand in meine Hose und drücke meinen Schwanz ganz fest, um nicht zu früh zu kommen.

Ihr Honig bedeckt meine Zunge und meine Lippen, als ich meine Zunge in sie gleiten lasse. Mallory krallt ihre Hände in meine Haare und packt fest zu. Als ich meine Zunge durch meine Finger ersetze und meinen Mund auf ihre harte Perle drücke, ruft sie meinen Namen. Ihn durch das Schlafzimmer hallen zu hören, erfüllt mich mit irrsinniger Lust, aber ich muss sie so zum Kommen bringe. Ich muss ihr das hier geben und ich muss es haben. Etwas Animalisches in mir verlangt danach und ich muss meinem inneren Biest nachgeben.

Meine Finger bewegen sich in ihr, sie ist unglaublich eng und ich stöhne im Einklang mit ihr. Das Gefühl ihrer samtig weichen Pussy an meiner Zunge bringt mich fast um den Verstand.

»Oz.« Sie ist außer Atem und drückt mich an sich. »Ich … ich *komme*!«

Die letzten Worte schreit sie und zieht sich dabei um mich herum zusammen. Ihre Beine schließen sich wie ein Schraubstock um meinen Kopf. Es wäre mir völlig egal, wenn sie mich jetzt mitten ins Herz stechen würde, solange ich nur in der

Lage bin, sie etwas von dem fühlen zu lassen, was ich für sie empfinde.

Ich liebkose sie sanft und langsam. Ich schenke ihr jedes kleine Pulsieren der Lust, das mir nur möglich ist, bevor ich die Innenseite ihrer Schenkel küsse. Ihre Haut dort ist so weich und zart. Zu wissen, dass kein anderer Mann sie je dort berührt hat, lindert sowohl mein Verlangen als auch die Eifersucht, die offenbar in mir wütet, wenn es um sie geht.

Ich steige aus dem Bett, sehe auf sie herunter und streife Hemd, Hose und Schuhe ab. Als ich nur in Boxershorts vor ihr stehe, setzt sie sich auf und ihr Blick bleibt an meiner Brust hängen. Es ist schon spät, aber im Licht der Nachttischlampe kann sie das Tattoo mit ihrem Namen über meinem Herzen erkennen.

Zögerlich streckt sie die Hand aus und berührt die Stelle ganz behutsam. Ich habe gut ausgebildete Muskeln, doch ich habe auch Brustbehaarung, die zum Teil ihren Namen bedeckt. Als ihre Fingerspitze mich berührt, ist es, als würde sie mit einem Rosenblatt über die Buchstaben streichen. Sie ist so sanft und zärtlich. Ihre Hände auf mir zu spüren, fühlt sich an, als sei ich in meinem ganz persönlichen Himmel.

Ich lege meine Hand auf ihre und drücke ihre Handfläche gegen meine Brust. Dann gleitet mein Blick zu ihren wunderschönen blaugrauen Augen und ich spüre, wie mein Herz unter ihrer Hand schlägt. Wenn sie nur wüsste, dass es im Rhythmus mit den Worten *Ich liebe dich* schlägt. Würde sie es dann immer noch fühlen wollen?

»Warum?« Ihr Flüstern ist so leise, doch ich höre das Staunen in ihrer Stimme.

»Als ich dich das erste Mal sah, wusste ich, dass ich dich nicht haben konnte. Also wollte ich etwas von dir an mir haben, als eine Art Platzhalter, bis ich dich haben konnte.«

Ihre Hand bleibt an meiner Brust, während sie meine Worte aufnimmt. Ich nehme meine Hand weg und streiche mit den Fingern an ihrem Arm herunter zu ihrer Brust. Dann knöpfe ich ihr Kleid auf, ohne ihren Blick auch nur einmal loszulassen. In ihren Augen liegt so viel, dass ich nicht wegschauen kann. Nicht einmal, als ich ihr das Kleid ausziehe und den BH öffne. Nicht einmal, als sie komplett nackt vor mir sitzt.

Ich schlinge einen Arm um ihre Hüften, hebe sie hoch und lasse sie mitten auf das Bett sinken. Sie schiebt ihre Finger in das Bündchen meiner Boxershorts und zieht sie mir über die Hüften. Ich helfe ihr mit dem Rest und dann sind wir beide nackt. Warme weiche Haut an meinem harten kantigen Körper. Sie schmiegt sich an mich, während ich mich zwischen ihre Hüften lege und meinen harten Schwanz gegen ihre Klit presse. Langsam fahre ich mit ihm über sie, während ich ihr weiter in die Augen schaue und ihr eine Haarsträhne von der Wange streiche.

»Mein Gott, jedes Mal, wenn ich dich sehe, wirst du noch schöner.« Ihre zarten Finger fangen an, die Landkarte meines Rückens zu erkunden.

Ich will sie und ich will nichts zwischen uns. Ich weiß, was letztes Mal passiert ist, und ich weiß, dass sie im Moment schwanger sein könnte. Für einige Menschen wäre das unverantwortlich, doch Mallory ist mein ganzes Leben. Das war sie schon, seit ich sie das erste Mal erblickt habe. Und wenn ein Baby gezeugt wird, während wir uns lieben, dann soll es so sein. Ich will ein Leben und ja, auch eine Familie mit ihr. Wann auch immer dieser Tag kommen mag, wird es ein weiteres Stück von ihr geben, das ich lieben kann. Ein Teil von uns, den wir umsorgen und behüten können. Wie kann das schlecht sein?

»Oz.« Sie fängt meinen Blick auf und ich lese Unsicherheit

in ihren Augen, aber auch Verlangen. Und ich hoffe, dass das Verlangen gewinnt.

»Lass mich rein, Baby.«

Sie schließt die Augen und stöhnt. Ich gleite mit meinem harten Schwanz über ihre Pussy und achte darauf, jedes Mal ihre Klit zu berühren.

»Wir müssen vorsichtig sein. So können wir nicht weitermachen«, meint sie und hebt mir die Hüften entgegen.

»Mallory, wenn du es immer noch nicht weißt, ich bin verrückt nach dir. Es gibt nichts, das ich nicht tun würde, um dich zu beschützen und zu versorgen. Vor allem, wenn du mit meinem Kind schwanger werden solltest. Ich kümmere mich um alles. Immer.«

Sie zögert eine Sekunde, dann nickt sie. Nun küsse ich sie. Ihre warmen Lippen öffnen sich für mich und ich tauche mit meiner Zunge hinein. Der Kuss ist tief und leidenschaftlich und einfach perfekt. Wie jeder Zentimeter von Mallory.

Mit einer Bewegung meiner Hüften schiebe ich meinen Schwanz in sie und an ihren engen Falten vorbei. Sie ist feucht, aber unglaublich eng, und ich dehne sie. Der letzte Zentimeter fehlt noch, aber das ist mir egal. Sie selbst nur ein bisschen zu haben, ist mehr, als ich mir erträumt habe.

Ich küsse sie halsabwärts und wiege mich dabei sanft vor und zurück, damit sie sich daran gewöhnen kann, meinen Schwanz wieder in sich zu haben. Ihr Pulsieren vibriert bis in meine Hoden und ich sehne mich schmerzhaft danach, mich in ihr zu verströmen.

Ich kann meinen Mund einfach nicht von ihr lassen und arbeite mich zu ihren Brüsten vor, wo ich an ihren Nippeln sauge. Erst an dem einen, dann an dem anderen. Ich umschließe sie mit den Lippen und beiße leicht zu. Dann lecke ich über die Stelle zwischen ihren Brüsten und sauge an der zarten Haut.

Ich weiß, ich sollte zärtlicher sein, aber so, wie ihre Nägel sich in meinen Rücken krallen, gibt sie mir zu verstehen, dass ich weitermachen soll.

Mein harter Schwanz gleitet jetzt leicht aus ihr heraus und wieder hinein, ihre Muskeln entspannen sich und sie nimmt mich ganz in sich auf. Sie schlingt ihre Beine um meine Taille, und ihre Hüften recken sich mir bei jedem Stoß entgegen.

»Mallory«, stöhne ich dicht an ihrem Hals. »Ich kann mich nicht mehr lange zurückhalten.«

Ich sollte das Richtige machen und mich zurückziehen. Ich könnte auf ihrem Bauch kommen und sie als die meine brandmarken. Das sollte ich für sie tun.

»Oz«, flüstert sie und umklammert mich mit den Beinen fester.

Ich weiß, dass ihr Orgasmus kurz bevorsteht und ich nicht mehr viel Zeit habe.

»Baby, ich komme«, stoße ich hervor und versuche, durch die Lust hindurch zu atmen.

»In mir«, presst sie stöhnend hervor, während ihre Pussy um mich herum pulsiert und sie den Höhepunkt erreicht.

Ich habe keine andere Wahl, als in ihrer Wärme zu bleiben und mich in ihr zu ergießen. Lang und laut brülle ich meinen Orgasmus hinaus und schenke ihr jeden Tropfen von mir. Das war nicht meine Absicht, aber verdammt, es fühlt sich so gut an, in ihr zu sein. Dort, wo ich hingehöre.

Als ich ihr alles von mir gegeben habe, keucht sie unter ihrer eigenen Erlösung auf. Ich rolle mich auf den Rücken, sodass sie auf meiner Brust liegt. Wir sind beide atemlos und ich schlinge meine Arme um sie und küsse sie auf die Stirn.

»Versprich mir, dass du dich nicht wieder hinausschleichst.« Ich drücke sie ein wenig fester. »Ich erzähle dir alles. Bitte geh nicht.«

Sie legt eine Hand auf meine Brust und tätschelt die Stelle mit ihrem Namen darauf.

»Versprochen.«

Mit diesem Wort drifte ich in den Schlaf ab und eine Sekunde lang überlege ich noch, ihr zu sagen, was ich mich sehne auszusprechen.

Ich liebe dich.

27. Kapitel

Mallory

»Ich kann einfach nicht aufhören«, sagt Oz halb stöhnend, halb knurrend. Mit der einen Hand hält er meinen Oberschenkel fest, der auf seinem Bein liegt. Der andere Arm liegt unter mir. Mit der Hand umfasst er meine Brust, während er von hinten in mich hineinstößt. Sein großer, starker Körper schmiegt sich an meinen. So haben wir den Großteil der Nacht verbracht und das hier ist das zweite Mal, dass er mich geweckt hat. Beim ersten Mal war es mit seinem Mund auf meinem Venushügel und jetzt das hier. Ich bin mir nicht sicher, was mir besser gefällt. Beides ist gleichermaßen wundervoll.

Langsam bewegt er sich in mir und lässt mich mit ihm aufkeuchen. Ich schwöre, wenn er meinen Namen stöhnt, könnte ich kommen. Ich hatte keine Ahnung, dass das so erregend sein kann. Aber meinen Namen so aus seinem Mund zu hören, stellt die verrücktesten Sachen mit mir an.

»Dann mach weiter«, ermutige ich ihn und bewege meine Hüften im Einklang mit seinen, um ihn tiefer aufzunehmen. Ich will ihn spüren. Jedes Mal, wenn er so von mir umschlossen ist, fühle ich mich, als wäre ich endlich zu Hause. An einem Ort, der nur mir gehört. Einem Ort, den ich die ganze Woche über vermisst habe. Wie ich es geschafft habe, mich hiervon fernzuhalten, ist mir ein Rätsel.

»Jedes Mal, wenn ich aufwache, muss ich mich vergewissern, dass du real bist«, sagt er, bevor er wieder meinen Hals küsst und leckt, bis ich meinen Rücken durchbiege und meine Brüste fester in seine Hand drücke. »Ich muss sicherstellen, dass ich deine Anwesenheit hier nicht nur geträumt habe.« Er stößt wieder zu und seine Zähne kratzen über meinen Nacken. »Du wirst für mich kommen, oder?«

Das ist keine Frage, also antworte ich auch nicht. Ich sollte mich darüber ärgern, dass er mich ständig herumkommandiert, aber mein Körper scheint diese Nachricht nicht zu erhalten. Meine Pussy zieht sich um seinen Schwanz herum zusammen und scheint ihn förmlich anzubetteln, mich kommen zu lassen.

Ich greife hinter mich und lasse meine Finger in seine Haare gleiten. Ich muss ihn berühren. Ich muss mich an etwas festhalten, weil ich spüre, dass ich nah dran bin. Der Orgasmus ist beinahe da.

»Du magst es, wenn ich schmutzig mit dir rede, nicht wahr?« Als Antwort stöhne ich seinen Namen. Ich bin immer noch etwas schüchtern, um sagen zu können, was ich will. Das mit dem Sex habe ich zwar langsam raus, aber mein Dirty Talk ist noch ausbaufähig. Ich will aber, dass er weitermacht, weil er recht hat. Es gefällt mir. Zur Hölle, vielleicht liebe ich es sogar.

»Das ist gut, Baby, denn ich denke seit Jahren darüber nach, was ich alles mit dir machen will. Ich kann es kaum erwarten, dir zu erzählen, was ich für den Rest unseres Lebens mit diesem Körper anstellen werde.«

»Bitte«, flehe ich.

»Gott, ich liebe es, wenn du mich anflehst. Das fühlt sich an, als würdest du mich genauso sehr wollen wie ich dich will. Fleh mich an! Fleh mich an und ich gebe dir alles.«

»Bitte, Oz, lass mich kommen. Bitte!«, bringe ich hervor. Ich bin so nah dran. Nur noch ein kleines bisschen mehr. Er verlangsamt seine Stöße und ich drehe durch. Ich brauche es ein wenig härter.

»Sag mir, dass ich in dir kommen soll«, flüstert er mir ins Ohr. Bei seinen Worten erzittere ich. Er lässt mein Bein los, aber ich belasse es da, während er mit seiner Hand zu meiner Klit wandert und mit dem Finger darüber streicht, ohne mir den Druck zu geben, den ich brauche.

»Komm in mir, Oz. Füll mich aus«, schreie ich auf und er tut es. Er stößt fest zu und gibt mir endlich mit seinen Fingern das, was ich will, und das erlöst mich. Er zuckt hinter mir, als ich mich um ihn herum zusammenziehe und mein Orgasmus mich davonträgt. Sein warmer Erguss erfüllt mich und diese Empfindung vertieft mein Verlangen.

Ich weiß nicht, wie lange ich dort liege und das Nachbeben unserer Leidenschaft genieße, während er zarte Küsse auf meinen Hals setzt. Seit ich gestern Abend in sein Bett gekommen bin, hat er mich immer mit mindestens einem Körperteil berührt. Fast so, als könne er nicht anders.

»Du bist nicht gegangen«, sagt er schließlich und ich muss grinsen. Ich glaube nicht, dass ich dieses Bett hätte verlassen können, selbst wenn ich es gewollt hätte.

»So eng, wie du dich letzte Nacht um mich geschlungen hast, konnte ich mich ja kaum bewegen.« Manchmal hatte ich Glück, überhaupt noch Luft zu bekommen.

»Sorry«, murmelt er dicht an meinem Hals und ich glaube ihm nicht eine Sekunde lang, dass es ihm leidtut. Ich zappele neben ihm und er verstärkt seinen Griff, was mich nur bestätigt.

»Ich muss wirklich mal ins Bad.«

Er seufzt und lässt mich widerstrebend los. Schüchtern stehe ich auf. Die Vorhänge im Zimmer sind aufgezogen. Die Morgensonne erfüllt den Raum und enthüllt jeden Zentimeter von mir. Sobald ich stehe, spüre ich die Feuchtigkeit unserer gemeinsamen Nacht an meinen Oberschenkeln heruntergleiten.

»Fuck, das sehe ich aber gerne.« Oz richtet seinen Blick auf die Innenseiten meiner Beine und nach einer Sekunde greift er nach mir. Er zieht mich zurück ins Bett und sagt, er will sich das einmal genauer anschauen. Meine Wangen werden heiß, was albern ist, denn Oz hat das inzwischen mehr als einmal gesehen. Er streicht mit dem Finger über meinen Oberschenkel. Verdammt soll er sein.

»Badezimmer«, flüstere ich und er blickt zu mir hoch.

Er nickt. »Nicht duschen. Ich mache uns etwas zu essen, danach duschen wir gemeinsam.« Oz erhebt sich und gibt mir einen schnellen Kuss. Ich versuche, ihn zu vertiefen, aber Oz zieht sich zurück. »Du landest wieder im Bett, Süße«, warnt er mich und ich muss lächeln. Es gefällt mir, dass ich offenbar seine Selbstbeherrschung auf die Probe stelle.

Er geht zu einem Schrank, nimmt ein Hemd heraus und reicht es mir. »Das kannst du tragen.« Er streift es mir über den Kopf und lässt mir damit nicht wirklich eine Wahl. Aber das Kleid von letzter Nacht will ich auch nicht anziehen. Es liegt zu einem Haufen zusammengeknüllt auf dem Boden und ich bin mir nicht sicher, ob ich bereit bin, nackt herumzulaufen, also lasse ich mich von ihm anziehen.

»Rühreier und Bacon?«, fragt er, bevor er mir noch einen schnellen Kuss gibt.

»Ja.« Nun bekomme ich einen Kuss auf die Wange, bevor er sich seine Boxershorts vom Boden schnappt und überstreift. Er geht durch die Schlafzimmertür und ich schaue ihm nach. Er hat einen tollen Hintern.

Ich reiße mich zusammen und mache mich schnell im Bad fertig, halte aber kurz inne, um mich im Spiegel zu betrachten. Dann beuge ich mich näher heran und entdecke etwas an meinem Hals, das mich aufkeuchen lässt.

Auf dem Absatz wirble ich herum und stürme in Richtung

Küche. Er hat mir einen Knutschfleck gemacht! Zwar ist er nicht besonders dunkel und vermutlich kann ich ihn mit Make-up überdecken, aber dennoch. Ein verdammter Knutschfleck, als wäre ich auf der Highschool oder so.

»Miles!«, blaffe ich ihn an, sodass er sich mit dem Pfannenwender in der Hand und einem albernen perfekten Lächeln im Gesicht zu mir umdreht. Niemand sollte morgens so gut aussehen. Oder während er kocht. Überhaupt, wer kocht schon in Unterwäsche? Er will mich wohl umbringen!

»Ja, Baby?«, fragt er leichthin, als würde ihm mein Wutausbruch nichts ausmachen.

»Ich bin kurz davor, dich anzuschreien, also hör auf zu lächeln!«, schimpfe ich, woraufhin sein Grinsen noch breiter wird. Er dreht sich wieder um, schaltet den Herd aus und legt den Pfannenwender hin, bevor er sich – immer noch lächelnd – mir zuwendet.

»Das ist schwer, wenn du in meinem Hemd in unserer Küche stehst und aussiehst, als hätte ich dich die ganze Nacht geliebt. Und solange du nicht versuchst wegzulaufen, glaube ich nicht, dass du hier irgendetwas tun könntest, bei dem ich nicht lächeln würde.«

Ich ignoriere seine süßen Worte, weil … na ja, weil sie einfach zu süß sind. Wie alles, was aus seinem Mund kommt. Es ist wirklich unglaublich, wie er das hinbekommt, also beschließe ich, das Gesagte auszublenden und an meiner Wut festzuhalten. Ich genieße seine Worte nicht. Vor allem nicht die über *unsere* Küche.

»Du hast mir einen Knutschfleck gemacht!« Ich zeige auf die Stelle an meinem Hals. Dieselbe Stelle, die er letzte Nacht in der Limousine attackiert hat.

Oz atmet hörbar aus, als versuche er, ein Lachen zu unterdrücken.

»Dieses Eifersuchtsding, das du am Laufen hast, wird nicht funktionieren.« Ich stemme die Hände in die Hüften. Wir sind noch nicht so lange zusammen und er hat schon ein paarmal die Kontrolle verloren, wenn mir ein anderer Mann zu nahe kam.

Er kommt auf mich zu und ich rühre mich nicht, bis er direkt vor mir steht. Er hebt mich hoch und ich kreische. Mein Hintern landet auf der Arbeitsplatte und seine Hände umfassen meine Oberschenkel. Er lässt den Kopf sinken und ich beobachte jede seiner Bewegungen. Ich kann nicht anders, als mit der Hand durch seine Haare zu fahren, bis er endlich zu mir hochschaut.

»Es ist schwer«, sagt er. »Ich will dich schon so verdammt lange. Du hast ja keine Ahnung, wie lange«, sagt er. »Und wenn ich dann jemanden sehe, der sich dazwischenschieben will, drehe ich durch. Ich werde sauer und irgendetwas anderes in mir übernimmt die Kontrolle. Ich weiß, es ist verrückt, aber ich kann nicht aufhören, so sehr ich mich auch bemühe. Es geht einfach nicht.« Den letzten Satz sagt er so, als flehe er mich an, es zu verstehen.

»Wie lange wartest du denn schon?« Ich stelle die Frage, die mich seit Tagen beschäftigt. Ich weiß mit Sicherheit, dass er mich seit Beginn meines Studiums will, habe aber das Gefühl, dass es vorher losging, da Osbourne Corp zu dem Zeitpunkt längst ein Teil meines Lebens war.

»Das erste Mal habe ich dich gesehen, als du an dem Mathematikturnier der Highschools teilgenommen hast. Ich war damals auf dem College und man bat mich, einer der Wettkampfrichter zu sein.«

Ich versuche, mich an jenen Tag zu erinnern. So viele Namen und Gesichter, aber ich kann nicht glauben, dass er mir entgangen wäre. Ich versuche, die Jahre zu zählen. Wie lange ist das her?

»Fünf Jahre«, murmle ich vor mich hin und versuche, die Information zu verarbeiten. »Du beobachtest mich seit fünf Jahren.« Ich schüttle den Kopf, kann es immer noch nicht glauben, obwohl ich weiß, dass es wahr ist. Alles passt zusammen.

»Manchmal fühlt es sich länger an. Ich kann mich nicht wirklich an eine Zeit vor dir erinnern.« Seine Worte sind weich und süß und erfüllt von etwas, das ich nicht verstehe.

»Warum?« Das kapiere ich wirklich nicht. Ich bin kein allzu schlechter Fang und ich weiß, dass ich hübsch bin. Ich hatte nie Probleme damit, von Männern eingeladen zu werden. Aber Oz spielt in einer komplett anderen Liga. Ich habe so viele Mädchen gesehen, die sich auf dem Campus den Jungs mit Geld an den Hals geworfen haben, und ich habe keinen Zweifel daran, dass Oz' Bankkonto ihm die gleiche Aufmerksamkeit einbringen würde. Noch dazu, weil er nicht nur reich ist, sondern außerdem gut aussieht.

Er richtet sich ein wenig gerader auf und ich lasse meine Hand fallen. Nun schaut er zu mir herunter.

»Ich bin zu dem Wettbewerb gegangen, weil man sich manchmal unter die richtigen Leute mischen muss, um etwas zu erreichen. Damals musste ich das wesentlich öfter tun, weil ich noch dabei war, mir einen Namen zu machen. Ich wollte mein Imperium größer und besser machen.« Er zuckt mit den Schultern, als würde ihn das heute nicht mehr sonderlich interessieren. In den letzten fünf Jahren hat er das ja auch geschafft. Jeder weiß, was Osbourne Corp ist.

»Hauptsächlich habe ich versucht, in Kontakt mit Leuten zu kommen, die meinem Vater nahestanden. Er hat in Yale studiert, genau wie viele der Menschen, mit denen er zusammenarbeitet.«

»Du hasst ihn auch.« Genau wie Paige, aber er wirkt nicht so zornig wie sie.

»Seit ich achtzehn bin und meine Mutter mir von all den furchtbaren Dingen erzählte, die er ihr angetan hatte.« Sein Kiefer verspannt sich und ich frage mich, was wohl vorgefallen war. Paiges Mutter hatte dieser Mann getötet. »Ich wollte wie er sein. Er war so klug und schien in der Geschäftswelt bestens zurechtzukommen. Das faszinierte mich und ich wollte ihn immer stolz machen. Dabei sah ich nicht, was sich direkt vor meinen Augen abspielte. Wie konnte mir entgehen, wie er meine Mutter behandelte? Sie schluchzte, als sie davon sprach. An jenem Tag gab es nichts, womit ich ihre Tränen hätte aufhalten können. Ich wusste nicht, auf welche Art er sie missbrauchte. Ich hatte es nie zuvor gesehen, sonst hätte ich vielleicht früher etwas dagegen unternehmen können. Aber ich saß da und hörte zu, als sie mir ihre gemeinsamen Jahren beschrieb und mir mitteilte, dass sie ihn verlassen würde. Erst da habe ich erfahren, wozu er wirklich fähig ist.« Er schüttelt den Kopf, als könne er es immer noch nicht glauben. »Es gibt so vieles über ihn, das du nicht weißt. Und ich weiß nicht, ob ich es dir erzählen kann. Ich will nicht, dass sein Dreck dich beschmutzt, Mallory. Ich habe mir geschworen, niemals so zu sein wie er. Allein darüber zu sprechen, macht mir Angst, weil ich befürchte, dich in diese Welt mit hineinzuziehen.« Er schließt die Augen und ich muss daran denken, wie er mich weinen gehört hat. Wie sehr ihn das an sein damaliges Zuhause erinnert haben muss, als er hilflos zuhören musste, wie seine Mutter geweint hat.

»Oz.« Ich lege eine Hand an seine Brust. »Das ist nicht das Gleiche. Das weißt du, nicht wahr?« An dem Ausdruck in seinen Augen sehe ich, dass er das nicht glaubt.

»Ich habe mir gesagt, dass ich niemals sein würde wie er. Dass ich die Menschen, die ich liebe, niemals verletzen würde. Ich würde besser sein. Ich würde meiner Mom ein besseres Leben ermöglichen, als er es je getan hat, und dann würde ich ihn dazu bringen, es zu bereuen, auch nur eine dieser Tränen verursacht zu haben. Und genau das habe ich getan. Ich nahm meinen Treuhandfonds und setzte alles daran, dafür zu sorgen, dass er nie wieder irgendjemandem wehtut.« Einer seiner Mundwinkel zuckt, als würde er sich an etwas erinnern. »Und dann bist du in meine Welt getreten.«

Er streckt die Hand aus und streicht mir eine Strähne hinter das Ohr.

»Rache war nicht mehr das Einzige, das ich wollte. Als ich dich beobachtet habe, hatte ich zum ersten Mal das Gefühl, lebendig zu sein. Aber du warst noch so jung, also blieb ich im Hintergrund. Ich fand heraus, wer du warst, und wollte dann sicherstellen, dass du ein gutes College besuchst. Mit der Zeit wollte ich immer mehr über dich wissen. Und je mehr ich erfuhr, desto mehr verliebte ich mich in dich. Ich rutschte immer weiter in diese Sache hinein, konnte nicht aufhören, an dich zu denken. Jedes Mal, wenn meine Stimmung im Keller war, dachte ich an dich und das holte mich wieder zurück. Deshalb wusste ich, dass ich dich nicht gehen lassen konnte, denn du warst der einzige Lichtblick in meinem Leben. Du warst ein Teil von mir, der nicht von Rache angetrieben war. Also sagte ich mir, dass es in Ordnung ist. Dass ich gut für dich wäre. Dass ich nicht wie mein Vater wäre. Dass ich dir alles geben und dir ein perfektes Leben erschaffen würde. Dass ich zur rechten Zeit der Richtige für dich wäre. Dass ich dich niemals zum Weinen bringen würde.«

Seine Worte prasseln auf mich ein und ich versuche, das alles in mich aufzunehmen.

»Du hast jemanden dafür bezahlt, meine Freundin zu sein!«, erinnere ich ihn.

»Ich sage nicht, dass ich es nicht ein wenig übertrieben habe, aber ich bin fast wahnsinnig geworden vor Sorge um dich.

Ohne zu wissen, dass jemand auf dich achtgibt, hätte ich mich nicht so lange von dir fernhalten können. Ich wäre schwach geworden, das weiß ich. Paige war wichtig, damit ich nicht durchdrehte. Zumindest wusste ich so, dass es dir gut geht. Wenn ich schon nicht selbst für dich da sein konnte, sorgte sie dafür, dass nichts und niemand dir etwas antut.«

»Niemand versucht, mir etwas anzutun«, sage ich, doch er hört mich nicht wirklich.

»Mallory.« Er spricht meinen Namen mit so viel Gefühl aus, dass sich mein Herz zusammenzieht. Ich glaube nicht, dass jemals jemand meinen Namen mit so viel Zärtlichkeit ausgesprochen hat. »Ich weiß, was dich betrifft, bin ich ein bisschen irre. Glaub mir, ich weiß, dass ich nicht sehr vernünftig vorgehe, aber ich kann das nicht kontrollieren. Ich habe es versucht. Ich habe es verdammt noch mal versucht. Aber es ist, wie es ist.«

»Was ist, wenn mir das nicht gefällt?« Ich verlagere mein Gewicht ein wenig. Sein Blick schweift über mich, während er ein Stück näher rückt.

»Ich glaube, du willst es nicht mögen, aber ein Teil von dir tut es dennoch. Sonst wärst du jetzt nicht hier.«

Ich lasse seine Worte sacken, weil mir kein Gegenargument einfällt. Tatsächlich mag ich seine anmaßende, kontrollierende Art, auch wenn mein Kopf das anders sieht. Sie gibt mir das Gefühl, jemandem wichtig zu sein. Vielleicht bin ich auch ein wenig verrückt, wenn ich diese Form von Aufmerksamkeit mag und will. Es ist eine Aufmerksamkeit, die ich noch nie bekommen habe. Der einzige andere Mensch neben Oz, dem ich etwas bedeute, ist Paige.

»Mir gefallen gewisse Aspekte, Oz, aber du kannst nicht alles kontrollieren. Ich muss über mein Leben selbst bestimmen können. Etwa über meinen Job. Aus dem hältst du dich heraus, okay?«

Ein Lächeln breitet sich auf seinem Gesicht aus, aber ich zeige mit dem Finger auf ihn.

»Ich weiß, dass ich nur deinetwegen heute da bin, wo ich bin.«

»Das stimmt nicht«, unterbricht er mich. »Du bist unglaublich klug und hättest auf jedes College des Landes gehen können. Ich wollte nur sicherstellen, dass dein Weg zu mir führt.«

Das mag zum Teil stimmen, aber ohne ihn hätte ich weder ein Vollstipendium für Yale noch den Job bei Osbourne Corp bekommen. Im vorletzten Jahr gab es in seiner Firma nicht einmal Praktikumsplätze. Ich habe den Verdacht, dass das Programm extra für mich geschaffen wurde.

»Trotzdem wirst du mich meinen Job machen lassen und dich da raushalten«, beharre ich.

»Ich muss dich bewachen lassen, Süße. Sobald bekannt wird, dass wir beide zusammen sind, wirst du zu einer Zielscheibe. Und zwar nicht nur für meinen Vater, der weiß, dass ich hinter ihm her bin. Ich bin eine Menge Geld wert und wenn die Menschen erfahren, dass ich eine Schwachstelle habe, werden sie versuchen, das auszunutzen.«

»Ich bin deine Schwachstelle?« Ich weiß nicht, wie ich das finde. Sollte ich mich gekränkt fühlen?

»Du bist mein Ein und Alles«, sagt er nur und ich muss lächeln.

»Es ist schwer, sauer auf dich zu sein, wenn du so süße Sachen sagst.«

»Es ist besser nachzugeben, Baby, denn ich werde dranbleiben, bis du es tust.«

»Versprich mir, dass du dich nicht in meine Arbeit einmischst«, bitte ich, denn ich will sein Wort haben.

»Ich verspreche, mich zu bemühen.«

»Miles!«, sage ich streng.

Er zuckt nur mit den Schultern. »Ich halte mich raus. Aber

wenn dir jemand in die Quere kommt ...« Wieder zuckt er mit den Schultern, als wäre jeder, der sich mir in den Weg stellt, Freiwild.

Ich verdrehe die Augen, denn in diesem Moment sehe ich Paige in ihm. So etwas würde sie sagen oder tun. Selbst sie würde sich nicht zurückhalten können, wenn mir jemand etwas Böses wollte. Aber das hier ist nur ein verdammter Praktikumsplatz. Ich glaube kaum, dass jemand versuchen würde, mir Schwierigkeiten zu machen, oder nicht so, wie Oz es meint, also lasse ich es gut sein.

»Ich bin immer noch sauer auf dich«, erkläre ich ihm und verschränke die Arme vor der Brust.

»Gut.« Er hebt mich von der Arbeitsplatte und trägt mich zum Sofa hinüber. »Ich kann den Rest des Wochenendes daran arbeiten, dass du nicht mehr sauer auf mich bist.« Er lässt mich aufs Sofa fallen und sinkt vor mir auf die Knie. Dann spreizt er meine Beine und sieht mich hungrig an. »Ich werde damit anfangen, dass ich deine Pussy esse, bis du in meinem Mund kommst, und dann werde ich dir dein Frühstück machen.«

Ich will protestieren, will ihm sagen, dass das nicht funktionieren wird, aber das Einzige, was mir über die Lippen kommt, ist sein Name.

»Was ist denn mit dir los?« Ich schaue zu Paige, die aussieht, als hätte sie Lippenstift aufgetragen. Wir sind auf dem Weg zur Arbeit und Oz folgt uns mit ein wenig Abstand. Ich bin heute früh nach unten gelaufen, um mich für die Arbeit fertig zu machen, und habe ihn daran erinnert, dass ich mit Paige zur Firma gehe – darauf haben wir uns geeinigt, nachdem ich auch Sonntag über Nacht geblieben bin. Die dritte Nacht in Folge.

Wir betreten das Firmengebäude und ich versuche immer noch, ihr eine Antwort zu entlocken.

»Was denn?« Sie zuckt mit den Schultern, als hätte sie keine Ahnung, wovon ich spreche. Ich werfe einen Blick zurück und sehe, dass Oz bei der Sicherheitskontrolle stehen geblieben ist und sich mit einem der Wachmänner unterhält. Er zwinkert mir zu, als ich mit Paige in den Fahrstuhl einsteige.

»Du hast Lipgloss drauf.«

»Meine Lippen waren rau und was anderes hatte ich nicht«, verteidigt sie sich. Ich sehe sie an, als würde ich »Ja, klar« sagen, und drücke den Knopf für mein Stockwerk. Danach will ich den für ihre Etage drücken, doch sie hält mich zurück.

»Ich muss mich vergewissern, dass du zu deinem Schreibtisch gehst.« Entschuldigend lächelt sie mich an. »Ich bin bis zum Ende des Tages auf dich angesetzt. Und vielleicht länger, je nachdem, wie deine abendlichen Pläne aussehen.«

»Tja, meine abendlichen Pläne sehen so aus, dass ich nach Hause gehe, weil Oz mich nervt.«

»Ich habe gehört, dass du damit einverstanden bist, jemanden zum Schutz bei dir zu haben, da du und Oz ...« Ihre Stimme verebbt. Eindeutig will sie nicht darüber sprechen, dass ich mit ihrem Bruder schlafe, und ich will auch nicht, dass sie es ausspricht.

»Das war ich auch. Es mag seltsam erscheinen, aber mir wäre es am liebsten, wenn du das wärst.« Der Fahrstuhl hält an und wir steigen aus. »Mittagessen?«, frage ich sie auf dem Weg zu meinem Arbeitsplatz.

»Ich schreibe dir, aber das müsste klappen, außer, es kommt etwas dazwischen. Wie auch immer, in der Cafeteria, okay?«

»Ja, in Ordnung«, sage ich und lasse meine Tasche auf meinen Tisch fallen. »Ich habe Oz gesagt, dass ich das Gebäude nicht verlasse, ohne dir oder ihm Bescheid zu geben.« Ich bin versucht, Paige »Mom« zu nennen, aber ich merke, dass sie ein wenig angespannt ist, weil sie fürchtet, dass mich diese Sicherheitssache verärgern könnte. Aber wenn ich wirklich darüber nachdenke, stört es mich nicht. Ich bin einfach nur nicht daran gewöhnt. Doch ein wenig Schutz wird schon nicht wehtun, solange Oz und Paige sich damit besser fühlen.

Ich habe keine Ahnung, ob ihr Gerede davon, dass ich zur Zielscheibe werde, wirklich stimmt, aber ich tue es für sie. Außerdem gehe ich sowieso nirgendwo ohne einen von ihnen hin. Paige und ich waren einmal unzertrennlich, aber jetzt sieht es so aus, als wollte Oz diesen Platz einnehmen.

»Cool. Ich melde mich bei dir«, sagt sie und geht zum Fahrstuhl zurück. Ich schaue erst zu Skylers Tisch, dann zu dem von Eric. Mein Magen zieht sich zusammen. Ich habe total vergessen, was Freitagabend vorgefallen ist. Als ich einen Schritt näher trete und über die Trennwand schaue, sehe ich, dass sein Schreibtisch vollständig leer geräumt ist.

»Mist.« Ich habe das kleine Wiesel gehasst, weil er sich nie eingebracht hat, aber das bedeutet nicht, dass er gefeuert werden sollte, weil er versucht hat, mich anzumachen. Ich wühle in meiner Tasche, finde mein Handy und schicke Oz eine Nachricht.

Ich: Du hast Eric gefeuert! Das ist alles andere, als sich aus meinem Berufsleben herauszuhalten.

Oz: Ich wäre mehr als gewillt, mich jetzt mit dir in meinem Büro darüber zu unterhalten, wenn du willst. Ich habe den ganzen Morgen überlegt, welche Farbe dein Höschen heute hat, und würde gerne sehen, ob ich richtigliege.

Ich: Oz, ich meine es ernst.

Oz: Ich dachte blau.

Ich: OMG! Wehe, du hast eine Kamera in meinem Schlafzimmer installiert.

Ich schicke den Text ab, weil ich wirklich einen blauen Slip anhabe.

Oz: Ich wünschte, das hätte ich, aber wenn du mich lässt, lasse ich noch heute eine einbauen. Oder du könntest zu mir nach oben ziehen und ich könnte es jeden Morgen mit eigenen Augen sehen. So weiß ich immer, welche Farbe sie haben.

Ich: Ich versuche, dich anzuschreien, und du bittest mich, bei dir einzuziehen?! Konzentrier dich. Eric.

Oz: Nachdem er Ryan gegenüber ausfallend geworden ist, musste Eric sich einem Drogentest unterziehen und ist durchgefallen. Mehr habe ich über den Mann nicht zu sagen, den ich dabei erwischt habe, wie er MEINE Frau zu vögeln versucht hat.

Ich: Wer zum Teufel ist Ryan?

Oz: Der Sicherheitsmann, der bei dir ist, wenn Paige und ich es nicht sind.

Ich: Oh, Captain!

Ich lache, weil ich Captains echten Namen nicht kannte.

Oz: Captain?

Ich: Oh, gibt es da etwas, das dir entgangen ist? Du weißt nicht alles über Captain?

Ich muss ihn einfach ein bisschen necken. Vielleicht hat er recht. Ich mag es, wenn er besitzergreifend wird, denn ich scheine ihn immer anzustacheln, sobald sich die Gelegenheit dazu ergibt.

Oz: Ich komme runter und finde es heraus.

Ich: Nein! Paige und ich nennen ihn Captain, weil er aussieht wie Captain America. Komm nicht runter.

In den letzten Satz versuche ich so viel Gefühl wie möglich zu legen. Ich weiß, es ist nur eine Frage der Zeit, bis die Leute das mit uns herausfinden, aber ich brauche noch ein paar Tage, um mich daran zu gewöhnen.

Oz: Findest du Captain America attraktiv?

Ja, klar, als würde ich so eine heikle Frage beantworten.

Ich: Niemand ist heißer als du.

Ich bin der Frage ausgewichen, aber es stimmt auch. Captain America ist ziemlich heiß, aber nichts im Vergleich zu Oz.

Ich: Versprich mir, dass du nicht runterkommst.

Oz: Versprochen. Und du versprichst mir, dass du zum Mittag drinnen bleibst und heute Abend mit mir essen gehst.

Ich hatte ohnehin vor, meinen Lunch in der Cafeteria einzunehmen, hoffentlich mit Paige, damit ich mit ihr ein wenig darüber lästern kann, dass Eric gegenüber Captain die Kontrolle verloren hat und danach durch den Drogentest gefallen ist.

Ich: Ich bleibe im Haus, aber wir sehen mal, was der Tag noch so mit sich bringt, bevor ich dem Dinner mit dir zustimme. Du hast so eine Art, mich auf die Palme zu bringen. Ich will mich vergewissern, dass das nicht passiert.

Oz: Ich habe das gesamte Wochenende damit verbracht, dich unwütend zu machen. Und wenn ich mich recht erinnere, hast du es genossen.

Tatsächlich hat er das gesamte Wochenende damit verbracht, mich unwütend zu machen. Auf jeder Oberfläche seiner Wohnung. Bei der Erinnerung daran fängt mein Körper an zu kribbeln. Ich habe mich von einer Jungfrau in eine Sexsüchtige verwandelt. Es ist verrückt, wie schnell ein Leben sich ändern kann.

Ich: Ich denke darüber nach.

Ich lege mein Handy auf dem Tisch ab und habe das Gefühl, dass ich nachgeben werde. Vor allem, wenn er an meiner Tür auftaucht und den Höhlenmenschen gibt. Lächelnd mache ich mich an die Arbeit.

28. Kapitel

Mallory

Die letzten beiden Tage sind das pure Glück gewesen. Jeden Morgen gehe ich mit Paige zur Firma und Oz folgt uns. Er beobachtet mich immer, gibt mir aber Raum, wenn ich ihn darum bitte, auch wenn er es eigentlich nicht will. Dann führt er mich jeden Abend zum Essen aus und anschließend gehen wir zu ihm zurück und lieben uns die ganze Nacht, bis ich zu erschöpft bin, um alleine sein Bett zu verlassen.

Tagsüber habe ich sehr viel zu tun und Linda hat Skyler und mich dafür gelobt, dass wir alles schaffen, obwohl Eric nicht mehr da ist. Skyler hat danach ihre Augen verdreht und gemeint, dass wir sowieso von Anfang an alles alleine gemacht haben. Aber es ist schön zu wissen, dass unsere harte Arbeit anerkannt wird.

Am Mittwochmorgen setze ich mich an meinen Platz und sehe, dass mich ein heißer Kaffee erwartet. Daneben liegt eine Nachricht. Oz musste wegen eines Meetings früher ins Büro und so haben mich heute Paige und Captain in die Firma begleitet.

Ich nehme den Zettel in die Hand und erkenne seine schöne Handschrift. Sofort breitet sich ein Grinsen auf meinem Gesicht aus.

Der ist fast so süß wie du und fast genauso heiß. Ich kann dich immer noch an meinen Fingern riechen.
Liebe, Oz

Meine Wangen brennen so sehr, dass ich fürchte, den Rauchmelder auszulösen. Mein Gott. Wie können mich ein paar Worte in diesen wollüstigen Zustand versetzen? Er ist zu gut darin, mich scharfzumachen. Schnell schicke ich ihm eine kurze Nachricht.

Ich: Danke für den Kaffee. Und dafür, dass du mich hast erröten lassen.

Seine Reaktion kommt sofort und mein Grinsen wird noch breiter.

Oz: Das ist mein Lebensziel. Dich zu verehren und zum Lächeln zu bringen.

Ich: Geschafft!

Oz: Ich habe das schon mal erwähnt, aber jeden Mittwoch treffe ich mich mit meiner Mutter zum Lunch. Ich möchte gerne, dass du mich heute begleitest, Mallory. Bitte.

Meine Finger schweben über der Tastatur, aber mir will keine Antwort einfallen. Vor diesem ganzen Drama hat er mich einmal gefragt und ich dachte, das wäre ein Witz gewesen. Seine Mutter zu treffen, ist ein großer Schritt. Bin ich bereit dafür?

Oz: Du wirst immer mein Leben sein, Baby. Ich hätte gerne, dass sie die Frau kennenlernt, von der ich ihr erzählt habe.

Das reißt mich aus meiner Betäubung.

Ich: Du hast ihr von mir erzählt? Was hast du gesagt?

Oz: Wie unglaublich klug du bist und wie umwerfend schön. Und dass wir ihr versprechen, ihr zehn Enkelkinder zu schenken.

Ich: Zehn? Das hast du nicht gesagt!

Oz: Dann solltest du vielleicht mit zum Lunch kommen und das korrigieren.

Lächelnd schüttle ich den Kopf und gebe nach. Ich weiß, was ich für Oz empfinde, und ich weiß, was er für mich empfindet, auch wenn wir die Worte noch nicht laut ausgesprochen haben. Er ist der Eine für mich, also wird es irgendwann ohnehin passieren.

Ich: Okay.

Oz: Du machst mich weiterhin zum glücklichsten Mann auf der Welt.

Ich schicke ihm ein Kuss-Emoji und lege mein Handy weg. Dann streiche ich mein hellblaues Leinenkleid glatt. Im Sommer ist es in New York höllisch heiß, also habe ich etwas herausgesucht, das nicht so warm ist, aber jetzt frage ich mich, ob es für ein Treffen mit Oz' Mutter angemessen ist. Um die Taille hat es einen cremefarbenen Stoffgürtel, den ich geistesabwesend richte. Dazu trage ich cremefarbene Wedges und meine Haare sind hochgesteckt. Der alberne Knutschfleck ist inzwischen verblasst, daher geht das wieder. Zum Glück! Sonst hätte ich dem Treffen heute auch nie zugestimmt.

Ich atme tief ein und versuche, mich zu entspannen. Irgendwann wird es ohnehin passieren, also warum nicht heute. Und ich frage mich, ob Oz es erst jetzt erwähnt hat, damit ich keine Zeit mehr hätte, meine Meinung zu ändern. Er kennt mich viel zu gut.

Skyler kommt herein. Sie trägt eine dunkelblaue Bluse und eine weiße Hose mit hohem Bund, die ihre schlanken Beine betont. Ihre glatten schwarzen Haare hat sie zu einem strengen Pferdeschwanz gebunden. Sie begrüßt mich und hängt ihre Tasche auf.

Dann schaut sie über die Trennwand und fragt: »Wer ist denn heute gestorben?«

Ich lache, weil sie mich das jeden Tag gefragt hat, bevor Oz und ich unser Drama beigelegt haben.

»Bisher noch niemand.« Sie neigt den Kopf und ich ergänze: »Ich lerne heute seine Mutter kennen.«

Skyler gibt ein Geräusch von sich, das nur Hunde hören können, und springt begeistert klatschend auf und ab. Ich weiß nicht, wie sie das in ihren glänzenden schwarzen Stilettos schafft, verdrehe aber meine Augen und versuche, ein Lachen zu unterdrücken.

»Normalerweise bin ich nicht so mädchenhaft, aber das sind aufregende Neuigkeiten.« Sie kommt um die Trennwand herum und setzt sich auf die Kante meines Schreibtischs. Dann stützt sie ihr Kinn auf die Hände wie ein Kind, das gespannt auf eine Geschichte wartet, woraufhin ich laut loslache.

»Sei ruhig! Du sollst doch die Freundin sein, der das egal ist.« Spielerisch schlage ich ihr die Arme unter dem Kinn weg.

»Ich versuche nur, dich zu unterstützen.« Mit einem gespielten Schnauben geht sie an ihren Arbeitsplatz zurück. »Hey.«

Ich schaue auf und sehe, dass sie mich anblickt.

»Das ist wirklich eine große Sache und außerdem ziemlich cool, dass er dich darum bittet.« Sie zuckt mit einer Schulter, als fiele es ihr schwer, unser Privatleben ernst zu nehmen. »Ich denke, wenn er gut genug für dich ist, solltest du alles geben.« Damit zieht sie sich zurück.

Ich trinke meinen Kaffee, der, wenig überraschend, genauso ist, wie ich ihn mag. Viel Milch, viel Zucker und ein Hauch Zimt.

Er ist perfekt. Das ist auch Oz – auf seine eigene Art.

Ich schiebe meine Ängste beiseite und mache mich an die Arbeit, weil ich weiß, dass darüber nachzudenken nichts daran ändert.

29. Kapitel

Mallory

Kurz vor Mittag taucht Oz an meinem Schreibtisch auf und ich höre, wie Skyler auf der anderen Seite der Trennwand die Titelmelodie von *Der weiße Hai* summt.

»Dum dum. Dum dum. Da da da da.«

Oz hebt eine Augenbraue und ich zucke mit den Schultern. Dann lege ich meine Hand in seine und er führt mich aus der Abteilung zum Fahrstuhl.

»Bist du nervös?« Er hebt unsere vereinten Hände und gibt mir einen Kuss aufs Handgelenk.

Ich habe einen hohen Puls, daher weiß er es.

»Ein bisschen«, gebe ich zu und lächle ihn an. »So etwas habe ich noch nie gemacht.«

Er reibt meinen Knöchel über seine kurzen Bartstoppeln und sieht mich mit diesen wundervollen Saphiraugen an. »Ich auch nicht, Baby.«

Erst da kommt mir der Gedanke, dass er ebenfalls nervös sein könnte. Ich weiß, seine Mutter ist ihm wichtig. Wahrscheinlich möchte er, dass wir uns gut verstehen. Er hat noch nie einer anderen Frau gegenüber diese Gefühle empfunden, also hat er offensichtlich auch noch nie eine andere Frau zum Lunch mitgenommen. Das zu wissen, stärkt mich. Mit einem Mal verschiebt sich mein Fokus von mir auf Oz. Für ihn kann ich das machen. Dieses erste Treffen kann ich so schwer oder leicht gestalten, wie ich will, und ich werde alles tun, um seine Ängste aufzulösen.

»Ich hoffe, sie mag mich«, sage ich und lege ein wenig Entschlossenheit in meine Stimme. Zu denken, dass das hier ein großer Moment für uns beide ist, hilft mir noch lange nicht, meine Nerven zu beruhigen.

»Sie wird dich lieben.«

Seine Worte klingen endgültig. Wir steigen in den Fahrstuhl und fahren nach unten. Oz führt mich durch die Lobby, doch statt das Gebäude zu verlassen, geht er um den Sicherheitsposten herum, und ich erkenne, dass wir auf den Garten zusteuern. Meinen Garten.

Oz öffnet mir die Tür und ich trete hindurch. Ich erinnere mich an das erste Mal hier. Das Wetter ist heute wunderschön und der Schatten der Glyzinien trägt dazu bei, dass es hier angenehm kühl ist. Oz nimmt meine Hand und führt mich den Steinpfad entlang, bis wir die Rasenfläche erreichen.

Ich schaue auf und sehe eine wunderschöne ältere Frau auf der Bank sitzen. Genau wie damals steht ein Tisch mit zwei Stühlen davor.

Die Frau steht auf, sobald sie uns erblickt, und tritt um den Tisch herum. Sie trägt einen hellgelben Hosenanzug und braune Wedges. Ich kann sogar die Spitzen ihrer pinkfarbenen Zehennägel aus den Peep-Toe-Sandalen hervorlugen sehen. Ihre wunderschön grau melierten Haare fallen ihr auf die Schulter. Sie lächelt entspannt und hat die unglaublichsten dunkelgrünen Augen.

Mit ausgebreiteten Armen kommt sie auf uns zu und ich bin überrascht, als sie mich an sich heranzieht.

»Mallory, es ist so schön, dich endlich kennenzulernen.«

Ich nehme ihre mütterliche Umarmung in mich auf und befürchte kurz, gleich in Tränen auszubrechen. Meine Gefühle drängen an die Oberfläche und es ist, als wäre ich in meine Kindheit zurückgeworfen worden und bräuchte jemanden, der mich hält.

Ihre Arme sind stark, aber ihr Griff ist sanft. Einen Moment später erwidere ich die Umarmung. Es ist ein wenig wie bei meinem ersten Treffen mit Oz. Als hätte ich mein ganzes Leben auf diesen Augenblick gewartet.

»Mom, das ist Mallory. Mallory, meine Mutter, Vivien Osbourne.«

Sie tritt zurück und streckt die Arme, wobei sie mich immer noch festhält. Dann mustert sie mich von oben bis unten und ich schwöre, ich sehe einen Anflug von Tränen in ihren Augen.

»Meine Güte, bist du schön«, sagt sie und in mir breitet sich Wärme aus.

»Danke, Mrs. Osbourne.«

»Vivien«, korrigiert sie mich und beugt sich vor. »Oder Mom«, fügt sie flüsternd hinzu und zwinkert mir zu. Dann drückt sie noch ein letztes Mal meine Oberarme, bevor sie mich loslässt und Oz einen Kuss auf die Wange gibt.

»Wollen wir?« Oz deutet auf den Tisch.

Wir nehmen Platz, Vivien auf der Bank, Oz und ich ihr gegenüber auf den Stühlen. Er nimmt meine Hand und sofort bin ich völlig entspannt.

Vor uns stehen verschiedene Speisen. Jeder von uns hat einen Salat, dann gibt es in kleines Tablett mit Sandwiches und eine Servierplatte mit Obst und Käse. Vivien stellt mir einen Teller zusammen und dann einen für Oz, bevor sie sich selbst etwas nimmt.

Ich trinke einen Schluck von meinem Tee und wappne mich für die Fragen.

»Mallory«, sagt Vivien. »Ich weiß alles, was es über dich zu wissen gibt, außer warum in Gottes Namen du dich entschieden hast, bei meinem Sohn zu bleiben.«

Bevor ich es zurückhalten kann, breche ich in Gelächter aus, und Oz versteift sich neben mir. Vivien verdreht die Augen in seine Richtung.

»Wie bitte?«, frage ich, um etwas Zeit zu gewinnen.

Sie isst eines der kleinen Sandwiches und zwinkert Oz zu. Während sie kaut, zeigt sie auf den Garten.

»Den hat er vor drei Jahren gebaut. Damals wusste ich zwar von dir, aber nicht von seiner Besessenheit. Im Laufe der Zeit fing ich an, es zu verstehen, und versuchte, mehr und mehr über dich aus ihm herauszukitzeln. Ich konnte sehen, was du ihm bedeutest. Es fing an, ihn zu verändern. Ich hoffte, dass du diesen Ort eines Tages sehen und dich in ihn verlieben würdest.« Sie trinkt ihren Tee und fährt fort: »Ich denke, in so einer Situation würde sich jede Mutter Sorgen um ihren Sohn machen. Aber ich weiß schon sehr lange, dass Miles anders ist. Wenn er sich etwas in den Kopf gesetzt hat, ließ er sich nicht davon abbringen. Und ich wusste an dem Tag, an dem er mir von dir erzählt hat, dass du die Eine für ihn bist. Ich habe gehofft, dass du bleibst, wenn du die Wahrheit erfährst. Und hier bist du nun.« Sie deutet auf mich. »Ich denke, ich wüsste gerne, wieso.«

»Das ist eine berechtigte Frage«, fange ich an und setze mich ein wenig aufrechter hin. »Ich denke, jeder, der sich anschaut, was Oz …«

»Oz?«, fragt sie lächelnd und schaut uns beide an.

»Ein Spitzname«, erwidert Oz.

»Ja.« Ich lache und versuche, mein Erröten zu unterdrücken. »Ich glaube schon, dass das, was er getan hat, ohne dass ich etwas davon wusste, zunächst seltsam wirken kann. Aber als ich ihn kennengelernt und gesehen habe, was ich ihm bedeute, wie hätte ich ihn da abweisen können? So viele Frauen haben in ihrem gesamten Leben nicht einmal ansatzweise so viel Aufmerksamkeit und Hingabe erfahren, wie Miles sie mir entgegenbringt.«

Ein ernster Ausdruck tritt in ihre Augen und sie nickt zustimmend.

»Ich bin mir sicher, dass unsere Beziehung verrückt klingt. Vielleicht ist sie es auch. Aber einen Mann zu haben, dem so viel an meinem Glück liegt, und der mir in allen Bereichen des Lebens nur das Beste gibt – wer würde sich dem nicht hingeben? Klar, anfangs war ich aufgebracht, weil ich mich verraten fühlte, doch als ich anfing, Gefühle für Miles zu entwickeln …« Ich drehe meinen Kopf zu Oz und schaue in seine dunkelblauen Augen. »… als ich anfing, ihn zu lieben, wusste ich, dass das alles aus dem besten und hellsten Teil seines Herzens kommt. Er hat mir etwas gegeben, das ich nie zuvor gehabt habe.«

Oz lässt meine Hand los und umfasst mein Gesicht. Dann legt er seine warmen Lippen auf meine und drückt damit aus, was er empfindet. Ich weiß, dass Oz mich liebt. Das habe ich von Anfang an gewusst. Es aber laut auszusprechen, rückt etwas gerade für uns. Es ist eine endgültige Hingabe an den anderen.

Er vertieft den Kuss nicht, sondern zieht sich ein wenig zurück und lehnt seine Stirn an meine.

Kurz darauf setzt er sich gerade hin und nimmt wieder meine Hand. Vivien sitzt uns breit lächelnd gegenüber und ich lache auf. Dieser intime Moment vor seiner Mutter ist mir ein bisschen peinlich. Das alles ist so surreal, aber innerlich ist mir ganz warm, als würde hier eine Familie entstehen, etwas, das ich immer haben wollte.

Ich lege meine Hand auf meinen Bauch und denke, wie wahr das sein könnte. Hier könnte tatsächlich meine Familie entstehen. Das macht mir keine Angst, sondern im Gegenteil, mein Herz weitet sich vor Liebe. Ein Baby mit Oz zu haben und Vivien als meine Schwiegermutter … Das ist fast zu gut, um wahr zu sein.

In der nächsten Stunde sprechen wir über mich, was mir unangenehm ist, aber Vivien macht es mir leicht und fragt mich über meinen Job bei Osbourne Corp und mein Studium aus. Als ich Paige erwähne, wird ihr Blick ganz weich und sie blickt zu Oz hinüber.

»Ich habe Paige vor einigen Jahren kennengelernt, als Oz sie aufgespürt hatte. Anfangs mochte sie mich nicht und ich verstand auch, warum. Die beiden haben denselben Vater, aber er hat sich in ihrer beider Leben sehr unterschiedlich verhalten.«

Vivien schaut zu dem kleinen Wasserfall und seufzt.

»Es steht mir nicht zu, Paiges Geschichte zu erzählen, aber ich kann dir von Alexander Owens berichten.«

Oz beugt sich ein wenig vor, als wäre ihm das unangenehm, und steht dann auf. Vivien beobachtet, wie er zu dem Wasserfall geht, in den kleinen Teich darunter blickt und den Kois beim Schwimmen zuschaut.

»Ich war achtzehn, als ich Alexander kennenlernte. Ich stamme aus dem Mittleren Westen und wuchs in einer bürgerlichen Familie auf, die sehr religiös war. Ich war Einzelkind, meine Eltern waren extrem streng. Veranstaltungen durfte ich nur besuchen, wenn sie mit der Kirche zu tun hatten. In jenem Sommer hat unsere Kirche eine Woche lang eine Spendenveranstaltung organisiert, an der ich teilnehmen musste. Ich war dafür zuständig, Kuchen zu verkaufen, und eines Abends, als ich gerade den Stand abschloss, tauchte er auf. Ich war von seinem guten Aussehen und seinem Charme sofort hingerissen. Alexander war ein Mann, wie ich ihn nie zuvor gesehen hatte. Klug, wohlhabend und er sagte genau die richtigen Dinge. Er war fünfundzwanzig und somit älter als ich. Für ein achtzehnjähriges Mädchen, das den Großteil seines Lebens überbehütet worden war, sah er aus wie ein Filmstar. Er wusste genau, was er zu meinem Vater sagen musste, damit der ihm erlaubte, mich zu sehen. Die ersten paar Male trafen wir uns in Anwesenheit einer Anstandsdame. Das klingt altmodisch, aber meine Mutter glaubte, weil er so viel älter war als ich, wäre das nur zu meinem Besten. Ich denke, tief im Inneren wusste sie, worauf Alexander aus war.«

Versonnen blickt Vivien in die Ferne, fährt aber fort.

»Ich versprach ihm, mich eines Nachts herauszuschleichen und mich mit ihm im Park zu treffen. Er holte mich in einem nagelneuen Auto ab und ich fühlte mich wie Aschenputtel. Doch in jener Nacht war etwas anders an ihm. Sobald die Wagentür hinter mir ins Schloss fiel, wusste ich, dass ich einen Fehler begangen hatte.«

Sie senkt den Blick auf ihre Hände und seufzt.

»Ich schämte mich zu sehr, um irgendjemandem zu erzählen, was er getan hatte. Ich sagte Nein und versuchte, ihn aufzuhalten, aber er war so viel stärker als ich. Mir war klar, dass niemand mir glauben würde. Ich war ein junges Mädchen, das sich aus dem Haus geschlichen hatte, und er war so charmant und wusste, wie er die Leute für sich gewinnen konnte. Nach dieser Nacht hatte ich gehofft, er hätte bekommen, was er wollte, und würde mich in Ruhe lassen. Ich ging ihm aus dem Weg und versuchte, die Vergewaltigung zu vergessen. Als ich aber herausfand, dass ich schwanger bin, hatte ich keine andere Wahl. Ich setzte mich hin und erzählte meinen Eltern, was passiert war. Aber sie glaubten mir nicht, genau, wie ich es befürchtet hatte. Sie kontaktierten Alexander und sagten, er müsse mich heiraten. Er stimmte zu. Ich wollte das nicht, denn ich wusste, was für ein Mann er war, doch sie meinten, wenn ich es nicht täte, würden sie mich vor die Tür setzen. Ich hatte keine wirkliche Ausbildung und kein Geld, dennoch weigerte ich mich. Eher hätte ich auf der Straße gelebt, als aus freien Stücken zu ihm zu gehen. Ich war überrascht, dass er der Heirat zugestimmt hatte, aber ich glaube, ihm gefiel die Vorstellung von Kontrolle. Als ich also Nein sagte, verstärkte das seinen Appetit auf mich nur noch mehr.«

Es bricht mir das Herz, das zu hören, denn ich weiß, dass so viele Frauen das Gleiche durchgemacht haben und keine andere Wahl hatten.

»Als ich standhaft blieb, drohte er, mir das Baby wegzunehmen. Das war sein einziges Pfand und er hat es benutzt. Also dachte ich, wenn ich mitmache, würde es vielleicht nicht so schlimm werden. Er hatte Geld und ich wusste, dass für unser Baby gesorgt wäre. Ich sagte mir, ich würde es irgendwie hinbekommen. Ich wusste, dass ein Teil seiner Geschäfte nicht legal war, ignorierte es aber. Im Nachhinein betrachtet wünschte ich, ich hätte härter gekämpft.«

»Du hast getan, was du konntest«, sagt Oz vom Wasserfall aus, ohne in unsere Richtung zu schauen.

»Kurz nach der Geburt fing er an, mich zu schlagen. Und dann kam das echte Monster zum Vorschein. Er war oft bis in die frühen Morgenstunden unterwegs und als er nach Hause kam, roch er nach Alkohol und anderen Frauen. Dann fand er etwas, weswegen er mich anschreien konnte. Ich habe so oft versucht, ihn zu verlassen, aber er hat mir immer damit gedroht, mir meinen Sohn wegzunehmen und dafür zu sorgen, dass ich ihn nie wiedersehe. Und ich wusste, wenn Miles alleine bei seinem Vater bliebe, würde Alexander den Kopf meines Sohnes mit Lügen über mich füllen. Ich ertrug den Gedanken nicht, mein Kind nie wiederzusehen, und dachte, er würde mich eines Tages hassen, wenn ich ginge. Alexander erhob nie die Hand gegen unseren Sohn und ich sah zu, ihm kein weiteres Kind zu schenken. An Miles' achtzehntem Geburtstag erzählte ich ihm alles und wir gingen zusammen. Ich hatte nur meine Kleidung am Leib und kam bei einer Freundin unter. Miles hatte ein Stipendium für Yale und einen Treuhandfonds, den Alexander nicht anrühren konnte. Als Miles achtzehn wurde, hatte Alexander nichts mehr gegen mich in der Hand und ich glaube, zu dem Zeitpunkt war er meiner auch schon überdrüssig. Es gab nichts mehr, womit er mir wehtun konnte, und das wusste er.«

»Ich hatte von alledem keine Ahnung«, sagt Oz durch zusammengebissene Zähne.

»Er hat es von dir ferngehalten und auch soweit wie möglich von allen anderen. Schließlich hatte er ein Image aufrechtzuerhalten. Alexander wollte Miles dazu heranziehen, seine schmutzige Arbeit zu erledigen, aber das konnte ich nicht zulassen. Später erst haben wir herausgefunden, wozu er wirklich in der Lage ist. Ich wollte nicht, dass Miles so wird wie sein Vater, aber ich hatte auch nie die Absicht, ihn auf einen Rachefeldzug zu schicken.«

»Rache?« Mein Blick wandert zwischen den beiden hin und her und ich frage mich, was Oz vorhat.

»Miles will ihn für das bezahlen lassen, was er mir angetan hat, aber deswegen habe ich es ihm nicht erzählt. Ich habe es ihm erzählt, damit Miles nicht in seine Fußstapfen tritt – nicht, damit er anfängt, ihn zu hassen.«

Vivien schaut von mir zu ihrem Sohn. Oz kommt herüber und setzt sich wieder neben mich.

»Nachdem ich Alexander verlassen hatte, nahm ich wieder meinen Mädchennamen an, Osbourne. Miles hat seinen Namen ebenfalls geändert. Er ging aufs College. Ich suchte mir einen Job und verdiente eigenes Geld. Miles hat Alexanders Vergangenheit irgendwann einmal genauer untersucht und einiges ausgegraben. Da erst begriff ich, wie viel Glück ich gehabt hatte.«

Ich muss daran denken, dass Paige nicht so viel Glück hatte.

»Ich habe Miles gesagt, er solle die alten Geschichten ruhen lassen, aber du kennst ihn ja. Wenn er sich etwas in den Kopf gesetzt hat, kann ihn nichts mehr aufhalten. Er fand heraus, dass Alexander mit Menschenhandel, Prostitution, Geldwäsche, illegalen Wetten und dem Verkauf gestohlener Waffen zu tun hatte. Ich glaube, ich war der einzige Bereich seines Lebens, der seine Menschlichkeit einigermaßen aufrechterhalten hat. Denn nach allem, was Miles aufgedeckt hat, ist er wahrlich ein Monster. Ich weiß nicht, wie er es so lange geschafft hat, dem Gefängnis zu entkommen, aber sein vieles Geld hält ihn aus allem raus. Er hat viele Firmen in der Stadt, die sein Geld waschen. Mich lässt er in Ruhe, weil er glaubt, ich wüsste nicht, was alles vor sich gegangen ist. Denn wenn ich etwas gegen ihn in der Hand hätte, so denkt er wohl, dann hätte ich es längst eingesetzt. Vielleicht liegt es aber auch nur an dem Personenschutz, den Miles für mich organisiert hat, oder an den überbordenden Maßnahmen, die er ergreift, damit ich in Sicherheit bin.«

Ich nicke, weil ich das alles nur zu gut verstehe.

Oz sieht mich an. Seine Augen sind ganz weich und warm. Ich drücke seine Hand, lasse ihn wissen, dass ich hier bin, dass ich real bin.

»So vieles an Alexander und dem, was er getan hat, ist schrecklich …« Sie bricht ab und atmet tief aus. »Es gibt so vieles, von dem ich mir wünschte, ich könnte es ändern, aber das kann ich nicht. Wir müssen einfach weitermachen und versuchen, unser Leben zu leben, so gut wir es können.«

Ich kann mir gar nicht vorstellen, das durchzumachen, was sie durchgemacht hat, und welche Schuldgefühle sie vermutlich mit sich herumträgt. Ich schaue ihr in die Augen und sehe, dass sie trotzdem lächeln kann, was ihre wahre Stärke zeigt. Sie blickt erst Oz an, dann mich.

»Zwei wunderschöne Frauen haben ihren Weg zu uns gefunden, dafür bin ich dankbar«, sagt Vivien. »Paige ist für mich etwas ganz Besonderes, auch wenn ich weiß, dass es für sie schwer ist, das so zu sehen. Ich hoffe, dass sie eines Tages versteht, wie viel mir an ihr liegt. Vielleicht können auch wir beide, du und ich, das eines Tages haben.«

Bei dem Gedanken, eine Mutter in meinem Leben zu haben, breitet sich Wärme in meiner Brust aus. Genau das habe ich immer gewollt.

»Und dann könntet ihr euch vielleicht an die zehn Enkelkinder machen, die Miles mir versprochen hat.«

»Mom«, sagt Oz und Vivien lacht.

Sie wackelt mit den Augenbrauen und zeigt zwischen uns hin und her. »Wartet nicht zu lange. Ich werde nicht jünger.«

Die Wolke der Traurigkeit zieht vorüber und das Gespräch über Oz' Vater wird beiseitegeschoben.

»Mallory, ich glaube, es ist an der Zeit, dass ich dich wieder hochbringe.« Oz steht auf und hält mir die Hand hin.

Ich nehme sie und erhebe mich ebenfalls. Dann verabschieden wir uns von Vivien.

Sie nimmt mich in die Arme und ich lehne mich an sie. Ich wusste nicht, wie sehr ich eine Umarmung wie ihre brauchte, bis ich sie erhielt. Sie drückt mich noch einmal und schenkt mir ein strahlendes Lächeln.

»Nächste Woche wieder, Mallory?«

Ich nicke erfreut und kann meine Aufregung nicht verbergen.

»Schön. Aber dann lassen wir Miles zu Hause.«

Sie zwinkert mir zu, dreht sich dann zu ihm um und umarmt ihn ebenfalls, wobei sie seinen Protest ignoriert.

Hand in Hand verlasse ich mit Oz den Garten und fühle mich unbeschwert und fröhlich. »Sie ist eine umwerfende Frau mit einem umwerfenden Sohn«, sage ich, als Oz mir die Tür aufhält.

»Mit Schmeicheleien kommst du bei mir sehr weit, meine süße Mallory.«

Wir durchqueren die Lobby und steigen in den Fahrstuhl. Bevor ich den Knopf für meine Etage drücken kann, nimmt Oz meine Hand und drückt den Knopf für sein Stockwerk.

»Oz, ich muss wieder an die Arbeit.« Spielerisch lehne ich mich an ihn, doch sein Gesichtsausdruck ist ernst. Er streicht mit den Händen über mein Kinn und der Blick aus seinen saphirblauen Augen ist so eindringlich, dass ich sein Handgelenk umfasse. »Was ist los?«

»Meine Mom hat dir ihre Geschichte über meinen Vater erzählt. Jetzt möchte ich dir meine erzählen.«

Die Fahrstuhltüren gleiten auf und ich sehe seine Sekretärin hinter ihrem Schreibtisch sitzen. Als sie uns sieht, steht sie auf und die beiden tauschen einen Blick aus, woraufhin sie nickt. Ich bin angespannt. Er fasst meine Hand ein wenig fester, als wir auf die Flügeltür zu seinem Büro zugehen.

Ich zögere, doch er legt seine Hand an mein Kreuzbein und öffnet die Tür vor mir. Als ich eintrete, sehe ich eine blonde Frau, die uns den Rücken zugewandt hat, und neben ihr einen großen Mann. Eine Hand hat er ihr auf die Taille gelegt. Beim Geräusch der sich öffnenden Tür dreht sie sich um und schenkt uns ein sanftes Lächeln.

Ich bin geschockt, als ich in ihr Ivy Lennox erkenne. Meine Gedanken rasen, während sie da steht und ihre Hände knetet. Sie hat ein cremefarbenes Sommerkleid mit passendem cremefarbenem Blazer an, dessen Ärmel hochgeschoben sind. Ihre pfirsichfarbenen Sandalen sehen teuer aus, wie alles andere an ihr auch, und ich erinnere mich, dass ich damals, als ich sie auf dem Foto mit Oz gesehen habe, dachte, dass sie wohlhabend aussah. Ich weiß nicht, warum mich das irritiert, aber das tut es. Vielleicht liegt es aber auch an ihrer Ausstrahlung. Der große Mann neben ihr trägt einen dunklen Anzug und steht neben ihr, als wolle er sie beschützen. Mein Unmut wandelt sich in Neugierde.

Oz schließt die Tür hinter uns. Als ich das Schloss zufallen höre, reiße ich mich zusammen, schaue ihn an und komme gleich zur Sache.

»Was ist hier los?«

»Mallory, ich möchte, dass du Ivy und ihren Ehemann Brian kennenlernst. Ivy, das ist meine Mallory.«

Er drückt mir die Hand wieder gegen das Kreuzbein und das tröstet mich, auch wenn ich immer noch verwirrt bin. Und ich müsste lügen, wenn ich behaupten würde, dass mir die Art, wie er »meine Mallory« sagt, nicht gefällt. Weitere Fragen schießen mir durch den Kopf. Das hier ist die einzige Frau, die ich jemals auf einem Foto mit ihm gesehen habe, und er hat sie bisher noch nie erwähnt. Oz führt mich weiter in den Raum hinein und Ivy streckt mir die Hand hin. Ich nehme sie und spüre, wie weich und zierlich sie ist. Ein Anflug von Unsicherheit ergreift mich, aber Oz' große Hand streicht über meinen Rücken und versichert mir, dass alles gut ist. Brian gibt mir nicht die Hand, begrüßt Oz aber mit einem strengen Nicken. Er stellt sich besitzergreifend neben Ivy und ich denke, dass er sich im Moment vermutlich genauso fühlt wie ich.

»Es ist so schön, dich endlich kennenzulernen.« Ihre Stimme ist so sanft wie ihr Händedruck.

»Setzen wir uns doch. Es gibt ein paar Dinge, die ich gerne besprechen würde.« Oz deutet auf die kleine Sitzgruppe. Ivy nimmt in einem der Sessel Platz und Brian in dem anderen. Oz und ich setzen uns ihnen gegenüber auf die Couch und Oz rutscht nah an mich heran. Er nimmt meine Hände, drückt sie leicht und lässt mich seine Stärke fühlen. Es ist, als würde er genau wissen, was ich in diesem Moment brauche, und nicht zögern, es mir zu geben. Ich sehe, dass Brians Hand auf Ivys übereinandergeschlagenen Beinen ruht. Er starrt uns an, ohne ein Wort zu sagen.

»Ich habe meine Assistentin gebeten, ein Meeting mit Ivy einzuberufen, und ich wollte, dass du dabei bist. Ivy und ich haben zusammen in Yale studiert und hatten ein paar gemeinsame Vorlesungen. Eines Nachmittags haben wir an einem Gruppenprojekt gearbeitet und sind zufällig gemeinsam aus dem Coffeeshop getreten.«

Ich schaue von Oz zu Ivy, die sich nervös eine blonde Strähne hinter das Ohr schiebt und dann die Geschichte weitererzählt.

»Meine Familie gehört zum alten Geldadel von Connecticut und hat politische Verbindungen zum Weißen Haus. Ich galt als aufstrebende Dame der Gesellschaft und wurde daher ab und zu auf dem College fotografiert. Auch Miles war unter Beobachtung, einmal wegen der Geschäfte seines Vaters, aber auch wegen seines eigenen wachsenden Ansehens in Yale.« Sie legt ihre Hand auf Brians und fährt fort. »An diesem Tag nach der Studiengruppe wurden wir zusammen fotografiert. Ich konnte mich nicht einmal daran erinnern, dass wir das Café gemeinsam verlassen haben, und habe die Person, die das Foto gemacht hat, gar nicht gesehen. Als meine Mom mich am nächsten Tag anrief und fragte, ob ich mit Miles ausgehen würde, habe ich das abgetan. Keiner von uns hatte romantische Gefühle für den anderen.« Sie stößt ein erschöpftes Lachen aus, das erkennen lässt, dass sie es noch immer nicht versteht. »Miles und ich waren nicht einmal befreundet. Wir waren nur zufällig in derselben Lerngruppe und somit kaum mehr als Bekannte. Aber da ich wusste, was Paparazzi aus solchen Bildern für Geschichten spinnen, habe ich meiner Mom gesagt, sie solle es einfach ignorieren.«

Oz nickt zustimmend und erzählt weiter. »Auf dem College hatte ich ein paar Auseinandersetzungen mit meinem Vater, weil er empört war, dass ich nicht in seine Fußstapfen treten wollte. Ich fing an, in seiner Vergangenheit herumzuwühlen und fand heraus, woher das schmutzige Geld aus meinem Treuhandfonds stammt. Dazu einige Informationen über seine Schwarzmarktgeschäfte. Ich erfuhr, dass an dem Geld Blut klebte, dass es aus Menschen-, Waffen- und Drogenhandel stammte. Das hat mich krank gemacht. Damals habe ich einen Fehler begangen und mich zu früh verraten. Ich habe ihm gesagt, ich würde ihn ruinieren und ihm alles nehmen. Ich wollte ihn nicht tot sehen, das wäre zu einfach gewesen. Ich wollte, dass er pleite ist, zerstört und wertlos.« Er schüttelt den Kopf, als erinnere er sich an etwas, an das er sich nicht erinnern wollte. »Ich war jung und wütend. Statt Pläne zu machen und sie auszuführen, habe ich ihm erzählt, wie ich mich rächen würde. Wie gesagt, jener Tag kam mich teuer zu stehen. Ich habe mich zu früh offenbart und mir danach geschworen, das nie wieder zu tun.«

Ivy lächelt sanft und nimmt den Faden der Geschichte auf. »Ich wollte für ein langes Wochenende nach Hause fahren. Das Letzte, woran ich mich erinnere, ist, dass ich um eine Kurve bog und von einem schwarzen SUV von der Straße gerammt wurde. Zwei Monate später wachte ich in einem Krankenhausbett auf und wusste nicht, was passiert war. Und Brian stand an meinem Bett.« Sie lächelt ihn an und ich sehe die Liebe in ihren Augen.

»Mein Vater meldete sich nur wenige Stunden nach Ivys Unfall bei mir und ließ mich wissen, dass er dahintersteckt. Dass er, wenn ich mich nicht zurückziehe, weiteren Menschen, die mir etwas bedeuten, etwas antun würde. Er ging davon aus, dass Ivy und ich ein Paar waren. Das war nicht der Fall, dennoch tat es weh, dass ich Ivy da mit hineingezogen hatte, nur weil ich meine Wut nicht zügeln konnte und die Klappe so weit aufreißen musste.«

Ivy zuckt mit den Schultern, als sei das, was ihr passiert ist, kein Problem.

»Dieser Tag hat mir Brian zurückgegeben. Er war der Sicherheitschef meiner Familie und ich hatte schon immer für ihn geschwärmt. Wir hatten uns ineinander verliebt, es aber nie ausgesprochen. Er weigerte sich, mit mir zusammen zu sein, und meinte, ich müsste aufs College gehen und Erfahrungen sammeln. Ich glaube, er dachte, ich würde über ihn hinwegkommen, wenn ich nicht mehr ständig mit ihm zusammen wäre. Nach dem Unfall hat er in den zwei Monaten, die ich im Koma lag, nicht einmal meine Seite verlassen, und als ich aufgewacht bin, meinte er, wir würden nie wieder getrennt sein.« Er beugt sich vor, vergräbt kurz sein Gesicht an ihrem Hals und gibt ihr einen Kuss auf die Wange.

Sie lächelt Oz und mich an. »Ich weiß, ich sollte das nicht sagen, aber ich bedaure nicht, was passiert ist. Es hat uns zusammengeführt. Dafür werde ich immer dankbar sein. Ich mache dir keine Vorwürfe wegen des Vorfalls an jenem Tag und ich habe Brian schwören lassen, sich nicht an deinem Vater zu rächen.«

Sie sieht ihn kurz an und dann wieder uns. »Um ehrlich zu sein, hat sein Wunsch nach Rache uns fast auseinandergebracht. Er konnte erst davon ablassen, als ich ihm erklärte, dass es sich anfühlte, als sei ihm sein Drang nach Vergeltung wichtiger als ich und unsere gemeinsame Zukunft. Irgendwann im Leben kommt man an einen Punkt, an dem man sich entscheiden muss, was einem wichtig ist. Ich wollte nicht mehr, dass Wut und Hass ihn verzehren oder sich unserer Beziehung in den

Weg stellen. Mit Brian zusammen zu sein, verliebt zu sein, war für mich das Wichtigste. Die Vergangenheit loszulassen und unser Leben zu leben, ist das Einzige, was zählt.«

Ich schaue Oz an, der die Brauen zusammengezogen hat. In seinen Augen liegt ein besorgter Ausdruck. Dann sehe ich unsere ineinander verschränkten Hände und denke darüber nach, was es bedeuten würde, wenn er seinen Rachefeldzug weiterführte. Würde das immer wie eine Wolke über uns hängen? Würde nur der Tod seines Vaters alles richten? Irgendwie glaube ich nicht, dass die Antwort darauf Ja lautet. Und Oz will ihn nicht tot, sondern ruiniert sehen. Aber wird das genügen? Werde ich mir ständig deswegen Sorgen machen?

»Ich wollte dich da nie mit hineinziehen, Ivy. Das ist der Grund, warum ich Mallory so lange auf Abstand gehalten habe. Ich wollte mich vergewissern, dass meine Pläne stehen, bevor ich es jeden wissen lasse, was sie mir bedeutet.« Er dreht sich zu mir um und streicht mir eine lose Strähne aus dem Gesicht. »Ich wollte, dass du verstehst, in welcher Gefahr du schwebst, wenn du mit mir gesehen wirst. Aber es ist an der Zeit, dass das alles ein Ende findet. Ich verspreche, auf dich aufzupassen und mich immer um dich zu kümmern.«

Eine Weile sitzen wir schweigend da, bevor eine tiefe Stimme die Stille durchbricht.

»Wenn du irgendetwas brauchst, weißt du, wo du uns findest.«

Nach Brians Worten stehen wir alle auf. Er und Ivy verlassen das Büro. Nachdem die Flügeltür hinter ihnen zugefallen ist, kommt Oz zu mir und wir setzen uns wieder auf die Couch.

»Geht es dir gut, Baby?«

Sein Blick, der schon so lange einen Teil meiner Seele gefangen hält, gibt mir das Gefühl, noch enger mit ihm verbunden zu sein. Zu wissen, dass er das alles nur zu meinem Schutz getan hat, vertieft meine Liebe zu ihm. Oz nimmt nichts auf die leichte Schulter, und zu wissen, dass er alles geplant hat, damit diese dunkle Seite von ihm mir keinen Schaden zufügen kann, bringt mich dazu, mich noch fester an ihn zu klammern.

»Ja, ich glaube, jetzt verstehe ich es.«

»Das ist der Grund, warum ich Paige von Anfang an auf dich angesetzt habe. Der Grund, warum ich dich immer im Auge behalten habe und jedes Mal Panik bekam, wenn du nicht beschützt oder an meiner Seite warst.« Er umfasst mein Gesicht mit beiden Händen und der intensive, fast schwarze Schatten in seinen Augen gewährt mir einen Einblick in seine Gefühlswelt. »Ich darf dich nicht verlieren. Und ich werde nicht zulassen, dass eine Situation entsteht, in der das jemals passieren könnte.«

Seine Worte sind hart und endgültig. Ich weiß, dass nichts seinen Plan wird aufhalten können. Ich kann nur hoffen, dass wir beide heil aus der ganzen Sache herauskommen.

Er küsst mich so leidenschaftlich, dass es keinen Raum für Widerworte gibt. Ich gehöre jetzt zu ihm und so sehr ich mich auch dagegen wehren sollte, ich werde es nicht tun. Ich bin sein und er ist mein. Ich würde alles tun, um unsere Liebe zu beschützen – und die Familie, die vielleicht schon am Entstehen ist.

30. Kapitel

Mallory

Am nächsten Tag gehe ich mit Oz durch die Lobby. Paige musste wegen eines Trainings früher in die Firma. Als wir in den Fahrstuhl steigen, will ich den Knopf für meine Etage drücken, aber Oz hält mich zurück und drückt den für seine.

»Ich weiß nicht, was du vorhast, Oz, aber ich komme zu spät.« Ich drehe mich zu ihm um und er schaut mich verlegen an. Er hat schon versucht, mich zu spät kommen zu lassen, indem er mich heute Morgen überfallen hat, als ich mich anziehen wollte. Dann hat er darauf bestanden, dass ich mit zu ihm hochkomme, um eine Krawatte auszusuchen, während er die ganze Zeit murmelte, dass wir uns das alles sparen könnten, wenn ich endlich bei ihm einzöge.

»Oz?«, frage ich zögernd, als er sich weigert, mich anzusehen. »Was ist los? Was hast du gemacht?« Seine Anspannung macht mich noch nervöser.

Der Fahrstuhl fährt in die oberste Etage und die Türen gleiten auf. Seine Sekretärin Jay sitzt an ihrem Schreibtisch und hört sofort auf zu schreiben, als sie uns kommen sieht.

»Mr. Osbourne, Ms. Sullivan«, begrüßt sie uns und steht auf. »Die Büros sind umgeräumt worden und stehen bereit.«

»Danke, Jay.«

Sie lächelt strahlend und setzt sich wieder, um weiterzuschreiben.

Oz nimmt meine Hand und führt mich nach rechts, weg von der Flügeltür zu seinem Büro.

»Oz, wo gehen wir hin?«, will ich wissen, als er mich den Flur entlangzieht. Ich frage mich, ob irgendjemand uns sieht. Den Leuten muss aufgefallen sein, dass wir oft zusammen unterwegs sind, doch noch habe ich keine Gerüchte gehört. Aber ich schätze, mir gegenüber würde auch niemand etwas sagen. Und seine Sekretärin scheint es zu wissen.

Am Ende des kurzen Flurs gibt es eine weitere Doppeltür und Oz öffnet sie weit. Inmitten eines großen Raums mit bodentiefen Fenstern stehen sich zwei Schreibtische gegenüber. An einem davon sitzt Skyler und tippt an ihrem Computer.

»Was zum …«, sage ich und Skyler hebt den Kopf.

»Der Blick von hier oben gefällt mir wesentlich besser, also werd jetzt bloß nicht frech«, unterbricht sie mich. Ihr scheint unser neues Büro zu gefallen.

Ich drehe mich zu Oz um, der nur mit den Schultern zuckt, woraufhin ich ihm einen vernichtenden Blick zuwerfe.

»Könntest du uns vielleicht einen Moment alleine lassen, Skyler?«, bitte ich, ohne den Blick von Oz abzuwenden.

»Natürlich. Ich hole mir schnell eine Cola light aus dem Automaten im Pausenraum.« Kurz bevor sie das Büro verlässt, wirft sie mir über die Schulter zu: »Ein Getränkeautomat auf unserer Etage, Mallory. Verdirb mir das nicht.«

Ich verdrehe die Augen, dann fällt die Tür ins Schloss. Mit verschränkten Armen warte ich auf eine Erklärung.

»Ich brauche Hilfe bei einem besonderen Projekt und habe Linda gefragt, ob sie mir dich und Skyler ausleihen kann.«

»Und du hast nicht darüber nachgedacht, was ich will? Oz, ich habe dir gesagt, dass du meinen Freiraum respektieren musst, vor allem, wenn es um meine berufliche Laufbahn geht. Ich weiß, dass du mir das Stipendium gegeben hast, aber ich habe mir für meine Noten den Arsch aufgerissen. Ich weiß, was ich mir verdient habe, und ich will nicht, dass du mir das wegnimmst, um mir irgendeinen bescheuerten Schreibtischjob zu geben, nur damit ich näher bei dir bin. Das ist totaler Unsinn!«

Beim letzten Wort stampfe ich sogar mit dem Fuß auf, aber das ist mir egal. Vielleicht klinge ich wie eine undankbare Göre, aber er kann mich nicht so herumschubsen. Er hat mir gesagt, dass er genau das, was er jetzt tut, nicht tun würde.

Oz steckt die Hände in die Hosentaschen, als müsse er sich arg bemühen, mich nicht zu packen. Vermutlich weiß er, dass ich ihm ausweichen würde. Und er hasst es, wenn ich das tue.

»Ich verstehe, wie das auf dich wirken muss, aber ich verspreche, ich habe einen Plan, bei dem ich deine Hilfe brauche. Ich habe das Büro hier oben schon vor Monaten umbauen lassen, aber bisher habe ich nicht die richtige Person für diesen Job gefunden. Dann habe ich gesehen, wie produktiv du und Skyler seid, und dachte, dass ihr perfekt hierfür wärt.«

Mit dieser Aussage hat er mir ein wenig Wind aus den Segeln genommen. Jetzt bin ich neugierig, will aber meinen Standpunkt nicht so leicht aufgeben.

»Hätten wir das nicht auch von unseren alten Arbeitsplätzen aus erledigen können?«, frage ich ein wenig schärfer als beabsichtigt.

»Ehrlich gesagt, nein.« Er klingt selbstgefällig und tut so, als hätte er diese Runde für sich entschieden. »Das Projekt verlangt, dass ihr beide sehr eng mit mir und der Verwaltung zusammenarbeitet. Wen auch immer ich für diesen Job engagiere, wird in diesem Büro sitzen, egal, ob es sich um dich und Skyler oder jemand anderen handelt. Ich denke, ihr beide wärt sehr gut für dieses Projekt. Ich will jemanden, dem ich vertrauen kann.«

Ich lasse meine Arme sinken und merke, dass ich gespannt bin, worauf das hier hinausläuft, auch wenn ich immer noch ein bisschen sauer bin. Oz ist wie eine Dampfwalze und zu gut darin, mich dazu zu bringen, mich seinen Wünschen zu beugen. Aber wenn das hier eine echte Chance auf einen echten Job und nicht nur ein Praktikum ist, bin ich sehr interessiert.

Er nimmt meine Hand und zieht mich mit sich aus dem Büro. Jay springt auf, als wir uns nähern.

»Kaffee, Sir?«, fragt sie und Oz schüttelt den Kopf.

»Keine Störung«, ruft er ihr noch zu, bevor er die Tür hinter uns verschließt. Das Zuschnappen des Schlosses hallt durch den Raum.

»Was machst du da?« Ich versuche, ihm meine Hand zu entziehen, doch er fasst mich an den Hüften, hebt mich hoch und trägt mich zu dem Sofa neben seinem Schreibtisch. Er setzt sich so hin, dass ich auf seinem Schoß lande. Ich versuche, mich zu bewegen, doch er hält mich fest. Diese Aktion erregt und nervt mich gleichzeitig. Mein Körper reagiert auf ihn wie immer.

»Wie gestern bei unserem privaten Lunch besprochen, habe ich herausgefunden, dass mein Erbe seinen Preis hatte. Und auch wenn ich das Geld schon verhundertfacht habe, gefällt es mir nicht, zu wissen, dass es von etwas …« Er hält inne, als suche er nach dem besten Wort, »Widerlichem stammt.«

Ich nicke, weil ich ihn verstehe. Ich würde auch nicht wollen, dass etwas von mir mit etwas verbunden ist, das ich verabscheue. Aber ich frage mich, auf welche unrechtmäßige Weise genau das Geld erworben wurde. Welche schrecklichen Dinge sind dafür geschehen?

»Lange Zeit war ich auf Rache aus. Und auch wenn ein Teil von mir ihn immer noch hasst, glaube ich, dass ich meine Energie besser darauf verwende, mich um die zu kümmern, die ich liebe.«

Unter seinen Worten fängt mein Magen an zu kribbeln. Die Vorstellung, dass ich vielleicht der Grund dafür bin, dass er sich auf etwas anderes konzentrieren will, wärmt mich von innen.

»Ich habe beschlossen, einen Großteil meines Geldes in wohltätige Projekte zu investieren. Ich brauche zwei Menschen, denen ich vertrauen kann, die auswählen, wer das Geld wirklich benötigt und wohin es fließen soll. Ich habe gesehen, was du und Skyler mit Zahlen anstellen könnt, und ich vertraue dir mit meinem Leben, Mallory. Ich hätte gerne, dass du dieses Projekt leitest und mir hilfst, mit all dem, was mir gegeben wurde, etwas Gutes zu tun.«

»Du willst, dass wir uns um die Wohltätigkeitsprojekte der Firma kümmern?« Mit einem Mal schwirren mir die Ideen nur so durch den Kopf.

»Ja. Ich denke, du und Skyler, ihr könntet viel Gutes bewirken und dafür sorgen, dass das Geld an die richtigen Stellen gelangt. Ich will wirklich etwas im Leben von Kindern bewegen. Von Kindern, die kein Netzwerk haben, das sie auf ihrem Weg unterstützt.«

»So wie ich«, sage ich und schaue ihm in die Augen.

»So wie du«, bestätigt er. »Ich hasse meinen Vater, aber ich frage mich, ob ich dich ohne ihn überhaupt gefunden hätte. Und dafür kann ich ihn nicht hassen. Anstatt also meine ganze Kraft in Rache zu stecken, will ich einen Teil davon in etwas Gutes investieren und etwas von dem zurückgeben, was mir geschenkt wurde.«

Seine Worte sind süß und ich will das wirklich. Sehr sogar. Ich wende den Blick ab, bin nicht sicher, was ich sagen soll. Er lockert seinen Griff an meinen Hüften und dreht mein Gesicht zu sich.

»Oz.« Ich schmiege meine Wange in seine Hand. Sein Daumen streichelt mich. »Du musst mit mir reden und mich nicht einfach mit dem überrollen, was du willst.«

»Ich weiß.« Ich höre einen Anflug von schlechtem Gewissen in diesen beiden schlichten Worten. »Ich versuche es. Ich will, was für dich das Beste ist, und ich kann nicht leugnen, dass dazu auch gehört, dich in meiner Nähe zu haben. Aber ich verspreche dir, mich zu bemühen.« Er legt seine Hand an meinen Rücken und zieht mich an sich. »Ich hätte die Sachen aus deiner Wohnung in meine bringen lassen können, so wie ich es mit dem Büro gemacht habe.« Er lächelt schief, aber ich verdrehe die Augen und beiße mir auf die Innenseite meiner Wange. »Siehst du? Ich bemühe mich.«

In mir tobt ein Kampf. Ein Teil von mir will auf eigenen Füßen stehen, der andere will sich in die Sache mit Oz fallen lassen. Ich will es genießen, dass sich zum ersten Mal in meinem Leben jemand um mich kümmert. Ich weiß nicht einmal, warum ich mich mit ihm um die Kontrolle streite, wenn mir doch tief im Inneren die Vorstellung gefällt, ihm die Zügel zu überlassen. In Wahrheit handelt der Kampf nicht von Kontrolle, sondern von der Angst, ihn zu verlieren. Ich fürchte mich davor, etwas zu genießen, das mir wieder weggenommen werden könnte. Ich weiß besser als jeder andere, wie schnell das gehen kann. An meine Eltern erinnere ich mich vielleicht nicht mehr, aber ich habe Bilder gesehen. Ich habe Fotoalben in meinem Schrank daheim. Auf den Bildern sehen wir glücklich aus. Wie eine normale Familie. Und dann, *puff*, waren sie weg. Zu wissen, wie perfekt es mit Oz sein könnte, macht mich gleichzeitig unglaublich glücklich und ängstigt mich.

»Ich meine es ernst«, schimpfe ich ihn und dränge mich gleichzeitig näher an ihn heran.

»Ich auch, Sweetheart. Ich arbeite einfach besser, wenn du in meiner Nähe bist. Die Sicherheit auf dieser Etage ist die beste im gesamten Gebäude.« Er legt seine Hand auf meinen Bauch. Ich weiß, was er denkt. Er macht das, seitdem wir über die Möglichkeit gesprochen haben, dass ich schwanger sein könnte. »Ich brauche dich in meiner Nähe.«

Dann findet er mit seinen Fingern den Saum meines weiten Kleides, streicht an meinen Oberschenkeln entlang und umfasst meinen Hintern. »Wenn ich dich in der Nähe weiß, kann ich leichter atmen, so verrückt das auch klingt.«

Seine süßen, mächtigen Worte sind mein Untergang. Ich verlagere nur ein wenig das Gewicht und schon dreht er mich auf den Rücken und ist über mir. Er legt seinen Mund auf meinen und küsst mich heftig, während er seine Hand zwischen uns gleiten lässt. Er braucht nur einen Moment, um meinen Slip zur Seite zu schieben und mich mit sich auszufüllen.

Ich stöhne an seinem Mund, als er hart in mich eindringt. Jeder Stoß presst mich an ihn. Seine Bewegungen sind tief und lang und er nimmt mich, als hätte er mich seit Tagen nicht gehabt. Als hätten wir uns nicht erst vor einer Stunde geliebt.

»Fuck, ich werde so hart, wenn ich dich nehme«, presst er hervor. »Wenn ich weiß, dass du dich mir ein klein wenig mehr ergibst. Tag für Tag. Stück für Stück. Und mich dich haben lässt.« Mit dem Mund wandert er zu meinem Hals und ich recke den Kopf, um ihm zu geben, was er will.

Mit einer Hand stützt er sich über mir ab, mir der anderen hält er mich für seine harten Stöße fest.

»Ich kriege einfach nicht genug von dir. Ich kann dir nicht nah genug sein. Ich denke, wenn ich noch ein kleines bisschen mehr bekomme, hört diese Besessenheit irgendwann auf. Stattdessen wird sie immer stärker«, flüstert er mir ins Ohr. Bei seinen Worten ziehe ich mich um ihn herum zusammen, seine Obsession erregt mich ohne Ende.

»Das gefällt dir, oder? Zu wissen, wie verrückt ich nach dir bin. Dass ich ohne dich nicht atmen kann.«

»Ja«, gebe ich zu. Die Worte kommen mir über die Lippen, bevor es mir bewusst ist. Ich wollte sie nicht laut aussprechen.

»Ich liebe dich.« Er sagt die Worte und sie bringen mich zum Höhepunkt. Ich spüre, wie er sich tief in mir verströmt und seine Wärme und Liebe erfüllen mich.

»Ich liebe dich auch.« Ich versuche nicht mehr, mich zurückzuhalten. Es ist mir egal, wie verrückt das alles ist. Ich fühle mich nur vollständig, wenn ich mit ihm zusammen bin. Wenn Oz mich verzehren will, könnte es sein, dass ich ihn lasse.

Er zuckt auf mir. »Sag das noch mal.«

»Ich liebe dich.« Das geht mir so leicht von den Lippen, weil es sich richtig anfühlt. Perfekt.

Er schmiegt sich an mich und ich weiß nicht, wie lange wir so dort liegen, aber er wird wieder hart.

»Oz.« Ich winde mich unter ihm, weil ich weiß, dass ich zu meinem Schreibtisch zurückkehren und arbeiten muss.

Stöhnend löst er sich von mir. Unsere Leidenschaft bedeckt meine Schenkel, als er meinen Slip wieder an die richtige Stelle rückt. Er streicht mit den Händen über sie, bevor er mein Kleid hinunterzieht.

Ich sehe zu, wie er seine Kleidung richtet, seinen immer noch harten Schwanz in die Hose steckt und dann Hemd und Krawatte glättet. Bei dem Anblick will ich ihn am liebsten wieder auf mich ziehen. Er sieht aus, als hätte er eiligen, harten, rauen Sex gehabt, was auch so war. Mir gefällt die Vorstellung, dass ich diejenige bin, die diesen Look hervorgerufen hat.

»Wenn du mich weiter so anschaust, kommst du hier nie mehr heraus.« Er starrt mich mit diesem vertrauten hungrigen Ausdruck in den Augen an. Grinsend springe ich auf und sehe an mir herunter, um mich zu vergewissern, dass mein Kleid richtig sitzt und ich nicht aussehe, als hätte ich gerade Sex in seinem Büro gehabt.

Dann gehe ich zur Tür, doch er hält mich am Handgelenk fest und zieht mich zu sich heran. Der Kuss, den er mir gibt, raubt mir den Atem. Ich weiß nicht, wie er das macht, aber jeder Kuss fühlt sich an, als würde er mich verschlingen, jedoch auf sehr süße weiche Art.

Viel zu schnell löst er sich wieder von mir.

»Geh, sonst landen wir gleich wieder auf der Couch.« Ich höre, wie das Schloss an der Tür aufgeht, und kehre in mein neues Büro zurück, wo Skyler schon wieder am Computer sitzt und tippt. Als sie mich eintreten hört, hebt sie den Kopf.

»Ich habe so viele Ideen!«, ruft sie und springt von ihrem Stuhl auf. Ich gehe zu meinem neuen Schreibtisch und setze mich. Ich muss zugeben, es ist nett, nicht mehr im Großraumbüro zu sitzen. Das Erste, das mir auffällt, ist ein Bild von Oz und mir auf dem Tisch. Es ist vom Wochenende. Ich liege noch im Bett, den Kopf im Halbschlaf auf seine Brust gebettet. Ich kann mich nicht einmal daran erinnern, dass er es aufgenommen hat. Ich muss lächeln, weil er etwas so Bezauberndes getan hat, und frage mich, ob er das gleiche Bild auf seinem Schreibtisch stehen hat.

Ich öffne die oberste Schreibtischschublade, um nach einem Block zu suchen, und knalle sie gleich wieder zu, als Skyler sich an meinen Tisch lehnt. Oh mein Gott, ich hoffe, sie hat nicht gesehen, was darin lag – eine Ausgabe von *Schwangerschaft und Geburt: Alles, was Sie wissen müssen*! Sie neigt den Kopf und weiß offensichtlich, dass ich versuche, etwas zu verbergen.

Dann schaut sie sich auf meinem Schreibtisch um, nimmt das gerahmte Foto hoch und mustert es einen Moment.

»Die Leute reden schon«, sagt sie und stellt das Bild wieder hin. »Ich denke, es ist besser, dass wir hier oben sind, selbst wenn wir nicht dieses hammermäßige Projekt hätten.«

Ich stöhne, als ich an den Büroklatsch denke, aber es ist, wie es ist. Früher oder später musste unsere Beziehung ja ans Licht kommen.

»Wie schlimm ist es?«, frage ich.

»Der Klatsch dreht sich nicht wirklich um dich. Mehr um Miles«, gibt sie zu, was mein Interesse erregt. »Es heißt, dass Mr. Osbourne nicht mit Frauen ausgeht. Also nie.«

Ich denke an all die Male, an denen Oz mir ins Ohr geflüstert hat, wie lange er auf mich gewartet hat. Dass es seit dem Moment, als er mich das erste Mal gesehen hat, keine andere gegeben hat. Wenn das der Fall ist, verstehe ich, warum die Leute reden.

»Und man redet darüber, wie er sich dir gegenüber benimmt. Zumindest das, was die Leute mitbekommen haben.« Sie senkt die Lider, als wollte sie den nächsten Teil nicht allzu laut sagen. »Er war immer irgendwie kühl und hat nie gelächelt. Jetzt läuft er mit diesem verträumten Ausdruck in den Augen herum.«

»Tut er nicht.« Ich lache. Ich bin mir nicht sicher, ob ich Oz' Augen verträumt nennen würde. Intensiv, klar. Vielleicht sind sie auch weich und süß, aber mir gefällt die Vorstellung, dass nur ich das zu sehen bekomme. Dass ich die Einzige bin, die das hervorrufen kann. Bei dem Gedanken kribbelt mein Magen zum tausendsten Mal an diesem Tag.

Skyler zuckt mit den Schultern. »Tja, auf mich wirkt er mehr wie ein Höhlenmensch, aber ich habe ja auch gesehen, wie er einen Kerl deinetwegen umgehauen hat, das könnte meinen Blick auf ihn etwas getrübt haben.« Sie schaut sich im Büro um. »Aber er ist ein unglaublicher Höhlenmensch.« Sie flüstert den Satz, als ob Oz uns hören könnte. Sie will dieses Büro wirklich behalten.

»Was hast du da?« Ich nicke in Richtung der Papiere in ihrer Hand.

»Ich denke an Größeres als an Spenden und Veranstaltungen. Mit dem Budget, das uns zur Verfügung steht, können wir uns das erlauben.« Sie lässt die Papiere vor mir auf den Tisch fallen. »Wir können wirklich etwas bewirken, Mallory.«

Ich sehe mir die Papiere an. »Jetzt weiß ich, warum die im Weißen Haus dich haben wollten.«

31. Kapitel

Mallory

»Ich werde heute einige Sachen in dein Büro liefern lassen.«

Ich drehe mich um und sehe, dass Oz hinter mir im Schlafzimmer steht, während ich überlege, was ich anziehen möchte.

»Weitere singende Telegramme?«, frage ich ihn über meine Schulter hinweg und wende mich wieder dem Kleiderschrank zu.

Seine warmen Hände umfassen meinen Po. Ich habe einen grauen Spitzentanga mit passendem BH an und Oz befühlt beides anerkennend.

Er lacht leise und verpasst mir einen spielerischen Klaps, bevor er sich auf mein Bett setzt. »Dieses Mal leider nicht. Wir haben morgen ein Event und ich weiß, du hast keine Zeit, um einkaufen zu gehen, also habe ich dir ein paar Kleider bestellt, die du anprobieren kannst.«

Ich drehe mich um und stemme die Hände in die Hüften. »Morgen? Und das sagst du mir erst jetzt? Was zum Teufel soll das, Miles?«

»Oh, oh. Wenn du mich mit meinem echten Namen ansprichst, bist du ernsthaft wütend.« Er weiß, dass ich verärgert bin, aber das dumme Grinsen ist immer noch in seinem Gesicht. »Außerdem hast du mir versprochen mitzukommen, also helfe ich dir nur.«

Er nippt an seinem Kaffee. Ich stehe da in meiner Unterwäsche und versuche, mich daran zu erinnern, wann ich gesagt habe, ich würde ihn zu einer Veranstaltung begleiten. Dann fällt mir plötzlich eine Textnachricht von ihm ein, in der er gesagt hat, dass ich mitgehen müsste. Er hat recht, aber es kommt mir vor, als wäre das schon eine Ewigkeit her.

»Oz.« Ich stampfe mit dem Fuß auf, weil ich weiß, dass er recht hat. »Du hättest mir früher Bescheid geben können. Was ist das für eine Veranstaltung?«

»Baby, ich habe mich um alles gekümmert. Du musst nur da sein und an meiner Seite bleiben. Du siehst immer umwerfend aus, also wird das kein Problem sein.«

Ich verdrehe die Augen und versuche, seine süßen Worte zu ignorieren. »Oz«, wiederhole ich warnend.

»Es ist eine stumme Auktion zugunsten von *The New York Foundling*. Ein Wohltätigkeitsverein, der es sich zur Aufgabe gemacht hat, Familien ein sicheres Zuhause zu besorgen und sie bei der Ausbildung zu unterstützen.«

Bei seinen Worten wird mir ganz warm ums Herz. »Okay«, sage ich leise und schnappe mir ein Kleid.

»Okay?«, wiederholt er.

Ich ziehe das dunkelblaue Etuikleid an und Oz stellt sich hinter mich. Er gibt mir einen Kuss zwischen die Schulterblätter, bevor er den Reißverschluss hochzieht.

»Ja. Ich komme mit dir. Ich wünschte nur, ich hätte eher davon gewusst, dann hätte ich mich etwas hübsch machen können.«

Er dreht mich zu sich herum und nimmt mich in die Arme. »Du, meine Liebe, wirst die schönste Frau im ganzen Saal sein, egal, ob du zurechtgemacht bist oder nicht.« Er gibt mir einen Kuss auf den Hals und sagt mir, dass er mich liebt.

»Ich liebe dich auch.« Ich kann nicht aufhören zu lächeln.

Sein Duft umfängt mich und ich lehne mich gegen ihn. Das dunkle Blau seines Anzugs gleicht fast der Farbe meines Kleides und das bringt mich auch zum Lächeln. Wir sind beide viel zu verrückt nacheinander, aber ich wehre mich nicht dagegen. Ich fühle mich wertgeschätzt und will das nie wieder verlieren.

»Und nun lass uns zur Arbeit gehen, bevor ich dir dieses hübsche Kleid ausziehe und noch einen deiner Slips zerreiße.«

»Und los geht's«, merkt Skyler an und lehnt sich in ihrem Stuhl zurück.

Als ich heute ins Büro kam, habe ich ihr von der Lieferung erzählt. Ich hatte jedoch nicht damit gerechnet, dass sie zwei Sekunden nach meinem Eintreffen kommen würde.

Ich flitsche ein Gummiband in ihre Richtung und sie weicht ihm geschickt aus.

Jay hält die Flügeltür auf, damit eine junge Frau mit dunklen Haaren und dunkler Haut den großen Kleiderständer hereinrollen kann. Sie trägt ein hellgelbes Wickelkleid, das ihre Kurven betont und zu ihrer makellosen Haut einfach umwerfend aussieht. Sofort mag ich ihren Look und hoffe, dass sie etwas dabeihat, das mich nur halb so hübsch aussehen lässt.

Ich stehe auf und reiche ihr zur Begrüßung meine Hand. Ich bin nervös, aber auch voller Vorfreude.

»Hi, ich bin Mallory.«

»Schön, dich kennenzulernen. Ich bin Kimmi Ford.«

Skyler schaut über meine Schulter. Sie kann es kaum erwarten, die Kleider zu sehen, und winkt Kimmi zu. »Hey, ich bin Skyler und trage Größe XS.«

»Ignorier sie einfach«, sage ich und boxe Skyler in die Rippen.

Kimmi lacht und deutet auf die Kleider. »Ich habe leider nur Größe M dabei. Sorry, Babe.« Sie zwinkert Skyler zu und dann betrachtet sie mich von oben bis unten. »Dich auszustaffieren, wird Spaß machen. Tolles Dekolleté, schöne Hüften. Jupp. Fangen wir an.«

Ich schaue zu Skyler, die sich die Hände reibt, als wäre heute der beste Tag von allen.

»Ist dir das unangenehm?«, fragt Kimmi und schaut sich nach einer privateren Ecke im Büro um.

Ich lache. »Nein. Ich habe vier Jahre in einem Mädchenwohnheim verbracht. Alles gut.« Dann denke ich kurz nach und schaue Skyler an. »Ich ziehe mich einfach auf der anderen Seite des Kleiderständers um. Jamie sieht aus, als könnte sie mir ohne große Mühe das Genick brechen.«

Skyler lacht und nimmt ihr Handy zur Hand, sicher, um Jamie zu schreiben, was ich gerade gesagt habe. Aber ich achte ihre Beziehung und weiß, dass Jamie sehr abwehrend sein kann, wenn es um Skyler geht.

Kimmi schiebt den Kleiderständer zu einer Sitzgruppe hinüber und ich stelle mich auf die andere Seite. So bin ich vor ihrer beider Blicke geschützt. Ich ziehe mein Kleid aus und Kimmi zeigt mir, wo ich anfangen soll.

Auf der gesamten Stange hängen nur lange Abendroben, die aussehen, als seien sie für eine sehr noble Veranstaltung angefertigt worden. Treffe ich den Präsidenten oder gehe ich auf eine Stille Auktion? Ich schätze, ich muss darauf vertrauen, dass Miles und Kimmi wissen, was sie tun.

Ich probiere drei Kleider an und jedes Mal, wenn ich hinter der Stange hervorkomme, schüttelt Kimmi den Kopf. Ich scheine gar keine eigene Meinung haben zu dürfen, aber erneut entscheide ich mich, ihr zu vertrauen. Das vierte Kleid ist aus einem goldenen, metallisch aussehenden Stoff. Ich muss meinen BH und meinen Slip ausziehen, um hineinzuschlüpfen, aber dann fühlt sich das kühle Material ganz wunderbar an. Und das Kleid sitzt wie eine zweite Haut.

Als ich nun hinter der Kleiderstange hervortrete, schaut Kimmi von ihrem Handy auf und strahlt mich an. »Das ist es.«

»Wow«, sagt Skyler und betrachtet mich von Kopf bis Fuß. »Er wird dich umbringen.« Dann lächelt sie wie der Grinch und ich muss lachen.

Kimmi zieht einen Ganzkörperspiegel aus dem Rollständer und ich stelle mich davor. Das Kleid ist umwerfend und betont alle meine Vorzüge. Die dünnen Träger kreuzen sich im Rücken und der goldfarbene Netzstoff sieht aus, als wäre er durchsichtig, was er aber nicht ist. Vorne und hinten ist das Kleid tief ausgeschnitten und bringt mein üppiges Dekolleté zur Geltung. So wie der Stoff das Licht einfängt, wirkt es, als wäre meine Haut mit schimmerndem Puder bestäubt. Das Kleid schmiegt sich an meine Hüften und fällt dann gerade zu Boden, wo es sich um meine Füße sammelt. Es sieht aus, als trüge ich flüssiges Gold. Ich habe mich noch nie so sexy gefühlt.

»Er wird uns beide umbringen«, sagt Kimmi breit grinsend. »Ich sehe zu, dass es eingepackt geliefert wird. Es bleibt unser Geheimnis, bis es zu spät ist.«

»Ich mag sie.« Skyler nickt zustimmend.

Ich schaue mich an und kann immer noch nicht fassen, was ich da sehe. Noch nie im Leben habe ich so etwas getragen, aber ich sehe gut aus. Selbst ich kann keinen versteckten Makel finden und das soll was heißen.

»Es ist wirklich eine Schande«, sage ich und streiche mit den Händen über den Stoff.

»Was?« Kimmi schaut mich im Spiegel an.

Ich drehe mich um und zucke mit den Schultern. »Wenn er es mir vom Leib reißt, werde ich es nie wieder tragen können.«

32. Kapitel

Mallory

Nach der Arbeit verlassen Oz und ich Hand in Hand das Gebäude und mir ist ganz warm ums Herz. Ich bin bis über beide Ohren in ihn verliebt. Es ist, als könne nichts uns etwas anhaben.

»Dinner?«, frage ich, als mein Magen knurrt.

»Ich habe da etwas vorbereitet.«

Oz zwinkert mir zu und zieht mich an sich, bevor wir in seine Limousine einsteigen, die am Bürgersteig auf uns wartet. Drinnen reicht er mir einen kleinen Seesack. Ich schaue ihn skeptisch an, doch er lächelt nur und sagt, ich solle ihn öffnen. Darin sehe ich Wechselkleidung und werde misstrauisch

»Willst du dabei zusehen, wie ich mich umziehe?«, frage ich und lächle schief.

Er nimmt seine Krawatte ab und zieht eine eigene Tasche hervor. Er öffnet sie und holt ein graues T-Shirt heraus. Dann knöpft er sein Hemd auf und mein Blick wandert über seine Brust und seine harten Bauchmuskeln. Es müsste ein Gesetz dagegen geben, so gut auszusehen, aber ich schaue ihn mir trotzdem weiter an, während er das T-Shirt anzieht. Es schmiegt sich an den genau richtigen Stellen an seinen Körper und er zwinkert mir zu, weil er weiß, dass ich mich gerade ablenken lasse.

»Wir haben heute Abend ein Date, Baby. Behalt deine Hände bei dir.«

Ich verdrehe die Augen bei dieser anmaßenden, aber durchaus zutreffenden Unterstellung, und beobachte, wie er eine blaue Baseballkappe hervorkramt. Erst jetzt erkenne ich das Yankees-Logo darauf und auf seinem T-Shirt. Nun hole ich meine Sachen heraus und sehe, dass wir zueinander passende Kappen und Shirts haben.

»Ein Yankees-Spiel?« Die Aufregung ist meiner Stimme anzuhören.

»Ich hoffe, du magst Baseball.« Oz zieht seine Hose aus und schlüpft in eine Jeans und Turnschuhe.

Ich schaue in meinen Beutel und ziehe eine Jeansshorts sowie blaue Korkwedges heraus. Der Mann denkt aber auch an alles. Ich drehe ihm den Rücken zu, damit er den Reißverschluss meines Kleides öffnen kann, und er drückt mir einen sanften Kuss auf die Wirbelsäule, während ich es ausziehe. Als ich ihn wieder anblicke, zieht er seine Kappe tief ins Gesicht, was ihn noch attraktiver aussehen lässt. Er lehnt sich nach hinten gegen die Rückbank der Limousine und schenkt mir dieses welterschütternde Lächeln.

Ich tausche das Kleid gegen T-Shirt und Shorts aus. »Ein Fan bin ich nicht wirklich, aber ich liebe Hotdogs und Bier. Auf dem College bin ich zu ein paar Spielen gegangen, aber nie zu einem der Profiliga. Ich bin mir nicht sicher, was die ganzen Abkürzungen bedeuten, aber ich verstehe die Grundregeln. Noch wichtiger, ich habe gehört, dass die Yankees echt gut sind.«

Er lacht und erzählt mir alles, was er über das Team weiß. Auch, wer seine Lieblingsspieler in der Kindheit waren und von den paar Malen, die er im Stadion war. Während er spricht, leuchtet sein Gesicht vor Aufregung, und ich kann ihn mir als Jungen vorstellen. Das Bild lässt mich dahinschmelzen. Es macht mich glücklich, zu wissen, dass er trotz des ganzen

Ärgers mit seinem Vater auch gute Zeiten gehabt hat, auf die er zurückblicken, und die er mit mir teilen kann. Als die Limousine vor dem Stadium anhält, nimmt Oz mich gut gelaunt an die Hand und zieht mich hinter sich her. Sein Enthusiasmus befeuert meinen und als wir den Eingang erreichen, lache ich fast vor Vorfreude.

Wie üblich, wenn wir irgendwo hinkommen, schaut der Sicherheitsmann ihn an und lächelt, dann öffnet er die Sperre und lässt uns ungehindert eintreten. Oz bekommt überall eine VIP-Behandlung und mir wird davon immer noch ein wenig schwindelig, weil ich es nicht gewohnt bin. Ich hatte nie das Beste von allem und in diesem Maße ist es überwältigend, aber gleichzeitig irgendwie auch megacool.

Als Erstes gehen wir zum Essensstand und holen uns Bier, Hotdogs und Brezeln. Danach nehmen wir unsere Plätze direkt hinter der Home Plate ein. Der Blick ins Stadium ist unglaublich und kein Vergleich zu meinen Erfahrungen aus der Collegezeit. Selbst wenn man nicht auf Baseball oder die Yankees steht, hat die Atmosphäre etwas Magisches. Von so vielen Fans umgeben zu sein, die ihren Sport lieben, und Ausnahmesportler gegeneinander antreten zu sehen, ist echt aufregend. Doch das Beste ist, mit Oz zusammen zu sein. Ich denke, er könnte mich zum Toilettenputzen mitnehmen und wir hätten immer noch großen Spaß zusammen. Er ist meine andere Hälfte und solange er bei mir ist, bin ich startklar.

Wir unterhalten uns ein paar Minuten und er zeigt mir die verschiedenen Spieler und Trainer, während die sich auf dem Platz aufwärmen. Zu meiner Überraschung sieht ihn einer der Pitcher, die er mir zeigt, und ruft ihn bei seinem Nachnamen.

»Osbourne! Wer ist dein Mädchen?«

Der Spieler schaut zu mir und winkt mit beiden Händen. Ich will zurückwinken, aber Oz fasst mich am Handgelenk und legt meine Hand zurück auf meinen Oberschenkel, wo er sie besitzergreifend festhält.

»Kümmere dich um deinen eigenen Kram, Rodriguez.«

Ich beiße mir auf die Unterlippe, um nicht laut loszulachen, als Oz sich förmlich vor mich schiebt, um mich vor den Blicken zu schützen. Ich lehne mich auf meinem Sitz zurück, massiere seine breiten Schultern und hoffe, dass das hilft, seinen Eifersuchtsanfall zu vertreiben.

Nach der Nationalhymne gibt Oz mir einen Kuss auf die Wange und flüstert mir ins Ohr: »Bleib sitzen, Baby. Ich bin gleich wieder da.«

Er geht zu einer kleinen Tür neben der Spielerbank und der Sicherheitsmann öffnet sie für ihn. Mir fällt die Kinnlade herunter, als ich ihn auf das Spielfeld gehen sehe, wo Rodriguez ihm den Baseball gibt. Die beiden plänkeln ein paar Sekunden miteinander, bevor sie sich gegenseitig auf den Rücken klopfen. Danach stellt Oz sich auf die Position des Pitchers und das ganze Stadion jubelt und klatscht.

»Heilige Scheiße.« Ich schlage mir die Hände vor den Mund. Mit einem Mal bin ich supernervös und aufgeregt. Ich kann nicht glauben, dass er den ersten Ball bei einem Yankees-Spiel wirft und mir nichts davon erzählt hat.

Ich sehe, wie er seine langen muskulösen Arme streckt und der Catcher sich bereit macht. Die Menge fängt an zu jubeln und Oz sieht kurz zu mir und zwinkert mir zu, bevor er seine Position einnimmt. Ich halte den Atem an, als er ausholt und den Ball loslässt. Die Zeit scheint stillzustehen, während der Ball langsam seine Hand verlässt, zur Home Plate fliegt und im Handschuh des Catchers landet.

Mein Mann ist in allem gut. Und den ersten Ball bei einem Baseballspiel zu werfen, bildet keine Ausnahme. Seine Form wäre eines Profiteams würdig und die Geschwindigkeit und

Präzision seines Wurfes waren perfekt. Ich könnte sagen, dass ich schockiert bin, aber das bin ich nicht.

Ich springe auf und ab, werfe die Arme in die Luft und juble, so laut ich kann. Wenn ich mich nicht irre, sehe ich eine leichte Röte auf seinen Wangen, als er seinen Platz verlässt und die Yankees das Spielfeld übernehmen. Er bleibt stehen und posiert für ein paar Fotos mit Leuten aus der Mannschaft, dann kommt er wieder zu mir herüber.

Ich werfe mich in seine Arme und schlinge mich so aufgeregt um ihn, als hätte er gerade die Weltmeisterschaft gewonnen und nicht nur einen einzigen Ball geworfen. Er küsst mich auf den Hals und umarmt mich, bevor er mich auf meinem Sitz absetzt und neben mir Platz nimmt.

»Du warst unglaublich. Wie konntest du mir nur nichts davon erzählen?« Spielerisch schlage ich ihm auf den Arm. Er streckt die Hand aus und drückt meinen Oberschenkel.

»Ich wollte es nicht beschreien.« Er küsst mich erneut auf den Hals und sein warmer Duft steigt mir in die Nase. Mein Herz flattert, aber zu bald schon zieht er sich wieder zurück. »Außerdem überrasche ich dich gerne.«

»Sieht so aus.«

Wir sehen uns das Spiel an, bestellen Bier und haben unglaublich viel Spaß. Nie hätte ich gedacht, dass ein Baseballspiel so unterhaltsam sein kann, aber mit Oz zusammen zu sein, macht alles toll.

»Okay, wo sind die Waschräume?« Ich schaue mich um.

»Oben links von der Treppe«, sagt Oz. »Warte eine Sekunde, ich begleite dich.«

In dem Moment taucht ein Reporter auf und bittet um ein kurzes Interview mit Oz. Ich sehe ihm an, dass er ablehnen will, und drücke seinen Arm, um ihn wissen zu lassen, dass es für mich in Ordnung ist. Einen Moment lang schaut er mich sehnsüchtig an und ich lasse ihn lachend mit dem Reporter zurück, um zur Toilette zu gehen.

Auf dem obersten Treppenabsatz sehe ich Captain. Er scheint immer wie aus dem Nichts aufzutauchen. Ich winke ihm kurz zu, dann sehe ich auch schon die Toilette und gehe darauf zu. Ich trete ein, ohne hinzusehen, und stoße mit jemandem zusammen.

»Oh, sorry …« Ich bleibe stehen und erkenne, dass es Joel ist. Seit der Nacht im Club, als Oz ihn umgehauen hat, habe ich ihn nicht mehr gesehen. Er braucht eine Sekunde, um mich zu erkennen, hebt dann aber die Hände und tritt einen Schritt zurück.

Ich will das mit dem Vorfall erklären und mich entschuldigen. »Hey, Joel, ich hatte noch gar keine Gelegenheit …«

»Mallory. Du bist ein netter Mensch, aber ich werde mich nicht zwischen dich und deinen Freund stellen.« Er macht noch einen Schritt nach hinten. »Dein Drama kann ich wirklich nicht gebrauchen.«

»Mein Drama?« Diese Anspielung beleidigt mich. Als wäre es total in Ordnung gewesen, mich ohne meine Einwilligung zu befummeln.

»Ja, ich kann gut darauf verzichten, von deinem Kerl aufgespürt zu werden.«

Er dreht sich um und geht. Ich denke darüber nach, ihm etwas hinterherzurufen, aber dann sage ich mir, dass es so vermutlich am besten ist. Oz wird mich immer beschützen. Und so sehr ich Joel als Professor mochte, hatte ich nie irgendwelche Gefühle für ihn, die über das Berufliche hinausgingen. Auf dem Weg in die Kabine beschließe ich, wegen des Vorfalls in jener Nacht keine Schuldgefühle mehr zu haben, und bin froh, nichts mehr mit ihm zu tun zu haben.

Als ich fertig bin, verlasse ich den Waschraum und sehe Oz an der Wand lehnen. Mit seiner tief sitzenden Jeans, dem engen

T-Shirt und der ins Gesicht gezogenen Baseballkappe sieht er so unglaublich heiß aus. Etwas an der Art, wie er da an der Wand lehnt, verleiht ihm eine leicht arrogante Ausstrahlung, und ich mag ihn gleich noch ein bisschen mehr.

Ich gehe zu ihm, schlinge meine Arme um ihn und er beugt sich vor, um mich zu küssen.

»Schmalzgebäck?«, murmelt er dicht an meinen Lippen und ich bin sofort hellwach.

»Oh, du weißt wirklich, wie man das Herz einer Frau erobert.«

»Es gibt nur eine Frau, deren Herz ich erobern will.«

Mein Gott, seine Sätze klingen, als stammten sie direkt aus einem Liebesroman. Wie kann ich nur so ein Glück haben?

»Schmeichle mir nur weiter so und ich gebe dir vielleicht etwas von meinem Schmalzgebäck ab.«

Ich zwinkere ihm zu, obwohl ich das ernst meine. Dann ziehe ich ihn an der Hand zum Verkaufsstand.

Am Ende des Spiels haben die Yankees gewonnen und ich bin fast heiser vom Singen und Jubeln. Ich hätte nie gedacht, dass mir ein Baseballspiel so viel Vergnügen bereiten würde, aber ich hätte wissen sollen, dass mit Oz alles besser ist, als ich es erwarte.

Auf dem Weg nach draußen zieht Oz mich auf einmal vom Ausgang weg in die andere Richtung. »Hier entlang, Baby. Noch ein kleiner Zwischenstopp, bevor wir nach Hause gehen.«

Er führt mich einen Gang hinunter zu einer Reihe Fahrstühle. Nach einer Sekunde öffnet sich eine der Türen und ich bin überrascht, seine Mom vor mir stehen zu sehen.

»Da ist ja mein Junge!« Vivien strahlt und zieht ihn in ihre Arme. »Ausgezeichneter Wurf. Ich bin sicher, du hast meine

Anweisungen von der Tribüne gehört.« Sie lässt ihn los und umarmt mich. »Mallory, ihr beide saht bezaubernd aus, wie ihr da oben miteinander gekuschelt habt. Es ist so lieb von euch, mich hinauszubegleiten.«

»Ich wusste gar nicht, dass du hier bist.« Ich lächle sie an. In ihrer dunkelblauen Hose und der Yankees-Strickjacke sieht sie hinreißend aus.

»Oh, Oz hat mir eine Dauerkarte für den VIP-Bereich geschenkt. Was soll ich sagen, mein Blut ist Yankee-Blau.« Sie grinst und in dem Moment ist die Ähnlichkeit zwischen Mutter und Sohn unverkennbar.

»Ich dachte, ich begleite dich zum Auto und höre mir an, wie umwerfend mein Wurf war«, sagt Oz und hält ihr seinen Arm hin.

»Immer auf der Suche nach einem Kompliment.« Vivien verdreht die Augen. Ich liebe diese Frau.

Wir gehen vorne hinaus, wo der Fahrer schon wartet. Vivien gibt Oz einen Kuss auf die Wange und mir dann auch. Dabei flüstert sie mir ins Ohr: »Ich habe ihn noch nie so viel lächeln sehen. Danke, Mallory.«

Damit tritt sie zurück und Oz hilft ihr beim Einsteigen. Sobald die Tür zufällt, fährt der Fahrer los und wir gehen noch ein Stück weiter zu Oz' wartender Limousine.

»Was hat sie zu dir gesagt?«, fragt er und drückt zärtlich meine Hand.

»Dass ich in Yankee-Blau auch gut aussehe.«

Er lacht und der Klang kribbelt in meinen Ohren. Sein Lächeln ist breit, seine Grübchen sind zu sehen und ich erkenne, dass ich vieles zu tun bereit wäre, um diesen Anblick immer vor Augen zu haben.

33. Kapitel

Mallory

Ich strecke mich träge im Bett und genieße es, Oz zu riechen, der mich fest umschlungen hält. Sein Kopf ruht zwischen meinen Brüsten und ein Bein hat er über meine Beine gelegt. Ich habe mich inzwischen daran gewöhnt, mit seinem Gewicht auf mir zu schlafen. So sehr sogar, dass ich nicht weiß, ob ich ohne ihn überhaupt schlafen könnte.

Als ich ein leises Klopfen höre, halte ich inne und lausche. Es klopft erneut.

»Oz, ich glaube, da ist jemand an der Tür.«

»Mmm?«, murmelt er und vergräbt seinen Kopf tiefer in meinem Dekolleté.

Er stößt die Hüfte vor und seine lange Härte drückt sich gegen meinen Oberschenkel. Sofort zieht sich meine Pussy zusammen und will seinen unersättlichen Drang befriedigen.

Das Klopfen wird lauter. Oz schaut auf die Uhr auf dem Nachttisch.

»Es ist halb zehn. Die können warten«, murmelt er und drückt sein Gesicht wieder an meine Brüste.

Lachend will ich ihn von mir schieben, doch er rührt sich kein Stück.

»Wer ist das?«

»Jemand, der mich davon abhalten will, Sex zu haben«, sagt er und schiebt seinen großen Körper auf meinen.

Ohne sein Gesicht von meinen Brüsten zu nehmen, drückt

er meine Beine mit seinen Knien auseinander und schiebt seinen Schwanz in mich. Er ist noch nicht einmal vollständig wach. Ich schlinge meine Beine um ihn, öffne mich für das, was er will, und er taucht vollständig in mich hinein.

»Guten Morgen, Baby.« Seine Worte werden von meinem Nippel gedämpft, den er in den Mund gesaugt hat.

Seine Erektion dehnt mich, als er anfängt, in mich hineinzustoßen. Es klopft noch einmal, aber inzwischen ist es mir auch egal, denn er ist in mir und wenn wir so miteinander verschmelzen, ist alles andere auf der Welt unwichtig.

Mit einem Mal klingelt das Festnetztelefon auf dem Nachttisch und Oz stößt ein Knurren aus. Er stößt noch einmal fest zu, bevor er die Hand ausstreckt und den Hörer nimmt.

»Was?«, fragt er, immer noch tief in mir vergraben.

Ich höre jemanden sprechen, kann aber die Worte nicht verstehen. Nach einer Sekunde legt Oz eine Hand auf meinen Mund und bewegt wieder die Hüften. Meine Augen weiten sich vor Schock, dass er sich in mir bewegt, während er telefoniert. Gleichzeitig macht mich das unglaublich feucht.

»Das habe ich gehört.« Er leckt sich über die Lippen und betrachtet meinen Körper. Ich weiß, er will mich mit dem Mund berühren. Er kann ihn kaum von mir lassen, wenn wir uns lieben.

Ich spreize die Beine weiter und Feuchtigkeit bedeckt seinen Schwanz, der in mich hinein- und aus mir herausgleitet.

Am anderen Ende der Leitung wird weitergeredet und ich beschließe mitzuspielen.

Ich öffne meinen Mund unter seiner Hand und gleite mit der Zunge über seine Handfläche. Seine wunderschönen Saphiraugen verdunkeln sich und er umfasst den Telefonhörer fester.

»Fünf Minuten«, sagt er knurrend, bevor er auflegt.

Er kniet sich hin und zieht mich mit sich, hält mich fest, während er wütend in mich hineinstößt. Der erbitterte Ausdruck in seinen Augen und die aggressive Besitzergreifung, die er ausstrahlt, lassen mich sofort kommen.

Ich schreie auf, als er ein letztes Mal in mich hineinstößt und sich in mir verströmt. Wir klammern uns aneinander und versuchen, zu Atem zu gelangen, während das Nachbeben dieser verrückten, heißen Vereinigung langsam abklingt.

»Wo kam das denn her?«, frage ich lächelnd und schmiege mich an seine Brust. Ich küsse das Tattoo mit meinem Namen und presse meine Wange daran.

»Ein Team von Leuten ist hier, um dir und Paige zu helfen, euch für heute Abend fertig zu machen. Ich war aber noch nicht bereit, dich herzugeben.«

Als ich in seine weichen blauen Augen schaue, gibt er mir einen süßen Kuss.

Dann zieht er sich zurück und ich klettere lächelnd aus dem Bett. »Ich gehe schnell duschen und du kannst unsere Gäste begrüßen.«

Ich höre ihn hinter mir stöhnen und werfe ihm einen Blick über die Schulter zu. Er schaut mich verlangend an – er ist wirklich unersättlich.

Nachdem ich mir die Haare hochgebunden habe, springe ich schnell unter die Dusche. Keine Ahnung, was mich heute erwartet. Oz hat mir gestern Abend erzählt, dass Kimmi jemanden engagiert hat, der mir die Haare machen soll, aber dazu ist es jetzt noch ein wenig zu früh, denn die Veranstaltung beginnt erst um achtzehn Uhr. Vermutlich wollte sie nur, dass wir genug Zeit haben.

Nach dem Duschen wickle ich mir ein Handtuch um und gehe in Oz' Ankleidezimmer. Während man mir die Haare macht, habe ich vor, ein Hemd und eine seiner Shorts zu tragen. Ich schalte das Licht ein und halte inne. Schaue mich um.

»Miles!«, rufe ich, ohne mich von der Stelle zu bewegen.

Nach einer Sekunde ist er bei mir, schlingt seine Arme um meine Taille und küsst mich auf die nackte Schulter. Ich zeige auf den Raum.

»Was zum Teufel ist das?«

Mehr als die Hälfte des Zimmers ist mit Kleidung gefüllt, von der ich verdammt gut weiß, dass sie nicht mir gehört, die mir aber wie angegossen passen wird.

»Ich sehe da kein Problem, Mallory. Du willst nicht, dass ich dich bedränge und Dinge tue, ohne vorher mit dir zu sprechen. Also habe ich deine Sachen nicht aus deiner Wohnung herbringen lassen, sondern dir neue gekauft.«

»Oz.« Verzweifelt lasse ich den Kopf in die Hände sinken.

»Schlupfloch, Baby«, sagt er und gibt mir einen Klaps auf den Hintern. »Und jetzt zieh dir etwas an. Sie bereiten im Esszimmer schon alles vor.«

Er verlässt das Ankleidezimmer, bevor ich ihn fragen kann, was er damit meint. Aber ich habe ohnehin keine Zeit, mich mit ihm zu streiten. Ich gehe zu der ersten Kleiderstange und suche nach etwas Bequemem. Als ich die Kleiderbügel nacheinander zur Seite schiebe, fällt mir an den Etiketten etwas auf.

Umstandsmode.

Mein Magen schlägt einen Salto und ich denke an meine Periode, die jetzt jeden Tag kommen müsste. Oz muss das wirklich wollen, wenn er bereits dafür plant. Kurz darauf habe ich eine Idee.

Ich gehe zu einer anderen Kleiderstange und sehe, dass darauf normale Kleider hängen, also schnappe ich mir ein Tanktop mit integriertem BH und eine Yogahose, damit ich mich nicht um Unterwäsche kümmern muss. Obwohl, wenn er mir einen ganzen Kleiderschrank voller Klamotten gekauft hat, hat er die bestimmt auch besorgt.

Ich verlasse das Ankleidezimmer und bleibe stehen, um zu lauschen, wo Oz ist. Ich höre ihn am Ende des Flurs reden, also schnappe ich mir schnell meine Handtasche von der Kommode. Ich hole das billige Handy heraus, das Paige mir für den Abend, an dem wir uns weggeschlichen haben, gekauft hat, und schalte es ein.

Dann schicke ich ihr eine kurze Nachricht und hoffe, dass sie ihres auch eingeschaltet hat. Nach einer Sekunde kommt ihre Antwort und ich bin gleichzeitig erleichtert und nervös.

34. Kapitel

Mallory

Zwei Stunden später bin ich geschniegelt wie noch nie zuvor in meinem Leben.

Kimmi war kurz hier, um das geheime Kleid abzugeben, das nun in meiner neuen Garderobe hängt. Sie ist schon wieder weg, hat mir aber auf dem Weg nach draußen ein verschwörerisches Lächeln zugeworfen.

Zwei Leute sind hier, um mir eine Maniküre und Pediküre zu geben, und eine dritte Person schminkt und frisiert mich. Ich bin gezupft und geschrubbt worden, und während der Nagellack trocknet, kommt Paige ins Esszimmer. Sie hat ihre Handtasche überm Arm und ich starre sie an.

»Hey«, sagt sie und betrachtet mich von Kopf bis Fuß, bevor sie sich im Zimmer umschaut. »Wo ist Oz?«

»Er wollte noch ein bisschen arbeiten, während ich verwöhnt werde.« Ich schaue die Frauen an, die sich um mich kümmern, und lächle. »Macht es den Damen etwas aus, wenn ich eine kleine Pause einlege? Es ist fast Mittag, vielleicht sollten wir alle das hier kurz unterbrechen.«

Oz hat ein paar Speisen liefern lassen und Paige hat bereits ein halbes Sandwich vertilgt.

Alle stimmen zu. Ich stehe auf und gehe mit Paige ins Schlafzimmer. Dort ziehe ich sie ins Badezimmer und schließe die Tür hinter uns ab.

»Meinst du nicht, dass das ein wenig verdächtig wirkt?«, flüstert sie.

»Gib ihn mir einfach.« Ich strecke die Hand aus und warte.

Paige öffnet ihre Handtasche und legt mir den Schwangerschaftstest in die Hand.

»Du glaubst nicht, was ich durchmachen musste, um den zu besorgen, Mal. Ich glaube, dem Captain platzte ein Blutgefäß, als er gesehen hat, was ich da kaufe.« Sie grinst ein wenig boshaft und ich hätte gelacht, wenn ich nicht solche Angst hätte.

»Ich habe die Verpackung weggeworfen, damit sie dich nicht verrät, wenn sie im Müll liegt. Aber ich habe die Anleitung gelesen. Ein Strich heißt nicht schwanger. Zwei Striche heißen, du hast einen Braten in der Röhre. Die Anwendung scheint ziemlich einfach zu sein.«

Ich nicke und betrachte den Test. Dann gehe ich zur Toilette und setze mich. Ich halte den Stab zwischen meine Beine und versuche, mir nicht auf die Hand zu pinkeln, während ich Paiges Anweisungen folge. Danach lege ich ihn auf den Waschbeckenrand und wasche mir die Hände.

»Alles in Ordnung?« Paige sieht mich nervös an.

»Ja. Ich habe Angst, aber ich weiß nicht, warum. Ich liebe Oz und er liebt mich. Ein Baby mit ihm zu haben, wäre wundervoll, aber irgendwie bin ich auch kribbelig. Bei dem ganzen Sex ohne Verhütung bin ich wahrscheinlich tatsächlich schwanger.«

Paige lacht und stößt mich mit dem Ellbogen an. »Fühlst du dich schwanger? Ist dir übel?«

»Nein, überhaupt nicht. Aber ich war noch nie schwanger, also was weiß ich schon?«

»Das ist eine große Sache, Mal. Aber ich kenne dich und du hättest nichts von all dem getan, wenn du dir nicht sicher wärst. Selbst wenn es vielleicht nur im Unterbewusstsein ist, glaube ich, dass du von Anfang an gewusst hast, dass Miles der Eine ist.«

Ich nicke und Wärme breitet sich in mir aus. Sie hat recht. Tief im Inneren weiß ich, dass er der Richtige ist. Und wenn aus unserer Liebe ein Kind hervorgegangen ist, werde ich die glücklichste Frau auf der ganzen Welt sein.

Paige schaut auf ihre Uhr und nickt mir dann zu. Ich gehe zu dem Test und nehme ihn mit zitternden Fingern hoch. Als ich darauf schaue, sackt mein Herz in den Magen, denn ich sehe nur eine Linie.

»Negativ«, bestätigt Paige.

»Mallory? Paige?« Oz klopft an die Badezimmertür.

Panisch öffne ich den unteren Schrank und verstecke den Test unter einer Rolle Toilettenpapier. Dann richte ich mich auf und schaue Paige an, die aussieht, als wüsste sie auch nicht, was sie tun soll.

»Wir kommen gleich, Oz«, sage ich und versuche, nicht verdächtig zu klingen. »Paige, äh, Paige musste mir im Bad helfen, damit ich meinen Nagellack nicht verschmiere.«

Paige hält ihre Daumen hoch und ich drücke mir die Hand auf den Mund, um nicht panisch zu werden.

»Okay.« Oz klingt nicht überzeugt. »Ich warte im Esszimmer auf euch.«

Wir warten noch ein, zwei Minuten, bevor wir ausatmen und das Bad verlassen.

»Verdammt, das war knapp«, sagt Paige. Aus irgendeinem Grund durchfährt mich bei ihren Worten ein Stich.

Ich bin nicht schwanger. Es überrascht mich, wie traurig mich dieser Gedanke macht.

35. Kapitel

Mallory

»Ich kann nicht fassen, dass ich dem zugestimmt habe.« Oz streicht mit den Fingern über die Stelle zwischen meinen Brüsten. Die schlichte Berührung verursacht mir eine Gänsehaut. Ich befeuchte meine Lippen und schaue zu ihm auf. Wir sind erst seit zwanzig Minuten hier und Oz hat mich noch nicht einmal losgelassen. Seitdem wir unser Gebäude verlassen haben, klebe ich förmlich an seiner Seite. Ich denke sogar, dass er den anderen Leuten aus dem Weg geht, indem er sich mit mir in eine kleine Ecke des Ballsaals verzogen hat.

»Siehst du, du frierst. Du solltest mein Jackett überziehen.« Er macht Anstalten, sein Jackett auszuziehen, und ich lache.

»Mir geht es gut.« Ich grinse ihn an und er macht ein finsteres Gesicht.

»Ich werde mit Ms. Ford über ihre Kleiderauswahl für dich reden müssen«, murmelt er mehr zu sich als zu mir und schaut sich im Saal um. Er rückt ein Stück zur Seite, um mich vor den Blicken abzuschirmen, und ich kämpfe gegen ein Lächeln an.

»Werden wir uns den ganzen Abend in dieser Ecke verstecken?« Ich schmiege mich enger an ihn und versuche, seine Höhlenmenschen-Allüren ein wenig einzudämmen. Die Anspannung macht sich in seinem Körper breit. Er trägt einen schwarzen Smoking und ein dazu passendes Smokinghemd. Aber er hat heute Abend keine Krawatte oder Fliege an, sondern den obersten Knopf seines Hemdes geöffnet, sodass sein sexy Hals zu sehen ist. Jedes Mal, wenn sein Adamsapfel sich bewegt, will ich mit meiner Zunge darüber lecken. So ganz in Schwarz gekleidet, sieht er düster aus. Ich muss mich zusammenreißen, um meine dunklen Gelüste zu zügeln.

Ich schlinge meine Arme um seinen Hals und bringe ihn dazu, mich anzusehen. Dann stelle ich mich auf die Zehenspitzen und gebe ihm einen leichten Kuss auf die Lippen. »Ich gehöre nur dir. Versprochen«, sage ich, als ich mich zurückziehe.

»Ich weiß. Aber ich mag es nicht, wenn die Typen dich anstarren.« Seine Hand ruht auf meinem unteren Rücken und gleitet tiefer zu meinem Hintern, um ihn kurz zu drücken. Ich küsse seinen freiliegenden Hals, bevor ich mich wieder richtig hinstelle.

»Oh sorry, jetzt hast du da ein wenig Lippenstift.« Ich wische über den Fleck an seinem Hals, aber er hält mich zurück.

»Lass es.« Er drückt noch einmal meinen Po und zieht mich an seine Erektion. Sie gräbt sich in meinen Magen und er gibt ein Stöhnen von sich. »Ich mag es, dein Zeichen zu tragen. Du hättest mir auch gestatten sollen, eines auf dir zu hinterlassen.«

Er beugt den Kopf und küsst meinen Hals, aber ich ziehe mich zurück, bevor er das vertiefen kann. »Keine Knutschflecken mehr. Zumindest nicht da, wo sie jemand sehen kann.« Er lächelt und ich bin froh, dass sein innerer Höhlenmensch beruhigt ist. Zumindest für den Moment.

»Das war nicht die Art Zeichen, die ich im Kopf hatte. Ich meinte zwischen deinen Beinen. Ich denke, ich würde mich wegen dieses Kleides wesentlich besser fühlen, wenn ich wüsste, dass meine Säfte deinen Oberschenkel bedecken.« Er beißt mir sanft in den Hals und ich erschauere vor Verlangen. »Und deine Pussy.«

Unter seinen Worten zieht sich mein Unterleib zusammen, aber ich neige nur den Kopf ein wenig mehr. Ich wünschte, wir hätten das getan, wovon er spricht, aber das wäre schwer gewesen mit der Security, die im Wohnzimmer auf uns gewartet hat, als ich fertig angezogen aus dem Schlafzimmer kam. Was vermutlich der Grund dafür war, dass er es gar nicht erst versucht hat.

»Miles«, sagt ein Mann und Oz verspannt sich ein wenig, als er hört, wie jemand seinen Namen sagt. Widerstrebend lässt er mich los, dreht sich um und ich erröte noch ein wenig mehr, weil wir gerade bei unserer kleinen Fummelaktion überrascht wurden.

»Tom.« Mit einer Hand zieht Oz mich eng an sich, die andere streckt er aus, um einen Mann zu begrüßen. Mit seinen grau melierten Haaren sieht er aus wie Mitte fünfzig und ich habe das Gefühl, ihn irgendwo schon einmal gesehen zu haben. Ich weiß nur nicht, wo. Wie alle anderen hier trägt er einen Smoking, der vermutlich mehr gekostet hat, als ich in einem Jahr verdiene.

Neugierig sieht Tom mich an. Ich habe schon ein paar dieser Blicke von den anderen Männern wahrgenommen, als wir gemeinsam hereingekommen sind. Oz meinte, sie sind es nicht gewohnt, ihn in Begleitung zu sehen, außer wenn seine Mom mitkommt.

»Mallory, das ist Tom Sanders. Er ist Immobilienmakler.« Tom schüttelt meine Hand. Und mit einem Mal weiß ich, wo ich ihn gesehen habe. Mehrere Gebäude und Busse in der Stadt sind mit seinem Gesicht bepflastert.

Er beugt sich über meine Hand, um sie zu küssen, aber Oz ergreift sie, zieht sie zu sich heran und küsst sie selbst. Der andere Mann lacht.

»Ich hätte nie gedacht, dass ich diesen Tag noch erlebe«, sagt er und irgendwie macht mich das stolz. Oz hat immer nur mich gewollt.

Ich schaue mich im Saal um und sehe, dass einige Leute zu uns herüberschauen, aber schnell den Kopf abwenden, als sich unsere Blicke treffen. Es hat wohl ein wenig Gerede gegeben, dass Oz und ich möglicherweise miteinander ausgehen, aber nun werden alle wissen, dass es viel mehr ist als das.

»Dieser Tag ist sehr lange her. Sie gehört mir schon seit Jahren, nur nicht hier in der Stadt, wo ich sie zu Veranstaltungen hätte mitbringen können«, korrigiert Oz ihn und ich lächle ihn an. Jedes Mal, wenn ich sage, dass das mit uns vielleicht etwas zu schnell geht, korrigiert er mich ebenfalls. Er sagt, wir seien seit dem Tag zusammen, an dem er mich das erste Mal gesehen hat, und ich verdrehe jedes Mal die Augen. Innerlich schmelze ich aber immer dahin. Es ist immer noch schwer zu begreifen, dass dieser Mann jahrelang gewartet hat, bis er mit mir zusammen sein konnte. Daher verstehe ich immer besser, warum Oz mich so ungern mit anderen teilt. Er ist die ganze Zeit über geduldig gewesen und jetzt sehr egoistisch, wenn es um mich geht. Wie könnte ich das nicht anbetungswürdig finden?

»Also keine Vivien mehr?« Ich sehe die Enttäuschung im Gesicht des Mannes, was mein Interesse weckt. Ich habe nie darüber nachgedacht, ob Oz' Mom mit Männern ausgeht, aber Tom sieht aus, als sei er definitiv an ihr interessiert.

»Nicht heute Abend«, sagt Oz nur und selbst ich bin darüber ein wenig enttäuscht.

»Ich habe Ihr Gesicht auf Plakaten gesehen, kann das sein?«, frage ich Tom und lenke seine Aufmerksamkeit wieder auf mich.

»Mein Gott, diese Dinger verfolgen mich.« Er lacht. »Das war die Idee meines Marketingteams. Lassen Sie es mich so sagen, das mache ich nie wieder.«

»Warum? Ich fand, Sie sahen sehr attraktiv darauf aus.« Oz' Griff an meiner Hüfte verstärkt sich und ich stoße ihm den Ellbogen in die Rippen. »Ich erinnere mich, eines mit Vivien zusammen gesehen zu haben, und sie war der gleichen Meinung.« Ich kann mir diese kleine Notlüge nicht verkneifen.

»Wirklich?«

»Erinnerst du dich nicht mehr, Oz? Das war erst letzte Woche.« Ich schaue ihn an und ermutige ihn mit meinem Blick, aber offensichtlich kann er meine Körpersprache nicht so gut deuten wie Paige. Erneut stoße ich ihn mit dem Ellbogen an.

»Ich kann mich wirklich nicht erinnern«, sagt er schließlich trocken.

Aus dem Augenwinkel sehe ich Paige vorbeieilen. Sie und Captain sind heute mitgekommen, aber unauffällig gekleidet, damit sie nicht als Bodyguards zu erkennen sind. Oz hat die beiden – und ein paar der anderen – für den heutigen Abend als Sicherheitsteam angeboten. Da einige sehr teure Stücke zur Auktion stehen, wollten die Veranstalter allen Schutz haben, den sie bekommen konnten.

Paige hat sich zusammen mit mir bei Oz frisieren und schminken lassen, ist zum Umziehen aber nach Hause gegangen. Ich mustere sie von Kopf bis Fuß. Sie trägt ein enges trägerloses Kleid, das bis auf den Boden reicht. Es sieht sehr konservativ aus, bis sie einen Schritt macht und ich sehe, dass der seitliche Schlitz bis zu ihrer Hüfte hinaufreicht. Ich bin mir sicher, dass man in so einem Kleid keine Unterwäsche tragen kann, und muss lächeln. Sie sieht unglaublich aus und Captain wirkt angespannt und angefressen.

»Entschuldigt mich«, sage ich, aber Oz lässt mich nicht los. »Damentoilette.« Er schaut über meinen Kopf hinweg und sieht anscheinend Paige, denn er löst seinen Griff.

»Komm zurück zu mir.«

»Immer.« Ich gebe ihm noch einen schnellen Kuss, bevor ich Paige folge. Ihrer Miene kann ich entnehmen, dass sie sauer ist.

Ich erwische sie vor der Damentoilette und packe ihren

Arm. »Hör mal zu«, sagt sie angespannt, bricht aber sofort ab, als sie sieht, dass ich es bin. Erst jetzt kann ich ihr Gesicht sehen. Ihr Lippenstift ist vollkommen verschmiert.

»Mit wem hast du denn geknutscht?«

»Grrr«, knurrt sie, was mich an ihren Bruder erinnert. Ich vergesse immer wieder, dass die beiden verwandt sind, aber ab und zu erinnern mich Dinge wie diese daran. Sie nimmt meine Hand, zieht mich von der Toilette weg und einen schmalen Flur hinunter in eine Art kleine Bibliothek.

»Captain hat mich geküsst!«, sagt sie schließlich und wischt sich mit dem Handrücken über den Mund. »Oder vielleicht habe ich ihn geküsst. Ich weiß es nicht. Ich wollte, dass er aufhört zu reden. Und dann … na ja …« Sie wirft die Hände hoch, als wüsste sie wirklich nicht, was da passiert ist.

»War es gut?«

»Mal, ich meine das ernst!«

Ich will ihr sagen, dass es mir genauso geht, entscheide mich aber dagegen. Ich weiß nicht, warum das so eine große Sache ist. Tanzen sie nicht schon seit ihrem ersten Treffen umeinander herum?

»Was ist passiert?«, frage ich stattdessen.

»Er hat mich wegen des Schwangerschaftstests in die Ecke gedrängt.«

»Oh Gott, du hast es ihm nicht gesagt, oder?« Ich habe es noch nicht einmal Oz erzählt und habe das Gefühl, dass er enttäuscht sein wird, wenn er herausfindet, dass ich nicht schwanger bin.

»Natürlich nicht.« Sie verzieht das Gesicht, als könne sie nicht fassen, dass ich das gefragt habe.

»Tut mir leid. Ich weiß. Ich bin nur ein bisschen panisch.«

»Ryan denkt, der war für mich, und macht mir seitdem die Hölle heiß.«

»Er denkt, du bist schwanger? Und du hast ihm nicht gesagt, dass du es nicht bist?«

Ein verlegener Ausdruck huscht ihr über das Gesicht. »Als ich die Tasche vor ihm fallen gelassen und gesehen habe, wie wütend er ist, könnte ich so etwas angedeutet haben.«

Natürlich hat sie das.

»Und heute Abend hat er mich abgefangen. Er meinte, wenn ich schwanger wäre, sollte ich Schreibtischdienst verrichten. Daraufhin habe ich ihm gesagt, er solle sich um seine eigenen verdammten Angelegenheiten kümmern.«

Das schockiert mich auch nicht. »Und das hat zu einem Kuss geführt?«

Sie schüttelt den Kopf. »Er hat angefangen nachzuhaken, hat gefragt, wer der Vater ist. Er war wütend, Mal. Echt wütend. Dann meinte er, es könne da niemanden geben, und ich habe ihn gefragt, woher er das wissen will.«

»Sie wissen alles«, bestätige ich, was ihr ohnehin klar ist.

»Ja, aber dann …« Sie schüttelt erneut den Kopf, als könne sie nicht fassen, was sie gleich sagen wird. »Dann meinte er, wenn es jemanden gäbe, dürfe der sich nicht blicken lassen. Aber er, Captain, wäre gerne für mich da, wenn ich das wollte.« Sie macht einen Schritt auf mich zu. »Er hat sogar seine verdammte Hand auf meinen Bauch gelegt, Mal.« Ich bin nicht sicher, ob sie deswegen sauer oder erstaunt ist.

Ich hingegen schmelze definitiv dahin, so süß finde ich das. Ich sehe ja, wie Captain sie immer anschaut. Er will sie, aber bei so etwas vorzutreten – wenn sie möglicherweise von einem anderen Mann schwanger ist – und sich einbringen zu wollen, das ist groß. Und es sagt meiner Meinung nach eine Menge über seine Gefühle für sie aus.

»Dann haben wir irgendwie angefangen … also so richtig. Er

hat mich hochgehoben und gegen die Wand gedrückt, als wäre das irgend so ein verdammter Film oder so.«

»Ich kann dir nicht so recht folgen, warum du dich darüber so ärgerst, denn du siehst sauer aus.«

Sie hält sich erneut die Hand vor den Mund, als würde sie seinen Kuss noch immer fühlen. »Ich weiß es nicht. Ich kann nicht anders, als wütend zu sein, und ich bin mir nicht einmal sicher, auf wen. Verdammt, Mal, ich könnte mich echt in ihn verlieben.«

»Was wäre daran falsch?« Ich mache einen Schritt auf sie zu.

»Er ist nicht der Richtige für mich. Und würde er mein wahres Ich kennen, wäre er sofort weg. Denk doch mal darüber nach. Er ist Mr. Perfect, hält sich immer an die Regeln, und, na ja …« Sie senkt den Blick. »Ich bin das nicht und habe auch nicht vor, es jemals zu werden. Ehrlich gesagt, habe ich Pläne, die …« Ihre Stimme verebbt und mein Herz zieht sich vor Mitgefühl für sie zusammen.

Ich möchte ihr sagen, dass sie ihre Pläne, welche auch immer das sein mögen, loslassen soll, aber ich weiß, dass ich damit riskiere, aus Bereichen ihres Lebens ausgeschlossen zu werden, in die ich in letzter Zeit versucht habe einzudringen. Jene, die sie für sich behält. Den Teil, der Paige zu, na ja, Paige macht.

Mit einem Mal öffnet sich die Tür. Wir beide drehen uns um und sehen Oz und Captain im Türrahmen stehen. Paige erstarrt. Ich gehe auf Oz zu. »Sorry, Paige musste mir helfen, etwas an meinem Kleid zu richten«, sage ich und nehme seine Hand. »Zeigst du mir jetzt die Auktionsangebote oder willst du mich den ganzen Abend über in der Ecke verstecken?«

Er zieht mich an sich heran.

»Solange du an meiner Seite bleibst.«

»Abgemacht.«

Wir gehen an Captain vorbei, der einen Schritt zur Seite geht.

»Du hast da was.« Ich zeige auf meinen Mund. Er hebt die Hand und wischt sich über den Mundwinkel. Ich muss ein Lächeln unterdrücken, als er den Lippenstift wegwischt. Paige folgt uns hinaus und drängt sich an uns vorbei, um so viel Abstand wie möglich zwischen sich und Captain zu bringen.

Auf dem Weg zu den Tischen mit den Auktionsangeboten muss Oz ein paar Mal stehen bleiben, um mit verschiedenen Leuten zu sprechen. Er wirkt so viel kühler und distanzierter, wenn er mit anderen zusammen ist. Das ist mir vorher nie wirklich aufgefallen. Vermutlich, weil wir meist alleine sind und dann wir selbst sein können. Es ist faszinierend, diesen Unterschied zu sehen. Und ich würde lügen, wenn ich sagte, es gefiele mir nicht, die Einzige zu sein, die seine weiche Seite zu sehen bekommt. Während wir an den Tischen vorbeischlendern, kommen wir an einem antiken Ring vorbei, von dem ich meinen Blick einfach nicht abwenden kann. Der Stein in der Mitte ist rechteckig und tiefblau. Kleine Diamanten umgeben ihn und funkeln im Licht. Das Blau hat die gleiche Farbe wie Oz' Augen. Es ist der wunderschönste Saphir, den ich je gesehen habe.

»Gefällt er dir?«, fragt Oz.

»Er ist so schön.« Ich verschlucke mich fast, als ich das kleine Informationskärtchen in die Hand nehme. Die Gebote starten bei vier Millionen Dollar.

Auf der Karte steht, dass er der Stein der Hingabe genannt wird. Ich drehe sie um und sehe, dass auf der Rückseite ein kleiner Text zur Geschichte des Rings steht.

Dieser Ring wurde Abigail Richmond von ihrem geliebten Baron Frederick de Mandeville überreicht. Sie haben 1885 heimlich geheiratet, weil sie die Tochter eines Bauern war und von seiner Familie nicht akzeptiert wurde. Frederick hat Abigail den zweikarätigen Saphir geschenkt, bevor er seinen Titel abgegeben und sich entschieden hat, mit seiner Frau ein bescheidenes Leben auf dem Land zu führen. Nach 44 Jahren Ehe verschied Abigail am 2. Oktober 1929 und man sagt, Frederick de Mandeville starb am nächsten Tag an gebrochenem Herzen. Der Ring ist von den Hinterbliebenen gespendet worden.

»Oh, das ist so traurig«, sage ich und lege die Karte wieder hin.

Oz reibt seine Nase an meinem Hals. »Warum ist das traurig? Für mich klingt das süß.«

»Ich weiß es nicht. Er hat sie so sehr geliebt. Der Ring sollte die gleiche Liebe wiederfinden und nicht auf irgendeiner Auktion liegen. Aber ich schätze, mit dem Geld lässt sich viel Gutes bewirken.« Ich drehe mich um und sehe ihn an. Er zieht mich näher an sich heran und ich wünschte, wir wären zu Hause. Alleine. Ohne die vielen auf uns gerichteten Blicke.

»Alle starren dich an«, sage ich.

»Nein, sie starren dich an«, korrigiert er mich und ich höre seine unterschwellige Verärgerung.

»Warum bringst du mich dann nicht nach Hause? Wo nur du mich ansehen kannst?«

»Verdammt, ja.« Er greift nach meiner Hand und zieht mich so schnell durch den Ballsaal, dass ich lachen muss. Mit der anderen Hand holt er sein Handy heraus und bittet seinen Fahrer vorzufahren. Ich wollte schon fast von Beginn an wieder gehen, und nicht nur, weil ich mir hier fehl am Platz vorkomme, sondern weil mich Oz' besitzergreifendes Verhalten aufregt. Und zwar auf jede nur erdenkliche Weise. Das darf ich ihn niemals wissen lassen, aber ich schätze, er ahnt es ohnehin schon.

Wir bleiben abrupt stehen und ich pralle beinahe mit Oz' Rücken zusammen, als wir die Lobby des Ballsaals betreten.

Oz umfasst meine Hand fester. Ich folge seinem Blick und sehe Paige, die sich mit einem älteren Mann mit kurzen dunklen Haaren unterhält. Er scheint mitten im Satz innezuhalten, wendet den Kopf ein wenig und sieht uns an. Die gleichen Augen, die ich inzwischen überall erkennen würde. Saphirblau.

Mein Magen zieht sich zusammen. Der Mann kommt auf uns zu und lässt Paige alleine zurück. Sie starrt ihm hinterher. Ihr Gesicht ist blass, ihre Miene nicht zu deuten.

»Ach, schau an, welch nette kleine Familienzusammenkunft«, sagt der Mann.

Paige macht ein paar Schritte auf uns zu, hält sich aber zurück. Sie beobachtet alles. Ihr Blick ist etwas wild.

»Ich habe mich schon gefragt, ob ich dich hier heute antreffen würde.« Oz' Stimme klingt kalt und berechnend.

»Willst du mich gar nicht vorstellen?« Der Mann, von dem ich annehme, dass es sich um Oz' Vater Alexander handelt, ignoriert Oz und starrt stattdessen mich an. Oz zieht mich am Arm zurück und tritt vor mich, womit er mich nicht nur vor dessen Blicken schützt, sondern gleichzeitig klarmacht, dass er keinesfalls vorhat, mich vorzustellen. Ich muss meinen Hals recken, um überhaupt mitzubekommen, was vor sich geht.

»Ich schätze, du hast heute die Papiere erhalten. Wie fühlt es sich an, wenn einem alles unter der Nase weggekauft und zerschlagen wird?«

Alexander macht einen Schritt auf Oz zu, bis nur wenige Zentimeter sie voneinander trennen. »Ich habe dich gewarnt, Miles. Leg dich nicht mit mir an. Ich werde dafür sorgen, dass deine Geliebte nicht wieder aufwacht.«

Bei dieser Anspielung läuft mir ein Schauder über den Rücken und bevor ich noch verarbeiten kann, was das zu bedeuten hat, geht Oz schon auf ihn los. Er packt Alexander an der Kehle und drückt ihn gegen die Wand, sodass seine Füße ein paar Zentimeter über dem Boden baumeln. Alexander versucht, Oz' Hand zu lösen, aber Oz drückt nur noch fester zu. Alexanders Gesicht läuft tiefrot an und er hat Schwierigkeiten zu atmen.

»Wenn du jemanden bedrohst, der zu mir gehört, mache ich dich fertig. Verstanden?« Alexanders Füße, die gegen die Wand treten, sind das einzige Geräusch im Raum. »Wir sind fertig miteinander. Ich habe dir alle Firmen genommen und zerschlagen. Ich weiß alles über deine dreckigen Machenschaften und kann sie beweisen. Wenn du auch nur einen Fuß in meine Stadt setzt, werde ich weitaus mehr tun, als mir nur dein Geld vorzunehmen. Hast. Du. Mich. Verstanden?«

Oz stößt jedes Wort einzeln aus und Alexander kann nur nicken. Er keucht und ist nicht mehr rot, sondern fast blau im Gesicht.

Ich gehe zu Oz und lege ihm eine Hand auf den Rücken. »Ich möchte nach Hause gehen«, sage ich und spüre, wie er ausatmet. Schließlich löst er seinen Griff und Alexander sackt auf dem Boden zusammen.

Oz wendet sich mir zu und nimmt erneut meine Hand. Ich schaue zu Paige, die ihren Vater ansieht, als wäre er ein kleiner Haufen Müll auf dem Boden. Kurz darauf dreht sie sich zu uns um und ich sehe etwas in ihren Augen aufblitzen, aber es verschwindet so schnell wieder, dass ich nicht sicher bin, was ich da gesehen habe.

»Der Fahrer wartet vor der Tür, Sir.« Captains Worte durchbrechen die Stille, die sich über uns gesenkt hat.

Ich blicke um mich und weiß nicht, was ich tun soll, aber da geht Captain schon zu Paige und nimmt ihre Hand. Er schaut zurück zu uns und er und Oz tauschen einen Blick aus. Ich spüre, dass so viel zwischen ihnen hin- und hergeht, von dem ich nichts weiß. Aber jetzt ist nicht der richtige Zeitpunkt für eine Erklärung, weil Oz mich hier wegbringen will – so weit weg von Alexander, wie nur irgend möglich.

Er legt mir einen Arm um die Taille. Wir treten auf die Straße und steigen schnell in den Fond der Limousine ein. Ich widerspreche nicht, denn ich möchte so viel Abstand wie möglich zu dieser Situation gewinnen wie er. Oz verschwendet keine Zeit und zieht mich auf seinen Schoß.

»Geht es dir gut?« Ich bin besorgt, was diese Konfrontation ihm angetan hat.

»All die Jahre wollte ich mich wegen meiner Mutter an diesem Mann rächen, dabei scheint sie ihm nicht einmal einen Gedanken zu widmen.« Er atmet tief aus. »Als du aber in mein Leben gekommen bist, wusste ich, dass das ein Ende finden muss. Ich könnte niemals ein Leben leben, in dem ich mir in jedem Augenblick Sorgen um dich machen müsste.«

»Ich habe keine Angst vor ihm, falls du das glaubst. Ich behalte meine Bodyguards und tue, was immer ihr verlangt, falls du befürchtest, dass er hinter mir her ist«, sage ich.

»Du willst nicht, dass ich es gut sein lasse?« Er legt mir eine Hand an die Wange.

»Ich möchte, dass du tust, was du glaubst, tun zu müssen. Ich fürchte nur, Paige ist nicht bereit, es gut sein zu lassen.«

Er schweigt eine Weile, als würde er darüber nachdenken, was er tun soll.

»Ich werde Paige nicht im Weg stehen«, erklärt er schließlich. Das glaube ich ihm, aber ich kann sie in dieser Sache auch nicht einfach alleine lassen. Das sage ich Oz jedoch nicht. Vielleicht kann ich Paige und Oz im Laufe der Zeit zusammenbringen, damit wir alle eine Familie sind.

»Hat es dir Angst gemacht, als ich ihn da drin gepackt habe? Ihm angedroht habe, ihn zu töten?«, fragt er und ich sehe die Besorgnis in seinen Augen.

»Ich habe nie Angst vor dir gehabt, Oz. Du beschützt die Menschen, die du liebst. Das macht mir keine Angst. Im Gegenteil, das ist ein Grund mehr, warum ich dich liebe.«

»Ich habe mir geschworen, nie zu sein wie er, aber ich kann nicht anders, als zu vergleichen, wie ähnlich wir uns in mancherlei Hinsicht sind.«

»Oz, du hast keinerlei Ähnlichkeit mit diesem Mann! Wie kannst du das nur denken?«

»Wie kannst du es nicht?«, erwidert er traurig.

Ich umfasse sein Gesicht. »Du würdest mir nie wehtun. Niemals. Denk mal darüber nach, Oz. Alles, was du in Bezug auf uns je getan hast, war immer nur für mich.«

»Wirklich? Oder war es für mich?« Er nimmt meine Hände und legt sie an seine Brust. »Ich habe dir nachgestellt, als ich wusste, dass ich dich will. Ich tat alles, um sicherzustellen, dass ich dich haben kann. Ich plante dein ganzes Leben so, dass es dich zu mir führt, dass du mich brauchst. Ich habe sogar versucht, dich zu schwängern. Jedes Mal, wenn ich dich nahm, schoss mir dieser Gedanke durch den Kopf, dass du, wenn wir ein Baby hätten, mich niemals verlassen könntest. Dass wir etwas hätten, das uns für immer miteinander verbindet. Das Schlimmste ist, zu wissen, dass ich dich niemals gehen lassen werde. Siehst du nicht, wie egoistisch ich war?«

Ich lächle, weil er sich selbst in eine Ecke gedrängt hat. »Oz, bin ich wie dein Vater?« Er versucht, mich zu unterbrechen, doch ich rede weiter. »Denn ich würde dich auch nie gehen lassen. Und wenn jemand dich je bedrohen oder versuchen würde, dich mir wegzunehmen, würde ich ihn auch umbringen.«

Sein Blick sucht meinen. Die Sehnsucht, zu glauben, was ich sage, steht ihm ins Gesicht geschrieben. Hat er verrückte Dinge getan, um mich zu bekommen? Ja. Könnte ich sehen, dass ich diese Dinge selbst tun würde? Ja. Er hat mich jahrelang beobachtet und ich verstehe, warum er ein wenig verrückt geworden ist. Ich kenne ihn noch gar nicht so lange, habe aber schon die gleichen Gedanken.

»Ich liebe es, wenn du mich ohne Schutz nimmst.« Verführerisch senke ich die Stimme. Ich habe das gleiche Bedürfnis, uns aneinanderzubinden, wie er.

Ich sehe, wie die Angst und die Sorge aus seinem Gesicht und seinem Körper weichen und erkenne, wie viel mir an ihm liegt. Was er heute getan hat, macht ihn nicht zu seinem Vater. Er küsst mich sanft. »Ich denke, ich sollte den Rest der Nacht damit verbringen, dich zu lieben.« Seine Hände streichen über meinen Körper. »Ich weiß nicht, ob dieses Kleid es bis nach Hause schafft.« Den letzten Teil knurrt er mehr, während mein Rücken schon den Boden der Limousine berührt.

36. Kapitel

Miles

Ich höre den leisen Ton meines Weckers und strecke die Hand aus, um ihn auszuschalten.

Mallory liegt auf dem Bauch, die Hand unter dem Kissen. Ihre Lippen sind im Schlaf leicht geöffnet und ich sehne mich danach, einfach hier zu liegen und sie anzuschauen. Ich könnte sie jede Sekunde eines jeden Tages beobachten und würde mich nur noch mehr in sie verlieben.

Ich stecke die Decke um sie herum fest, schlüpfe leise aus dem Bett und ziehe eine Jogginghose und ein T-Shirt an. Dann gehe ich in die Küche.

Von dort aus rufe ich am Empfang an und vergewissere mich, dass alles nach Plan läuft. Anschließend mache ich mich daran, meiner Frau ein Frühstück im Bett zuzubereiten.

Wir blieben gestern lange auf und mein Schwanz zuckt bei der Erinnerung daran, wie ich sie nach Hause gebracht und ihr den Hauch von einem Kleid vom Leib gerissen habe. Ihre Kurven haben mich den ganzen Abend über in den Wahnsinn getrieben. Ich habe sie genommen, bis sie fast ohnmächtig geworden ist, und dann im Schlaf beobachtet. Danach habe ich ein paar Anrufe getätigt und die Dinge ins Rollen gebracht. Ich konnte nicht länger warten. Jahrelang hatte ich gewartet, nun mochte ich nicht mehr.

Meinen Vater gestern Abend gesehen zu haben, verpasste allem einen kleinen Dämpfer. Aber mit Mallory nach Hause zu kommen, bewirkte, dass alles von mir abfiel. Schon vor einiger Zeit hatte ich beschlossen, meine Rachepläne aufzugeben und mich einzig auf Mallory zu konzentrieren. Jeder Augenblick mit ihr scheint die Wut zu mindern, die sich im Laufe der Jahre in mir aufgebaut hat. Ihretwegen will ich etwas anderes. Etwas, das nicht von Hass erfüllt ist.

Ich war noch jung, als ich meine Reise angetreten habe, ihn bluten zu lassen. Doch je älter ich werde, desto mehr will ich es loslassen. Warum sollte ich an etwas so Hasserfülltem festhalten? Lieber würde ich meine Energie darauf verwenden, Mallory zu lieben und mir ein Leben mit ihr aufzubauen. Alle bitten mich ständig darum, es gut sein zu lassen, und Mallory hat mir gestern Abend gezeigt, dass ich überhaupt nicht bin wie er. Dass ich getan habe, was ich mir vorgenommen hatte. Meine Mutter ist glücklich und ich bin der Mann, der ich sein will.

Das Einzige, was mir noch Sorgen bereitet, ist Paige. Sie scheint noch nicht so weit zu sein, ihren Rachefeldzug aufzugeben, und ich kann es ihr nicht verdenken. Sie hat ihre eigene Geschichte mit ihm und ich bin mir nicht sicher, ob sie die in naher Zukunft hinter sich lassen kann. Alexander war bei ihr ein anderer Mann und ich glaube, es gibt niemanden da draußen, der ihr die Rache nicht gönnen würde. Ich kenne immer noch nicht alle Einzelheiten dessen, was sie mit ihm hat durchmachen müssen. Darin sind Paige und ich uns sehr ähnlich – wir sind gut darin, Geheimnisse zu bewahren.

Für mich ist jedoch der Zeitpunkt gekommen, diesen Teil meiner Vergangenheit loszulassen. Ich bin es leid, dem Hass hinterherzujagen, und ich bin es leid, noch einen weiteren Gedanken an meinen Vater zu verschwenden, wenn ich stattdessen an die Frau denken kann, die ich liebe. Was auch immer als Nächstes mit ihm passiert, liegt an Paige, und wenn sie meine Hilfe benötigt, werde ich da sein. Er hat viel zu verantworten, was sie betrifft, und sie wird ihn dafür bezahlen lassen. Aber ansonsten schließe ich mein Buch über Alexander Owens. Ich habe den Abschluss, nach dem ich gesucht habe, gestern Abend gefunden und weiß, dass meine Familie vor ihm sicher sein wird. Es gibt nichts mehr, was er tun kann, um uns zu schaden, und sollte er es versuchen, wird es keine zweite Chance für ihn geben.

Ich fange mit Mallory ganz neu an. Ich will das nicht in unserem gemeinsamen Leben haben. Ich will nicht, dass unsere Kinder jemals damit in Berührung kommen. Und Ivy hatte recht – die Wolke der Rache, die über uns hing, ist nicht so wichtig wie in Liebe zu leben und mir mit Mallory eine Zukunft aufzubauen. Ich erkenne, dass ein großer Teil von mir Angst hatte, so zu werden wie er, aber nachdem ich Mallory letzte Nacht gehört habe, weiß ich, dass das nicht passieren wird. Ich würde niemals etwas tun, was sie verletzt, und ich würde sterben, um sie zu beschützen.

Es ist, als wäre mir ein Gewicht von den Schultern genommen worden. Endlich kann ich Frieden finden. Ich wusste nicht, dass ich an so vielem festgehalten hatte, bis ich es gestern Abend losließ. Meine Firma hat das, was von seinem Eigentum übrig war, aufgekauft und seine Firmen zerschlagen. Seine Welt wird zusammenbrechen. Jetzt habe ich das Gefühl, dieser Teil meines Lebens ist beendet und ich kann mich auf die wichtigen Dinge in meinem Leben konzentrieren. Wie meine Liebe, die im Nebenzimmer schläft.

Als das Frühstück fertig ist, beschließe ich, schnell ins Badezimmer zu gehen und mich frisch zu machen. Ich schleiche mich an Mallory vorbei und überprüfe lächelnd, ob sie noch schläft. Im Bad putze ich mir die Zähne, doch danach fällt mir auf, dass ich kein Handtuch habe. Die Putzfrau muss es zum Waschen mitgenommen habe, also greife ich in den unteren

Schrank, um ein neues herauszuholen. Dabei werfe ich einen Stapel Toilettenpapierrollen um. Ich will sie wieder aufeinanderstellen, als ich ein weißes Stück Plastik darunter hervorschauen sehe. Ich schiebe die Rollen beiseite, ziehe es heraus und sehe, dass es sich um einen Schwangerschaftstest handelt. Mein Herz hämmert in meiner Brust, als ich ihn anschaue, da klingelt es auf einmal an der Tür.

Ich stecke den Test in meine Tasche und schleiche mich wieder durchs Schlafzimmer. Mallory hat sich nicht gerührt. Ich gehe durch die Wohnung, öffne die Tür und nehme die Lieferung von Chuck, dem Portier, an. Danach schließe ich wieder ab.

Einen Moment lang bin ich unsicher, was ich tun soll, dann beschließe ich, mich an meinen ursprünglichen Plan zu halten.

Aus der Küche hole ich das Tablett mit selbst gemachten Waffeln und Beeren und trage es ins Schlafzimmer. Ich stelle es auf den Nachttisch und setze mich auf den Rand der Matratze.

Dann beuge ich mich vor und küsse Mallorys Schulter, bis sie sich auf die Seite dreht und mich ansieht.

»Hey«, sagt sie mit schläfriger, sexy Stimme. Die Sonne scheint durch die Fenster und es leuchtet hinter ihr wie ein Heiligenschein.

Mit den Fingern streiche ich ihr durch die Haare und dann über ihren nackten Rücken. Ich genieße es, sie in meinem Bett liegen zu sehen, und will das jeden Morgen haben.

»Hmm«, murmelt sie und streckt sich unter meiner Berührung wie eine Katze.

Ich knie mich neben das Bett und schmiege mein Gesicht an sie. Die Worte bleiben mir im Hals stecken und ich weiß nicht, wie ich sie aussprechen soll.

»Oz?«, fragt sie, aber ich kann nicht antworten und behalte mein Gesicht an ihrem Hals vergraben. »Oz, was ist los? Geht es dir gut?«

Ich setze mich auf meine Fersen und sehe sie an. Sie setzt sich ebenfalls auf und zieht das Laken über ihre Brüste. In ihren Augen liegt ein besorgter Ausdruck und ich beeile mich, es zu erklären.

»Es tut mir leid. In meinem Kopf habe ich das schon tausend Mal gemacht. Egal, wo ich hingehe, suche ich nach der richtigen Stelle, und jedes Mal, wenn ich dich festhalte, versuche ich, die richtigen Worte zu finden. Aber ich schaffe es einfach nicht, dass es perfekt klingt.«

»Oz«, sagt sie nervös. »Was machst du?«

Ich hole eine kleine Schachtel heraus und lege sie ihr aufs Bett.

»Mallory, ich liebe dich seit der ersten Sekunde, in der ich dich gesehen habe. Mein Herz hat an dem Tag kein bisschen gezögert und ich wusste, ich muss dich zur Meinen machen. Vielleicht bin ich das anders angegangen, als andere Männer es getan hätten, aber ich würde nichts daran ändern, weil es dich zu mir geführt hat.«

Ich nehme ihre Hand und lege die Schachtel hinein.

»Ich weiß sehr wohl, dass das für dich noch sehr früh ist, aber für mich geht es schon seit Jahren so, Baby.« Ich lächle sie an und sehe, dass ihr eine Träne über die Wange rollt. Ich wische sie mit dem Daumen fort und Mallory beißt sich auf die Unterlippe. »Ich habe darauf gewartet, dass du mich siehst, dass du mich liebst und dass du mich heiratest. Bitte, Baby. Lass mich nicht noch einen Tag länger warten.«

Ich öffne das Kästchen auf ihrer Hand und zeige ihr den Ring. Sie keucht auf und schlägt sich die Hand vor den Mund. Dann schaut sie zwischen mir und dem Ring hin und her. Es ist der Stein der Hingabe.

»Als du den gestern Abend gesehen hast, war ich so erleichtert, dass er dir gefällt. Ich habe von einem Antiquitätenhändler von ihm erfahren und die Erben kontaktiert. Sie waren einverstanden, ihn mir zu verkaufen, nachdem ich ihnen von dir erzählt habe. Und davon, dass ich vorhabe, ihn auf der Auktion zu einem so hohen Startangebot einzustellen, dass niemand ihn anrühren würde. So konnte die Stiftung von der Liebe profitieren, die ich für dich empfinde, und dieser Ring konnte ein neues Zuhause an deiner Hand finden. Ich möchte, dass er unsere Liebesgeschichte für die nächsten einhundert Jahre trägt.«

Tränen rinnen ihr über die Wangen, aber ich bleibe vor ihr auf den Knien.

»Mallory Ann Sullivan, willst du mich heiraten?«

Sie nickt einmal, dann wirft sie sich mir an den Hals und ich kann den Ring gerade noch auffangen, bevor sie mich zu Boden wirft. Mallory bedeckt mein gesamtes Gesicht mit Küssen und ich spüre, wie mir die Tränen in die Augen steigen. Erleichterung und Liebe durchfluten mich. Ich rolle mich herum und drücke Mallory unter mir zu Boden.

Ich nehme ihre Hand, stecke ihr den Ring an, küsse ihn und dann küsse ich ihre Handfläche. Als ich in ihre graublauen Augen schaue, sehe ich nichts außer Glück, und das ist alles, was ich dort je sehen wollte.

»Ich liebe dich so sehr«, sagt sie und streicht mit der Hand über mein stoppeliges Kinn. »Ja, ich will dich heiraten. Auch wenn du total besessen und ein Stalker bist.«

»Tu nicht so, als würde dir das nicht gefallen.« Mein Lächeln fühlt sich an, als könnte es mein Gesicht auseinanderreißen. Dieser Augenblick könnte nicht perfekter sein. Weil ich weiß, dass es ihr gefällt. Ich sehe es in ihren Augen, wenn ich ab und zu ein Stück zu weit gehe, weil ich nicht anders kann. Das ist der Grund, warum wir so gut zusammenpassen.

Mallory lacht. Ich greife in meine Tasche und hole den Schwangerschaftstest heraus. »Und wann hattest du vor, mir hiervon zu erzählen?«

Ihr Lächeln verblasst kurz, dann zuckt sie mit den Schultern. »Nur falscher Alarm.«

Verwirrt schaue ich sie an, dann blicke ich auf den Test und wieder zu ihr.

»Baby, warum ist schwanger zu sein ein falscher Alarm?«

Ihre Augen werden groß und sie reißt mir den Test aus der Hand. Sie setzt sich so schnell auf, dass sie mich beinahe von ihrem Schoß stößt.

»Was?«, ruft sie.

Sie schaut auf die beiden blauen Linien. Die Anleitung besagt eindeutig, dass zwei blaue Linien eine Schwangerschaft bedeuten.

»Wie ist das möglich? Gestern war es nur eine.«

Sie schaut mir in die Augen und nun ist es an mir, mit den Schultern zu zucken. Als hätte ich irgendeine Ahnung davon, wie diese Tests funktionieren. »Es sind zwei Linien. Und das heißt, du bist schwanger.«

»Ich habe vermutlich nicht lange genug gewartet. Oh mein Gott, Oz, wir bekommen ein Baby!« Sie hält inne, als probiere sie die Worte aus. »Wir bekommen ein Baby.«

Sie strahlt mich an. Sie ist so glücklich und dann weint sie wieder. Ich lache leise auf und ziehe sie in meine Arme. Heute Morgen gehen die Gefühle mit ihr durch.

»Sorry, du hast mir einen Antrag gemacht und dann finde ich heraus, dass ich schwanger bin. Das ist alles etwas überwältigend.«

»Für mich auch, Baby.«

Ich hebe sie hoch und lege sie aufs Bett. Sie zieht an meinem T-Shirt und ich schlüpfe aus meiner Jogginghose. Dieser Moment ruft danach, Haut an Haut zu sein. Ich umfasse ihr Gesicht mit beiden Händen und küsse sie langsam und ausgiebig. Ich versuche, alle meine Gefühle in diesen Kuss zu legen.

All die Jahre des Wartens, all die Jahre der Sehnsucht, die zu diesem Moment geführt haben. Endlich hat sie meinen Ring am Finger und mein Baby in ihrem Bauch. Was könnte ein Mann von der Liebe seines Lebens mehr wollen?

Ich dringe langsam in sie ein, so langsam, wie ich sie geküsst habe, und nehme mir Zeit, sie zu lieben. Sie schlingt ihre Beine um mich und das kühle Band des Ringes drückt sich gegen meinen Rücken und erinnert mich daran, dass sie alleine mir gehört. Ihr Körper heißt mich willkommen, öffnet sich und bietet mir alles, was sie zu geben hat.

Als ich meine Erlösung finde, kommt sie mit mir und wir flüstern einander Zärtlichkeiten zu. Der Moment ist so schön und so heilig, es fühlt sich an, als hätte es nie zuvor wahre Liebe gegeben. Wir haben etwas so Perfektes erschaffen, dass von nichts berührt werden kann. Nicht von unserer Vergangenheit oder von irgendetwas in unserem Umfeld. Unsere Intimität hat unsere Verbindung besiegelt und meine Seele ist für immer eins mit ihrer.

»Ich liebe dich, Mallory. Ich werde dich bis zu meinem letzten Atemzug lieben.«

»Ich liebe dich auch, mein wundervoller Mann hinter dem Vorhang.«

Epilog

Miles

Ungefähr neun Monate später ...

Ich stöhne, als sich ihre Lippen um meinen Schwanz schließen, und balle die Hände auf den Laken zu Fäusten, um nicht in ihren Mund zu stoßen. Selbst nach Monaten, in denen ich sie in meinem Bett habe – in unserem Bett – ist meine Selbstbeherrschung noch immer nicht besonders ausgeprägt. Mein Verlangen nach ihr hat im Laufe der Zeit nicht abgenommen.

»Ich komme gleich.«

Sie hat mich an den Rand des Orgasmus getrieben, bevor ich überhaupt wusste, was passiert. Mit ihren Lippen auf mir aufzuwachen, ist eine Folter. Aber ich wusste, was sie vorhatte. Sie schmollt schon seit fünf Tagen und ich habe nicht nachgegeben.

Sie nimmt ihren süßen Mund von meinem Schwanz und ich stöhne auf. Verdammt, sie versucht, mich umzubringen. Schließlich öffne ich die Augen, was ich bisher absichtlich nicht getan habe, weil ich weiß, was ich zu sehen bekomme. Und weiß, dass dieser Anblick mein Verderben ist.

Und da ist sie. Die Haare fallen ihr nach der Nacht zerzaust um die Schultern, in ihren Augen spiegelt sich ihre Erregung. Sie leckt sich über die vollen Lippen und rutscht an meinem Körper hinauf. Sie trägt nur den Ring, den ich ihr angesteckt habe. Ich sollte ihr sagen, dass sie aufhören soll, aber ich kralle nur meine Finger ins Laken, als sie sich auf mich setzt und langsam auf meinen Schwanz niedersinkt. Es gibt nichts Besseres auf der Welt, als sie Haut an Haut zu fühlen.

Ich hätte es kommen sehen müssen. Das mit dem Baby-Buch flog mir am Ende um die Ohren. Sie hat das verdammte Ding gehasst, aber jetzt ist sie hier und setzt es gegen mich ein, während sie mich in sich aufnimmt, sodass ich ihren Namen stöhne. Ich habe ihre Süße seit über zwei Wochen nicht mehr gefühlt.

»Siehst du? Mir geht es gut«, sagt sie, während sie sich mit langsamen, süßen Stößen auf mir bewegt. Ich kann mich nicht rühren. Ich kann sie nur anschauen. Ich dachte vorher schon, dass sie perfekt ist, aber jetzt ist sie eine verdammte Göttin. Endlich lasse ich das Laken los und lege meine Hände in einer besitzergreifenden Geste auf ihren schwangeren Bauch. Sie ist bereits eine Woche überfällig.

»Ich will dir nicht wehtun«, stoße ich stöhnend hervor, als sie den Kopf in den Nacken fallen und ihre Hüften weiter kreisen lässt. In dem Buch steht, dass Sex die Wehen auslösen kann – und das will Mallory schon seit Wochen. Was mich angeht, ich habe es genossen, sie herumwatscheln zu sehen, auch wenn es etwas egoistisch von mir war, mir zu wünschen, dass sie noch eine Weile so bleibt.

Ich streiche ihr mit meiner Hand über den Bauch und weiter hoch zu den Brüsten, während sie mich langsam reitet. Es ist eine bittersüße Folter und ich muss mich stark zusammenreißen, um nicht heftig in sie hineinzustoßen. Sie nicht an den Hüften zu fassen und sie dazu zu bringen, sich schneller zu bewegen, und nicht zu kommen, denn ich stehe kurz davor. Allein bei dem Anblick, wie sie mich reitet, bin ich bereit, mich in ihr zu verströmen. Aber das werde ich nicht. Nicht, bis sie nicht gekommen ist. Nicht, bis ich nicht fühle, wie ihre Süße meinen Schwanz umklammert.

»Oz, glaub mir, das hier schadet niemandem.«

Sie bewegt sich ein wenig schneller und ich lasse meine Hand von ihrer Brust über ihren Bauch zu der Stelle gleiten, an der wir vereint sind. Mit dem Daumen streichle ich über ihre Klit, was sie zusammenzucken lässt. Ihre Pussy zieht sich fester um mich zusammen und ich weiß nicht, wie lange ich noch durchhalte.

»Baby, ich hätte dich den ganzen Morgen über verwöhnen können, wenn es das ist, was du willst.«

Ihr Kopf fällt nach vorne und sie funkelt mich an.

»Ich liebe dich, Oz, aber ich habe genug von deinem Mund. Ich will dich in mir spüren.«

Sie presst ihre Hände auf meine Brust und ihre Nägel graben sich in meine Haut. Jedes Mal, wenn sie versuchte, Sex zu bekommen, hatte ich meinen Kopf zwischen ihren Beinen und verschaffte ihr alle Orgasmen, die sie ertragen konnte, bis sie einschlief. Dann ging ich ins Badezimmer und kümmerte mich um mich, weil ich mir nicht einmal so weit vertraut habe, nicht abzuspritzen, während ich ihre süße Pussy verwöhnte. Fuck, ein paarmal musste ich mich nicht einmal berühren und kam mit ihr zusammen. Allein der Anblick ihres nackten, schwangeren Körpers gab mir den Rest. Ich hatte Angst, dass ich sie zu hart nehmen könnte.

»Dann nimm dir, was du willst, Mallory. Du weißt, alles, was ich besitze, gehört dir.« Ich meine jedes Wort davon. Es war die Hölle, es ihr zu versagen, und ich kann das nicht länger. Und sie würde das auch nicht zulassen. Ich schaffe es zwar oft, meinen Kopf durchzusetzen, aber wenn es um sie geht, bekommt sie immer, was sie will. Ich kann ihr nichts abschlagen, solange das, was sie will, bedeutet, dass ich bei ihr bin. Ich muss in ihrer Nähe sein.

Ich streichle ihre Klit schneller und ihr Atem beschleunigt sich. Sie schreit wieder und wieder meinen Namen und dann lässt sie sich endlich gehen. Sie zieht sich fest um meinen Schwanz zusammen und nimmt mich mit in ihren Orgasmus. Ihre Nägel graben sich in meine Brust und ich hoffe, dass sie kleine Spuren auf mir hinterlassen.

Ich umfasse ihre Hüften und halte sie an Ort und Stelle, während ich mich tief in ihr erlöse. Dann halte ich sie fest, bis wir uns beide von der Intensität erholt haben.

»Siehst du? Ist nichts Schlimmes passiert.« Sie lächelt mich an und streicht über das Tattoo mit ihrem Namen auf meiner Brust. Ich gebe ein undefinierbares Geräusch von mir, mehr bringe ich nicht zustande. Ich kann von Glück reden, wenn ich mich innerhalb der nächsten Stunde wieder bewegen kann.

Langsam steigt sie von mir ab, mein Schwanz gleitet aus ihr und erwacht schon wieder zu neuem Leben. Verdammt. Keiner von uns beiden scheint je genug von ihr zu bekommen. Zum Glück gehört sie für immer mir.

Neben dem Bett dreht sie sich um und beugt sich herunter, um mir einen Kuss zu geben. Ich schiebe meine Finger in ihre Haare und vertiefe den Kuss, bevor sie sich zurückzieht.

»Badezimmer«, flüstert sie dicht an meinen Lippen und ich lasse ihre Haare los und beobachte, wie sie sich aufrichtet.

»Glaubst du, wir können diese Cream-Cheese-Bagel bekommen?«, fragt sie über ihre Schulter hinweg.

»Sie sind bereits bestellt.« Ich schaue zur Uhr auf dem Nachttisch. »In dreißig Minuten sollten sie da sein.«

»Gott, du bist wirklich gut«, sagt sie und verschwindet ins Badezimmer.

Ich betrachte ihren knackigen Hintern, der bei jedem Schritt wippt, als sie mit einem Mal innehält.

»Oh, Mist«, flüstert sie und ich springe aus dem Bett. Sie dreht sich zu mir um und ein Lächeln legt sich über ihr Gesicht. »Es hat funktioniert!«

Ich schaue zwischen ihre Beine und sehe, dass ihre Fruchtblase geplatzt ist.

»Verdammtes Buch.«

Miles

Drei Jahre später …

»Ich liebe dich so sehr«, sage ich und breite meine Arme aus.

Henry setzt sich auf und sieht mich mit großen Augen an. »Das ist viel«, flüstert er und kuschelt sich wieder an mich. Ich blättere um und lese ihm weiter aus dem Buch vor, in dem der Papabär seinem Bärenjungen sagt, wie sehr er ihn liebt.

Das ist einer der besten Momente meines Tages – ihn ins Bett zu bringen und ihm eine Geschichte vorzulesen. Er ist in dem Alter, wo er ständig in Bewegung ist, aber er liebt es, vorgelesen zu bekommen. Mallory liegt in der Badewanne und ich versuche, nicht an ihre Kurven zwischen den Schaumblasen zu denken. Ich komme noch früh genug dazu, ihr eine Bettgeschichte zu erzählen.

Als ich das Ende des Buchs erreiche, schaut Henry mich bettelnd an und sagt: »Noch eine.«

»Okay, Kumpel, aber das ist die letzte.« Ich decke ihn zu und schaue in seine Augen, die denen seiner Mutter so sehr ähneln, und fange an.

»Es war einmal eine wunderschöne Prinzessin. Die schönste Prinzessin im ganzen Land.«

»Mommy?«, fragt Henry und seine Augen strahlen.

»Natürlich. Die schöne Prinzessin hat es nicht gewusst, aber ein sehr attraktiver Prinz hat sie beobachtet.«

»Daddy?«

»Ganz genau, Kumpel.« Ich lächle ihn an und er gähnt. »Also, dieser gut aussehende Prinz hat die Prinzessin vor all den dunklen Dingen um sie herum beschützt. Er hat sich von ihr ferngehalten, während sie aufgewachsen ist, doch eines Tages betrat sie seine Ländereien.«

Henrys Lider werden schwer, aber er ist noch nicht ganz eingeschlafen.

»Nachdem er die Prinzessin viele Jahre aus der Ferne beobachtet hat, war sie endlich in Reichweite. Also wusste der Prinz, dass es an der Zeit war, sich ihr zu offenbaren. Doch sobald die Prinzessin herausgefunden hat, was er alles hinter ihrem Rücken getan hatte, war sie sehr böse.«

»Was ist passiert?« Henrys Augen fallen zu und er braucht einen Moment, um sie wieder zu öffnen.

»Wie jeder gute Prinz hat er die Drachen und bösen Hexen bekämpft und den größten Turm im gesamten Königreich erklommen, um die Prinzessin zu retten und ihr zu zeigen, dass er das alles nur aus Liebe getan hat.«

Ich streiche ihm eine dunkle Strähne aus den Augen, die jetzt geschlossen und schwer vor Schlaf sind. Sein Atem geht gleichmäßig und verrät mir, dass er eingeschlafen ist, aber ich bleibe noch einen Moment sitzen und schaue ihn an.

»Zum Glück hat der Prinz so gut ausgesehen, dass die Prinzessin ihm nicht widerstehen konnte.«

Mallory tritt von hinten an mich heran und schlingt ihre Arme um meine Taille. Ich rieche den Rosenduft ihres Schaumbads und lächle.

»Zum Glück für die Prinzessin ist sie aus der Badewanne gestiegen, denn ihr Ritter in schimmernder Rüstung war kurz davor, die Wanne zu erstürmen.«

Wir schalten das Licht aus, überlassen Henry seinen Träumen und gehen ins Schlafzimmer. Der König braucht eine Nacht mit seiner Königin.

Mallory

Sechs Jahre später …

Ich betrachte Henry, der die Karte des Eiswagens vor dem Bürogebäude seines Vaters studiert. Vor *unserem* Bürogebäude. Selbst nach all den Jahren fühlen sich diese Gedanken immer noch seltsam an.

Ich habe unseren Sohn von seinem ersten Tag in der Vorschule abgeholt und wir wollen feiern. Es war eine bittersüße Erfahrung, ihn heute Morgen in das Gebäude hineingehen zu sehen. Oz musste meine Hand halten, damit ich nicht weinend zusammenbreche.

Selbst Henry hat mein Gesicht in seine Hände genommen und mir gesagt: »Ich schaffe das, Mom.« Wonach ich nur noch stärker weinen wollte. Ich konnte mich gerade so lange zurückhalten, bis Oz mir in den Fond der Limousine geholfen hat, bevor ich schluchzend zusammengebrochen bin und auf der gesamten Fahrt in die Firma geweint habe, während er mir süße Worte ins Ohr geflüstert hat. Trotzdem war es schwer, unser einziges Kind zur Schule gehen zu sehen.

Seine Geburt war heftig und nach zehn Stunden in den Wehen brauchte ich einen Notkaiserschnitt. Ich habe viel Blut verloren und das hat Oz eine Heidenangst eingejagt. Danach haben wir beide beschlossen, dass uns ein gesundes Kind reicht. Wir hatten Glück und das Gefühl, dass es so für uns am besten ist. Ich liebe Oz und Henry so sehr, dass ich nicht sicher bin, ob ich in meinem Herzen noch Platz für irgendetwas oder irgendjemand anderen hätte. Manchmal könnte ich platzen, so viel Liebe und Freude habe ich in mir.

Oz hat gesehen, wie sehr mich das heute mitgenommen hat. Er ist über den Nachmittag ungefähr dreißig Mal in mein Büro geplatzt, um nach mir zu sehen und sicherzustellen, dass es mir gut geht.

Nach Henrys Geburt habe ich meinen Job behalten. Ab und zu habe ich von zu Hause aus gearbeitet und nicht immer die ganze Woche durch, aber wir haben es so hinbekommen, dass ich sowohl meine Familie als auch meine Karriere hatte. Es hat außerdem geholfen, dass Oz in der Etage unter uns eine Kinderbetreuung eingerichtet hat. Während ich mich beruflich weiterentwickelt habe, ist Oz ein wenig kürzergetreten und hat nun viel mehr freie Zeit. Verdammt, ich dachte schon, es wäre hart, jeden Tag mehrere Stunden lang eine Etage von Henry getrennt zu sein. Aber jetzt ist er mehrere Blocks entfernt.

Irgendwann am Nachmittag kam Oz in mein Büro und sagte, ich solle gehen. Unten würde ein Wagen auf mich warten. Ich bin aufgesprungen und zur Schule geeilt, um unseren kleinen Mann zu holen. Ich war dreißig Minuten zu früh und die Erste der Eltern, die draußen darauf gewartet haben, dass der Schultag endlich endet.

Jetzt sind wir wieder am Büro und ich kaufe Henry ein Eis, während wir unten auf Oz warten.

»Das ist immer eine schwere Entscheidung«, sagt der Mann neben mir. Ich schaue auf und lächle ihn freundlich an. Er sieht aus, als käme er gerade von der Arbeit – er hat die Aktentasche in der Hand und sein Anzug hat ein paar Knitterfalten.

»Oh, noch einmal fünf zu sein, wo das hier die schwerste

Entscheidung des Tages ist.« Ich lache und lege meine Hand auf Henrys Kopf, um mit den Fingern durch seine welligen Haare zu streichen, die denen seines Vaters so sehr ähneln. Beinahe alles erinnert an seinen Vater, bis auf seine graublauen Augen, die hat er von mir.

»Was ist mit Ihnen?« Der Mann mustert mich von Kopf bis Fuß. »Ich schätze, Sie mögen Erdbeere.« Er lächelt mich an, als hätte er mich durchschaut. Ich will am liebsten die Augen verdrehen, blicke aber stattdessen zu einem meiner Leibwächter, der keine drei Meter von mir entfernt steht, wie immer unauffällig in die Umgebung eingebunden.

»Sie mag Schokolade«, sagt Henry und lenkt meinen Blick wieder auf sich, während er zu dem Mann hochschaut. »Und hör auf, mit *meiner* Mom zu reden.«

»Manieren«, ermahne ich ihn.

»Ja, Manieren«, sagt Henry zu dem Mann. Er funkelt ihn immer noch an. Das Gesicht habe ich zu oft an seinem Vater gesehen. Ich muss mir auf die Innenseite der Wange beißen, um nicht zu lächeln.

»Ich bin nur höflich, mein Kleiner«, sagt der Mann und hebt abwehrend die Hände, doch seine Augen verengen sich ein wenig.

»Ich bin nicht dein Kleiner«, erwidert Henry.

Ich spüre Oz' Anwesenheit hinter mir. Er schlingt einen Arm um mich und dreht mich zu sich herum. Bevor ich noch ein Wort sagen kann, landet sein Mund in einem besitzergreifenden Kuss auf meinem. Als er sich schließlich zurückzieht, schaue ich ihn an und verdrehe die Augen. Der andere Mann ist längst verschwunden.

»Ich hatte das im Griff, Dad«, sagt Henry und bringt Oz damit zum Lachen.

»Das weiß ich.«

Henry nickt und schaut wieder zu der Karte mit den Eissorten. Ich sehe die beiden mit offenem Mund an, bevor ich den Kopf schüttle. Ich sollte schockiert sein, aber ich bin es nicht im Geringsten.

»Ich nehme Vanille«, höre ich ihn zum Eisverkäufer sagen, als Oz sich vorbeugt und mir sanft in den Hals beißt.

»Ich werde dich so gut vögeln, dass du in der nächsten Woche nicht einmal in der Lage sein wirst, mit jemand anderem zu reden«, flüstert er und leckt mir dann über die Ohrmuschel.

»Und meine Frau nimmt Schokolade«, sagt er und ich lächle.

Mallory

Zwanzig Jahre später …

Der Duft von Rum und Sonnenschein umweht mich und ich lächle. Ich liege auf dem Bauch, eine leichte Brise streicht über meinen Rücken und ich fühle seine Lippen am unteren Ende meiner Wirbelsäule.

Dann spüre ich etwas Eiskaltes ein Stück weiter unten und merke, dass es Oz' Zunge ist.

Mit einer seiner großen Hände umfasst er meinen Hintern, drückt ihn und ich lache laut auf.

»Du benimmst dich, als wären wir in den Flitterwochen.« Ich drehe mich um und Oz schiebt sich über mich.

Mit den Fingern streiche ich durch seine grau melierten dunklen Haare. Er lächelt und um seine Augen erscheinen kleine Fältchen. Mit seinen fast fünfzig Jahren ist er immer noch unglaublich attraktiv und noch immer kann er mich erregen. Er trägt kein Shirt und lässt seinen olivefarbenen Teint unter der tropischen Sonne dunkelbraun werden. Seine Badehose ist nass, fühlt sich an meinem erhitzten Körper aber gut an.

»Jedes Mal ist wie das erste Mal, Baby«, sagt er und vergräbt seinen Kopf in meinem Dekolleté.

Zur Feier unseres Hochzeitstages und meines Ausscheidens aus der Firma haben wir einen Trip nach Hawaii gebucht. Hier haben wir ein Haus mit einem Privatstrand gemietet, was Oz auf jede erdenkliche Weise ausgenutzt hat.

»Langsam fange ich an zu glauben, dass du Sex unter freiem Himmel magst.«

Ich lache, als er mit seinem Mund nach unten gleitet, das Oberteil meines Tankinis hochschiebt und meinen Bauchnabel küsst. Ich bin nicht mehr so schlank wie früher, aber Oz scheint seinen Mund trotzdem nicht von mir lassen zu können.

»Ich glaube, ich liebe es, mit meiner Frau im Sonnenschein Liebe zu machen.«

Unser Haus liegt abgeschieden und die Sicherheitsleute sind außer Sichtweite. Die Lavasteine am Strand bilden eine Art Höhle für uns und geben uns das Gefühl, auf einer einsamen Insel zu sein.

Ich spüre seine Lippen an meiner Brust und dann seine kühle Zunge. Er hat uns den ganzen Tag über Erdbeer-Daiquiris gemacht und jetzt bin ich ein wenig angesäuselt, was nicht an seiner neckenden Zunge liegt.

Ich vergrabe meine Finger in seinen Haaren und halte ihn fest. Er küsst sich an meinem Körper entlang und instinktiv spreize ich meine Beine. Er schafft es, sich ganz an mir herunterzuarbeiten und schiebt sich zwischen meine Schenkel.

Genau das habe ich gewollt, seit ich beschloss, die Arbeit aufzugeben. Fast zwanzig Jahre lang habe ich die Charity-Abteilung von Osbourne Corp geleitet und nun war es an der Zeit, loszulassen. Unser Sohn Henry hat Interesse daran gezeigt, meine Nachfolge zu übernehmen, und Oz hat mich schließlich davon überzeugt, dass er dazu bereit ist. Ich sagte, wenn ich nicht arbeite, müsse er eine Beschäftigung für mich finden, und diese Gelegenheit hat er blitzschnell ergriffen.

Oz schiebt einen Finger in meine Bikinihose und zieht sie mir vom Körper.

»Wenn du aufhören würdest, diese verdammten Dinger zu tragen, müsste ich sie dir nicht ständig ausziehen«, sagt er und knabbert an der Innenseite meines Oberschenkels.

»Tu nicht so, als wäre das Auspacken des Geschenks nicht schon der halbe Spaß«, necke ich ihn und stöhne, als sein Mund meine Mitte findet.

Hier draußen in der Sonne, mit dem Rum, der prickelnd durch meine Adern fließt, habe ich keinerlei Hemmungen und lasse ihn mit mir machen, was er will. Das kühle Laken der Liege unter mir und die Wärme seines Körpers zwischen meinen Beinen löst in mir schneller einen Orgasmus aus, als ich es erwartet habe.

Eine Welle der Lust fährt mir über Arme und Beine und ich schreie Oz' Namen.

»Fuck, ich werde nie genug davon bekommen, dich meinen Namen schreien zu hören«, sagt Oz an meinem Ohr und ich lächle. Er muss wieder zu mir hochgekrabbelt sein, während ich mich erholt habe.

Er schiebt seine Badehose herunter und befreit seine Erektion. Mit einer geschmeidigen Bewegung ist er in mir und ich bin zu erschöpft, um mich zu bewegen. Meine Beine liegen gespreizt da und meine Arme sind über meinen Kopf gestreckt, während er in mich hineinstößt.

Seine Lippen finden meine und der Geschmack meiner Lust geht auf mich über. Er beißt mir in die Unterlippe und ich kann nur stöhnen. Obwohl ich das Gefühl habe, meine Knochen sind nur noch Wackelpudding, merke ich, dass sich der nächste Orgasmus aufbaut.

Oz hält meine Arme an den Handgelenken fest, doch das ist nicht nötig. Auf keinen Fall werde ich mich bewegen. Sein kräftiger Körper auf meinem ist das Einzige, was ich brauche, um an Ort und Stelle zu bleiben.

»Oz«, stöhne ich. Er senkt den Kopf und nimmt eine meiner Brustwarzen in den Mund. Der kleine Schmerz ist genau das, was ich brauche, um erneut zu kommen, und das weiß er genau.

Ich spanne mich an, drücke den Rücken durch, doch seine Hüften halten mich fest. Ich versuche, mich gegen seinen starken Griff um meine Handgelenke zu wehren, aber er gibt nicht nach. Mein Körper kämpft gegen die erneute Lust an, doch wie immer gewinnt Oz. Ich ergebe mich seinen Wünschen und zerspringe in Tausende Splitter aus funkelndem Licht.

»So wunderschön«, höre ich ihn sagen, als er ein letztes Mal zustößt und sein Ende tief in mir findet.

Er rollt sich herum, sodass ich auf ihm liege und meinen Kopf an seine Brust schmiegen kann. Sein Duft aus warmem Bernstein und Honig umfängt mich. Es ist der Duft von Heimat und Sicherheit und Liebe. Mit seinen starken Händen streichelt er meinen Rücken, während wir lauschen, wie die Wellen ans Ufer schlagen.

Ich weiß nicht, wie lange wir dort liegen, während die warme Brise mich zudeckt und sein Herzschlag mich beruhigt. Aber nach einiger Zeit dreht Oz sich um und beginnt von Neuem, meinen Körper zu lieben.

»Als ich dich das erste Mal gesehen habe, dachte ich, ich bin im Land von Oz aufgewacht«, sagt er und setzt kleine Küsse auf mein Handgelenk. »Es war, als könnte ich das erste Mal im Leben Farbe sehen.«

»Ich habe dich mir immer gerne als Zauberer vorgestellt, der mich gerettet hat.« Ich lächle ihn an und presse meine Hand gegen seine stoppelige Wange.

»Oh nein, Mallory. Weißt du nicht mehr? Sie ist diejenige, die den Zauberer gerettet hat.« Er erwidert mein Lächeln und ich sehe meine geliebten Grübchen.

»Alles für dich, Miles.«

»Und alles für dich, Baby.«

– ENDE –

Lesen Sie jetzt eine Bonusszene aus Miles' Perspektive

Bonusmaterial

Das erste Treffen von Miles und Mallory

»Paige reagiert nicht auf meine Nachrichten«, sage ich zu Ryan, als ich aus dem Wagen steige. Er zuckt mit den Schultern, als wolle er fragen, was es sonst noch Neues gibt. Dann schaut er die Straße hoch und runter, bevor er einem seiner Jungs ein Zeichen gibt. Paige leistet schon seit ein paar Monaten Widerstand und jetzt, wo sie endlich hier in der Stadt ist, habe ich das Gefühl, dass sie mauert.

Ryan mag mit den Schultern zucken, aber ich sehe die Anspannung in seinem Körper. Ich schiebe das darauf, dass wir einen ungeplanten Zwischenstopp in einer Gegend eingelegt haben, die er nicht vorher ausgekundschaftet hat. Normalerweise hätte er sich dagegen gewehrt, aber inzwischen hat er erkannt, dass es für mich kein Halten gibt, was sie angeht. Ich sollte mich selbst zurückhalten, aber ich scheine meine Füße nicht davon abhalten zu können, die kurze Distanz zum Eingang des Clubs zurückzulegen. Ich sage mir, dass ich nur einen Blick hineinwerfen werde, um mich zu vergewissern, dass es ihr gut geht. Darum könnte ich zwar ohne Weiteres mein Sicherheitspersonal bitten, aber sie ist einfach zu nah. Es ist zu leicht für mich, an sie heranzukommen. Es ist, als gehorche mir mein eigener Körper nicht.

Ryan nickt dem Türsteher zu, der das Absperrband hebt, während wir an der Warteschlange vorbeigehen. Der Club ist gerammelt voll, die Musik dröhnt, aber als würde ich magnetisch von ihr angezogen, spüre ich sie und mein Blick geht direkt dorthin, wo sie an der Bar steht. Der Rest des Clubs verschwindet im Hintergrund.

Wieder setze ich mich in Bewegung und dränge mich durch die Menge, um zu ihr zu gelangen.

Ich sollte aufhören, ja, das sollte ich wirklich. Das hier ist nicht Teil des Plans, aber ich habe so lange gewartet und sie so lange gewollt. Ich brauche einen kleinen Vorgeschmack. Vielleicht wird das die Gefühle etwas abkühlen, die mir durch den Körper jagen.

Ich sehe, dass Mallorys Blick durch den Raum schweift, und folge ihm zu Paige. Ryan ragt über ihr auf, vermutlich staucht er sie gerade zusammen. Vielleicht kann er sie zur Vernunft bringen. Aber das ist eher unwahrscheinlich.

Wieder schaue ich zu Mallory und sehe, dass sie den Kopf in den Nacken gelegt hat, die Augen geschlossen, als lausche sie der Musik und fühle den Beat. Ich gehe zu ihr, stelle mich hinter sie, will ihren Duft riechen. Ich beuge mich vor und atme ein, ihre Süße erfüllt meine Lungen.

Der Barkeeper wirft mir einen Blick zu und ich trete einen Schritt zurück. Er hat mich ertappt. Bevor er den Drink vor ihr abstellt, greife ich in meine Tasche, hole meine Kreditkarte heraus und reiche sie über den Tresen.

Sie dreht sich ein wenig und schaut mich an. Ihr Blick gleitet über meinen Körper, bis er auf meinem Gesicht landet. Ich lächle sie an, weil ich die anderen Gefühle verbergen will, die im Moment in mir toben. Die Gedanken, die mir durch den Kopf gehen. Dass sie mir gehört. Dass ich bald jeden Teil von ihr kennen werde und nicht nur das, was ich in meinen täglichen Berichten lese. Berichte, die ich in letzter Zeit nicht erhalten habe. Was vermutlich einer der Gründe dafür ist, dass ich durchgedreht bin und alle Pläne aufgebe, die ich für uns gemacht habe.

»Du hast nicht gefragt«, sagt sie, als der Barkeeper mir meine Karte zurückbringt. Ich stecke sie wieder in meine Tasche.

»Was hättest du gesagt?«, frage ich, während ich den Beleg unterschreibe und ihn über den Tresen schiebe.

Sie mustert mich, lässt ihren Blick über meinen Anzug schweifen. Dieses Mal will sie, dass ich sehe, was sie tut. Ihr Blick macht meinen Schwanz noch härter. Er ist schon hart, seit ich weiß, dass ihr kleiner Hintern in New York gelandet ist. Ich kann nicht anders, als sie ebenfalls anzuschauen und zu genießen, was endlich vor mir steht.

Sie hat eine enge schwarze Hose an, die sich an ihre Kurven schmiegt, und Schuhe mit hohen Absätzen, die sie trotzdem nicht auf meine Größe bringen. Ich frage mich, ob ihr gefällt, was sie sieht. Das habe ich mich noch nie zuvor gefragt. Normalerweise interessiert es mich nicht, was andere von mir denken, aber bei ihr schon.

»Und?« Ich verringere den Abstand zwischen uns ein wenig und warte auf ihre Antwort. Brauche ihre Antwort.

»Definitiv nein«, sagt sie lächelnd, bevor sie an ihrem Whiskey nippt und ihre vollen Lippen den Glasrand berühren. Sofort werde ich eifersüchtig. Ich will ihre Lippen auf mir spüren. Ich will wissen, wie sie schmecken. Das frage ich mich schon seit Jahren.

Ich hasse und liebe ihre Worte gleichzeitig. Ich will, dass sie mich will, aber auch, dass sie nicht so leicht nachgibt. Ich muss lachen.

Sie schaut mich aus ihren hellen Augen über das Glas hinweg an und ich merke, dass ich sie anlächle.

»Gut, dass ich nicht gefragt habe«, sage ich. Normalerweise frage ich nie. Ich nehme und befehle. Sie kommt mir ein Stück entgegen und ich bin mir nicht einmal sicher, ob sie weiß, dass sie das tut. Ihr süßer Duft trifft mich und ich sehne mich nach mehr. Ich kann es kaum erwarten, dass dieser Duft mich bedeckt – meine Laken und alles andere.

Geduld, ermahne ich mich. Mit großer Mühe und Zurückhaltung greife ich nach ihrem Glas statt nach ihr. Ich drehe es so, dass meine Lippen dieselbe Stelle berühren wie ihre eben. Ich nehme heute Abend, was ich nur kann, und wenn das hier alles ist, verbuche ich es trotzdem als Gewinn.

Ich trinke einen Schluck und bin enttäuscht darüber, dass ich nur Whiskey schmecke. Aber ich sehe, dass in ihren Augen kurz das Begehren aufblitzt.

»Ich dachte, wenn ich ihn schon bezahle, kann ich wenigstens mal probieren.« Grinsend drehe ich das Glas wieder zurück und reiche es ihr. Sie nippt an derselben Stelle und ich muss ein Stöhnen unterdrücken. Sie spielt mit mir. Dieses süße Brennen in meinem Inneren kommt nicht vom Whiskey.

»Sag mir, wie du heißt.« Ich rücke noch näher, verlange noch mehr.

Sie sieht mich an, als fechte sie einen innerlichen Kampf aus.

»Lassen wir das lieber, okay?«, sagt sie und dreht sich zurück zur Bar. Sie schaut hin und her und sucht vermutlich den Barkeeper. Ich will, dass sie mich anschaut. Endlich dreht sie sich ein wenig. »Lass uns so tun, als wäre das hier die Smaragdstadt. Du bist der Zauberer hinter dem Vorhang.«

Es geht nicht anders, ich muss sie berühren. Ich packe ihre volle Hüfte, grabe meine Finger in ihre Haut, schaue ihr in die Augen. Ich mag es nicht, dass sie sich mir entzieht. Nicht ein Stück. Es schmerzt. Ich will das hier schon so lange.

»Bitte«, sage ich, als sie mich anschaut. Ein Wort, das auszusprechen ich nicht gewohnt bin.

Sie tritt einen Schritt auf mich zu und meine Finger graben sich noch besitzergreifender in ihre Hüfte. »Mallory«, sagt sie.

Ihre Wangen röten sich. Ihr Blick geht an mir vorbei und ich folge ihm erneut zu Paige, die immer noch mit Ryan zusammensteht. Sie tippt auf ihre Uhr und ich beiße die Zähne zusammen, weil ich weiß, was jetzt kommt. Sie geht. Erst wollte ich nicht, dass sie hier ist, und jetzt will ich nicht, dass sie geht. Ich will noch etwas mehr, aber dann rufe ich mir in Erinnerung, dass das hier erst der Anfang ist.

»Gehst du schon?«

Sie schaut wieder mich an und schenkt mir ein enttäuschtes Lächeln. »Sieht so aus.«

»Gib mir deine Telefonnummer«, sage ich schnell. Natürlich habe ich die längst. Verdammt, ich habe eine Tracking-App auf ihrem Handy installiert, aber ich will das Go von ihr, dass ich ihr endlich schreiben darf.

Sie sieht sich zögernd um, als versuche sie, sich eine gute Ausrede einfallen zu lassen, warum sie das nicht tun sollte.

»Wenn ich deine Freundin dort drüben frage, wird sie mir die Nummer geben?« Ich teste sie, weil ich wissen will, was sie darauf antwortet. Ich weiß, Paige sorgt dafür, dass Männer sie nicht belästigen, aber aus irgendeinem Grund will ich das überprüfen, um sicherzugehen

Sie schaut zu Paige, dann wieder zu mir und kraust ihre kleine Nase ein wenig. Mein Gott, sie ist einfach perfekt. »Keine Chance.«

Ich greife in meine Tasche und hole mein Handy heraus. Ich werde ihre Nummer bekommen, bevor ich diesen Club verlasse. Ich muss sie jetzt haben. Auf keinen Fall halte ich noch einen Tag aus, ohne mit ihr zu sprechen. Oder zumindest zu wissen, dass ich es könnte.

Sie stößt ein süßes kleines Schnauben aus, bevor sie ihre Nummer herunterleiert, während ich so tue, als speichere ich sie ein. Als ich das Telefon wegpacke, tritt Paige zu uns. Sie blickt zwischen uns hin und her, bevor sie mich ignoriert, als kenne sie mich nicht.

»Bist du so weit?«, fragt sie.

»Ja. Ich komme sofort«, erwidert Mallory und Paige geht in Richtung Ausgang. Mallory wendet sich zu mir und ich strecke die Hand aus. Ich muss sie heute Abend noch einmal berühren, weil ich nicht sicher bin, wann ich das nächste Mal die Gelegenheit dazu haben werde. Mit den Fingerknöcheln streiche ich ihr über den Kiefer. Ich wusste nicht, dass Haut so weich sein kann. Ich wette alles, was ich habe, darauf, dass sie überall so weich ist.

»Ich wollte mehr«, flüstere ich vor mich hin.

Mallory steht da und starrt mich an, als könne sie sich auch nicht von mir lösen, und ich frage mich, ob sie es auch fühlt. Das, was ich empfunden habe, als ich sie zum ersten Mal sah. Zu wissen, dass ich das gefunden hatte, wonach ich mein ganzes Leben lang gesucht habe. Jemanden, von dem ich anfangs überhaupt nicht wusste, dass ich ihn suche.

»Sie wartet«, sage ich schließlich und nicke in Richtung von Paige, die nun an der Wand lehnt und mich aus zusammengekniffenen Augen anschaut.

Widerstrebend lasse ich meine Hand sinken und trete einen Schritt zurück. Ich muss mich dazu zwingen, sonst würde ich sie niemals gehen lassen. Ganz langsam, ermahne ich mich. Wir werden sie bald haben. Ich zwinge mich zu einem Lächeln, als ich zusehe, wie sie sich umdreht und verschwindet.

Ich hole mein Handy heraus und schicke Ryan eine Nachricht.

Ich: Folge ihnen nach Hause.

Ryan: Bin schon dabei.

Als ich auf die Rückbank meiner Limousine gleite, muss ich ihr schreiben.

Ich: Du hast süßer geschmeckt, als ich es mir vorgestellt habe.

Es fühlt sich wie eine Ewigkeit an, bis sie mir endlich antwortet, aber in Wahrheit war es nur eine Sekunde.

Meine: Wie soll ich den Mann hinter dem Vorhang nennen?

Ich lächle.

OZ.

Danksagung

Wir möchten uns bei Carina Press dafür bedanken, dass sie uns beide aufgenommen haben. Wir wissen, es war, als würden sie eine Horde Katzen hüten, aber mit unseren Pyjamas und dem Wunsch nach mehr Glitter haben wir nur versucht, unsere Videokonferenzen zu etwas ganz Besonderem zu machen. Wir hoffen, ihr habt die Show genossen!

An unsere Agentin Laura Bradford: Du fluchst sehr viel und dafür lieben wir dich.

An unsere Lektorin Angela James: Deine Anmerkungen waren sehr nervig, aber wir wollen trotzdem mit dir befreundet sein. (Sorry wegen der vielen Mom-Witze.)

An unsere Beta-Leserinnen Jessica Rupp, Lisa aka Belle, Rochelle Paige, Nicole Hart, Polly Matthews, Gi Paar und Angela Pullen: Ihr Mädels wart ehrlich und aufschlussreich und wir schwören, wir haben nur ganze sieben Minuten lang schlimme Dinge über euch gesagt.

An Eagle, den außergewöhnlichsten Vogel im ganzen Land: Danke, dass du von Tag eins an bei uns warst, uns gesagt hast, dass wir das schaffen, und nicht versucht hast, aus unserem Keller zu fliehen. Du bist so hübsch und lieb und du riechst so gut.

An Jen Frederick (Wands Up): Danke, dass du in allem die Beste bist und uns dann zeigst, wie es geht. Du bist nicht nur eine umwerfende Mentorin, sondern auch eine prima Einkaufsbegleiterin. Wir lieben dich mehr als deine Handtasche.

An Jeanette Mancine, unseren geliebten Panda: Danke, dass du in der schwierigsten Phase dieses Jobs bei uns warst. Du hast die schlechten Zeiten aufgehellt und du warst der Fels in der Brandung, auf den wir uns verlassen konnten. Deine Ermutigungen und deine Ehrlichkeit haben dieses Buch auf eine ganz neue Ebene gehoben. Du bist eine unter Millionen und wir sind so unglaublich dankbar dafür, dich in unserem Leben zu haben. Wir lieben dich!

An alle Leserinnen und Leser, die uns um ein längeres Buch baten und nicht damit aufhörten, bis wir es schließlich getan haben … Danke. Ihr habt uns zu einem Seitenumfang getrieben, den wir nicht für möglich gehalten hatten, und wir haben euch dabei die ganze Zeit verflucht!

Und zum Schluss, aber immer an erster Stelle: an unsere Ehemänner. Ihr liebt uns trotz der vielen frühmorgendlichen und spätnächtlichen lauten Vorleseaktionen, die wir abgehalten haben. Ihr habt uns auf Reisen durch das Land unterstützt, damit wir gemeinsam in einem Zimmer redigieren konnten, während ihr euch um die Kinder gekümmert habt. Ihr habt uns verziehen, wenn wir vergessen haben, Abendessen zu kochen oder zu baden, und das ist es doch, was wahre Liebe ausmacht, oder nicht? Ohne euch beide würden wir immer noch denken, dass zu schreiben eine nette Idee wäre. Aber dank euch ist es Realität geworden. Wir danken euch beiden, dass ihr jeden einzelnen unserer Träume wahr gemacht habt.